张晓风文集

张晓风　著

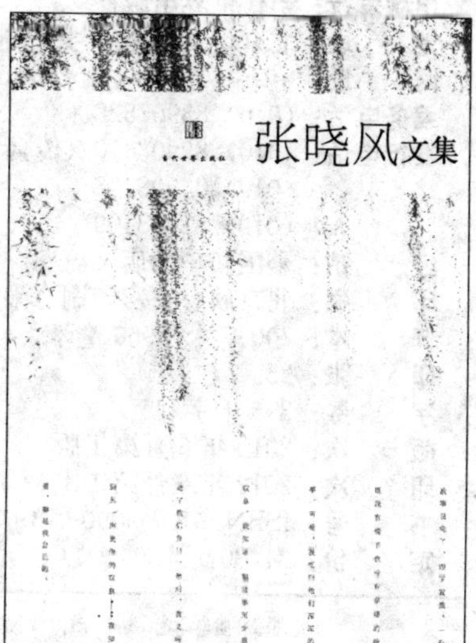

当代世界出版社

责任编辑： 高玉琪
封面设计： 蒋宏工作室

图书在版编目（CIP）数据

张晓风文集/张晓风著．—北京：当代世界出版社，2011.12
ISBN 978-7-5090-0719-8

Ⅰ.①张… Ⅱ.①张… Ⅲ.①散文集－中国－现代②诗集－中国－现代 Ⅳ.①I217.2

中国版本图书馆 CIP 数据核字（2011）第 217857 号

著作权登记号 图字：01－2011－6766

出版发行： 当代世界出版社
地　　址： 北京市复兴路 4 号（100860）
网　　址： http：//www.worldpress.com.cn
编务电话： （010）83907528
发行电话： （010）83908410（传真）
（010）83908408
（010）83908409
经　　销： 全国新华书店
印　　刷： 北京欣睿虹彩印刷有限公司
开　　本： 700 毫米×960 毫米 1/16
印　　张： 25
字　　数： 396 千字
版　　次： 2012 年 6 月第 1 版
印　　次： 2012 年 6 月第 1 次
书　　号： ISBN 978-7-5090-0719-8
定　　价： 34.80 元

目　录

散　文

小　说

散文

我喜欢

我喜欢活着，生命是如此地充满了愉悦。

我喜欢冬天的阳光，在迷茫的晨雾中展开。我喜欢那份宁静淡远，我喜欢那没有喧哗的光和热，而当中午，满操场散坐着晒太阳的人，那种原始而纯朴的意象总深深地感动着我的心。

我喜欢在春风中踏过窄窄的山径，草莓像精致的红灯笼，一路殷勤地张结着。我喜欢抬头看树梢尖尖的小芽儿，极嫩的黄绿色中透着一派天真的粉红——它好像准备着要奉献什么，要展示什么。那柔弱而又生意盎然的风度，常在无言中教导我一些最美丽的真理。

我喜欢看一块平平整整、油油亮亮的秧田。那细小的禾苗密密地排在一起，好像一张多绒的毯子，是集许多翠禽的羽毛织成的，它总是激发我想在上面躺一躺的欲望。

我喜欢夏日的永昼，我喜欢在多风的黄昏独坐在傍山的阳台上。小山谷里的稻浪推涌，美好的稻香翻腾着。慢慢地，绚丽的云霞被浣净了，柔和的晚星遂一一就位。我喜欢观赏这样的布景，我喜欢坐在那舒服的包厢里。

我喜欢看满山芦苇，在秋风里凄然地白着。在山坡上，在水边上，美得那样凄凉。那次，刘告诉我他在梦里得了一句诗："雾树芦花连江白。"意境是美极了，平仄却很拗口。想凑成一首绝句，却又不忍心改它。想联成古风，又苦再也吟不出相当的句子。至今那还只是一句诗，一种美而孤立的意境。

我也喜欢梦，喜欢梦里奇异的享受。我总是梦见自己能飞，能跃过山丘和小河。我总是梦见奇异的色彩和悦人的形象。我梦见棕色的骏马，发亮的鬣毛在风中飞扬。我梦见成群的野雁，在河滩的丛草中歇宿。我梦见荷花海，完全没有边际，远远在炫耀着模糊的香红——这些，都是我平日不曾见过的。最不能忘记那次梦见在一座紫色的山峦前看日出——它原来必定不是紫色的，只是翠岚映着初升的红日，遂在梦中幻出那样奇特的山景。

我当然同样在现实生活里喜欢山，我办公室的长窗便是面山而开的。每次当窗而坐，总沉得满几尽绿，一种说不出的柔如。较远的地方，教堂尖顶的白色十字架在透明的阳光里巍立着，把蓝天撑得高高的。

我还喜欢花，不管是哪一种。我喜欢清瘦的秋菊，浓郁的玫瑰，孤洁的百合，以及幽闲的素馨。我也喜欢开在深山里不知名的小野花。十字形的、斛形的、星形的、球形的。我十分相信上帝在造万花的时候，赋给它们同样的尊荣。

我喜欢另一种花儿，是绽开在人们笑颊上的。当寒冷早晨我在巷子里，对门那位清癯的太太笑着说："早!"我就忽然觉得世界是这样的亲切，我缩在皮手套里的指头不再感觉发僵，空气里充满了和善。

当我到了车站开始等车的时候，我喜欢看见短发齐耳的中学生，那样精神奕奕的，像小雀儿一样快活的中学生。我喜欢她们美好宽阔而又明净的额头，以及活泼清澈的眼神。每次看着她们老让我想起自己，总觉得似乎我仍是她们中间的一个。仍然单纯地充满了幻想，仍然那样容易受感动。

当我坐下来，在办公室的写字台前，我喜欢有人为我送来当天的信件。我喜欢读朋友们的信，没有信的日子是不可想像的。我喜欢读弟弟妹妹的信，那些幼稚纯朴的句子，总是使我在泪光中重新看见南方那座燃遍凤凰花的小城。最不能忘记那年夏天，德从最高的山上为我寄来一片蕨类植物的叶子。在那样酷暑的气候中，我忽然感到甜蜜而又沁人的清凉。

我特别喜爱读者的信件，虽然我不一定有时间回复。每次捧读这些信件，总让我觉得一种特殊的激动。在这世上，也许有人已透过我看见一些东西。这不就够了吗？我不需要永远存在，我希望我所认定的真理永远存在。

我把信件分放在许多小盒子里，那些关切和怀谊都被妥善地保存着。

除了信，我还喜欢看一点书，特别是在夜晚，在一灯荧荧之下。我不是一个十分用功的人，我只喜欢看词曲方面的书。有时候也涉及一些古拙的散文，偶然我也勉强自己看一些浅近的英文书，我喜欢他们文字变化的活泼。

夜读之余，我喜欢拉开窗帘看看天空，看看灿如满园春花的繁星。我更喜欢看远处山坳里微微摇晃的灯光。那样模糊，那样幽柔，是不是那里面也有一个夜读的人呢？

在书籍里面我不能自抑地要喜爱那些泛黄的线装书，握着它就觉得握着一脉优美的传统，那涩黯的纸面蕴含着一种古典的美。我很自然地想到，有几个人执过它，有几个人读过它。他们也许都过去了。历史的兴亡、人物的迭代本是这样虚幻，唯有书中的智慧永远长存。

我喜欢坐在汪教授家中的客厅里，在落地灯的柔辉中捧一本线装的昆曲谱子。当他把旧发亮的褐色笛管举到唇边的时候，我就开始轻轻地接着板眼唱起来，那柔美幽咽的水磨调在室中低回着，寂寞而空荡，像江南一池微凉的春水。我的心遂在那古老的音乐中体味到一种无可奈何的轻愁。

我就是这样喜欢着许多旧东西，那块小毛巾，是小学四年级参加儿童周刊父亲节征文比赛得来的。那一角花岗石，是小学毕业时和小曼敲破了各执一半的。那具布娃娃是我儿时最忠实的伴侣。那本毛笔日记，是七岁时被老师逼着写成的。那两只蜡烛，是我过二十岁生日的时候，同学们为我插在蛋糕上的……我喜欢这些财富，以致每每整个晚上都在痴坐着，沉浸在许多快乐的回忆里。

我喜欢翻旧相片，喜欢看那个大眼睛长辫子的小女孩。我特别喜欢坐在摇篮里的那张，那么甜美无忧的时代！我常常想起母亲对我说："不管你们将来遭遇什么，总是回忆起来，人们还有一段快活的日子。"是的，我骄傲，我有一段快活的日子——不只是一段，我相信那是一生悠长的岁月。

我喜欢把旧作品一一检视，如果我看出已往作品的缺点，我就高兴得不能自抑——我在进步！我不是在停顿！这是我最快乐的事了，我喜欢进步！

我喜欢美丽的小装饰品，像耳环、项链和胸针。那样晶晶闪闪的、细细微微的、奇奇巧巧的。它们都躺在一个漂亮的小盆子里，炫耀着不同的美丽，我喜欢不时看看它们，把它们佩在我的身上。

我就是喜欢这么松散而闲适的生活，我不喜欢精密的分配的时间，不喜欢紧张的安排节目。我喜欢许多不实用的东西，我喜欢充足的沉思时间。

我喜欢晴朗的礼拜天清晨，当低沉的圣乐冲击着教堂的四壁，我就忽然升入另一个境界，没有纷扰，没有战争，没有嫉恨与恼怒。人类的前途有了新光芒，那种确切的信仰把我带入更高的人生境界。

我喜欢在黄昏时来到小溪旁。四顾没有人，我便伸足入水——那被夕阳照得极艳丽的溪水，细沙从我趾间流过，某种白花的瓣儿随波飘去，一会儿就幻灭了——这才发现那实在不是什么白花瓣儿，只是一些被石块激起来的浪花罢了。坐着，坐着，好像大地间流动着和暖的细流。低头沉吟，满溪红霞照得人眼花，一时简直觉得双足是浸在一钵花汁里呢！

我更喜欢没有水的河滩，长满了高及人肩的蔓草。日落时一眼望去，白石不尽，有着苍莽凄凉的意味。石块垒垒，把人心里慷慨的意绪也堆叠起来了。我喜欢那种情怀，好像在峡谷里听人喊秦腔，苍凉的余韵回转不绝。

我喜欢别人不注意的东西，像草坪上那株没有人理会的扁柏，那株瑟缩在高大龙柏之下的扁柏。每次我走过它的时候总要停下来，嗅一嗅那股儿清香，看一看它谦逊的神气。有时候我又怀疑它是不是谦逊，因为也许它根本不觉得龙柏的存在。又或许它虽知道有龙柏存在，也不认为伟大与平凡有什么两样——事实上伟大与平凡的确也没有什么两样。

我喜欢朋友，喜欢在出其不意的时候去拜访他们。尤其喜欢在雨天去叩湿湿的大门，在落雨的窗前话旧真是多么美，记得那次到中部去拜访芷的山居，我永不能忘记她看见我时的惊呼。当她连跑带跳地来迎接我，山上阳光就似乎忽然炽燃起来了。我们走在向日葵的荫下，慢慢地倾谈着。那迷人的下午像一阕轻快的曲子，一会儿就奏完了。

我极喜欢，而又带着几分崇敬去喜欢的，便是海了。那辽阔，那淡远，都令我心折。而那雄壮的气象，那平稳的风范，以及那不可测的深沉，一直向人类作着无言的挑战。

我喜欢家，我从来还不知道自己会这样喜欢家。每当我从外面回来，一眼看到那窄窄的红门，我就觉得快乐而自豪，我有一个家多么奇妙！

我也喜欢坐在窗前等他回家来。虽然过往的行人那样多，我总能分辨他的足音。那是很容易的，如果有一个脚步声，一入巷子就开始跑，而且听起来是沉重急速的大阔步，那就准是他回来了！我喜欢他把钥匙放进门锁中的声音，我喜欢听他一进门就喘着气喊我的英文名字。

我喜欢晚饭后坐在客厅里的时分。灯光如纱，轻轻地撒开。我喜欢听一些协奏曲，一面捧着细瓷的小茶壶暖手。当此之时，我就恍惚能够想像一些田园生活的悠闲。

我也喜欢户外的生活，我喜欢和他并排骑着自行车。当礼拜天早晨我们一起赴教堂的时候，两辆车子便并驰在黎明的道上，朝阳的金波向两旁溅开，我遂觉得那不是一辆脚踏车，而是一艘乘风破浪的飞艇，在无声的欢唱中滑行。我好像忽然又回到刚学会骑车的那个年龄，那样兴奋，那样快活，那样唯我独尊——我喜欢这样的时光。

我喜欢多雨的日子。我喜欢对着一盏昏灯听檐雨的奏鸣。细雨如丝，如一天轻柔的叮咛。这时候我喜欢和他共撑一柄旧伞去散步。伞际垂下晶莹成串的水珠——一幅美丽的珍珠帘子。于是伞下开始有我们宁静隔绝的世界，伞下缭绕着我们成串的往事。

我喜欢在读完一章书后仰起脸来和他说话，我喜欢假想许多事情。

"如果我先死了，"我平静地说着，心底却泛起无端的哀愁，"你要怎么样呢？"

"别说傻话，你这憨孩子。"

"我喜欢知道，你一定要告诉我，如果我先死了，你要怎么办？"

他望着我，神色愀然。

"我要离开这里，到很远的地方去，去做什么，我也不知道，总之，是很遥远的很蛮荒的地方。"

"你要离开这屋子吗？"我急切地问，环视着被布置得像一片紫色梦谷的小屋。我的心在想像中感到一种剧烈的痛楚。

"不，我要拼着命去赚很多钱，买下这栋房子。"他慢慢地说，声音忽然变得凄怆而低沉：

"让每一样东西像原来那样被保持着。哦，不，我们还是别说这些傻话吧！"

我忍不住潸泪泫然了，我不明白，为什么我喜欢问这样的问题。

"哦，不要痴了，"他安慰着我，"我们会一起死去的。想想，多美，我们要相偕着去参加天国的盛会呢！"

我喜欢相信他的话，我喜欢想像和他一同跨入永恒。

我也喜欢独自想像老去的日子，那时候必是很美的。就好像夕晖满天的景象一样。那时再没有什么可争夺的，可留连的。一切都淡了，都远了，都漠然无介于心了。那时候智慧深邃明彻，爱情渐渐醇化，生命也开始慢慢蜕变，好进入另一个安静美丽的世界。啊，那时候，那时候，当我抬头看到精金的大道，碧玉的城门，以及千万只迎我的号角，我必定是很激励而又很满足的。

我喜欢，我喜欢，这一切我都深深地喜欢！我喜欢能在我心里充满着这样多的喜欢！

种种可爱

作为一个小市民有种种令人生气的事——但幸亏还有种种可爱，让人忍不住的高兴。

中华路有一家卖蜜豆冰的——蜜豆冰原来是属于台中的东西（木瓜牛奶也是），但不知什么时候台北也都有了——门前有一副对联，对联的字写得普普通通，内容更谈不上工整，却是情婉意贴，令人动容。

上句是：我们是来自纯朴的小乡村。

下句是：要做大台北无名的耕耘者。

店名就叫“无名蜜豆冰”。

台北的可爱就在各行各业间平起平坐的大气象。

永康街有一家卖面的，门面比摊子大，比店小，常在门口换广告词，冬天是“100℃的牛肉面”。

春天换上“每天一碗牛肉面，力拔山河气盖世”。

这比“日进斗金”好多了，我每看一次简直就对白话文学多生出一份信心。

有一天在剧场里遇见孟瑶，请她去喝豆浆，同车去的还有俞大纲老师和陈之藩夫人，他们都是戏剧家，很高兴地纵论地方剧，忽然，那驾驶员说：

“川剧和湖北戏也都是有帮腔的呀!”

我肃然起敬，不是为他所讲的话，而是为他说话的架势，那种与一代学者比肩谈话也不失其自信的本色。

台北的人都知道自己有讲话的份，插嘴的份。

好几年前，我想找一个洗衣兼打扫的半工，介绍人找了一位洗衣妇来。

“反正你洗完了我家也是去洗别人家的，何不洗完了就替我打扫一下，我会多算钱的。”

她小声地咕哝了一阵，介绍人郑重宣布：

“她说她不扫地——因为她的兴趣只在洗衣服。”

我起先几乎大笑，但接着不由一凛，原来洗衣服也可以是一个人认真的“兴趣”。

原来即使是在“洗衣”和“扫地”之间，人也要有其一本正经的抉择，有抉择才有自主的尊严。

带一位香港的朋友坐计程车去找一个地方，那条路特别不好找，计程车驾驶员找过了头，然后又折回来。

下车的时候，他坚持要扣下多绕了冤枉路的钱。

“是我看错才走错的，怎么能收你们的钱?”

后来死推活拉，总算用折中的办法，把争执的差额付了。香港的朋友简直看得愣住了，我觉得大有面子。

祝福那位驾驶员!

我家附近有一个卖水果的，本来卖许多种水果，后来改了，只卖木瓜，见我走过，总要说一句：

“老师，我现在卖木瓜了——木瓜专科。”

又过了一阵，他改口说：

“老师，现在更进步了，是木瓜大学了。”

我喜欢他那骄矜自喜的神色，喜欢他四个肤色润泽的活蹦乱跳的孩子——大概都是木瓜大学作育有功吧?

隔巷有位老太太，祭祀很诚，逢年过节总要上供。有一天，我经过她设在门口的供桌，大吃一惊，原来她上供的主菜竟是洋芋沙拉，另外居然还有罐头。

后来想倒也发觉她的可爱，活人既然可以吃沙拉和罐头，让祖宗或神仙换换口味有何不可?

她的没有章法的供菜倒是有其文化交流的意义了。

从前，在中华路平交道口，总是有个北方人在那里卖大饼。我从来没有见过那种大饼整个一块到底有多大，但从边缘的弧度看来直径总超过二尺。

我并不太买那种饼，但每过几个月我总不放心地要去看一眼，我怕吃那种饼的人愈来愈少，卖饼的人会改行，我这人就是“不放心”(和平东路拓宽时，我很着急，深怕师大当局一时兴起，把门口那开满串串黄花的铁刀木砍掉，后来一探还在，高兴得要命)。

那种硬硬厚厚的大饼对我而言差不多是有生命的，北方黄土高原上的生命，我不忍看它在中华路上慢慢绝种。

后来不知怎么搞的，忽然满街都在卖那种大饼，我安心了，真可爱，真好，有一种东西暂时不会绝种了！

华西街是一条好玩的街，儿子对毒蛇发生强烈兴趣的那一阵子我们常去。我们站在毒蛇店门口，一家一家地去看那些百步蛇、眼镜蛇、雨伞蛇……

“那条蛇毒不毒？”我指着一条又粗又大的问店员。

“不被咬到就不毒！”

没料到是这样一句回话，我为之暗自惊叹不已。其实，世事皆可作如是观，有浪，但船没沉，何妨视作无浪，有陷阱，但人未失足，何妨视作坦途。

我常常想起那家蛇店。

有一天在一家公司的墙上看到这样一张小纸条：

“请随手关灯，节约能源，支援十大建设。”

看了以后，一下子觉得十大建设好近好近，好像就是家里的事，让人觉得就像自家厨房里添抽风机或浴室里要添热水炉，或饭厅里要添冰箱的那份热闹亲切的喜气。——有喜气就可以省着过日子，省得扎实有希望。

为了整修“我们咖啡屋”，我到八斗子渔港去买渔网，渔网是棉纱的，用山上采来的一种植物染成赭红色，现在一般都用尼龙的了，那种我想要的老式的棉纱渔网已成古董。

终于找到一家有老渔网的，他们也是因为舍不得，所以许多年来一直没丢，谈了半天他们决定了价钱：

“二角三！”

二角三就是二千三百的意思，我只听见城里市面上的生意人把一万说成一块，没想到在偏僻的八斗子也是这样说的。大家说到钱的时候，全都不当回事，总之是大家都有钱了，把一万元说成一块钱的时候，颇有那种偷偷地志得意满而又谦逊不露的劲头。

有一阵子，我的公交月票掉了，还没有补办好再买的手续以前，我只好每次买票——但是因为平时没养成那份习惯，每看见车来，很自然地跳上去了，等发现自己没有月票，已经人在车上了。

这种时候，车掌多半要我就便在车上跟其他乘客买票——我买了，但等我付钱时那些卖主竟然都说："算了，不要钱了。"一次犹可，连着几次都是这样，使我着急起来，那么多好人，令人"无所逃于天地之间"，长此以往，我岂不成了"免费乘车良策"的发明人了，老是遇见好人也真是让人非常吃不消的事。

我的月票始终没去补办，不过却幸运地被捡到的人辗转寄回来了，我可以高高兴兴地不再受惠于人了——不过偶然想起随便在车上都能遇见那么多肯"施惠于人"的好人，可见好人倒也不少，台北究竟还是个适合人住的地方。

在一家最大规模的公立医院里，看到一个牌子，忍不住笑了起来，那牌子上这样写着："禁止停车，违者放气。"

我说不出的喜欢它！

老派的公家机关，总不免摆一下衙门脸，尽量在口气上过官瘾，碰到这种情形，不免要说"违者送警"或"违者法办"。

美国人比较干脆，只简简单单地两个大字"No Parking"——"勿停"。

但口气一简单就不免显得太硬。

还是"违者放气"好，不凶霸不懦弱，一点不涉于官方口吻，而且憨直可爱，简直有点孩子气的作风——而且想来这办法绝对有效。

有个朋友姓李，不晓得走路的习惯是偏于内八字或外八字——总之，他的鞋跟老是磨得内外侧不一样厚。

他偶然找到一个鞋匠，请他换鞋跟，很奇怪的，那鞋匠注视了一下，居然说："不用换了，只要把左右互调一下就是了，反正你的两块鞋跟都还有一半是好用的！"

朋友大吃一惊，好心劝告他这样处处替顾客打算，哪里有钱赚，他却也理直气壮：

"该赚的才赚，不该赚的就不赚——这块鞋底明明还能用。"

朋友刮目相看，然后试探性地问他：

"为国家做了一辈子事，退了役还得补鞋，政府真对不起你。"

"什么？人人要这样一想还得了，其实只有我们对不起国家，国家哪有什么对不起我们的。"

朋友感动不已，嗫嗫嚅嚅地表示要送他一套旧西装（他真的怕会侮辱他），他倒也坦然接受了。

不知为什么，朋友说这故事给我听的时候，我也不觉得陌生，而且真切得有如今天早晨我才看过那老鞋匠似的。

有一次在急诊室看医生急救病人，病人已经昏迷了，氧气罩也没用了，医生狠劲地用一个类似皮球的东西往里面压缩氧气。

至少是呼吸系统有毛病。

两个医生轮流压，像打仗似的。

渐渐地，他清醒了，但仍说不出话来，医生只好不断发问来让他点头摇头，大概问十几个问题才碰得上一个点头的答案。

他是在路上发病的，一个亲人也没有，送他来的是一个不相干的人。

后来发现他可以写字——虽然他眼睛一直是闭着的。

医生问他的病历，问他是不是服过某些成药，问他现在的感觉，忽然，那医生惊喜地叫了一声：

“写下去，写下去，再写！你写得真好——哎，你的字好漂亮。”

整个的急救的过程，我都一面看一面佩服，但是当他用欢呼的声音去赞美那病人不成笔画的字的时候，我却为之感动得哽咽起来。

病人果真一路写下去。

也许那病人想起了什么，虽然闭着眼睛，躺在床上仰面而写，手是从生死边缘被救回来的颤抖不已的手——但还有人在赞美他的字！也许是颜体的，也许是柳体，也许什么都不是，只是一个活着的人写的字，可贵的是此刻他的字是“被赞美的字”。

那医生救人的技能来自课本，但他赞美病人的字迹却来自智慧和爱心，后者更足以使整个的急救室像殿堂一样地神圣肃穆起来。

有一位父执辈，颇有算八字的癖好，谁家有了刚生的孩子，他总要抢来时辰，免费服务一番——那是他难得实习的机会。

算久了，他倒有一个发现，现代孩子的命普遍都比老一辈好，他又去找同道证实，得到的结论也都一样，他于是很高兴，说：

“国运一定是好的了，要不是国运好，哪有那么多命好的孩子。”

我自己完全不知道八字是怎么一回事，但听到他的话仍不免欢欣雀跃，甚至肃然起敬——为那些一面在排着神秘的八字一面又不忘忧心国事的人。

在澄清湖的小山上爬着，爬到顶，有点疑惑不知该走哪一条路回去，问道于路旁的一个老兵。

那人简直不会说话得出奇，他说：

“看到路——就走，看到路——就走，再看到路——再走，就到了。”

我心里摇头不已，怎么碰到这么呆的指路人！

赌气回头自己走，倒发现那人说的也没错，的确是“看到路——就走”，渐渐地，也能咀嚼出一点那人言语中的诗意来，天下事无非如此，“看到路——就走”，哪有什么一定的金科玉律，一部二十五史岂不是有路就走——没有路就开路，原来万物的事理是可以如此简单明了——简单明了得有如呆人的一句呆话。

西谚说，把幸运的人丢到河里，他都能口衔宝物而归，我大概也是幸运的人，生活在这座城里，虽也有种种倒霉事，但奇怪的是，我记得住的而且在心中把玩不已的全是这些可爱的片断！这些从生活的渊泽里捞起来的种种不尽的可爱。

关于拥抱

"关于拥抱，你有什么可以告诉我们的吗?"

电话是杂志社的女孩子打来的，声音娇滴滴，她说要采访我，希望我为她说几分钟话，她说，照录下来，就是文章了。

可是，关于拥抱，难道我就能像背书一样在电话里背给她听吗？此时，此地，按钮，说话，五分钟，限题，由别人记录，稿费，当然也算她的。世上哪有这种霸权?

而且，她问我的问题是如此深沉隐秘，怎能在电话上作"按钮就开腔"的机械反应?

"对不起，我没有办法跟你在电话里说。"

"随便谈一谈嘛!"

"对不起，我也没有办法随便谈一谈。"

挂上电话，一方面是轻微的被打扰的不快，一方面也是自庆，庆幸自己逃出来了。报章杂志近年来流行"企划作业"，喜欢把写作者纳入编辑的"主题构想"。作者于是身不由己，只好跟着编辑的调子起舞。我此番逃了出来，真是大幸。

关于拥抱，我其实很想说几句话，但我只想等我自己兴起时才起舞。

有天下午，我去看画展，画家因自小脑性麻痹，不能说话。

我在会场走了两圈，欣赏她明艳浑洒如南方阳光的色彩，以及泼墨般挥纵自如的笔力。这个女子，自出生，便与自己的肢体相搏，她五官曲扭，不能说话，靠"画字"和人沟通，却也居然在美国念到研究所。她画展前托人跟我说，她读过我的书，想见我，可不可以请我去赴她的画展。

我走到她面前，撕了一张纸，写了一行字，告诉她我喜欢她的画。

她立刻跳起来，扑在我身上，将我拥住。

和人作"礼貌式的拥抱"或"热情的拥抱"，两种经验我都不陌生。但此刻被人一下死命抱住的经验却让我大吃一惊——但一切发生得又那么自然，她拿捏不稳自己的肌肉，她无法轻轻拥住我，她像溺水之人抱住浮木似的，抱住我不放，那其间有绝对的信任和友爱。

接下来，我们又在纸上交谈了一会。她的字就书法言可算极丑，东支西离，有如鬼画符，但她的眼神清纯旺炽，使她写给我的字，字字读来如纯钢如精金。

我走出画廊，在南海路上痴立。

这样不服输于命运的女子，这样快乐自适的画家，这样猛烈强悍的拥抱……我一时还不能调适过来。沿着茄冬树，我慢慢的走，一面努力用缓缓的速度，将她刚才拥抱我的那份离奇的大力道，紧紧拥入我的记忆。

别人的同学会

出门的时候，她蔫蔫的，一副意兴阑珊的样子。

多年夫妻了，装高兴的那种把戏看来也大可不必了。装假，实在是很累人的事，更何况，装得不好是会给人拆穿的，反而没趣。

他应该也看出来了，但大概由于理亏，也就不好意思说什么。两人叫了计程车，便往豪华饭店驰去。她本来就讨厌吃“泼费”（“尽量吃饱”的意思），何况又是去跟丈夫的同学吃。

世上无聊的事很多，陪配偶的老同学吃饭大概也算是一桩吧？今天的晚宴，她想像起来，也不觉得会有什么乐趣。所谓“老友”，本来天经地义，就该有点排外。老友聊天如果不能令别人目瞪口呆，片言只语也插不进，那也不叫“老友”了。

这种场合，她知道，做妻子的去了，实在了无生趣。但不去，又显得做丈夫的没面子，连个老婆也搬不动，只好勉勉强强无精打采的去走一遭。等一下，等到达饭店，她会把笑容拿出来挂上脸去，她会把自己装作“鸽派人士”。但现在，她想要休息一下，她把自己缩成一条还没有吹胀的气球，萎绉且扭曲，窝在座椅上。

坐上桌以后，果不出所料，几个男人开始大谈想当年，女人则静静的听，静静的吃，完全插不上嘴。同学会这种地方是不该带配偶的，太不人道了，她想，各人跑各人自己的同学会才对。好在几个太太都是质朴的人，大家低头吃东西，倒也相安。曾经碰到某些太太没话找话说，那才叫累人。

忽然，话锋一转，他们谈到了作弊。而且，他们一致把眼睛望向她的丈夫。

“哎呀，真的，我们班上唯一考试不作弊的人，就是你呀！”

“对呀，就是你，只有你一个！”

她吃了一惊，原来他是唯一的一个！她自己考试不作弊，总以为天下人都该不作弊，没料到丈夫当年竟是唯一的一个。

"那你呢？你也作弊啦!"有个太太多此一举的瞪眼问自己的丈夫。

"我不作我就毕不了业了!"那丈夫理直气壮的回答。

她默默的吃着，什么话也没讲。心里却对自己说，啊，想来那男孩当年也满可爱的，虽然现在的他已是"忠厚"人士，虽然他坐在自己身边竭力不为那份诚实而自得自豪。他的确是个诚实的君子，相处三十多年后，她倒也能为这句话盖上印章，打上包票。

"有时去参加别人的同学会倒也不完全是无聊的事。"

回家的路上，挽着丈夫的手，她想。

仗美执言

我想，开始的时候，她自己也不知道后来会走得这样远。

就像嫘祖，偶然走到树下，偶然看见闪闪发光的茧，听到微风拨划万叶的声音，她惊奇的伸手摘下那枚洁白如雪凝炼如蕾的椭圆形，然后拉开它，伸展它，才发现那是一缕长得说也说不完的故事。她并不知道自己已经扯出了一种叫“丝”的东西，她更不知道整个族人将因而产生一部丝的文化，并且因而会踏出一条绕过半个地球的“丝路”——她只知道那是棵碧绿的好桑树，长在一个温暖柔和的好春天。树上有一枚银银亮亮包容无限的茧，她哪里知道那样轻柔细微的一纤，竟能坚韧得足以缩住一部历史。

又如另个不知名的先民，在一个露水犹湿的清晨来到黄河边。听见水鸟婉转和鸣，一时兴起，便跟着学叫一声：

“关——关——”

水鸟傻傻地应了一声，他顽皮的再学一声。忽然，他发现那以“ㄢ”收尾的关字是多么圆柔婉艳。

“关关。”他说。

“关关雎鸠。”他说，忽然，他知道那是一个好句子。

“关关雎鸠，”他继续念，而水鸟在沙洲上，沙洲在河上，并且由于春草萋萋，看来轻而蓬松，仿佛随时都会顺流飘走。

唉，这样简单，一条河，一个春天，河上一夜之间绿透的半实半虚的沙洲，洲上半隐半现的水鸟，以及一个看见这一切的，又欢喜又悲切的自己。他觉得有话冲到嘴边，就照直说了出来：

“关关雎鸠——在河之洲。”

他并不知道那就是诗，他只想把春天早晨听到看到的说出来罢了。然而，他却吟出了一首诗，从一条河开始。

初识碧华，只知她是诗人罗青的妻子。而“诗人的妻子”这一职分，恐怕已经是负累颇重的名衔了。我一时也没注意她本人。后来在一九八二年我为泰北难民筹款，办了“作家小手艺义卖”，她拿出一些精致的刺绣首饰，才真正把大家吓了一跳。一九八六年她又在台湾民艺文物之家展出一次，作品更见丰美繁富。最近她把心得和作品结成集子，一页页掀开，只觉是一幅幅有插图的诗集——或者说，有说明的画册。歆羡之余，很愿意为她“仗美执言”。

碧华和丝线的因缘其实也很偶然。那年，她母亲出国，留一盒丝线给她，那大概是她第一次惊艳吧？中国人的色彩表现最早的可见于彩陶，至于文字方面的记载，则见于《尚书》：“以五采彰于五色，作服汝明。”可见早期的色彩是和丝线连在一起的（虽然并不因而不和别的连在一起）。彩色丝线的绚丽艳泽足以用来调剂单色的布，进而可以区别官阶军种，算得上是源远流长了。碧华爱上的那盒丝线，溯其源竟可以上接五千年前中国人对蚕丝爱悦流盼的目光。

碧华拿起针来，描摹之际，竟不知不觉便做出类似香包的小手艺，香包其实正是往古时代农业社会初夏时日的好心情。新嫁的女子，在第二年端午节，照例要做些香包分送族人，特别是小孩子，往往可以像“佩六国相印”般带着婶婶、嫂嫂、姊姊等人的不同香包。名为辟邪，其间自有手艺高下巧拙的比较，而新嫁娘的手艺一向是大家争看的焦点。碧华初试手艺时，心情或者亦如新嫁娘吧？分给大家围观传阅的时候，心情亦不过是节庆期间的一团喜气吧？

但缝着缝着，一针一线之余，她竟缝出自成一格的刺绣首饰来了。世上的首饰虽然有金有银有铜有锡有珠有玉有各种钻石宝石且有玻璃、陶瓷、种子、木头、骨头、牙齿……但要找一条精致的刺绣首饰却必须到碧华的工作间去——这件事，开头的时候，我敢说，碧华自己是一点也不知道的。她只是觉得丝线鲜活美丽，她只是知道把两根丝线放在一起会比一条更鲜活美丽，线线相叠，不意就这样竟撞出一番乾坤来了。

我看碧华作品的心情，也如端午节小儿伸手讨新嫁娘的香包，挂在身上，无限喜悦——为那一手生香活色的好针线，为村社间的好年成好节景好兴致，为玩着玩着不知不觉开了宗创了业的潇洒。

细赏碧华作品，或仿战国玉器，莹润温婉。或拟印度色彩，幽艳玄秘。或作螭蛟腾云或成花团锦绣。其心思之致密，品味之醇雅，用色用针之能宏肆能守成，都令人惊喜错愕不已。

如果碧华一开始就立好计划，打出旗号，拟定十年工作进度表，要把自己造成一位“现代化刺绣首饰制作人”当然也没有什么不好。但我更喜欢她目前的程序，是不知不识间拈起一根属于母亲的丝线——然后再拈起另一根。色与色相授，神与形相接。她在不能自持的情况下，一步步陷入困惑和奋扬，作品在梦中涌现，在冥思中成长，复在静定中一针一缕的完成。

我为碧华喜，但更为可以产生碧华的社会喜，为艺术上英雄四起开疆拓土的鹰扬时代喜，为传统可楔入现代喜，更为自己可以看到好东西的权利窃喜。

平视，也有美景

在香港，如果要约人相会，最好的见面地点似乎没什么可争议的，当然是高大醒目的汇丰银行。它离地铁近，是无人不知的地标。

那天，我便和朋友约在那里见面，打算坐缆车上山去吃饭观景。汇丰银行唯一的缺点是范围太大，且因“人同此心”，在此处等人的人海以百计。假日期间菲佣麇聚，如同市集，所以有必要再指定一个小范围来碰头。

“铜狮子吧!”朋友建议，“面对银行右边的那一只。”

朋友细心，狮子照例是一对，如果不说明左右，到时候总有点令人心慌。

我早到了，路远，不容易控制时间，多出二十分钟便只好拿来四处打量人群。新雨初晴，万头攒动，港人是什么大风大浪都经过了，“上海汇丰银行”的盛名炳炳彪彪，比起那些新贵，它是老牌多了。而那两只狮子威仪赫赫，是往昔的也是今日的荣耀。

我于香港，虽是身居过客时为多，但我在这里曾教过书，我的戏也在此演过。我且拥有这个地区的身份证，和汇丰提款卡，使我和她之间不免觉得有点两情缱绻起来。

铜狮子曾被多少双手摸过？它永远那么光滑润泽，摸它的人都心怀喜悦吧？它那么雄壮，却那么驯良无害，每个人都可以一亲它那铜质的清凉的肌肤。

来了一对情侣，在狮身前合照后离去。

来了一个小孩，被大人抱起，摸了一把狮毛，咯咯的笑着走了。

来了一个女子，细瘦郁悒，她轻轻地握了狮腿，面无表情地走开。

我站在一旁看，我想起西方中古世纪有一种“带状演戏”的方法（这不是学术名词，是我为了方便说明姑且用之的讲法）。那时代，有些野台戏的演法是让观众站在路旁，演员则站在车子上（有点像电子花车），车到定位便停下来演一段献给路边的戏迷看。然后车子开走，然后下面会再开来一车，车上的演员会提供下一回合的剧情。如此一车车的情节串成悲欢离合，串成善恶报应，观众则在虚实幻设中喟叹、喜笑、流泪……

我今也是站在银行前的定点上看众生演出、离去、演出、离去……的戏迷。

然后，我看到有个穿黑色唐装的老人扶着杖走来，他慢慢的摸了狮头，又摸了狮座。

“咦，怎么有水?”他叫了一声。

“刚才下过一阵雨。”旁边回答他的年轻女子看来像他的女儿。我这才注意到，他是个瞎子。

“以前，我是看过铜狮子的！好久了！”他说。

啊，女儿真好，真贴心，只有女儿才会想到要带盲眼的父亲出来散心，并且来摸摸这铜狮子。

我要约的朋友来了，我们一起去排队坐缆车。不料等缆车的时候，又碰到这对父女。我的广东话虽不怎么样，却厚着脸皮去找那女孩搭话：

“他是你什么人呀?”

“他是我爹地！”

“你真有心（这句话在粤语中有点等于体贴细致的意思），你爹地有你这样的女儿好福气！”

这时朋友忽然对女孩说：

“我看你有点面熟哩！”

“我看你也是呀！”女孩说。

两人终于对出来了，朋友因为是牧师，有时会去各教堂讲道，他们曾在教堂见过。

于是聊起来，知道他们从广东来香港三十年了，知道她爸爸是这些年失明的，知道这位身着黑色唐装的老人从前是读过中国古书的，“会背好多文章和诗词歌赋呢！”女孩无限景仰地夸耀着，老人则温和地浅笑。

“你有这个女儿，好过人家好多仔（儿子）哩！”

老人一径微笑，用最谦逊的表情承认了他的骄傲。

到太平山坐缆车并赴山顶餐厅吃饭，一般人目的只有一个，便是俯瞰山下的千门万户和依依港湾——我不好意思问女孩，对于失明的父亲，这一切，不都浪费了吗?

然而，缆车上，闭上眼，我揣摩盲人的世界，车子往上攀爬的时候，其实身体也是有感觉的。下了缆车，如鞭的山风自然跟平地是迥然不同的。盲人于风景既不能俯望也不能仰望，但当女儿牵着他手徐徐前行的时候，他会知道，自己就是令人羡慕的大好的风景。

餐厅的人潮里我们走失了，但我知道，午餐的好味道他是嚼得出来的，而午后山径上的阳光，他也必然知道其好处在哪里。

不属于视觉的好东西其实也蛮多的，其中最好的一项当然便是女儿——一个笑话朗朗，半肩柔发，一路搀着父亲的好女儿。

下一次，下一次我如果再去汇丰总行，我会好好摸一下那只铜狮子。我会感知触摸的世界是如何清凉有致，感知世间曾有多少只手，各以他们一己的体温和指纹留下他们无言的故事。

登高俯瞰，原是许多城市常见的观光项目。如果你坐进旋转餐厅吃饭，你还可以看到整个三百六十度的“完全景观”——但我真正志之不忘的，其实只是在寻常的小街角，用平视的角度所看到的小人物，以及他们平凡而又庸常的父慈子孝。平视——不一定要仰视或俯视——也有美景。

我 在

记得是小学三年级，偶然生病，不能去上学。于是抱膝坐在床上，望着窗外寂寂青山、迟迟春日，心里竟有一份巨大幽沉至今犹不能忘的凄凉。当时因为小，无法对自己说清楚那番因由，但那份痛，却是记得的。

为什么痛呢？现在才懂，只因你知道，你的好朋友都在那里，而你偏不在，于是你痴痴地想，他们此刻在升旗吗？他们在操场上追追打打吗？他们在教室里挨骂吗？他们到底在干什么啊？不管是好是歹，我想跟他们在一起啊！一起挨骂挨打都是好的啊！

于是，开始喜欢点名，大清早，大家都坐得好好的，小脸还没有开始脏，小手还没有汗湿，老师说：

“×××”

“在！”

正经而清脆，仿佛不是回答老师，而是回答宇宙乾坤，告诉天地，告诉历史，说，有一个孩子“在”这里。

回答“在”字，对我而言总是一种饱满的幸福。

然后，长大了，不必被点名了，却迷上旅行，每到山水胜处，总想举起手来，像那个老是睁着好奇圆眼的孩子，回一声：

“我在。”

我在，和“某某到此一游”不同，后者张狂跋扈，目无余子，而说“我在”的仍是个清晨去上学的孩子，高高兴兴地回答长者的问题。

其实人与人之间，或为亲情或为友情或为爱情，哪一种亲密的情谊不是基于我“在”这里，刚好，你也“在”这里的前提？一切的爱，不就是“同在”的缘分吗？就连神明，其所以为神明，也无非由于“昔在、今在、恒在”，以及“无所不在”的特质。而身为一个人，我对自己“只能出现于这个时间和空间的局限”感到另一种可贵，仿佛我是拼图板上扭曲奇特的一块小形状，单独看，毫无意义，及至恰恰嵌在适当的时空，却也是不可少的一块。天神的存在是无始无终浩浩莽莽的无限，而我是此时此际此山此水中的有情和有觉。

有一年，和丈夫带着一团年轻人到美国和欧洲去表演，我坚持选崔颢的《长干行》作为开幕曲，在一站复一站的陌生城市里，舞台上碧色绸子抖出来粼粼水波，唐人乐府悠然导出：

君家何处住？
妾住在横塘。
停船暂借问，
或恐是同乡。

渺渺烟波里，只因一错肩而过，只因你在清风我在明月，只因彼此皆在这地球，而地球又在太虚，所以不免停舟问一句话，问一问彼此隶属的籍贯，问一问昔日所生，他年所葬的故里。那年夏天，我们也是这样一路去问海外中国人的隶属所在啊！

一九八三年九月二十四日我到香港教书，翌日到超级市场去买些日用品，只见人潮涌动，米、油、罐头、卫生纸都被抢购一空。当天港币与美金的比例跌至最低潮，已到了十与一之比。朋友都替我惋惜，因为薪水贬值等于减了薪。当时我望着快被搬空的超级市场，心里竟像疼惜生病的孩子一般地爱上这块土地。我不是港督，不是黄华，左右不了港人的命运。但此刻，我站在这里，跟缔造了经济奇迹的香港的中国人在一起。而我，仍能应邀在中文系里教古典诗，至少有半年的时间，我可以跟这些可敬的同胞并肩，不能做救星，只是"在一起"，只是跟年轻的孩子一起回归于故国的文化。一九九七年，香港的命运会如何？我不知道，只知道曾有一个秋天，我在那里，不是观光客，是"在"那里。

旧约《圣经》里记载了一则三千年前的故事，那时老先知以利因年迈而昏聩无能，坐视宠坏的儿子横行。小先知撒母耳却仍是幼童，懵懵懂懂地穿件小法袍在空旷的大圣殿里走来走去，然而，事情发生了，有一夜他听见轻声呼唤：

"撒母耳！"

他虽渴睡却是个机警的孩子，跳起来，便跑到老以利面前：

“你叫我，我在这里!”

“我没有叫你，”老态龙钟的以利说，“你去睡吧!”

孩子去躺下，他又听到相同的叫唤：

“撒母耳!”

“我在这里，是你叫我吗?”他又跑到以利跟前。

“不是，我没叫你，你去睡吧。”

第三次他又听见那召唤的声音，小小的孩子实在给弄糊涂了，但他仍然尽快跑到以利面前。

老以利蓦然一惊，原来孩子已经长大了，原来他不是小孩子梦里听错了话，不，他已听到第一次天音，他已面对神圣的召唤。虽然他只是一个稚弱的小孩，虽然他连什么是“天之钟命”也听不懂，可是，旧时代毕竟已结束，少年英雄会受天承运挑起八方风雨。

“小撒母耳，回去吧！有些事，你以前不懂，如果你再听到那声音，你就说：‘神啊！请说，我在这里。’”

撒母耳果真第四度听到声音，夜空烁烁，廊柱耸立如历史，声音从风中来，声音从星光中来，声音从心底的潮声中来，来召唤一个孩子。撒母耳自此至死，一直是个威仪赫赫的先知，只因多年前，当他还是稚童的时候，他答应了那声呼唤，并且说：“我，在这里。”

我当然不是先知，从来没有想做“救星”的大志，却喜欢让自己是一个“紧急待命”的人，随时能说：“我在，我在这里”。

这辈子从来没喝得那么多，大约是一瓶啤酒吧，那是端午节的晚上，在澎湖的小离岛。为了纪念屈原，渔人那一天不出海，小学校长陪着我们和家长会的朋友吃饭，对于仰着脖子的敬酒者你很难说“不”。他们喝酒的样子和我习见的学院人士大不相同，几杯下肚，忽然红上脸来，原来酒的力量竟是这么大的。起先，那些宽阔黧黑的脸不免有一份不自觉的面对台北人和读书人的卑抑，但一喝了酒，竟人人争着说起话来，说他们没有淡水的日子怎么苦，说淡水管如何修好了又坏了，说他们宁可倾家荡产，也不要天天开船到别的岛上去搬运淡水……

而他们嘴里所说的淡水，从台北人看来也不过是咸涩难咽的怪味水罢了——只是于他们却是遥不可及的美梦。

我们原来只是想去捐书，只是想为孩子们设置阅览室，没有料到他们红着脸粗着脖子叫嚷的却是水！这个岛有个好听的名字，叫岛屿，岩岸是美丽的黑得发亮的玄武石组成的。浪大时，水珠会跳过教室直落到操场上来，澄莹的蓝波里有珍贵的丁香鱼，此刻餐桌上则是酥炸的海胆，鲜美的小鳍……然而这样一个岛，却没有淡水……

我能为他们做什么？在同盏共饮的黄昏，也许什么都不能，但至少我在这里，在倾听，在思索我能做的事……

读书，也是一种“在”。

有一年，到图书馆去，翻一本《春在堂笔记》，那是俞樾先生的集子，红绸精装的封面，打开封底一看，竟然从来也没人借阅过，真是“古来圣贤皆寂寞”啊！心念一动，便把书借回家去，书在，春在，但也要读者在才行啊，我的读书生涯竟像某些人玩“碟仙”，仿佛面对作者的精魄。对我而言，李贺是随召而至的，悲哀悼亡的时候，我会说：“我在这里，来给我念那首《苦昼短》吧！念‘吾不识青天高，黄地厚，唯见月寒日暖，来煎人寿。’”读那首韦应物的《调笑令》的时候，我会轻轻地念“胡马胡马，远放燕支山下，跑沙跑雪独嘶，东望西望路迷，迷路迷路，边草无穷日暮”，一面觉得自己就是那从唐朝一直狂驰至今不停的战马，不，也许不是马，只是一股激情，被美所迷，被莽莽黄沙和胭脂红的落日所震慑，因而心绪万千，不知所止的激情。

看书的时候，书上总有绰绰人影，其中有我，我总在那里。

《旧约》创世记里，堕落后的亚当在凉风乍至的伊甸园把自己藏匿起来。

上帝说：

“亚当，你在哪里？”

他噤而不答。

如果是我，我会走出，说：

“上帝，我在，我在这里，请你看着我，我在这里。不比一个凡人好，也不比一个凡人坏，有我的逊顺祥和，也有我的叛逆凶戾，我在我无限的求真求美的梦里，也在我脆弱不堪一击的人性里，上帝啊，俯察我，我在这里。”

我在，意思是说我出席了，在生命的大教室里。

几年前，我在山里说过的一句话容许我再说一遍，作为终响：

“树在。山在。大地在。岁月在。我在。你还要怎样更好的世界？”

摇动过，但依然是我的土地

“黄来了，新加坡的黄，你记得吗？我们也许明天请他吃饭聊聊。”丈夫跟我说这句话是在晚餐的时候。

每次去新马，黄都把我的安适看成他的责任，三年不见，不知他怎么样了。但我也来不及想他，晚饭后睡了一觉，十二点起来赶稿。老朋友逼着要，躲不掉的。

那篇稿写的是台湾，写的时候自己几乎要笑出来，一所秀朗国小比南太平洋的小岛国“诺鲁”要大好多倍哩！那个国家真是人丁不旺，总共才八千零四十二人；吐瓦鲁也好不到哪里去，才一万人，我们一所秀朗国小就够成立好几个国家了。但高山上那只有一两个学生的国小也很动人，一切的教室、教学设备、师资仍然一丝不苟，只为对那一两个孩子有所预期，只为了让每个幼小者都能有学习的惊喜。写着写着，又写到玉山，写到国家公园。四点钟，女儿也起来了，我们各据餐桌一方，互不说话，认真忙自己的“功课”。

五点了，我去找录音机，打算把杂乱的稿子念一遍，供人誊抄。一站起来，只觉地覆天翻，女儿叫起来，我拉她躲在餐桌下面，那经验又恐惧又好玩。我们母女从来还不会如此鼻子贴鼻子地蹲在桌子底下哩！即使在她极幼小的时候也不曾；家中两个男生也爬起来了，家里闹嚷一片，像除夕夜。

我六点躺下，把闹钟拨到七点，因为八点有课，整个过程里我只能说，上帝，别开玩笑，我们禁不起这样乱摇，我这一夜累坏了，我没有时间去“被震”啊！不管怎么样，我要先睡一个钟头。

第二天，丈夫回来，依然是晚餐时分，他说：

“黄走啦，不用请客了，他吓坏了，原来是明天的机票，他硬去换成今天的，我请人去送他，你猜怎么样？机场里人山人海，都是观光客，都是给地震吓倒的，一个个嚷着要立刻划票回家。”

我一面听他说，一面试图从玻璃瓶里取出今年第一批做的芥菜心来尝，芥菜心独有的辣味直冲，我忍住眼泪。

奇怪啊，地震的时候我其实也是怕的，却打死也万万想不到出国的念头，当时只一心等地震过去，好赶快爬出来修改不甚满意的底稿。间或摇得太不像话的时候，就从心里跟上帝顶顶嘴，表示异议。摇得更厉害的时候干脆把心一横，搂着女儿对自己说："好家伙，死就死吧，这辈子活得也不枉了，怕什么?"

因为是自己的土地，因为是自己的天空，因为不是观光客，所以地动天摇的时候，心情无论如何惊惧，仍然拿脚跟踩住这块地，仍然用头颅顶着这片天。就算死，千年后，有人从劫灰中掘出成尘的你我，我们的骨血仍然饱含着今夜的月光，仍然化验得出本土的泥屑。

事后检点门户，最重要的损失是一只瓮，它倒在地下，裂了，水流得满地，我把植物拿起来，破片收好，丈夫把水擦得半干——反正剩下的它自己会干的。这一切都是在凌晨前赶睡一小时早觉之前做好的。

我睡在床上，犹在盘想，明天要去找一罐树脂，把跌破的瓮仔细黏了，黏好以后当然不能再放水来养植物了，那也无妨，破瓮还是可以插点枯枝或干燥花的，学校后山上的箕芒冬天来了会干得很好看，有空可以摘一把回来……好困，但仍在有一搭没一搭的想那只瓮……这是我的地盘，摇过震过，而且难保明天不继续摇撼，但它是我唯一的爱，我从来无法把它跟别的土地放在一起来选择，余震似乎犹在，明天我会去补那只瓮……我终于理由充足的睡着了。

肉体有千万种受难的形态

我因事去找一位医生，那天我自己并不看病，便坐在诊疗室里等他看完最后几个病人。

进来一个六十岁左右的妇人。

“哪里不舒服？”医生不怒自威。

妇人蹙着眉，诉起苦来：

“早上起来，这膀子呀，说不出的不舒服——”

医生捏捏她的肩臂。

“痛不痛？”

“不痛。”

“酸不酸？”

“不酸。”

“又不痛，又不酸——那你来看什么？”

“我——”妇人一时语塞。

我听得发急。这医生并不是坏人，但他的词汇怎么就这么贫乏呢？难道人的身体不会发生酸痛以外的不舒服吗？

我忍不住插嘴：

“是不是，僵——？”

妇人高兴起来：

“啊，对，就是‘僵’！早上起来，整个膀子都‘僵’！”

医生低头去画了些字，大概在开药吧？我不好意思再多说什么，我当时心中其实很想多叮咛他几句，我想说：

“医生啊！你知道你在干什么吗？你在‘医’人啊！

“而‘人’又是个多么复杂精致的生物，这种生物不是每一个都能把自己整顿出条理来的，不是每一个都能把自己分析得头头是道的。他们是迷乱的，颠倒的，词不达意的，他们并不确实知道自己在干些什么。他们到医院来，他们是前来求救的，然而他们说不清楚——生命里巨大的事物谁又说得清楚?

“在这一桩桩病情申诉里面，充满肉体无辜的冤情，医生有时也是法官吧？某妻子的肺癌是一部她丈夫的抽烟史；某老父的十二指肠溃疡是缘于独子的一场车祸。他们来看病，其实也是来看他们生命里的悲情，诊疗室有如神父据守的神龛，可以听尽天下苍生的谶词和申诉。

“因此，医生啊！能否让自己的语言再精致一点，再丰富一点，再准确一点，再推敲仔细一点——要知道，你和病人共同形容的，是一具活生生的生命啊!”

在既不酸，又不痛之外，医生啊！肉体还有千万种受难的形态都等待申诉呢!

陈年老茶

香港街头，是一个奇怪的地方，她是古老的龙鳞闪烁，她是东方珍珠暧昧的魔光。她是故国，她是他乡。她是大英帝国最后的虚荣，她是余风犹存的小小渔港。我爱逛香港的街。

终于在一个茶叶店门前停下脚，茶店名叫×记茶行，是个百年老店了，虽然门面不大。但茶叶店原来就不需多大的，老茶行自有一番郁郁沉沉的潜德幽光。茶香细细，在下午的斜阳中如天女纺纱，云疋流泻一地，并且逐渐漫出室外，铺满大街，横绝人世。令人想起很多好东西，例如岁月，例如星河，例如夏天夜里从来没能听完就已沉沉睡去的长长童话故事……

×记茶行，其实不是我的乡愁，是我朋友 M 的乡愁。她因小时候住过香港，×记便成了她童年记忆中永恒的烙印。我今站在此，仿佛犹见当日的那个小女孩，当年的茶行一定曾是长街上非常了不起的一座坐标吧！

我来此，也许只为向百年致敬，并不为买茶叶。出门在外，习惯上我总带一包台湾茶的。我带的那包茶上印了一行字：

“保存期限一年。”

我收拾行李的时候倒也没有仔细想过这句话，现在站在×记茶行里，发现某个看似珍藏的茶罐外写了一排字，倒忍不住惊奇了。那字这样说：

“陈年老茶，治小儿肚痛。”

我于是去问老板：

“陈年老茶，到底多老呢？”

“都有呀，二十年，三十年，都有呀！”

咦？看来陈茶如陈酒，都是难得的极品。奇怪，我行囊中的那包其保存期限规定是一年，这茶行却卖着二三十年前的老茶。我不懂茶，不知道透过什么手续，新茶就能变成好“陈茶”，可以封入细致的瓷罐里，年复一年，不减其芬芳，只增其酽美。

某出版社要重出我的四本书，都是二十年前的旧作了，我有点畏惧，几乎想逃避。校对之际尤感艰难，简直仿佛要跟一位老同学打交道似的，我得面对昔日的我，我得坐下来和她细话当年。

曾经是新采的茶菁，曾经在叶脉上犹然含着朝露腻着月光，而这一切如今已制定为一罐茶——然而，它是过了保存期限的作废茶？抑是老茶行小瓷罐里的陈年老茶？（可以治疗某个消化不良的小儿的肚痛的）这个问题对每个书写者而言都等于在下一份无情的战书，而书写者本身并没有资格回答这问题——有资格回答的人是读者。

没有烟火可以持续辉耀二十年，没有掌声可以一直鼓响二十年，唯陈年老茶可以甘醇沉厚，入喉柔粹深美。

我能这样期待自己的作品吗？

闻 歌

听小孩唱歌，别有一番大惊动。

这小孩唱的是首黑人灵歌，歌名叫“老黑乔”，算是一首许多人听熟了的歌。我当时正开着车，猝不及防，这小孩的歌，便沿广播系统流满一车，让人无从闪躲。

黑人灵歌别有肺肠，是伤心到极处以后的自我疗程。听者几乎可以从那歌声中揣摩歌者似乎正一面舐着刚刚新绽裂的鞭伤，一面用歌声反击。

沉默的时候，黑人是输家——可是，只要黑人一开口，连天使都要震动三分、退避三分。那歌声是整个非洲的乡愁，加上整个美洲的载重。是夜半无人时，从咸咸的伤口里喷洒出来的甜甜的赞美和颂词。初听一声黑人灵歌，如遭雷殛，站不稳，连退三步的事也是有的。

黑人唱“死亡”主题，淡淡的忧伤中自有其无限的甜柔蜜意，死了，告别人世的苦厄悲辛，与逝者永相欢聚。再没有人诠释死亡诠释得如此安详利落。

然而这种一事不经的小孩又懂得什么叫死亡呢？他们连病痛和衰老都不见得能想像，他们又哪里知道什么叫死亡呢？不知道什么叫死亡的人如果唱死亡也是不足畏也，怕它作甚？但，奇怪的是，这些不懂死亡的孩子唱起死亡来竟一样令人痛断肝肠。这大概略如某些人相信梵文经典具有法力，即使交由“有口无心”不识梵文的小和尚来念，也一样可以降魔伏虎。

音乐和文字大概也具有这种魔异法力，不须经过什么伟大的诠释，竟也自自然然能移人。歌者只要干干净净的把它唱出来，唱得准准确确，效果便如柔弱的女子纤指轻按密码，只要按对，巨大的闸门自可挪开。

成人唱歌，不知为什么有时反而坏事。成人不透明，他总是把一首蓝色的歌加点红，唱成了紫。或者加点黄，唱成了绿。结果诠释变成了扭曲。他又像在素雅的雪菜百叶的翡翠白玉般的组合中加了一匙黑乌乌的酱油，他又像在香甜焦黄的炸麻团上不由分说的洒上了黑胡椒酱。

孩子却是晶莹剔透的，没有杂质，没有解释，而你不可能误解。

好的成人懂得在诠释之际保留本质。如果歌是蓝的，他加点黑，使颜色变成暗蓝，或加点白，使颜色变成粉蓝，加点铅色，变成银蓝……好的成人歌者只用一点自己的色彩去衬托、去说明，却不离其本。显得那一点点出轨像美人身上的香水，虽也诠释了美人，却总在若有若无之间。

下一次，我想，下一次听小孩唱歌我要小心一点，他们也可以引发极强的点爆力，他们笑面如蜜，歌声香腻如枫糖浆。但他们却可以让闻歌的耳朵如遭薄刃，如逢地雷，只要他们唱的是一首悲伤的歌，你休想逃脱音乐的掌心。孩子是音乐世界的小帝王，决不因为他们小而短少王权，权杖一旦伸出，致命的裁决还是有效的。

啊，想起那直着喉咙唱出的童音，想起“老黑乔”的调子，是如何令人热耳酸心啊！

情　怀

不知从什么时候开始，我变成了一个容易着急的人。

行年渐长，许多要计较的事都不计较了，许多渴望的梦境也不再使人颠倒，表面看起来早已经是个可以令人放心循规蹈矩的良民，但在胸臆里仍然暗暗的郁勃着一声闷雷，等待某种不时的炸裂。

仍然落泪，在读说部故事诸葛武侯废然一叹，跨出草庐的时候；在途经罗马看米开朗琪罗一斧一凿每一痕都是开天辟地的悲愿的时候；在深宵不寐，感天念地深视小儿女睡容的时候。

忽焉就四十岁了，好像觉得自己一身竟化成二个，一个正咧嘴嘻笑，抱着手冷眼看另一个，并且说：

“嘿，嘿，嘿，你四十岁啦，我倒要看着你四十岁会变成什么样子哩!”

于是正正经经开始等待起来，满心好奇兴奋伸着脖子张望即将上演的“四十岁时”，几乎忘了主演的人就是自己。

好几年前，在朋友的一面素壁上看见一幅英文格言，说的是：

“今天，是此后余生的第一天。”

我谛视良久，不发一语，心里却暗暗不服：

“不是的，今天是今生到此为止的最后一天。”

我总是着急，余生有多少，谁知道呢？果真如诗人说的“百年梳三万六千回”的悠悠栉发岁月吗？还是“四季攸来往，寒暑变为贼，偷人面上花，夺人头上黑”的霸道不仁呢？有一年，眼看着患癌症的朋友史惟亮一寸寸的走远，那天是二月十四，日历上的情人节，他必然还有很绵缠不尽的爱情吧，“中国”总是那最初也是最后的恋人，然而，他却走了，在情人节。

我走在什么时候？谁知道？只知道世方大劫，一切活着的人都是叨天之幸，只知道，且把今天当做我的最后一天，该爱的，要来不及的去爱，该恨的，要来不及的去恨。

从印度、尼泊尔回来，有小小的人世间的得意，好山水，好游伴，好情怀，人生至此，还复何求？还复何夸？回来以后，急着去看植物园的荷花，原来不敢期望在九月看荷的，但也许喀什米尔的荷花湖使人想痴了心，总想去看看自己的那片香红，没想到她们仍在那里，比六月那次更灼然。回家忙打电话告诉慕蓉，没想到这人险阴，竟然已经看过了。

“你有没有想到，”她说，“就连这一池荷花，也不是我们‘该’有的啊！”

人是要活很多年才知道感恩的，才知道万事万物包括投眼而来的翠色，附耳而至的清风，无一不是豪华的天宠。才知道生命中的每一霎时间都是向永恒借来的片羽，才相信胸襟中的每一缕柔情都是无限天机所流泻的微光。

而这一切，跟四十岁又有什么关联呢？

想起古代的东方女子，那样小心在意的贮香膏于玉瓶，待香膏一点一滴的积满了，她忽然竟渴望就地一掷，将猛烈的馨香并作一次挥尽，啊！只要那样一度，够了。

想起绝句里的剑客，“十年磨一剑，霜刃未曾试。今日把似君，谁有不平事？”分明一个按剑的侠者，在清晨跨鞍出门，渴望及锋而试。

想起朋友亮轩少年十七岁，过中华路，在低矮的小馆里见于右任的一副联“与世乐其乐，为人平不平”，私慕之余，竟真能效志。人生如果真有可争，也无非这些吧？

又想起杨牧的一把纸扇，扇子是在浙江绍兴买的，那里是秋瑾的故居，扇上题诗曰：

连雨清明小阁秋，
横刀奇梦少时游。
百年堪羡越园女，
无地今生我掷头。

冷战的岁月是没有掷头颅的激情的。然而，我四十岁了，我是那扬瓶欲作一投掷的女子，我是那挎刀直行的少年。人世间总有一件事，是等着我去做的；石槽中总有一把剑，是等着我去拔的。

去年九月，我们全家四人到恒春一游。由于娘家至今在屏东已住了二十八年，我觉得自己很有理由把那块土地看做故乡了。阳光薄金，秋风薄凉，猫鼻头的激浪白亮如抛珠溅玉，立身苍茫之际，回顾渺小的身世，一切幼时所曾羡慕的，此刻全都有了。曾听人说流星划空之际，如果能飞快地说出祈愿便可实现，当时多急着想练好快利的口齿啊，而今，当流星过眼我只能知足地说：

“神啊，我一无祈求!”

可是，就在那一天，我走到一个小摊子前面，一些褐斑的小鸟像水果似的绑成一串吊在门口，我习惯地伸出手摸了它一下。忽然，那只鸟反身猛啄了我一口，我又痛又惊，急速的收回手来，惶然无措的愣在那里。

就在那一瞬间，我忽然忘记痛，第一次想到鸟的生涯。

它必然也是有情有知的吧？它必然也正忧痛煎急吧？它也隐隐感到面对死亡的不甘吧？它也正郁愤悲挫忽忽如狂吧？

我的心比我的手更痛了。这是我第一次遇见不幸的伯劳，在这以前它一直是我案头古老的《诗经》里的一个名字，“七月鸣鵙”，鵙，便是伯劳了，伯劳也是“劳燕分飞”典故里的一部分。

稍往前走，朋友指给我看烤好的鸟。再往前走，他指给我看堆积满地的小伯劳鸟的嘴尖。

“抓到就先把嘴折下来，免得咬人。然后才杀来烤，刚才咬你的那种因为打算卖活的，所以嘴尖没有折断。”

朋友是个尽责的导游，我却迷离起来。这就是我的老家屏东吗？这就是古老美丽的恒春古城吗？这就是海滩上有着发光的“贝壳沙”的小镇吗？这就是入夜以后沼气的蓝焰会从小泽里亮起来的神话之乡吗？“恒春”不该是“永恒的春天”吗？为什么有名的“关山落日”前，为什么惊心动魄的万里夕照里，我竟一步步踩着小鸟的嘴尖？

要不要管这档子闲事呢？

寄身在所谓的学术单位里已经是十几年了，学人的现实和计较有时不下商人，一位坦白的教授说：

“要我帮忙做食品检验？那对我的研究计划有什么好处？这种事是该卫生署做的，他们不做了，我多管什么闲事，我自己的 Paper 不出来，我在学术界怎么混？”

他说的没有错。只是我有时会想起胡金铨的“龙门客栈”，大门砰然震开，白衣侠士飘然当户。

“干什么的？”

“管闲事的！”

回答得多么理直气壮。

我为什么想起这些？四十岁还会有少年侠情吗？为什么空无中总恍惚有一声召唤，使人不安。

我不喜欢“善心人士”的形象，“慈眉善目”似乎总和衰老、妇道人家、愚弱有关。而我，做起事来总带五分赌气性质，气生命不被尊重，气环境不被珍惜。但是，真的，要不要管这档闲事呢？管起来钱会浪费掉，睡眠会更不足，心力会更交瘁，而且，会被人看成我最不喜欢的“善士”的模样，我还要不要插手管它呢？

教哲学的梁从香港来，惊讶地看我在屋顶上种出一畦花来。看到他，我忽然唠唠叨叨，在嘻笑中也哲学起来了。

“你知道，在这个世界上，我终于慢慢明白，我能管的事太少了，北爱尔兰那边要打，你管得着吗？巴基斯坦这边要打，你压得了吗？小学四年级的音乐课本上有一首歌这样说：‘看我们少年英豪，抖着精神向前跑，从心底喊出口号，要把世界重改造，为着民族求平等，为着人类争公道，要使全球万国间，到处胜欢笑。’那时候每逢刮风，我就喜欢唱这首歌顶着风往前走。可是，三十年过去了，我不敢再说这样的大话，‘要把世界重改造’，我没有这种本事，只好回家种一角花圃，指挥指挥四季的红花绿卉。这就是辛稼轩说的，人到了一个年纪，忽然发现天下事管不了，只好回过头来‘乃翁依旧管些儿，管竹、管山、管水’。我呢，现在就管它几棵花。”

说的时候自然是说笑的，朋友认真的听，但我也知道自己向来虽不怕“以真我示人”，只是也不曾“以全我示人”。种花是真的，刻意去买了竹床竹椅放在阳台上看星星也是真的，却像古代长安街上的少年，耳中猛听得金铁交鸣，才发觉抽身不及，自己又忘了前约，依然伸手管了闲事。

一夜，歇下驰骋终日的疲倦，十月的夜，适度的凉，我舒舒服服的独倚在一张为看书而设计的躺榻上，算是对自己一点小小的纵容吧！生平好聊天，坐在研究室里是与古人聊天，与西人聊天。晚上读闲书读报是与时人聊天。写文章，则是与世人与后人聊天，旅行的时候则与达官贵人或老农老圃闲聊。

想来属于我的一生，也无非是聊了些天而已。

忽然，一双忧郁愠怒的眼睛从报纸右下方一个不显眼的角落向我投视来，一双鹰的眼睛，我开始不安起来。不安的原因也许是因为那怒睁的眼中天生有着鹰族的锐利奋扬，但是不止，还有更多。我静静的读下去，在花莲，一个叫玉里的镇，一个叫卓溪乡古风村的地方，一只“赫氏角鹰”被捕了。从来不知道赫氏角鹰的名字，连忙去查书，知道它曾在几万年前，从喜马拉雅和云南西北部南下，然后就留在中央山脉了，它不是台湾特有鸟类，也不是偶然过境的候鸟，而是“留鸟”。这一留，就是几万年，听来像绵绵无尽期的一则爱情故事。

却有人将这种鸟用铁夹捕了，转手卖掉，得到五千元。

我跳起来，打长途电话到玉里，夜深了，没人接。我又跑到桌前写信，急着找限时信封作读者投书。信封上了，我跑下楼去推脚踏车寄信，一看腕表已经清晨五点了，怎么会弄到这么晚的？也只能如此了，救生命要紧！

跨车回来，心中亦平静亦激动，也许会带来什么麻烦，会有人骂我好出风头，会有人说我图名图利，会有人铁口直断说：“我看她是要竞选了！”不管他，我且先去睡两个小时吧！我开始隐隐知道刚才的和那只鹰的一照面间我为什么不安，我知道那其间有一种召唤，一种几乎是命定的无可抗拒的召唤。那声音柔和而沉实，那声音无言无语，却又清晰如面晤，那声音说：“为那不能自述的受苦者说话吧！为那不能自伸的受屈者表达吧！”

而后，经过报上的风风雨雨，侦骑四出，却不知那只鹰流落在哪里，我的生活从什么时候开始竟和一只鹰莫名其妙的连在一起了？每每我凝视照片，想像它此刻的安危，人生际遇，真是奇怪。过了二十天，我人到花莲，主持了两个座谈会，当晚住在旅社里。当门一关，廊外海潮声隐隐而来，心中竟充满异样的感激。生平住过的旅社虽多，这一间却是花莲的父老为我预定并付钱的。我感激的是自己那一点的善意和关怀被人接纳。有时也觉得自己像说法化缘的老僧，虽然每遭白眼，但也能和人结成肝胆相照的朋友。我今夕蒙人以一饭相款，设一榻供眠，真当谢天，比起古代餐风露宿的苦行僧，我是幸运的。

第二天一早搭车到宜兰，听说上次被追索的赫氏角鹰便是在偷运台北的途中死在那里。我和鸟类专家张万福从罗东问到宜兰，终于在一家“山产店”

的冻箱里找到那只曾经搏云而上的高山生灵，而今是那样触手如坚冰的一块尸骨。站在午间陌生的小市镇上，山产店里一罐罐的毒蛇药酒，从架上俯视我。这样的结果其实多少也是意料中的，却仍忍不住悲怆。四十岁了，一身仆仆，站在小城的小街上，一家陈败的山产店前，不肯服输的心底，要对抗的究竟是什么呢？

和张万福匆匆包了它就赶北宜公路回家了，黄昏时在台北道别，看他再继续赶往台中的路，心中充满感恩之意。只为我一通长途电话，他就肯舍掉两天的时间，背着一大包幻灯片，从台中台北再转花莲去“说鸟”。此人也是一奇，阿美族人，台大法律系毕业，在美军顾问团做事，拿着高薪，却忽然发现所谓律师常是站在有钱有势却无理的一边，这一惊非同小可，于是弃职而去，一跑跑到大度山的东海潜心研究起鸟类生态来。故事听起来像江洋大盗忽然收山不做而削发皈依，反度起众人一般神奇。而他却是如此平实的一个人，会傻里傻气呆在野外从早上六点到下午六点，仔细数清楚棕面莺的母鸟喂了四百八十次小鸟的记录。并且会在座谈会上一一学鸟类不同的鸣声。而现在，“赫氏角鹰”交他去做标本，一周以后那胸前一片粉色羽毛的幼鹰会乖乖的张开翅膀，乖乖的停在标本架上，再也没有铁夹去夹它的脚了，再也没有商人去辗转贩卖它了，那永恒的展翼啊！台北的暮色和尘色中，我看他和鹰绝尘而去，心中的冷热一时也说不清。

我是个爱鸟人吗？不是，我爱的那个东西必然不叫鸟，那又是什么呢？或许是鸟的振翅奋扬，是一掠而过，将天空横渡的意气风发，也许我爱的仍不是这个，是一种说不清的生命力的展示，是一种突破无限时空的渴求。

曾在翻译诗里爱过希腊废墟的漫草荒烟，曾在风景明信片上爱过夏威夷的明媚海滩，曾在线装书里迷上“黄河之水天上来”，曾在江南的歌谣里想自己驾一叶迷途于十里荷香的小舟……而半生碌碌，灯下惊坐，忽然发现魂牵梦萦的仍是中央山脉上我未曾及睹其生面的一只鹰鸟。

四十岁了，没有多余的情感和时间可以挥霍，且专致地爱脚跟下的这片土地吧！且虔诚的维护头顶的那片青天吧！生平不识一张牌，却生就了大赌徒的性格，押下去的那份筹码其数值自己也不知道，只知道是余生的岁岁年年，赌的是什么？是在我垂睫大去之际能看到较澄澈的河流，较清鲜的空气，较青翠的森林，较能繁息生养的野生生命……输赢何如？谁知道呢？但身经如此一番大博，为人也就不枉了。

和丈夫去看一部叫《女人四十一枝花》的电影，回家的路上格格笑个不停，好莱坞的爱情向来是如此简单荒唐。

“你呢?”丈夫打趣，“你是不是女人四十一枝花?”

“不是，”我正色起来，“我是‘女人四十一枚果’，女人四十岁还作花，也不是什么含苞盛放的花了，但是如果是果呢，倒是透青透青初熟的果子呢!”

一切正好，有看云的闲情，也有犹热的肝胆，有尚未收敛也不想收敛的遭人妒的地方，也有平凡敦实容许别人友爱的余裕，有高龄的父母仍容我娇痴无忌如稚子，也有广大的国家容我去展怀一抱如母亲，有霍然而怒的盛气，也有湛然一笑的淡然。

还有什么可说呢? 芽嫩已过，花期已过，如今打算来做一枚果，待果熟蒂落，愿上天复容我是一粒核，纵身大化，在新着土处，期待另一度的芽叶。

炎　凉

我有一张竹席，每到五六月，天气渐趋暖和，暑气隐隐待作，我就把它找出来，用清茶的茶叶渣拭净了，铺在床上。

一年里面第一次使用竹席的感觉极好，人躺下去，如同躺在春水湖中的一叶小筏子上。清凉一波波来拍你入梦，竹席恍惚仍饱含着未褪尽的竹叶清香。

生命中的好东西往往如此，极便宜又极耐用。我可以因一张席而爱一张床，因一张床而爱一栋屋子，因一栋屋子爱上一个城……

整个初夏，肌肤因贴进那清凉的卷云而舒缓自如。触觉之美有如闻高士说法，凉意沦肌浃髓而来。古人形容喻道之透辟，谓一时如天女散花。天女散花是由上而下，轻轻撒落——花瓣触人，没有重量，只有感觉。但人生某些体悟却是由下而上，仿佛有仙云来轻轻相托，令人飘然升浮。凉凉的竹席便有此功。一领清簟可以把人沉淀下来，静定下来，像空气中热腾腾的水雾忽然凝结在碧沁沁的一茎草尖而终于成为露珠。人在席上，也是如此。阿拉伯人牧羊，他们故事里的羊毛毯是可以飞的。中国人种地，对植物比较亲切。中国人用植物编的席子不飞——中国人想，飞了干嘛呀？好好的躺在席子上不比飞还舒服吗？中国圣贤叫人拯救人民，其过程也无非是由“出民水火”到“登民衽席”。总之，世界上最好的事莫过于把自己或别人放在席子上了。初夏季节的我便如此心满意足的躺在我的竹席上。

可惜好景不长，到了七八月盛夏，情形就不一样了。刚躺下去还好，多躺一会，席子本身竟然也变热了。凉席变热，天哪，这真是人间惨事。为了环保，我睡觉不用冷气，于是只好静静的和热浪僵持对抗。我反复对自己说：“不热，不算太热，我还可以忍受，这也没什么大不了，哼，谁怕谁啊……”念着念着，也就睡着了。

然后，便到了九月，九月初席子又恢复了清凉。躺在席上，整个人摊开，霎时变成了片状，像一块金子捶成薄薄的金箔，我贪享那秋霜零落的错觉。

九月中，每每在一场冷雨之后，半夜乍然惊醒，是被背上的沁凉叫醒的——唉，这凉席明天该收了。我在黑暗中揣想，竹席如果有知，也会厌苦不已吧？七月嫌它热，九月又嫌它凉，人类也真难伺候。

想来一生或者也如此，曾经嫌日程排得太紧，曾经怨事情做个不完，曾经烦稿约演讲约不断，曾经大叹小孩子缠磨人……可是，也许，有一天，一切热过的都将乍然冷却下来，令人不觉打起寒颤。

不过，也只好这样吧！让席子在该铺开的时候铺开，在该收卷的时候收卷。炎凉，本来就半点由不得人的。

我仿佛看见

一

秀治啊！

上天怎会生成一个像你这样的女子。这样一个锦心绣肠的女子。

你的绣件挂在故宫的展览场里，这个一向展出宫中旧玩的地方，忽然把现代人的刺绣、雕刻、陶艺一起推出，不免令人讶异。仔细想想，倒也没错，从前的艺人侍奉皇帝，现在皇帝没有了，艺术家为我们市井小民提供可触可见的美感，这是一个不再有尧舜，却人人可以为尧舜的时代。

你的刺绣和别人的作品使展览场庄穆凝肃，如同牲礼使殿堂神圣。在这样好的时间、这样好的地点，有这样好的人和事相遇。

二

而刺绣是何年何月开始的艺术？我仿佛看见，在嫘祖抽丝的腕底，在石针穿孔的慧心，在远古远古的年代，中国人已开始用千丝万缕来刺绣了吧！

而你，秀治，刺绣的女子，我仿佛看见，你沿着时间的轨迹行来，你是历代中国女子巧手的新传人，一根长长的绣线自古至今牵扯不断之际，你的针却已扎向现代。

“绣这样一幅画！”我问得极外行，“要几针啊？”

“没算过，但几十万针总有的。”

秀治啊！这样的出发岂不也是天涯行脚，我仿佛看见，一针一针，针针都是险境，针针都是犯难。你这样千山万水行来，其间有多少跋涉，我们又怎能知道，我们只见你心闲气定低头抚筝，哪里知道你所行经的穷山恶水。

三

有一年，我们组团去北美和欧洲，有人带着吉他，有人带着巴松，有人带着剧本，有人带着美好的肉嗓，而秀治，你最累，你带着你的二十幅刺绣。

“她不是杨秀治吗？为什么身份证上是陈秀治？”负责办手续的女孩来问我。

“她曾经是养女，杨是她的本姓。”

我简单的回答，却知道那是一段长长的不简单的历程。我仿佛看见当年幼小的你才刚满月，便被大人抱着，走过曲折的巷陌，跨过田间的沟渠，送到别人的家去，去做别人的女儿。养女风俗也许真的不好，但因你的人好，也因养母人好，整个故事仍然是一则爱的故事。那些年，我不知道你曾经历些什么，但我知道，我们一起作息的那两个月里，整个团里最早起来的是你，最晚睡去的是你。进入会场，你总第一个着手布置，离开会场，你必然是收拾善后到最后一秒钟的人。有委屈，也见你微笑，有病痛，也只见你隐忍，一个人，竟可以好成这样子，真令人惊奇。用强力去压石头，只能得到一堆碎石，但压一枚甜橙，却汩汩然流出丰盈的汁液。秀治，我不知道你如何学会宽柔含忍和勤奋自重，我却仿佛看见一粒橙核如何钻出地面，如何成树开花结实，并且从伤痕中倾出甜美的果汁。

四

在旧金山的展览会场，有一个男子走过来，坐下，望着你。

“奇怪，我好像在哪里看过你，怎么那么眼熟？”

“我也觉得你好熟，你在台湾住哪里？”你说。

“丰原。”

“我也住过丰原。”

关系算出来了，那男子的外家和你母亲的娘家有些关联。

我多么羡慕你！至亲骨肉，人人都有，但要有远亲，却必须在一个地方住上一百年才行。奇怪，秀治，我以前想起你的刺绣，常常觉得是上帝给你的特别禀赋，又觉得是你在不自觉之际吸取了中国的文化——但那一天，我看到你巧遇乡亲，才忽然发觉你也属于村野小镇，属于泥土田畦。我仿佛看到你移到绣画上的是篱间的牵牛，屋角的野菊，是群山的横翠，是晨雾的布阵。秀治啊！原来你来自故国的神髓，也来自眼前亲和的大地的肌肤。

五

初中二年级，养母把你送还生母。你不敢向养着八个孩子的母亲要钱读书，于是，初二，就是你的最高学历了。

然后岁月便和一架缝纫机连在一起。用它替人缝嫁妆，用它为学生绣学号。我仿佛看见，日子那样日复一日在学号的十个阿拉伯数字间作颠来倒去的组合。在单调中亦自有乐趣，譬如说，有的小孩穷，你没有收他钱，那孩子简直呆了，不敢相信这种好运气。

然而我仿佛看见，那瘦小黑愣的你，一向自卑缩却的你，忽然隐隐感到身心里面有什么要迸裂要挥扬的东西正在夺门欲出。当时的你，自己也说不出所以然来，那东西，便是多少人追求一生而不得的天宠，也有人一度获得后来又被上天夺回，那样东西是——创作的原动力。

我仿佛看见，像武侠小说里全身真气流布却因未受训练而苦无一技的侠士。你有着对人世的悲悯与关爱，你有着面对一尊民间泥塑而忘神揣摩的痴绝，你有着来自生活的、简朴的、当下直悟的智慧。然而，然而你却是既不精于剑也不娴于刀的侠士，你为此郁苦不安了。

然后，在家人的谅解和支持下，你北上学画。你试着把画移到布上，针是笔，线是彩，你摒弃了格子和描画，直接绣上去，奇怪的是不论是米勒的拾穗，或是宋人的草虫，你都可以手到擒来，用针线将之再现。

除了学画的快乐，明师益友的提携也令你感激兴奋。我仿佛看见当年的你，有一天，听说有一位梁寒操先生很欣赏你，想见你，但你因来自乡下，也不知此人是何许人物，及至冒冒然冲到中广，才忽然被森严的门禁吓了一跳，几乎徘徊不敢入。等知道梁先生的盛名，才发现他的平易谦和多么可贵。老一辈的贤达宗匠每有爱才癖，但，为什么，好人总让你碰到了，除了你常说的因为上帝爱你之外，恐怕还是你的善良、敬慎和力争上游招来的吧？

原来只想到台北来学画的，然而学到的却远比画多。我仿佛看到那年的你，如饥似渴的你，学国画、学素描、学书法、学写生、学着去读书、学着在别人的盛赞中只知感激而无闻于溢美、学着自信也学着谦卑。

六

开画展了，在一九七七年，由于是历史博物馆办的，所以并不出售。然而，裱框是要钱的，钱从哪里来？你是不愁的，总相信天不绝人。

天果然不绝人，有人送来十万元。笃定、天真和信任是你原来就有的美好品质，你相信事情会一步步变好，这一切原在你的意料中，但你还是大吃一惊，因为料不到过程如此曲折。

许多年前，一对夫妇在山上种苹果，怀孕七月的妻子忽患急性盲肠炎，下山来开刀。第二天婴儿早产了，先生带着刚满周岁又吵又闹的老大到处去筹钱。你知道了，亲自送了钱去，并且留下来照顾产妇。那家医院因为不是妇产科没有保温设备，天又冷，医生说孩子活不成了，你不相信，寒夜里抱着孩子挨到天亮。过了一个多月，母子平安出院，又回到山上种苹果去了。后来，各人忙各人的，也就没联系了。没想到事隔十几年，在你最需要钱的时刻，他们送来这笔巨款。

我仿佛看到那年的你，惯于给予的你对那一笔关爱早已忘掉，不料在书展前夕却及时反弹回来。真不可思议！秀治啊，看到你的人每每见你敬谨安拙的立在绣画旁边，辞不达意地说上一二句话，却哪里知道你的生命充满起伏的情节，精彩而令人目不暇给！

七

看你的新作《雪虎》，心中鼓荡，如大江上饱胀的旧帆。

雪线以上，路迷东西，两只斑斓的猛虎在没膝的深雪中迳行。秀治啊，我仿佛看见，你所绣的，岂不正是你自己吗？这些年来，你为人妻复为人母，一面照顾两个精力旺盛的小男孩，一面想要持续去绣几十万针才构成的一幅画，谈何容易！然而雪中的虎虽步步寒透指爪，却不失其威，返首待啸处，依旧天地回合，山川俯伏。

秀治啊，前路漫漫，我仿佛看见，你正是那举步维艰的女子。太长的路，太繁复的任务，秀治，我仿佛看见你的挣扎。然而，我是放心的，因为仿佛看到你惯有的、笃定的笑容。

八

如果艺术品也能魂梦相通，待参观的人潮散尽，那些故宫中的木刻、玉器、铜器、竹雕或宋瓷想必会一一前来看这用现代针车绣成的画面。我仿佛听见他们说：

“啊哟，可惜，那些当皇帝的，都没看过这种刺绣呢！”

然后，我仿佛听到你那安静的绣画自己说话了：

“不是的，我不属于皇帝，我属于一个人人有尊严的时代，我属于一个村姑可以成为大匠的时代。”

秀治啊，我仿佛听见。

我会念咒

一

我会念咒，只会一句。

我原来也不知道，是偶然间发现的。一向，咒语都是由谁来念诵呢？故事里是由巫婆或道士来念，他们有时是天生就会，有时是跟人学来的，咒语多半烦难冗长，令人望而生畏。

我会咒语而竟不自知，想来是自己天生会的。

我会的那句咒语很简单，总共只有四个字，连小孩都能立刻学会，那四个字是："我好快乐！"

如果翻成英文，也是四个字："I am so happy!"

二

这样的咒语虽不能让撒出手的豆子变成兵，让纸剪的马儿真的可骑可乘可供驱驰，让钵子里的钱永远掏用不完，或让别人水果摊上的水梨都到我的树枝上来供我之用。

可是，它却有茅山道士的大法力，它可以助我穿墙。什么墙？砖墙？水泥墙？铜墙？铁壁？都不是，而是悲伤之墙，是倦怠之墙，是愤懑怨怒之墙，是遭到割伤烫伤斫伤泼伤之际的自伤之墙，是心灰意冷情摧泪尽的沮丧之墙，是自认为我已心竭力怯万劫不复的绝望之墙……

三

大约是两年前吧？有一天，奔波了一整天，到黄昏时才回家，把车在巷子里停好，车窗尚未关上，我不自觉的大叹了一声："啊！我好快乐！"

当时车停在公园旁，隔着矮矮的灌木丛，有一个背对我垂头而坐的男人听到我说话，他猛地坐直身子回望我一眼，我这才发现半公尺之外有人听到我最幽微的内心语言。那一眼令我难忘，隔着打开的车窗，我看到那其中有惊吓，在这都市里怎会有一个女人在作如此诡异的宣告？也许也有愤怒，世道如今都成了什么样子了，你还有本事快乐！也许有不可置信，什么？快乐这种东西还存在着吗？也许是悲悯，这女子难道疯了吗？

我当时有点惭愧，然后，我发觉，我爱念这句咒语已经很久了，平常没有人听见，我也不自觉，今天被人发现又被人回头看了一眼，才觉得这句话真有点怪异。

那老男人站起来，在暮色中踽踽离去了。他是被吓到的吗？

四

其实，我很想追上那人，对他说：

老先生，你刚才听到我说的那句话，既是真的，也是掰的。我其实大病初愈，身心俱疲。我其实忧时忧世不认为这粒地球有什么光明的前途。我事实上一想及那些优美深沉馥郁绵恒的传统正遭人像处理病死猪一般泼毒且掩埋，就恨不得放声恸哭，与人一决……但此刻，我奔波了一天，不管我所恳求的，所呼吁的，所叮嘱的，所反复申诉的被接受了或被拒绝了，上帝啊，毕竟我已尽力了。天黑了，我回家了，我如此渺小，赐我今夕热食热汤，赐我清爽的沐浴，赐我一枕酣睡。

为此，我好快乐。

能尽心竭力，我好快乐。

能为心爱的道统传承来辛苦或受辱，这并不是每一个人可享有的权利，所以，我好快乐。

如果我悲苦，那也是上天看得起我，容许我忍此悲辛荼苦，我为配忍此苦楚而要说一句：

我好快乐。

我好快乐，因为我能说“我好快乐”，这是我的快乐咒，其言有大法力，助我穿墙直行，披靡天涯，虽然也许早已撞得鼻青脸肿，而不自知。

爱情篇

一　两岸

我们总是聚少离多，如两岸。

如两岸——只因我们之间恒流着一条莽莽苍苍的河。我们太爱那条河，太爱太爱，以至竟然把自己站成了岸。

站成了岸，我爱，没有人勉强我们，我们自己把自己站成了岸。

春天的时候，我爱，杨柳将此岸绿遍，漂亮的绿绦子潜身于同色调的绿波里，缓缓地向彼岸游去。河中有萍，河中有藻，河中有云影天光，仍是《国风·关雎》的河啊，而我，一径向你泅去。

我向你泅去，我正遇见你向我泅来——以同样柔和的柳条。我们在河心相遇，我们的千丝万绪秘密地牵起手来，在河底。

只因为这世上有河，因此就必须有两岸，以及两岸的绿杨堤。我不知我们为什么只因坚持要一条河，而竟把自己矗立成两岸，岁岁年年相向而绿，任地老天荒，我们合力撑住一条河，死命地呵护那千里烟波。

两岸总是有相同的风，相同的雨，相同的水位。乍酱草匀分给两岸相等的红，鸟翼点给两岸同样的白，而秋来蒹葭露冷，给我们以相似的苍凉。

蓦然发现，原来我们同属一块大地。

纵然被河道凿开，对峙，却不曾分离。

年年春来时，在温柔得令人心疼的三月，我们忍不住伸出手臂，在河底秘密地挽起。

二　定义及命运

年轻的时候，怎么会那么傻呢?

对“人”的定义，对“爱”的定义，对“生活”的定义，对莫名其妙的刚听到的一个“哲学名词”的定义……

那时候，老是郑重其事地把左掌右掌看了又看，或者，从一条曲曲折折的感情线，估计着感情的河道是否决堤。有时，又正经地把一张脸交给一个人，从鼻山眼水中，去窥探一生的风光。

奇怪，年轻的时候，怎么什么都想知道？定义，以及命运。年轻的时候，怎么就没有想到过，人原来也可以有权不知不识而大剌剌地活下去。

忽然有一天，我们就长大了，因为爱。

去知道明天的风雨已经不重要了，执手处张发可以为风帆，高歌时，何妨倾山雨入盏，风雨于是不重要了，重要的是找一方共同承风挡雨的肩。

忽然有一天，我们把所背的定义全忘了，我们遗失了登山指南，我们甚至忘了自己，忘了那一切，只因我们已登山，并且结庐于一弯溪谷。千泉引来千月，万窍邀来万风，无边的庄严中，我们也自庄严起来。

而长年的携手，我们已彼此把掌纹叠印在对方的掌纹上，我们的眉因为同蹙同展而衔接为同一个名字的山脉，我们的眼因为相同的视线而映出为连波一片，怎样的看相者才能看明白这样两双手的天机，怎样的预言家才能说清楚这样两张脸的命运？

蔷薇几曾有定义，白云何所谓其命运，谁又见过为劈头迎来的巨石而焦灼的流水？

怎么会那么傻呢，年轻的时候？

三　从俗

当我们相爱——在开头的时候——我们觉得自己清雅飞逸，仿佛有一个新我，自旧我中飘然游离而出。

当我们相爱时，我们从每一寸皮肤、每一缕思维中伸出触角，要去探索这个世界，拥抱这个世界，我们开始相信自己的不凡。

相爱的人未必要朝朝暮暮相守在一起——小说里都是这样说的，小说里的男人和女人一眨眼便已暮年，而他们始终没有生活在一起，他们留给我们的是凄美的回忆。

但我们是活生生的人，我们不是小说，我们要朝朝暮暮，我们要活在同一个时间，我们要活在同一个空间，我们要相厮相守，相牵相挂，于是我们放弃飞腾，回到人间，和一切庸俗的人同其庸俗。

如果相爱的结果是使我们平凡，让我们平凡。

如果爱情的历程是让我们由纵横行空的天马变为忍辱负重、行向一路崎岖的承载驾马，让我们接受。

如果爱情的转迹总是把云霄之上的金童玉女贬为人间烟火中的匹妇匹夫，让我们甘心。

我们只有这一生，这是我们唯一的筹码，我们要合在一起下注。

我们只有这一生，这是我们唯一的戏码，我们要同台演出。

于是，我们要了婚姻。

于是，我们经营起一个巢，栖守其间。

有厨房，有餐厅，那里有我们一饮一啄的牵情。

有客厅，那里有我们共同的朋友以及他们的高谈阔论。

有兼为书房的卧房，各人的书站在各人的书架里，但书架相衔，矗立成壁，连我们那些完全不同类的书也在声气相求。

有孩子的房间，夜夜等着我们去为一双娇儿痴女念故事，并且盖他们老是踢掉的棉被。

至于我们曾订下的山之盟呢？我们所渴望的水之约呢？让它们等一等，我们总有一天会去的，但现在，我们已选择了从俗。

贴向生活，贴向平凡，山林可以是公寓，电铃可以是诗，让我们且来从俗。

步下红毯之后

楔 子

妹妹被放下来，扶好，站在院子里的泥地上，她的小脚肥肥白白的，站不稳。她大概才一岁吧，我已经四岁了！

妈妈把菜刀拿出来，对准妹妹两脚中间那块泥，认真而且用力的砍下去。

“做什么？”我大声问。

“小孩子不懂事！”妈妈很神秘地收好刀，“外婆说的，这样小孩子才学得会走路，你小时候我也给你砍过。”

“为什么要砍？”

“小孩生出来，脚上都有脚镣锁着，所以不会走路，砍断了才走得成路。”

“我没有看见，”我不服气地说，“脚镣在哪里。”

“脚镣是有的，外婆说的，你看不见就是了。”

“现在断了没有？”

“断了，现在砍断了，妹妹就要会走路了。”

妹妹后来当然是会走路了，而且，我渐渐长大，终于也知道妹妹会走路跟砍脚镣没有什么关系，但不知为什么，那遥远的画面竟那样清楚兀立，使我感动。

也许脚镣手铐是真有的，做人总得冲，总得顿破什么，反正不是我们壮硕自己去撑破镣铐，就是让那残忍的钢圈箍入我们的皮肉。

是暮春还是初夏也记不清了，我到文星出版社的楼上去，萧先生把一份契约书给我。

“很好，”他说，他看来高大、精细、能干，“读你的东西，让我想到小时候念的冰心和泰戈尔。”

我惊讶得快要跳起来，冰心和泰戈尔，这是我熟得要命，爱得要命的呀！他怎么会知道？我简直觉得是一份知遇之恩，《地毯的那一端》就这样卖断了，扣掉税我只拿到二千多元，但也不觉得吃了亏。（正确的说是一千八百五十元，因为有些钱是以书代款的。）

我兴冲冲地去找朋友调色样，我要了紫色，那时候我新婚，家里的布置全是紫色，窗帘是紫的、床罩是紫的、窗棂上爬藤花是紫的，那紫色漫溢到书页上，一段似梦的岁月，那是个漂亮的阳光日，我送色样到出版社去，路上碰到三毛，她也是去送色样，她是为朋友的书调色，调的是草绿色，出书真是件兴奋的事，我们愉快地将生命中的一抹色彩交给了那即将问世的小册子。

"我们那时候一齐出书，"有一次康芸微说，"文星宣传得好大呀，放大照都挂出来了。"

那事我倒忘了，经她一提，想想好像真有那么回事，奇怪的是我不怎么记得照片的事，我记得的是我常常下了班，巴巴地跑到出版社楼上，请他们给我看新书发售的情形。

"谁的书比较好卖？"其实书已卖断，销路如何跟我已经没有关系。

"你的跟叶珊的。"店员翻册子给我看。

我拿过册子仔细看，想知道到底是叶珊卖得多，还是我——我说不上那是痴还是幼稚，那时候成天都为莫名其妙的事发急发愁，年轻大概就是那样。

那年十月，幼狮文艺的朱桥寄了一张庆典观礼券给我，我去了。丈夫也有一张票，我们的座位不同区，相约散会的时候在体育场门口见面。

我穿了一身洋红套装，那天的阳光辉丽，天空一片艳蓝，我的位置很好，表演很精彩，而丈夫，在场中的某个位子上，我们会后会相约而归，一切正完美晶莹，饱满无憾……

但是，忽然，我的泪水夺眶而出，我想起了南京……

不是地理上的南京，是诗里的、词里的、魂梦里的、母亲的乡音里的南京（母亲不是南京人，但在南京读中学），依稀记得那名字，玄武湖、明孝陵、鸡鸣寺、夫子庙、秦淮河……

不，不要想那些名字，那不公平，中年人都不乡愁了，你才这么年轻，乡愁不该交给你来愁，你看表演吧，你是被邀请来看表演的，看吧！很好的位子呢！不要流泪，你没看见大家都好好的吗！你为什么流泪呢？你真的还太年轻，你身上穿的仍是做新娘子的嫁服，你是幸福的，你有你小小的家，每天黄昏，拉下紫幔等那人回来，生活里有小小的气恼，小小的得意，小小的凄伤和甜蜜，日子这样不就很好了吗？

不要碰故园之思，它太强，不要让三江五岳来撞击你，不要念赤县神州的名字，你受不了的，真的，日子过得很好，把泪逼回去，你不能开始，你不能开始，你不能开始，你一开始就不能收回……

我坐着，无效地告诫着自己，从金门来的火种在会场里点着了，赤膊的汉子在表演蛙人操，仪队的枪托冷凝如紫电，特别看台上面的大红柱子，直辣辣地逼到眼前来，我无法遏抑地想着中山陵，那仰向苍天的阶石，我们何时才能将发烫的额头抵上那神圣的冰凉，我们将一步一稽额地登上雾锁云埋的最高巅……

会散了，我挨蹭到门口，他在那里等我，我们一起回家。

“你怎么了？”走了好一段路，他忍不住问我。

“不，不要问我。”

“你不舒服吗？”

“没有。”

“那，”他着急起来，“是我惹了你？”

“没有，没有，都不是——你不要问我，求求你不要问我，一句话都不要跟我讲，至少今天别跟我讲……”

他诧异的望着我，惊奇中却有谅解，近午的阳光照在宽阔坦荡的敦化北路上，我们一言不发地回到那紫色小巢。

他真的没有再干扰我，我恍恍惚惚地开始整理自己，我渐渐明白有一些什么根深蒂固的东西一直潜藏在我自己也不甚知道的渊深之处，是淑女式的教育所不能掩盖的，是传统中文系的文字训诂和诗词歌赋所不能磨平的，那极蛮横极狂野极热极不可挡的什么，那种“欲饱史笔有脂髓，血作金汤骨作垒，凭将一腔热肝肠，烈作三江沸腾水”的情怀……

我想起极幼小的时候，就和父亲别离，那时家里有两把长刀，是抗战胜利时分到的，鲨鱼皮，古色古香，算是身无长物的父亲唯一贵重的东西，母亲带着我和更小的妹妹到台湾，父亲不走，只送我们到江边，他说：

“守土有责，我会熬到最后五分钟。——那把刀你带着，这把，我带着，他年能见面当然好，不然，总有一把会在。”

那样的情节，那样一句一钢钉的对话，竟然不是小说而是实情！

父亲最后翻云南边境的野人山而归，长刀丢了，唯一带回来的是劫后之身。

不是在圣人书里，不是在线装的教训里，我了解了家国之思，我了解了那份渴望上下拥抱五千年，纵横把臂八亿人的激情，它在那里，它一直在那里……

随便抓了一张纸，就在那空白的背面，用的是一支铅笔，我开始写《十月的阳光》：

那些气球都飘走了，总有好几百个罢？在透明的蓝空里浮泛着成堆的彩色，人们全都欢呼起来，仿佛自己也分沾了那份平步青云的幸运——事情总是这样的，轻的东西总能飘得高一点，而悲哀拽住我，有重量的物体总是注定下沉的。

体育场很灿烂，闪耀着晚秋的阳光，礼炮沉沉地响了，这是十月，一九六六年的十月，武昌的故事远了。西风里悲壮的往事远了……

中山陵上的落叶已深，我们的手臂因渴望一个扫墓的动作而疼痛。

我忽然明白，写《地毯的那一端》的时代远了，我知道我更该写的是什么，闺阁是美丽的，但我有更重的剑要佩，更长的路要走。

《十月的阳光》后来得了奖，奖金一千元，之后我又得过许多奖，许多奖金、奖座、奖牌，领奖时又总有盛会，可是只有那一次，是我真正激动的一次，朱桥告诉我，评审委员读着，竟哭了。

我不能永远披着白纱，踏着花瓣，走向红毯尽处的他，当我们携手走下红毯，迎人而来的是风是雨，是风雨声中恻恻的哀鸣。

——但无论如何，我已举步上路。

有些人

有些人，他们的姓氏我已遗忘，他们的脸却恒常浮着——像晴空，在整个雨季中我们不见它，却清晰地记得它。

那一年，我读小学二年级，有一个女老师——我连她的脸都记不起来了，但好像觉得她是很美的，（有哪一个小学生心目中的老师不美呢?）也恍惚记得她身上那片不太鲜丽的蓝。她教过我们些什么，我完全没有印象，但永远记得某个下午的作文课，一位同学举手问她"挖"字该怎么写，她想了一下，说：

"这个字我不会写，你们谁会?"

我兴奋地站起来，跑到黑板前写下了那个字。

那天，放学的时候，当同学们齐声向她说"再见"的时候，她向全班同学说：

"我真高兴，我今天多学会了一个字，我要谢谢这位同学。"

我立刻快乐得有如胁下生翅一般——我生平似乎再没有出现那么自豪的时刻。

那以后，我遇见无数学者，他们尊严而高贵，似乎无所不知。但他们教给我的，远不及那个女老师为多。她的谦逊，她对人不吝惜的称赞，使我忽然间长大了。

如果她不会写"挖"字，那又何妨，她已挖掘出一个小女孩心中宝贵的自信。

有一次，我到一家米店去。

"你明天能把米送到我们的营地吗?"

"能。"那个胖女人说。

"我已经把钱给你了，可是如果你们不送，"我不放心地说，"我们又有什么证据呢?"

"啊!"她惊叫了一声，眼睛睁得圆突突，仿佛听见一件耸人听闻的罪案，

“做这种事，我们是不敢的。”

她说“不敢”两字的时候，那种敬畏的神情使我肃然，她所敬畏的是什么呢？是尊贵古老的卖米行业？还是“举头三尺即有神明”。

她的脸，十年后的今天，如果再遇到，我未必能辨认，但我每遇见那无所不为的人，就会想起她——为什么其他的人竟无所畏惧呢！

有一个夏天，中午，我从街上回来，红砖人行道烫得人鞋底都要烧起来似的。

忽然，我看到一个衣衫褴褛的中年人疲软地靠在一堵墙上，她的眼睛闭着，黎黑的脸曲扭如一截枯根，不知在忍受什么？

他也许是中暑了，需要一杯甘洌的冰水。他也许很忧伤，需要一两句鼓励的话，但满街的人潮流动，美丽的皮鞋行过美丽的人行道，但没有人驻足望他一眼。

我站了一会儿，想去扶他，但我闺秀式的教育使我不能不有所顾忌，如果他是疯子，如果他的行动冒犯我——于是我扼杀了我的同情，让自己和别人一样地漠然离去。

那个人是谁？我不知道，那天中午他在眩晕中想必也没有看到我，我们只不过是路人。但他的痛苦却盘踞了我的心，他的无助的影子使我陷在长久的自责里。

上苍曾让我们相遇于同一条街，为什么我不能献出一点手足之情，为什么我有权漠视他的痛苦？我何以怀着那么可耻的自尊？如果可能，我真愿再遇见他一次，但谁又知道他在哪里呢？

我们并非永远都有行善的机会——如果我们一度错过。

那陌生人的脸于我是永远不可弥补的遗憾。

对于代数中的行列式，我是一点也记不清了。倒是记得那细瘦矮小貌不惊人的代数老师。

那年七月，当我们赶到联考考场的时候，只觉整个人生都摇晃起来，无忧的岁月至此便渺茫了，谁能预测自己在考场后的人生？

想不到的是代数老师也在那里，他那苍白而没有表情的脸竟会奔波过两个城市而在考场上出现，是颇令人感到意外的。

接着，他蹲在泥地上，拣了一块碎石子，为特别愚鲁的我讲起行列式来。

我焦急地听着，似乎从来未曾那么心领神会过。泥土的大地可以成为那么美好的纸张，尖锐的利石可以成为那么流丽的彩笔——我第一次懂得，他使我在书本上的朱注之外了解了所谓“君子谋道”的精神。

那天，很不幸的，行列式没有考，而那以后，我再没有碰过代数书，我的最后一节代数课竟是蹲在泥地上上的。我整个的中学教育也是在那无墙无顶的课室里结束的，事隔十多年，才忽然咀嚼出那意义有多美。

代数老师姓什么？我竟不记得了，我能记得国文老师所填的许多小词，却记不住代数老师的名字，心里总有点内疚。如果我去母校查一下，应该不甚困难，但总觉得那是不必要的，他比许多我记得住姓名的人不是更有价值吗？

不识

两个人坐着谈话，其中一个是高僧，另一个是皇帝，皇帝说："你识得我是谁吗？我——就是这个坐在你对面的人。"

"不，不识。"

他其实是认识并了解那皇帝的，但是他却回答说"不识"。也许在他看来，人与人之间其实都是不识的。谁又曾经真正认识过另一个人呢？传记作家也许可以把翔实的资料一一列举，但那人却并不在资料里——没有人是可以用资料来加以还原的。

而就连我们自己，也未必识得自己吧？杜甫，终其一生，都希望做个有所建树救民水火的好官。对于自己身后可能以文章名世，他反而是不无遗憾的。他似乎从来不知道自己是有唐一代最优秀的诗人，如果命运之神允许他以诗才来换官位，他是会换的。

家人至亲，我们自以为极亲爱极了解的，其实我们所知道的也只是肤表的事件而不是刻骨的感觉。刻骨的感觉不能重现，它随风而逝，连事件的主人也不能再拾。

而我们面对面却瞠目不相识的，恐怕是生命本身吧？我们活着，却不知道何谓生命？更不知道何谓死亡？

父亲的追思会上，我问弟弟：

"追述生平，就由你来吧？你是儿子。"

弟弟沉吟了一下，说：

"我可以，不过我觉得你知道的事情更多些，有些事情，我们小的没赶上。"

然而，我真的知道父亲吗？

五指山上，朔风野大，阳光辉丽，草坪四尺下，便是父亲埋骨的所在。我站在那里一面看山下的红尘深处密如蚁垤的楼宇，一面问自己："这墓穴中的身体是谁呢？"

虽然隔着棺木隔着水泥，我看不见，但我也知道那是一副溃烂的肉躯。怎么可以这样呢？一个至亲至爱的父亲怎么可以一霎时化为一堆陌生的腐肉呢？

也许从宗教意义言，肉体只是暂时居住的房子，屋主终有搬迁之日。然而，与原屋之间总该有个徘徊顾却之意吧？造物怎可以如此绝情，让肉体接受那化作粪壤的宿命？

我该承认这一抔黄土中的腐肉为父亲呢？或是那优游于鸿濛中的才是呢？我曾认识过死亡吗？我曾认识过父亲吗？我愕然不知怎么回答。

“小的时候，家里穷，除了过年，平时都没有肉吃。如果有客人来，就去熟肉铺子切一点肉，偶然有个挑担子卖花生米小鱼的人经过，我们小孩子就跟着那人走。没得吃，看看也是好的，我们就这样跟着跟着，一直走，都走到隔壁庄子去了，就是舍不得回头。”

那是我所知道的，他最早的童年故事。我有时忍不住，想掏把钱塞给那九十年前的馋嘴小男孩。想买一把花生米小鱼填填他的嘴，并且叫他不要再跟着小贩走，应该赶快回家去了……

我问我自己，你真的了解那小男孩吗？还是你只不过在听故事？如果你不曾穷过饿过，那小男孩巴巴的眼神你又怎么读得懂呢？

我想，我并不明白那贫穷的小孩，那傻乎乎地跟着小贩走的小男孩。

读完徐州城里的第七师范的附小，他打算读第七师范，家人带他去见一位堂叔，目的是借钱。

堂叔站起身来，从一把旧铜壶里掏出二十一块银元，那只壶从梁柱上直吊下来，算是家中的保险柜吧？

读师范不用钱，但制服棉被杂物却都要钱，堂叔的那二十一块钱改变了父亲的一生。

我很想追上前去看一看那目光炯炯的少年，渴于知识渴于上进的少年。我很想看一看那堂叔看着他的爱怜的眼色。他必是族人中最聪明俊发的孩子，堂叔才慨然答应借钱的吧！听说小学时代，他每天上学都不从市内走路，嫌人车杂沓，他宁可绕着古城周围的城墙走，城墙上人少，他一面走，一面大声背书。那意气飞扬的男孩，天下好像没有可以难倒他的事。他走着、跑着，自觉古人的智慧因背诵而尽入胸中，一个志得意满的优秀小学生。

然而，我真认识那孩子吗？那个捧着二十一块银元来向这个世界打天下的孩子。我平生读书不过只求随缘尽兴而已，我大概不能懂得那一心苦读求上进的人，那孩子，我不能算是深识他。

“台湾出的东西，有些我们老家有，像桃子。有些我们老家没有，像木瓜芭乐。”父亲说，“没有的，就不去讲它，凡是有的，我们老家的就一定比台湾好。”

我有点反感，他为什么一定要坚持老家的东西比这里好呢？他离开老家都已经这么多年了，为什么还坚持老家的最好？

“譬如说这香椿吧？”他指着院子里的香椿树，台湾的，“长这么细细小小一株。在我们老家，那可是和榕树一样的大树咧！而且台湾是热带，一年到头都能长新芽，那芽也就不嫩了。在我们老家，只有春天才冒得出新芽来，所以那个冒法，你就不知道了。忽然一下，所有的嫩芽全冒出来了，又厚又多汁，大人小孩全来采呀，采下来用盐一揉，放在格架上晾，一面晾，那架子上腌出来的卤汁就呼噜——呼噜——的一直流，下面就用盆接着，那卤汁下起面来，那个香呀——”

我吃过韩国进口的盐腌香椿芽，从它的形貌看来，揣想它未腌之前一定也极肥厚，故乡的香椿芽想来也是如此。但父亲形容香椿在腌制的过程中竟会“呼噜——呼噜——”流汁，我被他言语中的象声词所惊动，那香椿树竟在我心里成为一座地标，我每次都循着那株椿树去寻找父亲的故乡。

但我真的明白那棵树吗？我真的明白在半个世纪之后，坐在阳光璀璨的屏东城里，向我娓娓谈起的那棵树吗？

父亲晚年，我推轮椅带他上南京中山陵，只因他曾跟我说过：

“总理下葬的时候，我是军校学生，上面在我们中间选了些人去抬棺材。我被选上了，事先还得预习呢！预习的时候棺材里都装些石头……”

他对总理一心崇敬——这一点，恐怕我也无法十分了然。我当然也同意孙中山是可佩服的，但恐怕未必那么百分之百心悦诚服。

能有一人令你死心塌地，生死追随，不作他想，父亲应该是幸福的。——而这种幸福，我并不能体会。

父亲说，他真正的兴趣在生物，我听了十分错愕。我还一直以为是军事学呢！抗战前后，他加入了一个国际植物学会，不时向会里提供全国各地植物的资讯，我对他惊人的耐心感到不解。由于职业的关系，他跑遍大江南北，他将各地的萝卜、茄子、芹菜、白菜长得不一样的情况一一汇集报告给学会。在那个时代，我想那学会接到这位中国会员热心的讯息，也多少要吃一惊吧？

啊，他究竟是怎样的一个人呢？我对他万分好奇，如果他晚生五十年，如果他生而为我的弟弟，我是多么愿意好好培植他成为一个植物学家啊！在那一身草绿色的军服下面，他其实有着一颗生物学者的心。我小时候，他教导我的，几乎全是生物知识，我至今看到螳螂的卵仍十分惊动，那是我幼年行经田野时父亲教我辨认的。

每次他和我谈生物的时候，我都惊讶，仿佛我本来另有一个父亲，却未得成长践形。父亲也为此抱憾吗？或者他已认了？

而我不知道。

年轻时的父亲，有一次去打猎，一枪射出，一只小鸟应声而落。他捡起小鸟一看，小鸟已肚破肠流，他手里提着那温热的肉体，看着那腹腔之内一一俱全的五脏，忽然决定终其一生不再射猎。

父亲在同事间并不是一个好相处的人，听母亲说有人给他起个外号叫“杠子手”，意思是耿直不圆转，他听了也不气，只笑笑说“山难改，性难移”。他是很以自己的方正棱然自豪的，从来不屑于改正。然而这个清晨，在树林里，对一只小鸟，他却生慈柔之心，誓言从此不射猎。

父亲的性格如铁如砧，却也如风如水，——我何尝真正了解过他？

《红楼梦》第一百二十回，贾政眼看着光头赤脚身披红斗篷的宝玉向他拜了四拜，转身而去，消失在茫茫雪原里，说：“竟哄了老太太十九年，如今叫我才明白——”

贾府上下数百人，谁又曾明白宝玉呢？家人之间，亦未必真能互相解读吧？

我于我父亲，想来也是如此无知无识。他的悲喜、他的起落、他的得意与哀伤、他的憾恨与自足，我哪里都能一一探知、一一感同身受呢？

蒲公英的散蓬能叙述花托吗？不，它只知道自己在一阵风后身不由己的和花托相失相散了，它只记得叶嫩花初之际，被轻轻托住的安全的感觉。它只知道，后来，就一切都散了，胜利的也许是生命本身，草原上的某处，会有新的蒲公英冒出来。

我终于明白，我还是不能明白父亲。至亲如父女，也只能如此。世间没有谁识得谁，正如那位高僧说的。

我觉得痛，却亦转觉释然，为我本来就无能认识的生命，为我本来就无能认识的死亡，以及不曾真正认识的父亲。原来没有谁可以彻骨认识谁，原来，我也只是如此无知无识。

半　局

汉武帝读司马相如的《子虚赋》，忽然怅恨地说：

“朕独不得与此人同时哉！”

他错了，司马相如并没有死，好文章并非一定都是古人做的，原来他和司马相如活在同一度的时间里。好文章、好意境加上好的赏识，使得时间也有情起来。

我不是汉武帝，我读到的也不是《子虚赋》，但蒙天之幸，让我读到许多比汉赋更美好的“人”。

我何幸曾与我敬重的师友同时，何幸能与天下人同时，我要试着把这些人记下来。千年万世之后，让别人来羡慕我，并且说：“我要是能生在那个时代多么好啊！”

大家都叫他杜公——虽然那时候他才三十几岁。

他没有教过我的课——不算我的老师。

他和我有十几年之久在一个学校里，很多时候甚至是在同一间办公室里——但是我不喜欢说他是“同事”。

说他是朋友吗？也不然，和他在一起虽可以聊得逸兴遄飞，但我对他的敬意，使我始终不敢将他列入朋友类。

说“敬意”几乎又不对，他这人毛病甚多，带棱带刺，在办公室里对他敬而远之的人不少，他自己成天活得也是相当无奈，高高兴兴的日子虽有，唉声叹气的日子更多。就连我自己，跟他也不是没有斗过嘴，使过气，但我惊奇我真的一直尊敬他，喜欢他。

原来我们不一定喜欢那些老好人，我们喜欢的是一些赤裸的、直接的人——有瑕的玉总比无瑕的玻璃好。

杜公是黑龙江人，对我这样年龄的人而言，模糊的意念里，黑龙江简直比什么都美，比爱琴海美，比维也纳森林美，比庞贝古城美，是榛莽渊深，不可仰视的，是千年的黑森林，千峰的白积雪加上浩浩万里、裂地而奔窜的江水合成的。

那时候我刚毕业，在中文系里做助教，他是讲师。当时学校规模小，三系合用一个办公室，成天人来人往的。他每次从单身宿舍跑来，进了门就嚷：

“我来‘言不及义’啦!”

他的喉咙似乎曾因开刀受伤，非常沙哑，猛听起来简直有点凶恶（何况他又长着一副北方人魁梧的身架），细听之下才发觉句句珠玑，令人绝倒。后来我读到唐太宗论魏征（那个凶凶的、逼人的魏征），却说其人“妩媚”，几乎跳起来，这字形容杜公太好了——虽然杜公粗眉毛，瞪凸眼，嘎嗓子，而且还不时骂人。

有一天，他和另一个助教谈西洋史，那助教忽然问他那段历史中兄弟争位后来究竟是谁死了，他一时也答不上来，两个人在那里久久不决，我听得不耐烦：

“我告诉你，既不是哥哥死了，也不是弟弟死了，反正是到现在，两个人都死了。”

说完了，我自己也觉一阵悲伤，仿佛《红楼梦》里张道士所说的一个吃它一百年的疗妒羹——当然是效验的，百年后人都死了。

杜公却拊掌大笑：

“对了，对了，当然是两个都死了。”

他自此对我另眼看待，有话多说给我听，大概觉得我特别能欣赏——当然，他对我特别巴结则是在他看上跟我同住的女孩之后，那女孩后来成了杜夫人。这是后话，暂且不提。

杜公在学生餐厅吃饭，别的教职员拿到水淋淋的餐盘都要小心地用卫生纸擦干（那是十几年前，现在已改善了），杜公不然，只把水一甩，便去盛两大碗饭，他吃得又急又多又快，不像文人。

“擦什么?”他说，“把湿细菌擦成干细菌罢了!”

吃完饭，极难喝的汤他也喝。

“生理食盐水，”他说，“好欸!”

他大概吃过不少苦，遇事常有惊人的洒脱。他回忆在政大政治研究所时说：

“蛇真多——有一晚我洗澡关门时夹死了一条。”

然后他又补充说：

“当时天黑，我第二天才看到的。”

他住的屋子极小，大约是四个半榻榻米，宿舍人又杂，他种了许多盆盆罐罐的昙花，不时邀我们清赏，夏天招待桂花绿豆汤、郁李（他自己取的名字，做法是把黄肉李子熬烂，去皮核，加蜜冰镇），冬天是腊八粥或猪腿肉红煨干鱿鱼加粉丝。我一直以为他对莳花深感兴趣，后来才弄清楚，原来他只是想用那些多刺的盆盆罐罐围满走廊，好让闲杂人等不能在他窗外聊天——穷教员要为自己创造读书环境真难。

“这房子倒可以叫‘不畏斋’了！”他自嘲道，“‘四十五十而无闻焉，其亦不足畏也’——孔夫子说的。”

他那一年已过了四十岁了。

当然，也许这一代的中国人都不幸，但我却特别同情二十年代出生的人。更老的一辈赶上了风云际会，多半腾达过一阵；更年轻的在台湾长大，按部就班地成了青年才俊；独有五十几岁的那一代，简直是为受苦而出世的，其中大部分失了学，甚至失了家人，失了健康，勉力苦读的，也拿不出漂亮的学历，日子过得抑郁寡欢。

这让我想起汉武帝时代的那个三朝不被重用的白发老人的命运悲剧——别人用“老成谋国”者的时候，他还年轻；别人用“青年才俊”的时候，他又老了。

杜公能写字，也能做诗，他随写随掷，不自珍惜，却喜欢以米芾自居。

“米南宫哪，简直是米南宫哪！”

大伙也不理他。他把那幅“米南宫真迹”一握，也就丢了。

有一次，他见我因为一件事而情绪不好，便仿韩愈《送李愿归盘谷序》中“大丈夫之不得意于时也”的意思作了一篇《大小姐之不得意于时也》的赋，自己写了，奉上，令人忍俊不禁。

又有一次，一位朋友画了一幅石竹，他抢了去，为我题上“渊渊其声，娟娟其影”，墨润笔酣，句子也庄雅可喜，裱起来很有精神。其实，我一直没有告诉他，我喜欢他，远在米芾之上。米芾只是一个遥远的八百年前的名字，他才是一个人，一个真实的人。

杜公爱憎分明，看到不顺眼的人或事他非爆出来不可。有一次他极讨厌的一个人调到别处去了，后来得意洋洋地穿了新机关的制服回来，他不露声色地说：

“这是制服吗？”

“是啊！”那人愈加得意。

“这是制帽？”

“是啊！”

“这是制鞋？”

“是啊！”

那个不学无术的家伙始终没有悟过来制鞋、制帽是指丧服的意思。

他另外讨厌的一个人，一天也穿了一身新西装来炫耀。

“西装倒是好，可惜里面的不好！”

“哦，衬衫也是新买的呀！”

“我是指衬衫里面的。”

“汗衫？”

“比汗衫更里面的！”

很多人觉得他的嘴刻薄，不厚道，积不了福，我倒很喜欢他这一点，大概因为他做的事我也想做——却不好意思做。天下再没有比相怨更讨厌的人，因此我连杜公的缺点都喜欢。

——而且，正因为他对人对物的挑剔，使人觉得受他赏识真是一件好得不得了的事。

其实，除了骂骂人，看穿了他还是个“剪刀嘴巴豆腐心”。记得我们班上有个男孩，是橄榄球队队长，不知怎么阴错阳差地分到中文系来了。有一天，他把书包搁在山径旁的一块石头上，就去打球了，书包里的一本《中国文学发达史》滑出来，落在水沟里，泡得透湿。杜公捡起来，给他晾着，晾了好几天，这位仁兄才猛然想到书包和书，杜公把小心晾好的书还他，也没骂人，事后提起那位成天一身泥水一身汗的男孩，他总是笑孜孜地，很温和地说：

“那孩子！”

杜公绝顶聪明，才思敏捷，涉猎甚广，而且几乎可以过目不忘，所以会意独深。他说自己少年时喜欢诗词，好发诗论。忽有一天读到王国维的《人间词话》，大吃一惊，原来他的论调竟跟王国维一样，他从此不写诗论了。

杜公的论文是《中国历代政治符号》，很为识者推重，指导教授是当时政治研究所主任浦薛凤先生。浦先生非常欣赏他的国学，把他推荐来教书，没想到一直开的竟是国文课。

学生国文程度不好——而且也不打算学好，他常常气得瞪眼。

有一次我在叹气：

“我将来教国文，第一，扮相就不好。”

“算了，”他安慰我，“我扮相比你还糟。”

真的，教国文似乎要有其扮相，长袍，白髯，咳嗽，摇头晃脑，诗云子曰，阴阳八卦，抬眼看天，无视于满教室的传纸条、瞌睡、K英文。不想这样教国文课的，简直就是一种怪异。

碰到某些老先生，他便故作神秘地说：

“我叫杜奎英，奎者，大卦也。”

他说得一本正经，别人走了，他便纵声大笑。

日子过得不快活，但无妨于他言谈中说笑话的密度，不过，笑话虽多，总不失其正正经经读书人的矩度。他创立了《思与言》杂志，在十五年前以私人力量办杂志，并且是纯学术性的杂志，真是要有“知其不可而为之”的勇气。杜公比大多数《思与言》的同仁都年长些，但是居然慨然答应做发行人。台大政治系的胡佛教授追忆这段往事，有很生动的记载：

> 那时的一些朋友皆值二十与三十之年，又受过一些高等教育，很想借新知的介绍，做一点知识报国的工作。所以在兴致来时，往往商量着创办杂志，但多数在兴致过后，又废然而止。不过有一次数位朋友偶然相聚，又旧话重提，决心一试。为了躲避台北夏季的热浪，大家另约到碧潭泛舟，再作续谈。奎英兄虽然受约，但他的年龄略长，我们原很怕他涉世较深，热情可能稍减。正好在买舟时，他尚未到，以为放弃。到了船放中流，大家皆谈起奎英兄老成持重，且没有公教人员的身份，最符合政府所规定的杂志发行人的资格，惜他不来。说到兴处，忽见昏黑中，一叶小舟破水追踪而来，并靠上我们的船舷。打桨的人奋身攀沿而上，细看之下竟是奎英兄。大

家皆高声叫道：发行人出现了。奎英兄的豪情，的确不较任何人为减，他不但同意一肩挑起发行人的重责，且对刊物的编印早有全盘的构想。

其实，何止是发行人？他何尝不是社长、编辑、校对，乃至于写姓名发通知的人（将来的历史要记载台湾的文人，他们共有的可爱之处便是人人都灰头土脸地编过杂志）？他本来就穷，至此更是只好“假私济公”，愈发穷了，连结婚都得举债。

杜公的恋爱事件和我关系密切，我一直是电灯泡，直到不再被需要为止。那实在也是一场痛苦缠绵的恋爱，因为女方全家几乎是抵死反对。

杜公谈起恋爱，差不多变了一个人，风趣、狡黠、热情洋溢。

有一次他要我带一张英文小纸条回去给那女孩，上面这样写：

请你来看一张全世界最美丽的图画
会让你心跳加速
呼吸急促
……

小宝（我们都这样叫她）和我想不通他哪里弄来一张这种图画，及至跑去一看，原来是他为小宝加洗的照片。

他又去买些粗铅丝，用锤子把它锤成烤扦，带我们去内双溪烤肉。

也不知他哪里学来那么多稀奇古怪的本领，问他，他也只神秘地学着孔子的口吻说：“吾多能鄙事。”

小宝来请教我的意见，这倒难了，两人都是我的朋友，我曾是忠心不二的电灯泡，但朋友既然问起意见，我也只好实说：

“要说朋友，他这人是最好的朋友；要说丈夫，倒未必是好丈夫。他这种人一向厚人薄已，要做他太太不容易，何况你们年龄相悬十七岁，你又一直要出洋，你全家又都如此反对……”

真的，要家长不反对也难，四十多岁了，一文不名，人又不漂亮，同事传话，也只说他脾气偏执，何况那时候女孩子身价极高。

从一切的理由看，跟杜公结婚是不合理性的——好在爱情不讲究理性，所以后来他们还是结婚了。奇怪的是小宝的母亲最终倒也投降了，并且还在小宝离台进修期间给他们带了两年孩子。

杜公不是那种怜香惜玉低声下气的男人，不过他做丈夫看来比想像中要好得多，他居然会烧菜、会拖地、会插个不知什么流的花，知道自己要有孩子，忍不住兴奋地叨念着："唉，姓杜真讨厌，真不好取名字，什么好名字一加上杜字就弄反了。"

那么粗犷的人一旦柔情起来，令人看着不免心酸。

他的女儿后来取名"杜可名"，出于《老子》，真是取得好。

他后来转职政大，我们就不常见面了，但小宝回台时，倒在我家吃了一顿饭，那天许多同事聚在一起，加上他家的孩子，我家的孩子——着实热闹了一场。事后想来，凡事都是一时机缘，事境一过，一切的热闹繁华便终究成空了。

不久就听说他病了，一打听已经很不轻，肺中膈长癌，医生已放弃开刀，杜公是何等聪明的人，他立刻什么都明白了，倒是小宝，他一直不让她知道。

我和另外两个女同事去看他，他已黄瘦下来，还是热乎乎地弄两张椅子要给我们坐，三个人推来让去都不坐，他一径坚持要我们坐。

"哎呀，"我说，"你真是要二椅杀三女呀!"

他笑了起来——他知道我用的是"二桃杀三士"的典故，但能笑几次了呢？我也不过强颜欢笑罢了。

他仍在抽烟，我说别抽了吧!

"现在还戒什么?"他笑笑，"反正也来不及了。"

那时节是六月，病院外夏阳艳得不可逼视，暑假里我即将有旅美之行——我知道那是我最后一次看他了。

后来我寄了一张探病卡，勉作豪语：

"等你病好了，咱们再煮酒论战。"

写完，我伤心起来，我在撒谎，我知道旅美回来，迎我的将是一纸过期的讣闻。

旅美期间，有时竟会在异国的枕榻上惊醒，我梦见他了，我感到不祥。

对于那些英年早逝弃我而去的朋友，我的情绪与其说是悲哀，不如说是愤怒！

正好像一群孩子，在广场上做游戏，大家才刚弄清楚游戏规则，才刚明白游戏的好玩之处，并且刚找好自己的那一伙，其中一人却不声不响地半局而退了，你一时怎能不愕然得手足无措，甚至觉得被什么人骗了一场似的愤怒！

满场的孩子仍在游戏，属于你的游伴却不见了！

九月返台，果真他已于八月十四日去世了，享年五十二岁，孤女九岁。他在病榻上自拟一副挽联，但写得尤好的则是代女儿挽父的白话联：

> 爸爸说要陪我直到结婚生了娃娃，而今怎教我立刻无处追寻，你怎舍得这个女儿；
>
> 女儿只有把对您那份孝敬都给妈妈，以后希望你梦中常来看顾，我好多喊几声爸爸。

读来五内翻涌，他真是有担当、有抱负、有才华的至情至性之人。

也许因为没有参加他的葬礼，感觉上我几乎一直欺骗自己他还活着，尤其每有一篇自己比较满意的作品，我总想起他来。他那人读文章严苛万分，轻易不下一字褒语，能被他击节赞美一句，是令人快乐得要晕倒的事。

每有一句好笑话，也无端想起他来，原来这世上能跟你共同领略一个笑话的人竟如此难得。

每想一次，就怅然久之，有时我自己也惊讶，他活着的时候，我们一年也不见几面，何以他死了我会如此茫然若失呢？我想起有一次看到一副对联，现在也记不真切，似乎是江兆申先生写的……

真的，人和人之间有时候竟可以淡得十年不见，十年既见却又可以淡得相对无一语。即使相对应答，又可以淡得没有一件可以称之为事情的事情，奇怪的是淡到如此无干无涉，却又可以是相知相重、生死不舍的朋友。

卓文君和她的一文铜钱

下午的阳光意外的和暖，在多烟多嶂的蜀地，这样的冬日也算难得了。

药香微微，炉火上氤氲着朦胧的白雾。那男子午寐未醒，一只小狗偎着白发妇人的脚边打盹。

这么静。

妇人望着榻上的男子，这个被“消渴之疾”所苦的老汉（按：古人称糖尿病为消渴之疾），他的手脚细瘦，肤色黯败，她用目光爱抚那衰残的躯体。

一生了，一生之久啊！

“这男人是谁呢？”老妇人卓文君支颐倾视自问。

记忆里不曾有这样一副面孔，他的头发已秃，颈项上叠着像骆驼一般的赘皮。他不像当年的才子司马相如，倒像司马相如的父亲或祖父。年轻时候的司马虽非美男子，但肌肤坚实，顾盼生姿，能将一把琴弹得曲折多情如一腔幽肠。他又善剑，琴声中每有剑风的清扬枭健。又仿佛那琴并不是什么人制造的什么乐器，每根琴弦，一一都如他指尖泻下的寒泉翠瀑，琤琤琮琮，淌不完的高山流水，谷烟壑云。

犹记得那个遥远的长夜，她新寡，他的琴声传来，如荷花的花苞在中宵柔缓拆放，弹指间，一池香瓣已灿然如万千火苗。

她选择了那琴声，冒险跟随了那琴声，从父亲卓王孙的家中逃逸。从此她放弃了仆从如云、挥金如土的生涯。她不觉乍贫，狂喜中反觉乍富，和司马长卿相守，仿佛与一篇繁富典丽的汉赋相厮缠，每一句，每一逗，都华艳难踪。

啊，她永远记得的是那倜傥不群的男子，那用最典赡的句子记录了一代大汉盛世的人——如果长卿注定是记录汉王朝的人，她便是打算用记忆来网络这男子一生的人。

而这男子，如今老病垂垂，这人就是那人吗？有什么人将他偷换了吗？卓文君小心地提起药罐，把药汁滤在白瓷碗里，还太烫，等一下再叫他起来喝。

当年，在临邛，一场私奔后，她和爱胡闹的长卿一同开起酒肆来。他们一同为客人沽酒、烫酒，洗杯盏，长卿穿起工人裤，别有一种俏皮。开酒肆真好，当月光映在酒卮里，实在是世间最美丽的景象啊！可惜酒肆在父亲反对下强迫关了，父亲觉得千金小姐卖酒是可耻的。唉！父亲却从来不知卖酒是那么好玩的事啊！酒肆中觥筹交错，众声喧哗，糟曲的暖香中无人不醉——不是酒让他们醉，而是前来要买它一醉的心念令他们醉。

想着，她站起来，走到衣箱前，掀了盖，掏摸出一枚铜钱，钱虽旧了，却还晶亮。她小心地把铜钱在衣角拭了拭，放在手中把玩起来。

这是她当年开酒肆卖出第一杯酒的酒钱。对她而言，这一钱胜过万贯家财。这一枚钱一直是她的秘密，父亲不知，丈夫不知，子女亦不知。珍藏这一枚钱其实是珍藏年少时那段快乐的私奔岁月。能和当代笔力最健的才子在一个垆前卖酒，这是多么兴奋又多么扎实的日子啊！满室酒香中盈耳的总是歌，迎面的都是笑，这枚钱上仿佛仍留着当年的声纹，如同冬日结冰的池塘长留着夏夜蛙声的记忆。

酒肆遵父命关门的那天，卓王孙送来仆人和金钱。于是，她知道，这一切逾轨的快乐都结束了。从此她仍将是富贵人家的妻子，而她的夫婿会挟着金钱去交游，去进入上流社会，会以文字干禄。然后，他会如当年所期望的，乘“高车驷马”走过升仙桥。然后，像大多数得意的男子那样，娶妾。他不再是一个以琴挑情的情人。

事情后来的发展果真一如她所料，有了功名以后，长卿一度想娶一位茂陵女子为妾（啊！身为蜀人，他竟已不再爱蜀女，他想娶的，居然是京城附近的女子），文君用一首《白头吟》挽回了自己的婚姻——对，挽回了婚姻，但不是爱情。

皑如山上雪，皎若云间月。
闻君有两意，故来相决绝。
凄凄复凄凄，嫁娶不须啼。
愿得一心人，白头不相离。

“一心人”？世上有那一心一意的男人吗？

药凉了，可以喝了，她打算叫醒长卿，并且下定决心继续爱他。不，其实不是爱他，而是爱属于她自己的那份爱！眼前这衰朽的形体，昏眊的老眼，分明已一无可爱，但她坚持，坚持忠贞于多年前自己爱过的那份爱。

把铜钱放回衣箱一角，下午的日光已翳翳然，卓文君整发敛容，轻声唤道：

“长卿，起来，药，熬好了。”

替古人担忧

同情心，有时是不便轻易给予的，接受的人总觉得一受人同情，地位身份便立见高下，于是一笔赠金，一句宽慰的话，都必须谨慎。但对古人，便无此限，展卷之余，你尽可痛哭，而不必顾到他们的自尊心，人类最高贵的情操得以维持不坠。

千古文人，际遇多苦，但我却独怜蔡邕，书上说他："少博学，好辞章……妙操音律，又善鼓琴，工书法，闲居玩古，不交当也……"后来又提到他下狱时"乞黥首刖足，续成汉史，不许。士大夫多矜救之，不能得，遂死狱中"。

身为一个博学的、孤绝的、"不交当也"的艺术家，其自身已经具备那么浓烈的悲剧性，及至在混乱的政局里系狱，连司马迁的幸运也没有了！甚至他自愿刺面斩足，只求完成一部汉史，也竟而被拒，想像中他满腔的悲愤直可震陨满天的星斗。可叹的不是狱中冤死的六尺之躯，是那永不为世见的焕发而饱和的文才！

而尤其可恨的是身后的污蔑，不知为什么，他竟成了民间戏剧中虐待赵五娘的负心郎，陆放翁的诗里曾感慨道：

> 古道斜阳赵家庄，盲翁负鼓正作场。
> 身后是罪谁管得，满城争唱蔡中郎。

让自己的名字在每一条街上被盲目的江湖艺人侮辱，蔡邕死而有知，又怎能无恨！而每一个翻检历史的人，每读到这个不幸的名字，又怎能不感慨是非的颠倒无常。

李斯，这个跟秦帝国连在一起的名字，似乎也沾染着帝国的辉煌与早亡。

当他年盛时，他曾是一个多么傲视天下的人，他说："诟莫大于卑贱，而悲莫甚于贫困，久处卑贱之位，困苦之地，非世而恶利，自托于无为，此非士之情也!”他曾多么贪爱那一点点醉人的富贵。

但在多舛的宦途上，他终于付出自己和儿子作为代价，临刑之际，他黯然地对儿子李由说：“吾欲与若复牵黄犬，俱出上蔡东门，逐狡兔，岂可得乎?”

幸福被彻悟时，总是太晚而不堪温习了!

那时候，他会想起少年时上蔡的春天，透明而脆薄的春天!

异于帝都的春天！他会想起他的老师荀卿，那温和的先知，那为他相秦而气愤不食的预言家，他从他那儿学了“帝王之术”，却始终参不透他的“物禁太盛”的哲学。

牵着狗，带着儿子，一起去逐野兔，每一个农夫所可触及的幸福，却是秦相李斯临刑时的梦呓。

公元前二〇八年，咸阳市上有被腰斩的父子，高踞过秦相，留传下那么多篇疏壮的刻石文，却不免于那样惨烈的终局!

看剧场中的悲剧是轻易的，我们可以安慰自己“那是假的”，但读史时便不知该如何安慰自己了。读史者有如屠宰业的经理人，自己虽未动手杀戮，却总是以检点流血为务。

我们只知道花蕊夫人姓徐，她的名字我们完全不晓，太美丽的女子似乎注定了只属于赏识她的人，而不属于自己。

古籍中如此形容她：“拜贵妃，别号花蕊夫人，意花不足拟其色，似花蕊翾轻也，又升号慧妃，如其性也。”

花蕊一样的女孩，怎样古典华贵的女孩，由于美丽而被豢养的女孩!

而后来，后蜀亡了，她写下那首有名的亡国诗：

君王城上竖降旗，妾在深宫哪得知。
十四万人齐解甲，更无一个是男儿。

无一个男儿，这又奈何？孟昶非男儿，十四万的披甲者非男儿，亡国之恨只交给一个美女的泪眼，交给那柔于花蕊的心灵。

国亡赴宋，相传她曾在葭萌的驿壁上留下半首《采桑子》，那写过百首宫词的笔，最后却在仓皇的驿站上题半阕小词：

初离蜀道心将碎，离恨绵绵，春日如年，马上时时闻杜鹃……

半阕！南唐后主在城破时，颤抖的腕底也是留下半首词。半阕是人间的至痛，半阕是永劫难补的憾恨！马上闻啼鹃，其悲竟如何？那写不下去的半阕比写出的是更哀绝。

蜀山蜀水悠然而清，寂寞的驿壁在春风中穆然而立，见证着一个女子行过蜀道时凄于杜鹃鸟的悲鸣。

词中的《何满子》，据说是沧州显者临刑时欲以自赎的曲子，不获免，只徒然传下那一片哀结的心声。

《乐府杂录》中曾有一段有关这曲子的戏剧性记载：

> 刺史李灵曜置酒，坐客姓骆唱《何满子》，皆称其绝妙。白秀才曰："家有声妓，歌此曲，音调。"召至，令歌，发声清越，殆非常音，骆遽问曰："是宫中胡二子否？"妓熟视曰："不同君岂梨园骆供奉邪？"相对泣下，皆明皇时人也。

异地闻旧音，他乡遇故知，岂都是喜剧？白头宫女坐说"天宝"固然可哀，而梨园散失沦落天涯，宁不可叹？

在伟大之后，渺小是怎样地难忍，在辉煌之后，黯淡是怎样的难受，在被赏识之后，被冷落又是怎样的难耐，何况又加上那凄恻的《何满子》，白居易所说的"一曲四词歌八叠，从头便是断肠声"的《何满子》！

千载以下，谁复记忆胡二子和骆供奉的悲哀呢？人们只习惯于去追悼唐明皇和杨贵妃，谁去同情那些陪衬的小人物呢？但类似的悲哀却在每一个时代演出，"天宝"总是太短，渔阳鼙鼓的余响敲碎旧梦，马嵬坡的夜雨滴断幸福，新的岁月粗糙而庸俗，却以无比的强悍逼人低头。玄宗把自己交给游仙的方士，胡二子和骆供奉却只能把自己交给比永恒还长的流浪的命运。

灯下读别人的颠沛流离，我不知该为撰曲的沧州歌者悲，还是该为唱曲的胡二子和骆供奉悲——抑或为自己悲。

色　识

颜色之为物，想来应该像诗，介乎虚实之间，有无之际。

世界各民族都有其“上界”与“下界”的说法，以供死者前往——独有中国的特别好辨认，所谓“上穷‘碧’落下‘黄’泉”。《千字文》也说“天地玄黄”，原来中国的天堂地狱或是宇宙全是有颜色的哩！中国的大地也有颜色，分五块设色，如同小孩玩的拼图版，北方黑，南方赤，西方白，东方青，中间那一块则是黄的。

有些人是色盲，有些动物是色盲，但更令人惊讶的是，据说大部分人的梦是无色的黑白片。这样看来，即使色感正常的人，每天因为睡眠也会让人生的三分之一时间失色。

中国近五百年来的画，是一场墨的胜利。其他颜色和黑一比，竟都黯然引退，好在民间的年画、刺绣和庙宇建筑仍然五光十色，相较之下，似乎有下面这一番对照：

成人的世界是素净的黯色，但孩子的衣着则不避光鲜明艳。

汉人的生活常保持渊沉的深色，苗瑶藏胞却以彩色环绕汉人、提醒汉人。

平素家居度日是单色的，逢到节庆不管是元宵放灯或端午赠送香包或市井婚礼，色彩便又复活了。

庶民（又称“黔”首、“黧”民）过老态的不设色的生活，帝王将相仍有黄袍朱门紫绶金驾可以炫耀。

古文的园囿不常言色，诗词的花园里却五彩绚烂。

颜色，在中国人的世界里，其实一直以一种稀有的、矜贵的、与神秘领域暗通的方式存在。

颜色，本来理应属于美术领域，不过，在中国，它也属于文学。眼前无形无色的时候，单凭纸上几个字，也可以想见“月落江湖‘白’，潮来天地‘青’”的山川胜色。

逛故宫，除了看展出物品，也爱看标签，一个是“实”，一个是“名”，世上如果只有喝酒之实而无“女儿红”这样的酒名，日子便过得不精“彩”了。诸标签之中且又独喜与颜色有关的题名，像下面这些字眼，本身便简扼似诗：

祭红：祭红是一种沉稳的红釉色，红釉本不可多得，不知祭红一名何由而来，似乎有时也写作“积红”，给人直觉的感觉不免有一种宗教性的虔诚和绝对。本来羊群中最健康的、玉中最完美的可作礼天敬天之用，祭红也该是最凝聚最纯粹最接近奉献情操的一种红。相较之下，“宝石红”一名反显得平庸，虽然宝石红也光莹透澈，极为难得。

牙白：牙白指的是象牙白，因为不顶白反而有一种生命感，让人想到羊毛、贝壳或干净的骨骼。

甜白：不知怎么回事会找出甜白这么好的名字，几件号称甜白的器物多半都脆薄而婉腻。甜白的颜色微灰泛紫加上几分透明，像雾峰一带的好芋头，煮熟了，在热气中乍剥了皮，含粉含光，令人甜从心起，甜白两字也不知是不是这样来的。

娇黄：娇黄其实很像杏黄，比黄瓤西瓜的黄深沉，比袈裟的黄轻俏，是中午时分对正阳光的透明黄玉，是琉璃盏中新榨的纯净橙汁，黄色能黄到这样好真叫人又惊又爱又心安。美国式的橘黄太耀眼，可以做属于海洋的游艇和救生圈的颜色，中国皇帝的龙袍黄太夸张，仿佛新富乍贵，自己一时也不知该怎么穿着，才胡乱选中的颜色，看起来不免有点舞台戏服的感觉。但娇黄是定静的沉思的，有着《大学》一书里所说的“定而后能静、静而后能安、安而后能虑、虑而后能得”的境界。有趣的是“娇”字本来不能算是称职的形容颜色的字眼——太主观，太情绪化，但及至看了“娇黄高足大碗”，倒也立刻忍不住点头称是，承认这种黄就该叫娇黄。

茶叶末：茶叶末其实是秋香色，也略等于英文里的鳄梨色（avocado），但情味并不相似。鳄梨色是软绿中透着柔黄，如池柳初舒，茶叶末则显然忍受过搓揉和火炙，是生命在大挫伤中历练之余的幽沉芬芳，但两者又分明属于一脉家谱，互有血缘。此色如果单独存在，会显得悒闷，但由于是釉色，所以立刻又明丽生鲜起来。

鹧鸪斑：这称谓原不足以算“纯颜色”，但仔细推来，这种乳白赤褐交错的图案效果如果不用此字，真不知如何形容。鹧鸪斑三字本来很可能是鹧鸪鸟羽毛的错综效果，我自己却一厢情愿地认为那是鹧鸪鸟蛋壳的颜色。所有的鸟蛋都有极其漂亮的颜色，或红褐，或浅碧，或斑斑朱朱。鸟蛋不管隐于草茨或隐于枝柯，像未熟之前的果实，它有颜色的目的竟是求其“失色”，求其“不被看见”。这种斑丽的隐身衣真是动人。

霁青、雨过天青：霁青和雨过天青不同，前者是凝冻的深蓝，后者比较有云淡天青的浅致。有趣的是从字义上看都指雨后的晴空。大约好事好物也不能好过头，朗朗青天看久了也会糊涂，以为不稀罕。必须乌云四合，铅灰一片乃至雨注如倾盆之后的青天才可喜。柴世宗御批指定“雨过天青云破处，这般颜色做将来”，口气何止像君王，更像天之骄子，如此肆无忌惮简直根本不知道世上有不可为之事，连造化之诡、天地之秘也全不瞧在眼里。不料正因为他孩子似的、贪心的、漫天开价的要求，世间竟真的有了雨过天青的颜色。

剔红：一般颜色不管红黄青白，指的全是数学上的“正号”，是在形状上面“加”上去的积极表现。剔红却特别奇怪，剔字是“负号”，指的是在层层相叠的漆色中以雕刻家的手法挖掉了红色，是“减掉”的消极手法。其实，既然剔除了只能叫剔空，它却坚持叫剔红，仿佛要求我们留意看那番疼痛的过程。站在大玻璃橱前看剔红漆盒看久了，竟也有一份悲喜交集的触动，原来人生亦如此盒，它美丽剔透，不在保留下来的这一部分，而在挖空剔除的那一部分。事情竟是这样的吗？在忍心的割舍之余，在冷情的镂空之后，生命的图案才足动人。

斗彩：斗彩的“斗”字也是个奇怪的副词，颜色与颜色也有可斗的吗？文字学上“斗”字也通于“逗”，“逗”与“斗”在釉色里面都有“打情骂俏”的成分，令人想起李贺的“石破天惊逗秋雨”，那一番逗简直是挑逗啊！把雨水从天外逗引出来，把颜色从幽冥中逗弄出来，斗彩的小器皿向例是热闹的，少不了快意的青蓝和珊瑚红，非常富有民俗趣味。近人语言里每以“逗”这个动词当形容词用，如云“此人真逗”！形容词的“逗”有“绝妙好玩”的意思，如此说来，我也不妨说一句“斗彩真逗”！

当然，“艳色天下重”，好颜色未必皆在宫中，一般人玩玉总不免玩出一番好颜色好名目来，例如：

孩儿面（一种石灰沁过而微红的玉）

鹦哥绿（此绿是因为做了青铜器的邻居受其感染而变色的）

茄皮紫

秋葵黄

老酒黄（多温暖的联想）

虾子青（石头里面也有一种叫“虾背青”的，让人想起属于虾族的灰青色的血液和肌理）

不单玉有好颜色，石头也有，例如：

鱼脑冻：指一种青灰浅白半透明的石头，“灯光冻”则更透明。

鸡血：指浓红的石头。

艾叶绿：据说是寿山石里面最好最值钱的一种。

炼蜜丹枣：像蜜饯一样，是个甜美生津的名字，书上说“百炼之蜜，渍以丹枣，光色古黯，而神气焕发”。

桃花水：据说这种亦名“桃花片”的石头浸在瓷盘净水里，一汪水全成了淡淡的“竟日桃花逐水流”的幻境。如果以桃花形容石头，原也不足为奇，但加一“水”字，则迷离滉漾，硬是把人推到“两岸桃花夹古津”的粉红世界里去了。类似的浅红石头也有叫“浪滚桃花”的，听来又凄婉又响亮，叫人不知如何是好。

砚水冻：这是种不纯粹的黑，像白昼和黑夜交界处的交战和朦胧，并且这份朦胧被魔法定住，凝成水果冻似的一块，像砚池中介乎浓淡之间的水，可以为诗，可以染墨，也可以秘而不宣，留下永恒的缄默。

石头的好名字还有许多，例如“鹁鸽眼”（一切跟“眼”有关的大约都颇精粹动人，像“虎眼”、“猫眼”）、“桃晕”、“洗苔水”、“晚霞红”等。

当然，石头世界里也有不“以色事人”的，像“太湖石”、“常山石”，是以形质取胜，两相比较，像美人与名士，各有可倾倒之处。

除了玉石，骏马也有漂亮的颜色，项羽必须有英雄最相宜的黑色来相配，所以“乌”骓不可少，关公有“赤”兔，刘彻有汗“血”，此外“玉”骢，“华”骝，“紫”骥，无不充满色感。至于不骑马而骑牛的那位老聃，他的牛也有颜色，是“青”牛，老子一路行去，函谷关上只见“紫”气东来。

马之外，英雄当然还须有宝剑，宝剑也是“紫电”、“青霜”，当然也有以“虹气”来形容剑器的，那就更见七彩缤纷了。

中国晚期小说里也流金泛彩，不可收拾，《金瓶梅》里小小几道点心，立刻让人进入“色彩情况”，如：

揭开，都是顶皮饼，松花饼，白糖万寿糕，玫瑰搽穰卷儿。

写惠莲打秋千一段也写得好：

这惠莲也不用人推送，那秋千飞起在半天云里，然后忽地飞将下来，端的却是飞仙一般，甚可人爱。月娘看见，对玉楼李瓶儿说：“你看媳妇子，她倒会打。”正说着，一阵风过来，把她裙子刮起，里边露见大红潞绸裤儿，扎着脏头纱绿裤腿儿，好五色纳纱护膝，银红线带儿。玉楼指与月娘瞧。

另外一段写潘金莲装丫头的也极有趣：

却说金莲晚夕，走到镜台前，把鬏髻摘了，打了个盘头楂髻，把脸搽得雪白，抹得嘴唇儿鲜红，戴着两个金澄笼坠子，贴着三个面花儿，带着紫销金箍儿，寻了一套大红织金袄儿，下着翠蓝缎子裙，妆扮丫头，哄月娘众人耍子。叫将李瓶儿来与她瞧，把李瓶儿笑得前仰后合。说道：“姐姐，你妆扮起来，活像个丫头，我那屋里有红布手巾，替你盖着头，等我往后边去，对他们只说他爹又寻了个丫头，唬他们唬，敢情就信了。”

买手帕的一段，颜色也多得惊人：

敬济道：“门外手帕巷有名王家，专一发卖各色改样销金点翠手帕汗巾儿，随你要多少也有，你老人家要甚么颜色？销甚花样？早说与我，明日都替你一齐带的来了。”李瓶儿道：“我要一方老黄销金点翠穿花凤的。”敬济道：“六娘，老金黄销上金，不显。”李瓶儿道：“你别要管我，我还要一方银红绫销江牙海水嵌八宝儿的，又是一方闪色芝麻花销金的。”敬济便道：“五娘，你老人家要甚花样?”金莲道：“我没银子，只要两方儿勾了，要一方玉色绫锁子地儿销金的。”敬济道：“你又不是老人家，白刺刺的要他做甚么?”金莲道：“你管他怎的？戴不的，等我往后有孝戴!”敬济道：“那一方要甚颜色?”金莲道：“那一方，我要娇滴滴紫葡萄颜色四川绫汗巾儿，上销金间点翠花样锦，同心结方胜地儿，一个方胜儿里面，一对儿喜相逢，两边阑子儿都是缨络珍珠碎八宝儿。”敬济听了，说道：“耶哝，耶哝，再没了，卖瓜子儿开箱子打喷嚏，琐碎一大堆。”

看了两段如此如见其人如闻其声的描写，竟也忍不住疼惜起潘金莲来了，有表演天才，对音乐和颜色的世界极敏锐。喜欢白色和娇滴滴的葡萄紫，可怜这聪明剔透的女人，在这个世界上她除了做西门庆的第五房老婆外，可以做的事其实太多了！只可怜生错了时代！

《红楼梦》里更是一片华彩，在“千红一窟”、“万艳同杯”的幻境之余，怡红公子终身和红的意象是分不开的，跟黛玉初见时，他的衣着如下：

头上戴着束发嵌宝紫金冠，齐眉勒着二龙抢珠金抹额；一件二色金百蝶穿花大红箭袖，束着五彩丝攒花结长穗宫绦，外罩石青起花八团倭缎排穗褂，蹬着青缎粉底小朝靴……

没过多久，他又换了家常衣服出来：

已换了冠服：头上周围一转的短发，都结成小辫，红丝结束，共攒至顶中胎发，总编一根大辫，黑亮如漆，从顶至梢，一串四颗大珠，用金八宝坠脚；身上穿着银红撒花半旧大袄，仍旧带着项圈、宝玉、寄名锁、护身符等物；下面半露松花撒花绫裤，锦边弹墨袜，厚底大红鞋。

宝玉由于在小说中身居要津，不免时时刻刻要为他布下多彩的戏服，时而是五色斑丽的孔雀裘，有时是生日小聚时的“大红绵纱小袄儿，下面绿绫弹墨夹裤，散着裤脚，系着一条汗巾，靠着一个各色玫瑰芍药花瓣装的玉色夹纱新枕头”。生起病来，他点的菜也是仿制的小荷花叶子、小莲蓬，图的只是那翠荷鲜碧的好颜色。告别的镜头是白茫茫大地上的一件猩红斗篷。就连日常保暖的一件小内衣，也是白绫子红里子上面绣起最生香活色的“鸳鸯戏水”。

和宝玉的猩红斗篷有别的是女子的石榴红裙。猩红是“动物性”的，传说红染料里要用猩猩血色来调才稳得住，真是凄伤至极点的顽烈颜色，恰适合宝玉来穿。石榴红是“植物性”的，香菱和袭人两个女孩在林木蓊郁的园子里，偷偷改换另一条友伴的红裙，以免自已因玩疯了而弄脏的那一条被众人发现。整个情调读来是淡淡的植物似的悠闲和疏淡。

和宝玉同属“富贵中人”的是王熙凤，她一出场，便自不同：

> 只见一群媳妇丫鬟拥着一个丽人从后房进来。这个人打扮与姑娘们不同，彩绣辉煌，恍若神妃仙子：头上绾着金丝八宝攒珠髻，插着朝阳五凤攒珠钗，项上戴着赤金盘螭缨络圈，身上穿着缕金百蝶穿花大红洋缎窄裉袄，外罩五彩刻丝石青银鼠褂，下着翡翠撒花洋绉裙。

这种明艳刚硬的古代“女强人”，只主管一个小小贾府，真是白糟蹋了。

《红楼梦》里的室内设计也是一流的，探春的，妙玉的，秦氏的，贾母的，各有各的格调，各有各的摆设，贾母偶然谈起窗纱的一段，令人神往半天：

> 那个纱，比你们的年纪还大呢。怪不得他认作蝉翼纱，原也有些像，不知道的都认作蝉翼纱。正经名叫“软烟罗”……那个软烟罗只有四样颜色：一样雨过天青，一样秋香色，一样松绿的，一样就是银红的。要是做了帐子，糊了窗屉，远远地看着，就似烟雾一样，所以叫做“软烟罗”。那银红的又叫做“霞影纱”。

《红楼梦》也是 部“红”尘手记吧，大观园里春天来时，莺儿摘了柳树枝子，编成浅碧小篮，里面放上几枝新开的花……好一出色彩的演出。

和小说的设色相比，诗词里的色彩世界显然密度更大更繁富。奇怪的是大部分作者都秉承中国人对红绿两色的偏好，像李贺，最擅长安排“红”“绿”这两个形容词前面的副词，像：

老红、坠红、冷红、静绿、空绿、颓绿。

真是大胆生鲜，从来在想像中不可能连接的字被他一连，也都变得妩媚合理了。

此外像李白“寒山一带伤心碧”（《菩萨蛮》），也用得古怪，世上的绿要绿成什么样子才是伤心碧呢？“一树碧无情”亦然，要绿到什么程度可算绝情绿，令人想像不尽。

杜甫“宠光蕙叶与多碧，点注桃花舒小红”（《江雨有怀郑典设》），以“多碧”对“小红”，也是中国文字活泼到极处的面貌吧？

此外，李商隐、温飞卿都有色癖，就是一般诗人，只要拈出“雨中黄叶树”，“灯下白头人”的对句，也一样有迷人情致。

词人中小山词算是极爱色的，郑因百先生有专文讨论，其中如：

绿娇红小、朱弦绿酒、残绿断红、露红烟绿、遮闷绿掩羞红、晚绿寒红、君貌不长红、我鬓无重绿。

竟然活生生地将大自然中最旺盛最欢愉的颜色驯服为满目苍凉，也真是夺造化之功了。

秦少游的“莺嘴啄花红溜，燕尾点波绿绉”也把颜色驱赶成一群听话的上驷，前句由于莺的多事，造成了由高枝垂直到地面的用花瓣点成的虚线，后句则缘于燕的无心，把一面池塘点化成回纹千度的绿色大唱片。另外有位无名词人的“万树绿低迷，一庭红扑簌”也令人目迷不暇。

李清照“知否知否，应是绿肥红瘦”的颜色自己也几乎成了美人，可以在纤秾之间各如其度。

蒋捷有句谓“红了樱桃，绿了芭蕉”，其中的红绿两字不单成了动词，而且简直还是进行式的，樱桃一点点加深，芭蕉一层层转碧，真是说不完的风情。

辛稼轩“唤取红巾翠袖，揾英雄泪”也在英雄事业的苍凉无奈中见婉媚。其实世上另外一种悲剧应是红巾翠袖空垂——因为找不到真英雄，而且真英雄未必肯以泪示人。

元人小令也一贯地爱颜色，白朴有句曰：“黄芦岸白蘋渡口，绿杨堤红蓼滩头”，用色之奢侈，想来隐身在五色祥云后的神仙也要为之思凡吧？马致远也有“和露摘黄花，带霜烹紫蟹，煮酒烧红叶”的好句子，煮酒其实只用枯叶便可，不必用红叶，曲家用了，便自成情境。

世界之大，何处无色，何时无色，岂有一个民族会不懂颜色？但能待颜色如情人，相知相契之余且不嫌麻烦地想出那么多出人意表的字眼来形容描绘它，舍中文外，恐怕不容易再找到第二种语言了吧？

只被允许的二夜情

如果你正年轻。

如果你出发去旅行，只身，在风和日丽的四月天。然后，夜来了，你打开卧具，也许连卧具也没有，你便芳草以为褥，曲肱以为枕，沉沉睡在一株树下。在倦极卧地和酣然入眠之间，你发现原来头上的树实在是一棵很美丽的树，而树上的天空则尤其美丽。

树的美丽在于它的翠盖像一面筛子。天上的星星已经够细粒了，树却努力把星光筛得更细，仿若极绵幼的白糖霜，落在你黑黝黝的梦之咖啡里。

树的美丽又在于它的芬芳，它的枝枝叶叶都恍如隐身暗夜的情人，你看不到他，却气息分明。古希腊神话中的赛克公主和邱彼得之间的恋情，便是如此吧？

如果，年轻的你清晨醒来，你便在那一带城镇间游走、休憩。黄昏，你再次回到树下，冥想、惊奇，像一切的旅行者，并且倦极盹去。

如果，你再度醒来，如果你再度起身去满城漫步，这一切是可允许的。

可允许的？被谁？被佛戒。有这么一条怪戒律吗？有的，不过，那不被允许的又是什么呢？不被允许的是，你不可以在第三夜仍回到这棵同样的树下，因为，这样你就会沉迷耽溺，习惯于它的荫庇安详。你只准有二夜情，和那棵树。

这说法记载在哪里？记在《四十二章经》里，原文如下：

> 沙门受道法者，日中一食、树下一宿。慎莫再矣。所云浮屠，不三宿桑下，即不再宿树下之谓，此谓沙门办道宜精进，不可爱安逸也。

南朝范晔写《后汉书·襄楷传》时也用了这个典故：

浮屠不三宿桑下，不欲久生恩爱，精之至也。

这本《后汉书》，后来有位李贤为它作注（李贤为唐朝高宗的第六子，也就是章怀太子，却因遭疑被母后武则天赐死），注上说：

言浮屠之人寄桑下者，不经三宿便即移去，示无爱恋之心也。

后来的文人，爱用这个典故的人不少，其中比较向佛的白居易用得最多，如：

分袂二年劳梦寐，并床三宿话平生。（《答徽之咏怀见寄》）
秋雨经三宿，无人劝一杯。（《雨中访崔十八》）

下面的句子也分别承袭了这份哀愁，如：

桑下岂无三宿恋，樽前聊与一身归。（宋·苏轼《别黄州》）
结习尚余三宿恋，残年多负半生闲。（金·元好问《望崧少》之一）
握手遂成三宿恋，论心那觉十年迟。（元·黄溍《次韵答蒋春卿诗》）
我欲更除三宿恋，就公新治乞《坛经》。（清·姚鼐《答孙补山中丞见怀》之二）
空桑三宿犹生恋，何况三年吟绪?（清·龚自珍《摸鱼儿》）

比较令我惊讶的是，连姚惜抱先生这种古板的桐城派老将也有这种悽惶的情怀。

回看我自己，我的平生几乎都是一连串的耽溺：我耽书、耽文学、耽美。耽一则婚姻已四十多年，住的房子也住了四十一年，教书至今竟四十六年，我根本无法和二宿就掉首而去的旅人相比。而凡耽溺者，大概都会受到一种咒诅，这咒诅便是你会生痴恋之心，在不得不告别之际，会伤心欲狂。

有位聪明干练的教授，他却有个极敏悟多情的小儿子，小儿不过刚会说话，见家中来了送瓦斯的工人他便极欢悦，待工人五分钟后走人，他便号啕大哭。

他也许预知，此生此世，茫茫人海，这张面孔竟再也不会重现了。此人可能不久后改业，也许虽未改业，但下次瓦斯却不轮他送，而或者不幸，此人也会遭险巇，或者，小儿自己搬了家……总之，五分钟因缘，以后——我们并不知道以后，小儿哭得有理!

唉，如果你不想学小儿痛哭，我倒有个“赖皮法”相授，你可以告诉自己，不妨，人生迅疾如飞箭，三十年不过是一宿，我目前的一切耽溺沉迷，其实都还属于被允许的“二宿之限”呢!

“风”比“德”好

一个人如果为人不对，要改。如果道德有亏，要改。如果做事擘画不周详，要改。至于文学方面的事，如果在一回顾之间，发现了问题，当然也该改过，以求自新。

在文学史里颇有倚马七纸、援笔立就之人，此外如曹植七踱步而诗成，或温飞卿八叉手而篇定。这些，都是令人钦羡的快才，他们的文字别人欲易一字而不得。

但除了极少数的例子，其他的文人对自己的作品多半都是一遍遍修饰，一字字推敲，希望能找更好的词或更好的句构，把“事”或“情”说得更透辟一些，更晓鬯一些。

改文章这件事，其主力当然是靠自己，但如果身边刚好有个够程度的朋友，可以出手指正，那真是幸何如之！下面先举二例：

欧阳修写了一篇《相州书锦堂记》，是送给朋友韩琦的。韩琦本是相州人，此时又被委以节度使之官来治相州（相州在河南安阳，就是台北故宫那些甲骨文出土的地方），书锦堂是指“不衣锦夜行”的意思，这其实是古代士人非常光明美好的梦之实践。一生一世，身为重臣，安邦定国，身荣名显，并且终于有了一点金钱，可以在自家后园的土地上加盖了一间屋子，题名叫书锦堂，并且让它成为乡亲游憩的地方。他向欧阳修求一篇文章来记录这件事，欧阳修答应了。当时没有传真或电传，文章写好后必须付递。文章既行，欧阳修又后悔了，觉得有二个句子没写好，于是派快骑追回，重新改正才再送去。欧阳修那么急着改的是什么句子呢？原来是开头的两句，原文如下：

仕宦至将相，富贵归故乡。

这两句有什么好改的？它明白通畅，已算是好句，但如果看到改过的句子，便优劣立判了。后来的句子是：

仕宦而至将相，富贵而归故乡。

除了在声调上因加了一个仄声的虚字眼而显得神完气足之外，在意义上也有所不同了。如果用白话文来翻译，二句分别如下：

“做官拜了将相，富贵回到故乡。”

“做官，做着做着居然做到了将相的地位。回归故乡，而且是带着一身富贵来归的。”

相互一对照，便知道千里驰骥只为两字却不算白费的道理了。

另一例是范仲淹写的《桐庐郡严先生祠堂记》，范仲淹当时身为桐庐太守，桐庐是钱塘江流域最美丽的景点，其地理环境足令天下文人心向往之，清人刘嗣绾的《自钱塘至桐庐舟中杂诗》颇能道尽其情：

一折青山一户屏，
一湾碧水一条琴；
无声诗与有声画，
须在桐庐江上寻。

可是，令人神往的还不止是风景，更有严子陵“动星象，归江湖，得圣人之清，泥涂轩冕……”的罢官故事。在江边，至今有一块大石，据说是严子陵归隐以后常坐的钓矶，上面刻着苏东坡的“登云钓月”四个大字。

范仲淹既到了这种地方，便动手修了严氏祠堂，作为地方上的文化资产，用以传述一则美丽的千年流传的故事。当然，建筑物落成，照例会有一篇记（如《滕王阁序》或《岳阳楼记》），《严先生祠堂记》便是因此动笔的，而在文末，范仲淹加上了一首歌：

云山苍苍，
江水泱泱，
先生之德，
山高水长。

洪迈（宋）的《容斋随笔》中记载范氏以此文示友人南丰李泰伯：

伯读之，三叹味不已，起而言曰："公之文一出，必将名世，某妄意辄易一字，成盛美。"公瞿然握手扣之。答曰："云山江水之语，于义甚大，于词甚溥，而'德'字承之，乃似趚趚（指小格局或局促，小步子）；拟作'风'字如何？"公凝坐颔首，殆欲下拜。

如果范氏真下拜，也是值得的，一千年来，这句"先生之风"一直在读者心灵中鼓荡回旋，久而不止，真是"长风"几万里啊！"德"，像训导主任的道德训话，实行起来不免辛苦勉强。风，才是风格、风范、风仪、风度，是生命底层的美学，是长期修为以后的自然流露。在那篇文章的那一行里，如果出现的不是"风"字，还能是什么字呢？

开卷和掩卷

X君，十八岁，神差鬼使，不知怎么选择了读中文系。X君也许是男孩，也许是女孩，也许是有志文学，也许只是分数不够高，读不成别的，只好到中文系来凑合。总之，他来了。

他既决定来中文系，对文学总有几分情意。而这几分情意不敢说一定能惊天动地，但总也不算虚情假意。他希望自己和文学之间的关系能渐入佳境。

然后，开学了。伟大堂皇的学分纷纷上场，他忽然发现自己像结婚礼堂里的新郎：他可以拜天地，拜高堂，他可以用印，可以敬酒，可以吃菜，甚至可以表演亲吻新娘。但他就是不能和新娘一起走开，一起走到花前月下的无人之处，倾心相谈。

X君的大一课程除去体育、英文、历史、宪法不算，剩下来的可能是国文、文字学、文学概论、理则学、文学史。等到二年级，他可能读历代文选、文学史、诗经、诗选、小说选、声韵学或训诂学……如果X君够警觉，他会发现一路下来所有的学分，所有的教法，都在塞给他一个东西，这个东西的名字叫："文学学"。

对，是文学学，而不是文学。

什么叫文学学呢？文学学是指文学的周边学问，例如修辞学，例如理则学，例如声韵训诂。

文学学也不算没有意义，像大城市之必须有卫星城镇，像大工业必有卫星工厂，文学也不妨有些基础工程，只是基础工程之后应该继之以亭台楼阁才对。平地架楼，因无根无基而脆弱无依，固所不宜，相反地，只挖一堆地基放在那里，而无以为继也未免可笑。

我们姑且假定X君一向很重视自己的学业成绩，（对在台湾长大的学生而言，这个假定不算过分乱猜吧？）因此他很努力地想考好他的每一门学科。譬如说，诗选这门课吧，考试之前，X君努力要记清楚的资料很可能是：

一、仄起式的平仄是如何安排的？

二、初唐最重要的诗人是谁？

三、杜甫“香稻啄残鹦鹉粒”是什么意思？

四、“劝君更进一杯酒”和“与尔同销万古愁”之间算不算对句。是否动词对动词，名词对名词，虚字对虚字？

X君在班上的成绩不错，运气好的话他还可能拿到某种奖学金。X君毕业在即，正准备考硕士班研究所，大家都称赞他是中文系高材生——不过，有一个小小的秘密，那就是，X君迄今都还没有碰到文学。

X君和其他好学生一样，从小深信一句话：

“开卷有益”。

他平生受这句话之惠不少。譬如说，等车的时候，排队等吃饭的时候，他都一卷在握，丝毫不敢浪费时间。他一点点学业上的成就都是靠这句话博取来的。

可惜X君不知道另外一句更重要的话：

“掩卷有功”。

掩卷有功四个字是我发明的，古人并未明言，虽然古人很善于掩卷。

李白诗中有言：

“片言苟会心，掩卷忽而笑。”（《翰林读书言怀呈集贤诸学士》）

苏辙的诗中也有一句：

“书中多感遇，掩卷辄长吁。”

“掩卷”就是把书合起来的意思。除了“掩卷”，古人也用其他的字眼来表示类似的动作，例如：

“阖卷”、“抛卷”、“合书”、“掷书”。

除了关上书卷，其他类似的动作如：

“掷笔”。

其作用也类似。

开卷而读，是为了吸取资料，但吸取资料只不过把人变成“会走路的电脑光碟片”而已，并不能使我们摧心动容，使我们整个人变得文学化。

“掩卷长太息”才是“教书机”和“读书机”办不到的事情。X君如果

“读书破万卷”，也未必有益，只待X君一旦“阖卷泪沾襟”，则他的文学教育就不算空白了。

建国中学长久以来流传着一则故事，有位同学，打开历史考卷一看，有道题目要求详述鸦片战争对近代中国的影响，他匆匆写了两行，忍不住，便掷下考卷，急奔到校园中去痛哭。那一天，他的历史考卷当然是不及格的，但当天其他考卷和成绩漂亮的同学能和他比历史感吗？相较之下能一字字冷静道出马关条约的同学反而显得残忍无情吧？

“伏卷”而书的乖乖牌学子何止千人，但“推卷”而起抚膺号啕的却只有那一位啊！

英国十八世纪的历史学家吉朋，写了卷帙浩渺的《罗马衰亡史》。从动念到完成，历时一十四载。所描述的时代则长达一千三百年，其规模气魄略近司马迁写《史记》。吉朋写此书言简意赅，纲举目张，为世所颂。但我真正心折的还是他一七六四年秋天站在卡比托尔的古罗马废墟中，对着断壁颓垣喟然而叹的那份千古历史兴亡感。

书写历史不是靠一个字母一个字母的死功，而是靠望着“大江东去”，油然兴起“浪淘尽，千古风流人物”的那声叹息！

身为中文系的老师，我深知同学诸生能做个“开卷人”的已经不多了——“不开卷的人”就更别提了，他们根本没资格来“掩卷”。可惜的是那些只知开卷而不知掩卷的学生。古人认为读《出师表》、《陈情表》应该“有感觉”，否则不忠不孝。今天学生读此二文恐怕大多数的人只在意考试会考哪一题。其实，应该“有感觉”的篇章又何止《出师表》、《陈情表》，读陈子昂《登幽州台》即使不怆然泪下，也该黯然久之吧？读张岱《湖心亭饮茶》一章，能不悠然意远吗？

不幸的是，属于文学的、感觉的境界往往难以传递，于是我们只好教授“平平仄仄仄平平”。后者客观、确实、有效率，也容易让学生佩服。当今之世，讲杜甫《兵车行》讲到哽咽泪下难以为继的老师恐怕多少会让学生看扁吧？

但我要强调的是，那些开卷读书却不曾掩卷叹息的人其实还不曾跨入文学的门槛。那些接触过客观资料，主观方面却不曾五内惊动的，仍然只算文学的门外汉。

下面我且举几例，来说明只要细心体会，其实感动无处不在。

譬如说，词牌。一般而言，词牌因为是音乐方面的调名，和文字内容未见得有密切关系。读的时候很容易就掠空而过低调处理，不去管它了。但词牌名仍有那极美的，耐人反复玩味。真的是“阖卷”之余茫然四顾，惋叹流连不能自已。

有两首词牌名（现在很少听到），一名《惜花春起早》，一名《爱月夜眠迟》。每当花朝月夕，想起这两个词牌名，只觉其困境亦恰似人生：春朝花绽，怎能不勉力相从？月夜光盈，又怎忍遽舍清辉？然而活着原是一件艰辛的事，谁都能像王维诗中的神勇少年“一身能擘两雕弧”？而美，是如此浩渺不尽，我怎能既追踪“惜花春起早”又抓紧“爱月夜眠迟”？

只是词牌的名字，已足够令人掩卷失神。

另外生动逼人的词牌名还有，如：

《骤雨打新荷》，唉，如果是“雨打荷”也就罢了，“骤雨”打“新荷”却令人如闻土膏生腥的气息，如触及五月的清甜微润的池面薄烟。方其时也，新荷如青钱小小，比浮萍大不了多少，比雨滴大不了多少。小小的新荷，圈点着水面，圈点着初夏。而初夏这篇文章写得太好，造化神明不知不觉便多圈了几个圈。

此外《一痕沙》、《一萼红》、《隔渚莲》也都令人神往心悸，不胜低回。而苏东坡的《无愁可解》则是一派顽皮，意欲挑战《解愁》。人生弄到要靠酒来解愁，则何如根本把自己活成“无愁可解”的境界。既然根本不愁，也就不必麻麻烦烦去想法子再来解什么愁。

不过是几个词牌，不过是三五个字的组句，却令人沉吟，迟疑，不能自拔于无边之美感。

除了词牌，斋名也颇有趣。古人动不动便有个堂皇的斋名，但现实生活中则未必真有什么楼什么轩什么庵什么室什么斋。所谓的斋，往往只在主人的方寸之间鸠工营造。

初中时就听到梁任公《饮冰室文集》，当时只以为饮冰室就是我们吃刨冰的冰果店，代表的是清凉的意思。及至读了《庄子》，才知道全然不是那么回事，原文是“今吾朝受命而夕饮冰，我其内热欤?”注疏中说“晨朝受诏，暮夕饮冰，是明怖惧忧愁，内心熏灼”，原来饮冰是指内心焦灼不安。那么，梁任公原来在恣纵无碍的才华之外亦自有其生当乱世的忧怖，如此一想，也真要掩卷肃容一番。

至于曾国藩，他把自己的住处命名为“求阙斋”。世人无不爱求全，曾氏独求“缺”。以他当时位极人臣的显达背景，他当然比别人更了解居安思危的真谛。求缺，是全福全贵到极致之后的谦逊。对此简单明了的三个字，曾文正公一生风骨气度都毕现眼前，我因这三字而掩卷轻叹，终生俯首。

近人有“无求备斋”、“知不足斋”，并皆引人深思。周弃子先生取名“未埋庵”，令人思之不胜感伤。一切活着的人不都迟早要大去吗？把此刻的自己看做葬礼未举行前的自己，多少可以减少一些名利心、争逐意，虽然命意嫌衰飒了些。

以上举例重在可叹可感的美感，至于有情有趣可堪一笑的例子也是有的，此处且举苏轼《攓云篇》的诗序为代表：

“云气自山中来，以手拨开，笼收其中，归家云盈笼，开而放之，作《攓云篇》。”

如果读《出师表》不哭为不忠，读《攓云篇》不掩卷大笑也真可谓“不通气”了！东坡老儿实在无赖得可爱，把山云捉来放在竹笼中，倒好像那些烟岚云雾全是小白驯鸽似的，手到擒来，等笼子一张开，全部白云亦如小鸟振翅而出，急扑扑的穿梭得满屋子都是。

世间宁有此事！但苏轼的谎撒得太可爱了，这一出他自导自演的“捉放云”几乎有些卡通趣味，你除了抚掌大笑之外还能有什么办法！

刚才所说的那位X君，如果在大四毕业之前只会开卷勤读，而不会掩卷悲喜，他这一生就算做到中文系教授，也仍然是个“文学绝缘体”。

但愿读文学的X君不单读了些“文学学”，也早日碰触到“文学”。但愿X君和其他所有接触过文学的Y君，都既能因开卷而受益，亦能拥有掩卷一叹的灵犀。但愿他们不仅是“有脚光碟片”，而是有感应的“文学人”。

不朽的失眠

——写给没考好的考生

他落榜了！一千二百年前。榜纸那么大那么长，然而，就是没有他的名字。啊！竟单单容不下他的名字，“张继”那两个字。

考中的人，姓名一笔一画写在榜单上，天下皆知。奇怪的是，在他的感觉里，考不上，才更是天下皆知，这件事，令他羞惭沮丧。

离开京城吧！议好了价，他踏上小舟。本来预期的情节不是这样的，本来也许有插花游街、马蹄轻疾的风流，有衣锦还乡、袍笏加身的荣耀。然而，寒窗十年，虽有他的悬梁刺股，琼林宴上，却并没有他的一角席次。

船行似风。

江枫如火，在岸上举着冷冷的烛焰，这天黄昏，船，来到了苏州。但，这美丽的古城，对张继而言，也无非是另一个触动愁情的地方。

如果说白天有什么该做的事，对一个读书人而言，就是读书吧！夜晚呢？夜晚该睡觉以便养足精神第二天再读。然而，今夜是一个忧伤的夜晚。今夜，在异乡，在江畔，在秋冷雁高的季节，容许一个落魄的士子放肆他的忧伤。江水，可以无限度地收纳古往今来一切不顺遂之人的泪水。

这样的夜晚，残酷地坐着，亲自听自己的心正被什么东西啮食而一分一分消失的声音。并且眼睁睁地看自己的生命如劲风中的残灯，所有的力气都花在抗拒，油快尽了，微火每一刹那都可能熄灭。然而，可恨的是，终其一生，它都不曾华美灿烂过啊！

江水睡了，船睡了，船家睡了，岸上的人也睡了。唯有他，张继，醒着，夜愈深，愈清醒，清醒如败叶落余的枯树，似梁燕飞去的空巢。

起先，是睡眠排拒了他，（也罢，这半生，不是处处都遭排拒吗？）而后，是他在赌气，好，无眠就无眠，长夜独醒，就干脆彻底来为自己验伤，有何不可？

月亮西斜了，一副意兴阑珊的样子。有乌啼，粗嘎嘶哑，是乌鸦。那月亮被它一声声叫得更黯淡了。江岸上，想已霜结千草。夜空里，星子亦如清霜，一粒粒冷绝凄绝。

在鬓角在眉梢，他感觉，似乎也森然生凉，那阴阴不怀好意的凉气啊，正等待凝成早秋的霜花，来贴缀他惨绿少年的容颜。

江上渔火二三，他们在干什么？在捕鱼吧？或者，虾？他们也会有撒空网的时候吗？世路艰辛啊！即使潇洒的捕鱼人，也不免投身在风波里吧？

然而，能辛苦工作，也是一项幸福呢！今夜，月自光其光，霜自冷其冷，安心的人在安眠，工作的人去工作。只有我张继，是天不管地不收的一个，是既没有权利去工作，也没福气去睡眠的一个……

钟声响了，这奇怪的深夜的寒山寺钟声。一般寺庙，都是暮鼓晨钟，寒山寺却敲“夜半钟”，用以警世。钟声贴着水面传来，在别人，那声音只是睡梦中模糊的衬底音乐。在他，却一记一记都撞击在心坎上，正中要害。钟声那么美丽，但钟自己到底是痛还是不痛呢？

既然无眠，他推枕而起，摸黑写下“枫桥夜泊”四字。然后，就把其余二十八个字照抄下来。我说“照抄”，是因为那二十八个字在他心底已像白墙上的黑字一样分明凸显：

月落乌啼霜满天，
江枫渔火对愁眠。
姑苏城外寒山寺，
夜半钟声到客船。

感谢上苍，如果没有落第的张继，诗的历史上便少了一首好诗，我们的某一种心情，就没有人来为我们一语道破。

一千二百年过去了，那张长长的榜单上（就是张继挤不进的那纸金榜）曾经出现过的状元是谁？哈！谁管他是谁？真正被记得的名字是“落第者张继”。有人曾记得那一届状元披红游街的盛景吗？不！我们只记得秋夜的客船上那个失意的人，以及他那场不朽的失眠。

高处何所有

——赠给毕业同学

很久很久以前，在一个很远很远的地方，一位老酋长正病危。

他找来村中最优秀的三个年轻人，对他们说：

“这是我要离开你们的时候了，我要你们为我做最后一件事。你们三个都是身强体壮而又智慧过人的好孩子，现在，请你们尽其可能地去攀登那座我们一向奉为神圣的大山，你们要尽其可能爬到最高超最凌越的地方，然后，折回头来告诉我你们的见闻。”

三天后，第一个年轻人回来了，他笑生双靥，衣履光鲜：

“酋长，我到达山顶了，我看到繁花夹道，流泉淙淙，鸟鸣嘤嘤，那地方真不坏啊！”

老酋长笑笑说：

“孩子，那条路我当年也走过，你说的鸟语花香的地方不是山顶，而是山麓，你回去吧！”

一周以后，第二个年轻人也回来了，他神情疲倦，满脸风霜：

“酋长，我到达山顶了，我看到高大肃穆的松树林，我看到秃鹰盘旋，那是一个好地方。”

“可惜啊！孩子，那不是山顶，那是山腰，不过，也难为你了，你回去吧！”

一个月过去了，大家都开始为第三位年轻人的安危担心，他却一步一蹭，衣不蔽体地回来了，他发枯唇燥，只剩下清炯的眼神：

“酋长，我终于到达山顶，但是，我该怎么说呢？那里只有高风悲旋，蓝天四垂。”

“你难道在那里一无所见吗？难道连蝴蝶也没有一只吗？”

“是的，酋长，高处一无所有，你所能看到的，只有你自己，只有‘个人’被放在天地间的渺小感，只有想起千古英雄的悲激心情。”

“孩子，你到的是真的山顶，按照我们的传统，天意要立你做新酋长，祝福你。”

真英雄何所遇？他遇到的是全身的伤痕，是孤单的长途，以及愈来愈真切的渺小感。

到山中去

德：

从山里回来已经两天了，但不知怎的，总觉得满身仍有拂不掉的山之气息。行坐之间，恍惚以为自己就是山上的一块石头，溪边的一棵树。见到人，再也想不起什么客套词令，只是痴痴傻傻地重复着一句话：“你到山里头去过吗?”

那天你不能去，真是很可惜的。你那么忙，我向来不敢用不急之务打扰你。但这次我忍不住要写信给你。德，人不到山里去，不到水里去，那真是活得冤枉。

说起来也够惭愧了，在外双溪住了五年多，从来就不知道内双溪是什么样子。春天里曾沿着公路走了半点钟，看到山径曲折，野花漫开，就自以为到了内双溪。直到前些天，有朋友到那边漫游归来，我才知道原来山的那边还有山。

平常因为学校在山脚下，宿舍在山腰上，推开窗子，满眼都是起伏的青峦，衬着窗框，俨然就是一卷横幅山水，所以逢到朋友们邀我出游，我总是推辞。有时还爱和人抬杠道：“何必呢？余胸中自有丘壑。”而这次，我是太累了、太倦了、也太厌了，一种说不出的情绪鼓动着我，告诉我在山那边有一种神秘的力量，我于是换了一身绿色轻装，趿上一双绿色软鞋，掷开终年不离手的红笔，跨上一辆跑车，和朋友们相偕而去。——我一向喜欢绿色，你是知道的，但那天特别喜欢，似乎觉得那颜色让我更接近自然，更融入自然。

德，人间有许多真理，实在是讲不清的。譬如说吧，山山都有石头、都有树木、都有溪流。但，它们是不同的，就像我们人和人不同一样。这些年来，在山这边住了这么久，每天看朝云、看晚霞、看晴阴变化，自以为很了解山了，及至到了山那边，才发现那又是另一种气象，另一种意境。其实，严格地说，常被人践踏观赏的山已经算不得什么山了。如果不幸成为名山，被些无聊的人盖了些亭阁楼台，题了些诗文字画，甚至起了观光旅社，那不但不成其为山，也不能成其为地了。德，你懂我了吗？内双溪一切的优美，全在那一片未凿的天真。让你想到，它现在的形貌和伊甸园时代是完全一样的。我真愿作那样一座山，那样沉郁、那样古朴、那样深邃。德，你愿意吗？

我真希望你看到我，碰见我的人都说我那天快活极了，我怎能不快活呢？我想起前些年，戴唱给我们听的一首英文歌，那歌词说："我的父亲极其富有，全世界在他权下，我是他的孩子——我掌管平原山野。"德，这真是最快乐的事了——我统管一切的美。德，我真说不出，真说不出。我几乎感觉痛苦了——我无法表达我所感受的。我们照了好些相片，以后我会拿给你看，你就可以明白了。唉，其实照片又何尝照得出所以然来，暗箱里容得下风声水响吗？镜头中摄得出草气花香吗？爱默生说，大自然是一件从来没有被描写过的事物。可是，那又怎能算是人们的过失呢？用人的思想去比配上帝的思想，用人工去摹拟天工，那岂不是近乎荒谬的吗？

这些日子应该已是初冬了，但那宁静温和的早晨，淡淡地像溶液般四面包围着我们的阳光，只让人想到最柔美的春天，我们的车沿着山路而上，洪水在我们的右方奔腾着，森然的乱石垒叠着。我从没有见过这样急湍的流水和这样巨大的石块。而芦草又一大片一大片地杂生在小径溪旁。人行到此，只见渊中的水声澎湃，雪白的浪花绽开在黑色的岩石上。那种苍凉的古意四面袭来，心中便无缘无故地伤乱起来。回头看游伴，他们也都怔住了，我真了解什么叫"慑人心魄"了。

"是不是人类看到这种景致，"我悄声问茅，"就会想到自杀呢？"

"是吧，可是不叫自杀——我也说不出来。那时候，我站在长城上，四野苍茫，心头就不知怎的乱撞起来，那时只有一个想法，就是跳下去。"

我无语痴立，一种无形的悲凉在胸臆间上下摇晃。漫野芦草凄然地白着，水声低晃而怆绝。而山溪却依然急窜着。啊，逝者如斯，如斯逝者，为什么它不能稍一回顾呢？

扶车再行，两侧全是壁立的山峰，那样秀拔的气象似乎只能在前人的山水画中一见。远远地有人在山上敲着石块，那单调无变化的金石声传来，令我怵然以惊。有人告诉我，他们是要开一段梯田。我望着那些人，他们究竟知不知道外面的世界呢？当我们快被紧张和忙碌扼死的时候，当宽坦的街市上树立着被速度造成的伤亡牌，为什么他们独有那样悠闲的岁月，用最原始的凿子，在无人的山间，敲打出最迟缓的时钟？他们似乎也望了望这边，那么，究竟是他们羡慕我们，还是我们羡慕他们呢？

峰回路转，坡度更陡了，推车而上，十分吃力，行到水源地，把车子寄放在一家人门前，继续前行。阳光更浓了，山景益发清晰，一切气味也都被蒸发出来。稻香扑人，真有点醺然欲醉的味儿。这时候，只恨自己未能着一身宽袍，好兜两袖素馨回去。路旁更有许多叫得出来和叫不出来的野花，也都晒干了一身的露水而抬起头来了。在别人看得见和看不见的山径上挥散着他们的美。

渐渐地，我们更接近终点。我向几个在禾场上游戏的孩子问路，立刻有一个浓眉大眼的男孩挺身而出。我想问他瀑布在什么地方。却又不知道台湾话要怎样表达，那孩子用狡黠的眼光望了望我。“水墙，是吗？我带你去。”啊，德，好美的名词，水墙。我把这名词翻译出来，大家都赞叹了一遍。那孩子在前面走着，我们很困难地跟着他跑，又跟着他步过小河。他停下来，望望我们，一面指着路边的野花蓓蕾对我们说：“它还没开，要是开了，你真不知有多漂亮。”我点头承认——我相信，山中一切的美都超过想像。德，你信吗？我又和那孩子谈了几句话，知道他已是小学五年级了。“你毕业后要升初中吗？”他回过头来，把正在嚼着的草根往路旁一扔，大眼中流露出一种不屑的神情：“不!”德，你真不知道，当时我有多羞愧。只自觉以往所看的一切书本、一切笔记、一切讲义，都在他的那声“不”中被否认了。德，我们读书干什么呢？究竟干什么呢？我们多少时候连生活是什么都忘了呢！

我们终于到了“水墙”了。德，那一霎直是想哭，那种兴奋，是我没有经历过的。人真该到田园中去，因为我们的老祖宗原是从那里被赶出来的！啊，德，如果你看到那样宽、那样长、那样壮观的瀑布，你真是什么也不想了，我那天就是那样站着，只觉得要大声唱几句，震撼一下那已经震撼了我的山谷。我想起一首我们都极喜欢的黑人歌：“我的财产放置在一个地方，一个地方，远远地在青天之上。”德，真的，直到那天我才忽然憬悟到，我有那样多的美好的产业。像清风明月、像山松野草。我要把它们寄放在溪谷内，我要把它们珍藏在云层上，我要把它们怀抱在深心中。

德，即使当时你胸中折叠着一千丈的愁烦，及至你站在瀑布面前，也会一泻而尽了。甚至你会觉得惊奇，何以你常常会被一句话骚扰。何以常常因一个眼色而气愤。德，这一切都是多余的，都是不必要的。你会感到压在你肩上的重担卸下去了，蒙在你眼睛上的鳞片也脱落了。那时候，如果还有什么欲望的话，只是想把水面的落叶聚拢来，编成一个小筏子，让自己躺在上面，浮槎放海而去。

那时候，德，你真不知我们变得有多疯狂。我和达赤着足在石块与石块之间跳跃着。偶尔苔滑，跌在水里，把裙边全弄湿了，那真叫淋漓尽兴呢！山风把我们的头发梳成一种脱俗的型式，我们不禁相望大笑。哎，德，那种快乐真是说不出来——如果说得出来也没有人肯信。

瀑布很急，其色如霜。人立在丈外，仍能感觉到细细的水珠不断溅来。我们捡了些树枝，燃起一堆火，就在上头烤起肉来。又接了一锅飞泉来烹茶。在那阴湿的山谷中，我们享受着原始人的乐趣。火光照着我们因兴奋而发红的脸，照着焦黄喷香的烤肉，照着吱吱作响的清茗。德，那时候，你会觉得连你的心也是热的、亮的、跳跃的。

我们沿着原路回来，山中那样容易黑，我们只得摸索而行了，冷冷的急流在我们足下响着，真有几分惊险呢！我忽然想起“世道艰难，有甚于此者”，自己也不晓得这句话是从书本上看来的，还是平日的感触。唉，德，为什么我们不生作樵夫渔父呢？为什么我们都只能作暂游的武陵人呢？

寻到大路，已是繁星满天了，稀疏的灯光几乎和远星不辨。行囊很轻，吃的已经吃下去了，而带去看的书报也在匆忙中拿去做了火引子。事后想想，也觉好笑，这岂是斯文人做的事吗？但是，德，这恐怕也是一定的，人总要疯狂一下、荒唐一下、矫时干俗一下，是不是呢？路上，达一直哼着《苏三起解》，茅喊他的秦腔，而我，依然唱着那首黑人名歌：“我的财产放置在一个地方，一个地方，远远地在青天之上……”

找到寄车处，主人留我们喝一杯茶。

“住在这里怎样买菜呢？”我们问他们。

“不用买，我们自己种了一畦。”

“肉呢？”

“这附近有几家人，每天由计程车带上一大块也就够了。”

“不常下山玩吧？”

“很少，住在这里，亲戚都疏远了。”

不管怎样，德，我羡慕着那样一种生活，我们人是泥作的，不是吧？我们的脚总不能永远踏在柏油路上、水泥道上和磨石子地上——我们得踏在真真实实的土壤上。

山岚照人，风声如涛。我们只得告辞了。顺路而下，不费一点脚力，车子便滑行起来。所谓列子御风，大概也只是这样一种意境吧？

那天，我真是极困乏而又极有精神，极混沌而又极能深思。你能想像我那夜的晚祷吗？德，我真不信有人从大自然中归来，而仍然不信上帝的存在。我说：“父啊，叫我知道，你充满万有。叫我知道，你在山中，你在水中，你在风中，你在云中。叫我的心在每一个角落向你下拜。当我年轻的时候，教我探索你的美。当我年老的时候，教我咀嚼你的美。终我一生，叫我常常举目望山，好让我在困厄之中，时时支取到从你而来的力量。”

德，你愿意附和我吗？今天又是个晴天呢！风声在云外呼唤着，远山也在送青了。德，拨开你一桌的资料卡，拭净你尘封的眼镜片，让我们到山中去！

地毯的那一端

德：

从疾风中走回来，觉得自己像是被浮起来了。山上的草香得那样浓，让我想到，要不是有这样猛烈的风，恐怕空气都会给香得凝冻起来！

我昂首而行，黑暗中没有人能看见我的笑容。白色的芦荻在夜色中点染着凉意——这是深秋了，我们的日子在不知不觉中临近了。我遂觉得，我的心像一张新帆，其中每一个角落都被大风吹得那样饱满。

星斗清而亮，每一颗都低低地俯下头来。溪水流着，把灯影和星光都流乱了。我忽然感到一种幸福，那样混沌而又陶然的幸福。我从来没有这样亲切地感受到造物的宠爱——真的，我们这样平庸，我总觉得幸福应该给予比我们更好的人。

但这是真实的，第一张贺卡已经放在我的案上了。洒满了细碎精致的透明照片，灯光下展示着一个闪烁而又真实的梦境。画上的金钟摇荡，遥遥地传来美丽的回响。我仿佛能听见那悠扬的音韵，我仿佛能嗅到那沁人的玫瑰花香！而尤其让我神往的，是那几行可爱的祝词："愿婚礼的记忆存至永远，愿你们的情爱与日俱增。"

是的，德，永远在增进，永远在更新，永远没有一个边和底——六年了，我们护守着这份情谊，使它依然焕发，依然鲜洁，正如别人所说的，我们是何等幸运。每次回顾我们的交往，我就仿佛走进博物馆的长廊。其间每一处景物都意味着一段美丽的回忆。每一件东西都牵扯着一个动人的故事。

那样久远的事了。刚认识你的那年才十七岁，一个多么容易错误的年纪！但是，我知道，我没有错。我生命中再没有一件决定比这项更正确了。前天，大伙儿一起吃饭，你笑着说："我这个笨人，我这辈子只做了一件聪明的事。"你没有再说下去，妹妹却拍手起来，说："我知道了！"啊，德，我能够快乐地说，我也知道。因为你做的那件聪明事，我也做了。

那时候，大学生活刚刚展开在我面前。台北的寒风让我每日思念南部的家。在那小小的阁楼里，我呵着手写蜡纸。在草木摇落的道路上，我独自骑车去上学。生活是那样黯淡，心情是那样沉重。在我的日记上有这样一句话："我担心，我会冻死在这小楼上。"而这时候，你来了。你那种毫无企冀的友谊四面环护着我，让我的心触及最温柔的阳光。

我没有兄长，从小我也没有和男孩子同学过。但和你交往却是那样自然，和你谈话又是那样舒服。有时候，我想，如果我是男孩子多么好呢！我们可以一起去爬山，去泛舟。让小船在湖里任意飘荡，任意停泊，没有人会感到惊奇。好几年以后，我将这些想法告诉你，你微笑地注视着我："那，我可不愿意，如果你真想做男孩子，我就做女孩。"而今，德，我没有变成男孩子，但我们可以去遨游，去做山和湖的梦。因为，我们将有更亲密的关系了。啊，想像中终生相爱相随该是多么美好！

那时候，我们穿着学校规定的卡其服。我新烫的头发又总是被风刮得乱蓬蓬的。想起来，我总不明白你为什么那样喜欢接近我。那年大考的时候，我蜷曲在沙发里念书。你跑来，热心地为我讲解英文文法。好心的房东为我们送来一盘春卷，我慌乱极了，竟吃得洒了一裙子。你瞅着我说："你真像我妹妹，她和你一样大。"我窘得不知如何是好，只是一径低着头，假作抖那长长的裙幅。

那些日子真是冷极了。每逢没有课的下午我总是留在小楼上，弹弹风琴，把一本拜尔琴谱都快翻烂了。有一天你对我说："我常在楼下听你弹琴。你好像常弹那首《甜蜜的家庭》。怎么？在想家吗？"我很感激你的窃听，惟有你了解、关切我凄楚的心情。德，那个时候，当你独自听着的时候，你想些什么呢？你想到有一天我们会组织一个家庭吗？你想到我们要用一生的时间以心灵的手指合奏这首歌吗？

寒假过后，你把那叠泰戈尔诗集还给我。你指着其中一行请我看："如果你不能爱我，就请原谅我的痛苦吧！"我于是知道发生什么事了。我不希望这件事发生，我真的不希望。并非由于我厌恶你，而是因为我太珍重这份素净的友谊，反倒不希望有爱情去加深它的色彩。

但我却乐于和你继续交往。你总是给我一种安全稳妥的感觉。从头起，我就付给你我全部的信任。只是，当时我心中总向往着那种传奇式的、惊心动魄的恋爱。并且喜欢那么一点点的悲剧气氛。为着这些可笑的理由，我耽延着没有接受你的奉献。我奇怪你为什么仍作那样固执的等待。

你那些小小的关怀常令我感动。那年圣诞节你把得来不易的几颗巧克力糖，全部拿来给我了。我爱吃笋豆里的笋子，惟有你注意到，并且耐心地为我挑出来。我常常不晓得照料自己，惟有你想到用自己的外衣披在我身上。（我至今不能忘记那衣服的温暖，它在我心中象征了许多意义。）是你，敦促我读书。是你，容忍我偶发的气性。是你，仔细纠正我写作的错误，是你，教导我为人的道理。如果说，我像你的妹妹，那是因为你太像我大哥的缘故。

后来，我们一起得到学校的工读金。分配给我们的是打扫教室的工作。每次你总强迫我放下扫帚，我便只好遥遥地站在教室的末端，看你奋力工作。在炎热的夏季里，你的汗水滴落在地上。我无言地站着，等你扫好了，我就去挥挥桌椅，并且帮你把它们排齐。每次，当我们目光偶然相遇的时候，总感到那样兴奋。我们是这样地彼此了解，我们合作的时候总是那样完美。我注意到你手上的硬茧，它们把那虚幻的字眼十分具体地说明了。我们就在那飞扬的尘影中完成了大学课程——我们的经济从来没有富裕过；我们的日子却从来没有贫乏过。我们活在梦里，活在诗里，活在无穷无尽的彩色希望里。记得有一次我提到玛格丽特公主在她婚礼中说的一句话：“世界上从来没有两个人像我们这样快乐过。”你毫不在意地说，“那是因为他们不认识我们的缘故。”我喜欢你的自豪，因为我也如此自豪着。

我们终于毕业了，你在掌声中走到台上，代表全系领取毕业证书。我的掌声也夹在众人之中，但我知道你听到了。在那美好的六月清晨，我的眼中噙着欣喜的泪。我感到那样骄傲，我第一次分沾你的成功，你的光荣。

“我在台上偷眼看你，”你把系着彩带的文凭交给我，“要不是中国风俗如此，我一走下台来就要把它送到你面前去的。”

我接过它，心里垂着沉甸甸的喜悦。你站在我面前，高昂而谦和、刚毅而温柔。我忽然发现，我关心你的成功，远远超过我自己的。

那一年，你在军中。在那样忙碌的生活中，在那样辛苦的演习里，你却那样努力地准备研究所的考试。我知道，你是为谁而作的。在凄长的分别岁月里，我开始了解，存在于我们中间的是怎样一种感情。你来看我，把南部的冬阳全带来了。那厚呢的陆战队军服重新唤起我童年时期对于号角和战马的梦。我一直没有告诉你，当时你临别敬礼的镜头烙在我心上有多深。

我帮着你搜集资料，把抄来的范文一篇篇断句、注释。我那样竭力地做，怀着无上的骄傲。这件事对我而言有太大的意义。这是第一次，我和你共赴一件事。所以当你把录取通知转寄给我的时候，我竟忍不住哭了。德，没有人经历过我们的奋斗，没有人像我们这样相期相勉，没有人多年来在冬夜图书馆的寒灯下彼此伴读。因此，也就没有人了解成功带给我们的兴奋。

我们又可以见面了，能见到真真实实的你是多么幸福。我们又可以去作长长的散步，又可以蹲在旧书摊上享受一个闲散黄昏。我永不能忘记那次去泛舟。回程的时候，忽然起了大风。小船在湖里直打转，你奋力摇橹，累得一身都汗湿了。

“我们的道路也许就是这样吧！”我望着平静而险恶的湖面说，“也许我使你的负担更重了。”

“我不在意，我高兴去搏斗！”你说得那样急切，使我不敢正视你的目光，“只要你肯在我的船上，晓风，你是我最甜蜜的负荷。”

那天我们的船顺利地拢了岸。德，我忘了告诉你，我愿意留在你的船上，我乐于把舵手的位置给你。没有人能给我像你给我的安全感。

只是，人海茫茫，哪里是我们共济的小舟呢？这两年来，为着成家的计划，我们劳累到几乎虐待自己的地步。每次，你快乐的笑容总鼓励着我。

那天晚上你送我回宿舍，当我们迈上那斜斜的山坡，你忽然驻足说：“我在地毯的那一端等你！我等着你，晓风，直到你对我完全满意。”

我抬起头来，长长的道路伸延着，如同圣坛前柔软的红毯。我迟疑了一下，便踏向前去。

现在回想起来，已不记得当时是否是个月夜了，只觉得你诚挚的言词闪烁着，在我心中亮起一天星月的清辉。

“就快了！”那以后你常乐观地对我说，“我们马上就可以有一个小小的家。你是那屋子的主人，你喜欢吧？”

我喜欢的，德，我喜欢一间小小的陋屋。到天黑时分我便去拉上长长的落地窗帘，捻亮柔和的灯光，一同享受简单的晚餐。但是，哪里是我们的家呢？哪儿是我们自己的宅院呢？

你借来一辆半旧的脚踏车，四处去打听出租的房子，每次你疲惫不堪地回来，我就感到一种痛楚。

“没有合意的，”你失望地说，“而且太贵，明天我再去看。”

我没有想到有那么多困难，我从不知道成家有那么多琐碎的事，但至终我们总算找到一栋小小的屋子了。有着窄窄的前庭，以及矮矮的榕树。朋友笑它小得像个巢，但我已经十分满意了。无论如何，我们有了可以憩息的地方。当你把钥匙交给我的时候，那重量使我的手臂几乎为之下沉。它让我想起一首可爱的英文诗：“我是一个持家者吗？哦，是的。但不止，我还得持护着一颗心。”我知道，你交给我的钥匙也不止此数。你心灵中的每一个空间我都持有一枚钥匙，我都有权径行出入。

亚寄来一卷录音带，隔着半个地球，他的祝福依然厚厚地绕着我。那样多好心的朋友来帮我们整理。擦窗子的，补纸门的，扫地的，挂画儿的，插花瓶的，拥拥熙熙地挤满了一屋子。我老觉得我们的小屋快要炸了，快要被澎湃的爱情和友谊撑破了。你觉得吗？他们全都兴奋着，我怎能不兴奋呢？我们将有一个出色的婚礼，一定的。

这些日子我总是累着。去试礼服，去订鲜花，去买首饰，去选窗帘的颜色。我的心像一座喷泉，在阳光下涌溢着七彩的水珠儿。各种奇特复杂的情绪使我眩昏。有时候我也分不清自己是在快乐还是在茫然，是在忧愁还是在兴奋。我眷恋着旧日的生活，它们是那样可爱。我将不再住在宿舍里，享受阳台上的落日。我将不再偎在母亲的身旁，听她长夜话家常。而前面的日子又是怎样的呢？德，我忽然觉得自己好像要被送到另一个境域里去了。那里的道路是我未走过的，那里的生活是我过不惯的，我怎能不惴惴然呢？如果说有什么可以安慰我的，那就是：我知道你必定和我一同前去。

冬天就来了，我们的婚礼在即。我喜欢选择这季节，好和你厮守一个长长的严冬。我们屋角里不是放着一个小火炉吗？当寒流来时，我愿其中常闪耀着炭火的红光。我喜欢我们的日子从黯淡凛冽的季节开始，这样，明年的春花才对我们具有更美的意义。

我即将走入礼堂，德，当结婚进行曲奏响的时候，父亲将挽着我，送我走到坛前，我的步履将凌过如梦如幻的花香。那时，你将以怎样的微笑迎接我呢。

我们已有过长长的等待，现在只剩下最后的一段了。等待是美的，正如奋斗是美的一样，而今，铺满花瓣的红毯伸向两端，美丽的希冀盘旋而飞舞。我将去即你，和你同去采撷无穷的幸福。当金钟轻摇，蜡炬燃起，我乐于走过众人去立下永恒的誓愿。因为，哦，德，因为我知道，是谁，在地毯的那一端等我。

魔　季

蓝天打了蜡，在这样的春天。在这样的春天，小树叶儿也都上了釉彩。世界，忽然显得明朗了。

我沿着草坡往山上走，春草已经长得很浓了。唉，春天老是这样的，一开头，总惯于把自己藏在峭寒和细雨的后面。等真正一揭了纱，却又谦逊地为我们延来了长夏。

山容已经不再是去秋的清瘦了，那白绒绒的芦花海也都退潮了。相思树是墨绿的，荷叶桐是浅绿的，新生的竹子是翠绿的，刚冒尖儿的小草是黄绿的。还是那些老树的苍绿，以及藤萝植物的嫩绿，熙熙攘攘地挤满了一山。我慢慢走着，我走在绿之上，我走在绿之间，我走在绿之下。绿在我里，我在绿里。

阳光的酒调得很淡，却很醇，浅浅地斟在每一个杯形的小野花里。到底是一位怎样的君王要举行野宴呢？何必把每个角落都布置得这样豪华雅致呢？让走过的人都不免自觉寒酸了。

那片大树下的厚毡是我们坐过的，在那年春天。今天我走过的时候，它的柔软仍似当年，它的鲜绿仍似当年，甚至连织在上面的小野花也都娇美如昔。啊，春天，那甜甜的记忆又回到我的心头来了——其实不是回来，它一直存在着的！我禁不住怯怯地坐下，喜悦的潮音低低地回响着。

清风在细叶间穿梭，跟着他一起穿梭的还有蝴蝶。啊，不快乐真是不合理的——在春风这样的旋律里。所有柔嫩的枝叶都被邀舞了，窸窣地响起一片搭虎绸和细纱相擦的衣裙声。四月是音乐季呢！（我们有多久不闻丝竹的声音了？）宽广的音乐台上，响着甜美渺远的木箫，古典的七弦琴，以及琮琮然的小银铃，合奏着繁富而又和谐的曲调。

我们已把窗外的世界遗忘得太久了，我们总喜欢过着四面混凝土的生活。我们久已不能像那些溪畔草地上执竿的牧羊人，以及他们仅避风雨的帐篷。我们同样也久已不能想像那些在陇亩间荷锄的庄稼人，以及他们只足容膝的茅屋。我们不知道脚心触到青草时的恬适，我们不晓得鼻腔遇到花香时的兴奋。真的，我们是怎么会痴騃得那么厉害的！

那边，清澈的山涧流着，许多浅紫、嫩黄的花瓣上下飘浮，像什么呢？我似乎曾经想画过这样一张画——只是，我为什么如此想画呢？是不是因为我的心底也正流着这样一带涧水呢？是不是由于那其中也正轻搅着一些美丽虚幻的往事和梦境呢？啊，我是怎样珍惜着这些花瓣啊，我是多么想掬起一把来作为今早的晨餐啊！

忽然，走来一个小女孩。如果不是我看过她，在这样薄雾未散尽，阳光诡谲闪烁的时分，我真要把她当作一个小精灵呢！她慢慢地走着，好一个小山居者，连步履也都出奇地舒缓了。她有一种天生的属于山野的纯朴气质，使人不自已地想逗她说几句话。

“你怎么不上学呢？凯凯。”

“老师说，今天不上学，”她慢条斯理地说，“老师说，今天是春天，不用上学。”

啊，春天！噢！我想她说的该是春假，但这又是多么美的语误啊！春天我们该到另一所学校去念书的。去念一册册的山，一行行的水。去速记风的演讲，又数骤云的变化。真的，我们的学校少开了许多的学分，少聘了许多的教授。我们还有许多值得学习的，我们还有太多应该效法的。真的呢，春天绝不该想鸡兔同笼，春天也不该背盎格鲁撒克逊人的土语，春天更不该收集越南情势的资料卡。春天春天，春天来的时候我们真该学一学鸟儿，站在最高的枝柯上，抖开翅膀来，晒晒我们潮湿已久的羽毛。

那小小的红衣山居者很好奇地望着我，稍微带着一些打趣的神情。

我想跟她说些话，却又不知道该讲些什么。终于没有说——我想所有我能教她的，大概春天都已经教过她了。

慢慢地，她俯下身去，探手入溪。花瓣便从她的指间闲散地流开去，她的颊边忽然漾开一种奇异的微笑，简单的、欢欣的、却又是不可捉摸的笑。我又忍不住叫了她一声——我实在仍然怀疑她是笔记小说里的青衣小童。（也许她穿旧了那袭青衣，偶然换上这件的吧！）我轻轻地摸着她头上的蝴蝶结。

“凯凯。”

“嗯?”

“你在干什么?”

“我,”她踌躇了一下,茫然地说,“我没干什么呀!”

多色的花瓣仍然在多声的涧水中淌过,在她肥肥白白的小手旁边乱旋。忽然,她把手一握,小拳头里握着几片花瓣。她高兴地站起身来,将花瓣往小红裙里一兜,便哼着不成腔的调儿走开了。

我的心像是被什么击了一下,她是谁呢?是小凯凯吗?还是春花的精灵呢?抑或,是多年前那个我自己的重现呢?在江南的那个环山的小城里,不也住过一个穿红衣服的小女孩吗?在春天的时候她不是也爱坐在矮矮的断墙上,望着远远的蓝天而沉思吗?她不是也爱去采花吗?爬在树上,弄得满头满脸的都是乱扑扑的桃花瓣儿。等回到家,又总被母亲从衣领里抖出一大把柔柔嫩嫩的粉红。她不是也爱水吗?她不是一直梦想着要钓一尾金色的鱼吗?(可是从来不晓得要用钓钩和钓饵。)每次从学校回来,就到池边去张望那根细细的竹竿。俯下身去,什么也没有——除了那张又圆又憨的小脸。啊,那个孩子呢?那个躺在小溪边打滚,直揉得小裙子上全是草汁的孩子呢?她隐藏到什么地方去了呢?

在那边,那一带疏疏的树荫里,几只毛茸茸的小羊在啮草,较大的那只母羊很安详地躺着。我站得很远,心里想着如果能摸摸那羊毛该多么好。它们吃着、嬉戏着、笨拙地上下跳跃着。啊,春天,什么都是活泼泼的,都是喜洋洋的,都是嫩嫩的,都是茸茸的,都是叫人喜欢得不知怎么是好的。

稍往前走几步,慢慢进入一带浓烈的花香。暖融融的空气里加调上这样的花香真是很醉人的。我走过去,在那很陡的斜坡上,不知什么人种了一株栀子花。树很矮,花却开得极璀璨,白莹莹的一片,连树叶都几乎被遮光了。像一列可以采摘的六角形星子,闪烁着清浅的眼波。这样小小的一棵树,我想,她是拼却了怎样的气力才绽出这样的一树春华呢?四下里很静,连春风都被甜得腻住了——我忽然发现自己已经站了很久,哦,我莫不是也被腻住了吧!

乍酱草软软地在地上摊开,浑朴、茂盛,那气势竟把整个山顶压住了。那种愉快的水红色,映得我的脸都不自觉地热起来了!

山下,小溪蜿蜒。从高处俯视下去,阳光的小镜子在溪面上打着明晃晃的信号。啊，春天多叫人迷惘啊！它究竟是怎么回事呢？是谁负责管理这最初的一季呢？他想来应该是一个神奇的魔术师了，当他的魔术棒一招，整个地球便美妙地缩小了，缩成一束花球，缩成一方小小的音乐匣子。他把光与色给了世界，把爱与笑给了人类。啊，春天，这样的魔术季！

小溪比冬天涨高了，远远看去，那个负薪者正慢慢地涉溪而过。啊，走在春水里又是怎样的滋味呢？或许那时候会恍然以为自己是一条鱼吧？想来做一个樵夫真是很幸福的，肩上挑着的是松香，（或许还夹杂着些山花野草吧！）脚下踏的是碧色琉璃，（并且是最温软、最明媚的一种。）身上的灰布衣任山风去刺绣，脚下的破草鞋任野花去穿缀。嗯，做一个樵夫真是很叫人嫉妒的。

而我，我没有溪水可涉，只有大片大片的绿罗裙一般的芳草，横生在我面前。我雀跃着，跳过青色的席梦思。山下阳光如潮，整个城市都沉浸在春里了。我遂想起我自己的那扇红门，在四月的阳光里，想必正焕发着红玛瑙的色彩吧！

他在窗前坐着，膝上放着一本布瑞克的《国际法案》，看见我便迎了过来。我几乎不能相信，我们已在一个屋顶下生活了一百多个日子。恍惚之间，我只觉得这儿仍是我们共同读书的校园。而此刻，正是含着惊喜在楼梯转角处偶然相逢的一刹那。不是吗？他的目光如昔，他的声音如昔，我怎能不误认呢？尤其在这样熟悉的春天，这样富于传奇气氛的魔术季。

前庭里，榕树抽着纤细的芽儿。许多不知名的小黄花正摇曳着，像一串晶莹透明的梦。还有古雅的蕨草，也善意地延着墙角滚着花边儿。啊，什么时候我们的前庭竟变成一列窄窄的画廊了。

我走进屋里，扭亮台灯，四下便烘起一片熟杏的颜色。夜已微凉，空气中沁着一些凄迷的幽香。我从书里翻出那朵栀子花，是早晨自山间采来的，我小心地把它夹入厚厚的大字典里。

“是什么？好香，一朵花吗？”

“可以说是一朵花吧，”我迟疑了一下，“而事实上是一九六五年的春天——我们所共同盼来的第一个春天。”

我感到我的手被一只大而温热的手握住，我知道，他要对我讲什么话了。

远处的鸟啼错杂地传过来，那声音纷落在我们的小屋里，四下遂幻出一种林野的幽深——春大该是很深很浓了，我想。

林木篇

行道树

每天，每天，我都看见他们，他们是已经生了根的——在一片不适于生根的土地上。

有一天，一个炎热而忧郁的下午，我沿着人行道走着，在穿梭的人群中，听自己寂寞的足音，我又看到他们，忽然，我发现，在树的世界里，也有那样完整的语言。

我安静地站住，试着去了解他们所说的一则故事：

我们是一列树，立在城市的飞尘里。

许多朋友都说我们是不该站在这里的，其实这一点，我们知道得比谁都清楚。我们的家在山上，在不见天日的原始森林里。而我们居然站在这儿，站在这双线道的马路边，这无疑是一种堕落。我们的同伴都在吸露，都在玩凉凉的云。而我们呢？我们惟一的装饰，正如你所见的，是一身抖不落的煤烟。

是的，我们的命运被安排定了，在这个充满车辆与烟囱的工业城里，我们的存在只是一种悲凉的点缀。但你们尽可以节省下你们的同情心，因为，这种命运事实上也是我们自己选择的——否则我们不必在春天勤生绿叶，不必在夏日献出浓荫。神圣的事业总是痛苦的，但是，也惟有这种痛苦能把深度给予我们。

当夜来的时候，整个城市里都是繁弦急管，都是红灯绿酒。而我们在寂静里，我们在黑暗里，我们在不被了解的孤独里。但我们苦熬着把牙龈咬得酸疼，直等到朝霞的旗冉冉升起，我们就站成一列致敬——无论如何，我们这城市总得有一些人迎接太阳！如果别人都不迎接，我们就负责把光明迎来。

这时，或许有一个早起的孩子走了过来，贪婪地呼吸着鲜洁的空气，这就是我们最自豪的时刻了。是的，或许所有的人都早已习惯于污浊了，但我们仍然固执地制造着不被珍视的清新。

落雨的时分也许是我们最快乐的，雨水为我们带来故人的消息，在想像中又将我们带回那无忧的故林。我们就在雨里哭泣着，我们一直深爱着那里的生活——虽然我们放弃了它。

立在城市的飞尘里，我们是一列忧愁而又快乐的树。

故事说完了，四下寂然。一则既没有情节也没有穿插的故事，可是，我听到他们深深的叹息。我知道，那故事至少感动了他们自己。然后，我又听到另一声更深的叹息——我知道，那是我自己的。

枫

秋天，茜从日本来信说："能想像吗？满山满谷都是红叶，都是鲜丽欲燃的红叶。"

放下信，我摹想着，那是怎样的一座山呢？远看起来像一块剔透的鸡血石呢？还是像一抹醉眠的晚霞呢？

从来没有偏爱过红色，只是在清清冷冷的落叶季里，心中不免渴切地向往那一片有着热度的红。当满山红叶诗意地悬挂着，是多少美丽的忧愁啊！

那种脆薄的，锯齿形的叶子也许并不是最漂亮的，但那憔悴中仍然殷红的脉络总使我想起殉道者的血，在苍凉的世纪里独自红着。

有一天，当我不得不离开我曾经热爱过的世界，我愿有一双手，为我栽两株枫树。春天来时，青绿的叶影里仍然蕴藏着使我痴迷过的诗意。秋天，在霜滑的晚上，十十的红色堆积得很厚。像是故人亲切的问候，从群山之外捎来的。那时，我必定是很欣慰的。

我愿意如那一树枫叶，在晨风中舒开我纯洁的浅碧，在夕照中燃烧我殷切的灿红。

白千层

在匆忙的校园里走着，忽然，我的脚步停了下来。

"白千层"，那个小木牌上这样写着。小木牌后面是一株很粗壮很高大的树。它奇异的名字吸引着我，使我感动不已。

它必定已经生长很多年了，那种漠然的神色、孤高的气象，竟有些像白发斑皤的哲人了。

它有一种很特殊的树干，棉软的、细韧的、一层比一层更洁白动人。

必定有许多坏孩子已经剥过它的干子了，那些伤痕很清楚地挂着。只是整个树干仍然挺立得笔直，在表皮被撕裂的地方显出第二层的白色，恍惚在向人说明一种深奥的意义。

一千层白色，一千层纯洁的心迹，这是一种怎样的哲学啊！冷酷的摧残从没有给它带来什么，所有的，只是让世人看到更深一层的坦诚罢了。

在我们人类的森林里，是否也有这样一株树呢？

相思树

很小的时候就开始喜欢那一片细细碎碎的浓绿。每次坐在树下望天，那些刀形的小叶忽然在微风里活跃起来，像一些熙熙攘攘的船，航在青天的大海里，不用桨也不用楫，只是那样无所谓地飘浮着。

有时走到密密的相思林里，太阳的光屑细细地筛了下来，在看不见的枝桠间，有一只淘气的鸟儿在叫着。那时候就只想找一段粗粗的树根为枕，静静地藉草而眠。并且猜测醒来的时候，阳光会堆积得多厚。

有一次，一位从乡间来的朋友提起相思树，他说：

"那是一种很致密的木材，烧过以后是最好的木炭呢，叫做相思炭。"

我望着他，因激动而沉默了。相思炭！怎样美好的名字，"化作焦炭也相思"，一种怎样的诗情啊。

以后，每次看见那细细密密的叶子，心里不知怎么总是深深地感动着。

每一棵树都是一个奇迹，不是吗？

梧　桐

其实，真正高大古老的梧桐木，我是没有见过的。

也许由于没有见过，它的身影在我心中便显得愈发高大了。有时，打开窗子，面对着满山蓊郁的林木，我的眼睛便开始在那片翠绿中寻找一株完全不同的梧桐，可是，它不在那里。

想像中，它应该生长在冷冷的山阴里，孤独地望着蓝天，并且试着用枝子去摩挲过往的白云。在离它不远的地方有山泉的细响，泠泠如一曲琴音，渐渐的，那些琴音嵌在它的年轮里，使得桐木成为最完美的音乐木材。

我没有听过梧桐所制的古琴，事实上我们的时代也无法再出现一双操琴的手了。但想像中，那种空灵而飘渺的琴韵仍然从不可知的方向来了，并且在我梦的幽谷里低回着。

我又总是想着庄子所引以自喻的凤鸟鹓鸰，“夫鹓鸰，发于南海而飞于北海。非梧桐不止，非练实不食，非醴泉不饮。”

一想到那金羽的凤鸟，栖息在那高大的梧桐树上，我就无法不兴奋。当然，我也没有见过鹓鸰，但我却深深地爱着它，爱它那种非梧桐不止的高洁，那种不苟于乱世的逸风。

然而，何处是我可以栖止的梧桐呢?

它必定存在着，我想——虽然我至今还没有寻到它，但每当我的眼睛在窗外重重叠叠的峦嶂里搜索的时候，我就十分确切地相信，它必定正隐藏在某个湿冷的山阴里。在孤单的岁月中，在渴切的等待中，聆听着泉水的弦柱。

一钵金

乡居的日子是一钵闪烁的黄金，在贫乏的生活里流溢着旧王族的光辉。

过完了整个没有花的春，过完了半个只有热风没有蝉鸣的夏，我们遂把行囊携到这一排密生的丛竹之下。竹影中有一幢小屋，小屋前有绕宅的七里香，小屋后有老去的葡萄藤。

这里是一所安静的学院，暑假中学生都离去了，空留下大片美丽的红土操场，和校园中盘旋的清风。而风过时满屋生香，把我们借住的小屋弄得像一个搅拌中的草莓冰淇淋桶。

将诗诗放在一张大木床上，他清亮的眼睛便惊讶地转动着，满足而又欢欣。他的满足使我们悲哀了好一阵，我们禁锢你太久，诗诗，我们也禁锢自己太久，在都市的黑尘里。

多么喜欢那些竹子，在窗外撑起万竿青葱。整个安静的下午，那些长长的尖叶在微风中优美地翻动，风便由竹丛那边的世界滤了过来，没有人能想像过滤后的风是怎样地充满了绿意和凉意。落雨的夜里，竹叶也负责过滤雨声。把雨依次漏下，听来像什么人在临轩纵击羯鼓。翌日黎明，许多小笋便悄然出土，露出尖尖的骄傲，像一个埋藏了许多世纪而乍被掘出的城市。

走着走着，便想起在远古的时代里，有一个僧人，专喜欢在清晨时分去摘取竹叶上的露水，研为墨汁，以作书画。又想起东坡，在放逐流浪的岁月中，却永远能拥有几竿翠竹。竹是一种怎样的树啊！竹是五言诗，原始而古典，美丽而苍凉。

那时候，你会觉得。汉很近，唐很近，竹林七贤不过就在几尺以外的地方饮酒。

靠窗的地方放着我的小桌，仅容一盏灯，一卷书和一杯茶的小桌。当我偶然铺开纸的时候，就有那么多美好的东西令我搁笔。没有围墙也没有门扉，我们的小屋因此看来便像一辆偶然停在林荫下的跑车，可以憩息，也可以观望。太多的风景重叠着，最远的一幅是蓝天，其次是如烟的平林，再其次是草地，再其次是瘦竹。偶然间杂其中，成为流动的画面的，则是一些低飞的麻雀和一群跳跃的孩童——这一切使文学成为笨拙而多余。

而在我背后，小诗诗朗声地笑着，叫着。长久以来，我们不曾如此地接近，不曾如此地以整日的时间什么都不做而只是谈那些轻柔的、语言之外的语言。五个月的他是那样的兴奋，那样的忙碌。时而望着窗外的浓荫，时而去捉墙上自己的影子，时而摇响他的玩具铃，时而抢爸爸的阔边眼镜，又时而煞有介事地倾听远方火车的长鸣。

当我向前瞭望，当我向后俯视，我就默无一言。我已被夹在自然和婴儿之间，世间还有什么可羡慕的幸福？

有一天清晨，当我醒来，小室里摇漾着淡淡的阳光，葡萄藤的影子在雕镂着粉墙。而当我抬头看窗外，我惊讶地发现竹林上开遍了蓝紫色的牵牛花。

“这是什么奇迹，”我披衣而起，“昨天还没有的，是什么精灵在一夜之间幻出这样的花蔓。”

而当我走出室外，牵牛花全不见了，蓝紫色的小点仍在——原来是致密的竹叶所遮不住的细碎碎的八月晴空。

但我仍然相信那是一些牵牛花，在我今晨睁开眼睛，不知身在何处的那一霎间，某些善良的小仙就将竹影间的蓝天点化成花。为了给我一些温柔的回忆，一些孩提时代甜蜜而伤感的回忆，让我复习我生命初期那幢满篱牵牛花的老屋。

那天，整个早晨，我的胸中便鼓荡着那些神圣的余响。

又有无数黄昏，我们推着流苏四垂的婴儿车，走在松枝交映的红砖道上。学校的伙食团五点就让我们吃了晚饭，我们变得好像是在时间方面得到一笔横财的暴发户，可以挥霍地掷出。夏日的傍晚，在乡间竟同时是这样的安恬而又这样喧闹。整个晚间我们便什么也不做地扶车而行，不时肃立道旁，凝视着烧霞的长天。渐渐地，暮色被四野的虫声淹没。渐渐地，虫声被灌溉渠的水响淹没。渐渐地，水响被初生的月华淹没。而小诗诗的推车微微地颠簸着，颠满车的暮色，颠满车的虫声，颠满车的水响，颠满车的月华。当我们俯身而视的时候，小诗诗不知在什么时候已经睡去了，带着满足与信任，垂下他细密的黑睫毛。他的小手搭在车子的两侧，如同夏夜中两茎散香的莲花。

“我不相信婴儿没有梦，虽然他们没有语言。”有一天我对心理系的刘教授说，“他总是在笑，他必是梦见什么了。”

“他们会有很简单的梦。”他说，“但他们分不清楚，在梦与现实之间他们找不到分界。”

那么，睡吧，诗诗。乡居的日子自有迷人的摇篮曲——在梦中，以及现实中。

最爱那些傍晚的阵雨，雨收之后，小园里的茉莉白得如一把新采出水的珠子。校园里的红土红得发沉，绿树绿得透明，我们便走在恍恍惚惚的往事里。仿佛仍是昨天，那些在大学念书的美好日子，而梦和现实是这样的混淆。

走到那排松树下，我们忽然怔住了，放射形的松针上，遍生着晶亮的小雨珠。那些细细尖尖的青针，有着比花瓣更美好的形状，每一枝都指向一个崭新的方向。而那些雨珠，像一把撒自天际的晶莹的梦，被兜在松针的网里。对着月亮，每一个梦都闪烁生辉。那两侧枝柯相接的松径，在此刻看来竟像是一道碎冰砌成的拱门，清冷而华贵，令人在敬畏中却步。我们肃立良久，感到一种宗教的庄穆。

学校后面有一曲湖水，湖边水浅的地方丛生着大片浅紫色的花串。隔着湖水回望校园中的小教堂，便有那么朴拙可爱的意味。湖畔有一些苦苓树，恣意横生的枝子竞伸到水中去了，树影下憩息着垂钓的人，一次次地换他们的饵。

如果我有一根钓竿，我就钓那些花，我就钓那些水中的云影，我就钓那些失去了的闲情。

而事实上乡居的日子，一切都满着、溢着，我不禁窃笑起自己来了。我何需钓些什么呢？我竟那样不可救药地怀着都市人的想法。我何需花呢？这些日子本来就如同花心中的小憩。我何需云影？它们在我窗前日夜周游。我何需额外的闲情。我早已拥有它——在我心灵的深处。

让日子周而复始，让生活如一枝七节鞭笞打我们，我们能忍受——我们曾有炳耀的今夏。

乡居的日子是一钵黄金，在我们贫乏的生活中流溢着旧王族的光辉。

我 有

那天下午回家，心里好不如意，坐在窗前，禁不住地怜悯起自己来。

窗棂间爬着一溜紫藤，隔着青纱和我对坐着，在微凉的秋风里和我互诉哀愁。

事情总是这样的，你总得不到你所渴望的公平。你努力了，可是并不成功，因为掌握你成功的是别人，而不是你自己。我也许并不希罕那份成功，可是，心里总不免有一份受愚的感觉。就好像小时候，你站在糖食店的门口，那里有一份抽奖的牌子。你的眼睛望着那最大最漂亮的奖品，可是你总抽不着，你袋子里的镍币空了，可是那份希望仍然高高地悬着。直到有一天，你忽然发现，事实上根本没有那份奖额，那些藏在一排排红纸后面的签全是些空白的或者是近于空白的小奖。

那串紫藤这些日子以来美得有些神奇，秋天里的花就是这样的，不但美丽，而且有那么一份凄凄艳艳的韵味。风一过的时候，醉红乱旋，把怜人的红意都荡到隔窗的小室中来了。

唉，这样美丽的下午，把一腔怨烦衬得更不协调了。可恨的还不止是那些事情的本身，更有被那些事扰乱得不再安宁的心。

翠生生的叶子簌簌作响，如同檐前的铜铃，悬着整个风季的音乐。这音乐和蓝天是协调的，和那一滴滴晶莹的红也是协调的——只是和我受愚的心不协调。

其实我们已经受愚多次了，而这么多次，竟没有能改变我们的心，我们仍然对人抱着孩子式的信任，仍然固执地期望着良善，仍然宁可被人负，而不负人，所以，我们仍然容易受伤。

我们的心敞开，为要迎一只远方的青鸟。可是扑进来的总是蝙蝠，而我们不肯关上它，我们仍然期待着青鸟。

我站起身，眼前的绿烟红雾缭绕着。使我有着微微眩昏的感觉，遮不住的晚霞破墙而来，把我罩在大教堂的彩色玻璃下，我在那光辉中立着，洒金的分量很沉重地压着我。

“这些都是你的，孩子，这一切。”

一个遥远而又清晰的声音穿过脆薄的叶子传来，很柔和，很有力，很使我震惊。

“我的?”

“是的，我给了你很久了。”

“唔，”我说，“我不知道。”

“我晓得，”他说，声音里流溢着悲悯，“你太忙。”

我哭了，虽然没有责备。

等我抬起头来的时候，那声音便悄悄隐去了，只有柔和的晚风久久不肯散去。我疲倦地坐下去，疲于一个下午的怨怒。

我真是很愚蠢的——比我所想像的更愚蠢，其实我一直是这么富有的，我竟然茫无所知，我老是计较着，老是不够洒脱。

有微小的钥匙转动的声音，是他回来了。他总是想偷偷地走进来，让我有一个小小的惊喜，可是他办不到，他的步子又重又实，他就是这样的。

现在他是站在我的背后了，那熟悉的皮夹克的气息四面袭来，把我沉在很幸福的孩童时期的梦幻里。

“不值得的，”他说，“为那些事失望是太廉价了。”

“我晓得，”我玩着一裙阳光喷射的洒金点子，“其实也没有什么。”

“人只有两种，幸福的和不幸福的。幸福的人不能因不幸的事变成不幸福，不幸福的人也不能因幸运的事变成幸福。”

他的目光俯视着，那里面重复地写着一行最美丽的字眼，我立刻再一次知道我是属于哪一类了。

“你一定不晓得的，”我怯怯地说，“我今天才发现，我有好多好多东西。”

“真的那么多吗?”

“真的，以前我总觉得那些东西是上苍赐予全人类的，但今天我知道，那是我的，我一个人的。”

“你好富有。”

“是的，很富有，我的财产好殷实。我告诉你，我真的相信，如果今天黄昏时宇宙间只有我一个人，那些晚霞仍然会排铺在天上的，那些花儿仍然会开成一片红色的银河系的。”

忽然我发现那些柔柔的须茎开始在风中探索，多么细弱的挣扎，那些卷卷的绿意随风上下，一种撼人的生命律动。从窗棂间望出去，晚霞的颜色全被这些纤纤约约的小触须给抖乱了，乱得很鲜活。

生命是一种探险，不是吗？那些柔弱的小茎能在风里成长，我又何必在意长长的风季？

忽然，我再也想不起刚才忧愁的真正原因了。我为自己的庸俗愣然了好一会。

有一堆温柔的火焰从他双眼中升起。我们在渐冷的暮色里互望着。

“你还有我，不要忘记。”他的声音有如冬夜的音乐，把人圈在一团遥远的烛光里。

我有着的，这一切我一直有着的，我怎么会忽略呢？那些在秋风里犹为我绿着的紫藤，那些虽然远在天边还向我粲然的红霞，以及那些在一凝注间的爱情，我还能更求些什么呢？

那些叶片在风里翻着浅绿的浪，如同一列编磬，敲出很古典的音色。我忽然听出，这是最美的一次演奏，在整个长长的秋季里。

愁乡石

到“鹅库玛”度假去的那一天，海水蓝得很特别。

每次看到海，总有一种瘫痪的感觉，尤其是看到这种碧入波心的，急速涨潮的海。这种向正前方望去直对着上海的海。

“只有四百五十海里。”他们说。

我不知道四百五十海里有多远，也许比银河还要迢遥吧？每次想到上海，总觉得像历史上的镐京或是洛邑那么幽渺，那样让人牵起一种又凄凉又悲怆的心境。我们面海而立，在浪花与浪花之间追想多柳的长安与多荷的金陵，我的乡愁遂变得又剧烈又模糊。

可惜那一片江山，每年春来时，全交付给了千林啼鴃。

明孝陵的松涛在海浪中来回穿梭，那种声音、那种色泽，恍惚间竟有那么相像。记忆里那一片乱映的苍绿已经好虚幻好飘渺了，但不知为什么，老忍不住要用一种固执的热情去念诵它。

有两三个人影徘徊在柔软的沙滩，拣着五彩的贝壳。那些炫人的小东西像繁花一样地开在白沙滩上，给发现的人一种难言的惊喜。而我站在那里，无法让悲激的心怀去适应一地的色彩。

蓦然间，沁凉的浪打在我的脚上，我没有料到那一下冲撞竟有那么裂人心魄。想着海水所来的方向，想着上海某一个不知名的滩头，我便有一种嚎哭的冲动。而哪里是我们可以恸哭的秦庭？哪里是申包胥可以流七日泪水的地方？此处是异国，异国寂凉的海滩。

他们叫这一片海为中国海，世上再没有另一个海有这样美丽沉郁的名字了。小时候曾经多么神往于爱琴海，多么迷醉于想像中那抹灿烂的晚霞，而现在，在这个无奈的多风下午，我只剩下一个爱情，爱我自己国家的名字，爱这个蓝得近乎哀愁的中国海。

而一个中国人站在中国海的沙滩上遥望中国，这是一个怎样咸涩的下午！

遂想起那些在金门的日子，想起在马山看对岸的角屿，在湖井头看对岸的何厝。望着那一带山峦，望着那块使东方人骄傲了几千年的故土，心灵便脆薄得不堪一声海涛。那时候忍不住想到自己为什么不是一只候鸟，犹记得在每个江南草长的春天回到旧日的梁前，又恨自己不是鱼，可以绕着故国的沙滩岩岸而流泪。

海水在远处澎湃，海水在近处澎湃，海水徒然地冲刷着这个古老民族的羞耻。

我木然地坐在许多石块之间，那些灰色的，轮流着被海水和阳光煎熬的小圆石。

那些岛上的人很幸福地过着他们的日子，他们在历史上从来不曾辉煌过，所以他们不必痛心。他们没有骄傲过，所以无须悲哀。他们那样坦然地说着日本话，给小孩子起日本名字，在国民学校的旗竿上竖别人的太阳旗，他们那样怡然地顶着东西、唱着歌，走在美国人为他们铺的柏油路上。

他们有他们的快乐。那种快乐是我们永远不会有也不屑有的。我们所有的只是超载的乡愁。只是世家子弟的那份茕独。

海浪冲逼而来，在阳光下亮着残忍的光芒。海雨天风，在在不放过旅人的悲思。我们向哪里去躲避？我们向哪里去遗忘？

小圆石在不绝的浪涛中颠簸着，灰白的色调让人想起流浪者的霜鬓。我拣了几个，包在手绢里，我的臂膀遂有着十分沉重的感觉。

忽然间，就那样不可避免地忆起了雨花台，忆起那闪亮了我整个童年的璀璨景象。那时候，那些彩色的小石曾怎样地令我迷惑。有阳光的假日，满山的拣石者挑剔地品评着每一块小石子。那段日子为什么那么短呢？那时候我们为什么不能预见自己的命运？在去国离乡的岁月里，我们的箱箧里没有一撮故国的泥土。更不能想像一块雨花台石子的奢侈了。

灰色的小圆石一共是七块，它们停留在海滩上想必已经很久了，每一次海浪的冲撞便使它们更浑圆一些。

雕琢它们的是中国海的浪头，是来自上海的潮汐，日日夜夜，它们听着遥远的消息。

把七块小石转动着，它们便发出琅然的声音，那声音里有着一种神秘的回响，呢喃着这个世纪最大的悲剧。

“你拣的就是这个？”

游伴们从远远近近的沙滩走了回来，展示着他们彩色缤纷的贝壳。

而我什么也没有，除了那七颗黯淡的灰色石子。

“可是，我爱它们。”我独自走开去，把那七颗小石压在胸口上，直压到我疼痛得淌出眼泪来。在流浪的岁月里我们一无所有，而今，我却有了它们。我们的命运多少有些类似，我们都生活在岛上，都曾日夜凝望着一个方向。

“愁乡石！”我说，我知道这必是它的名字，它决不会再有其他的名字。

我慢慢地走回去，鹅库玛的海水在我背后蓝得叫人崩溃，我一步一步艰难地摆脱它。而手绢里的愁乡石响着，响着久违的乡音。

无端的，无端的，又想起姜白石，想起他的那首八归。

最可惜的那一片江山，每年春来时，全交付给了千林啼鴂。

愁乡石响着，响一片久违的乡音。

后记：鹅库玛系冲绳岛极北端之海滩，多有异石悲风。西人设基督教华语电台于斯，以其面对上海及广大的内陆地域。余今秋（一九六七）曾往一游，去国十八年，虽望乡亦情怯矣。是日徘徊低吟，黯然久之。

初　雪

诗诗，我的孩子：

如果五月的花香有其源自，如果十二月的星光有其出发的处所，我知道，你便是从那里来的。

这些日子以来，痛苦和欢欣都如此尖锐，我惊奇在他们之间区别竟是这样的少。每当我为你受苦的时候，总觉得那十字架是那样轻省。于是我忽然了解了我对你的爱情，你是早春，把芬芳秘密地带给了园。

在全人类里，我有权利成为第一个爱你的人。他们必须看见你，了解你，认识你而后才决定爱你，但我不需要。你的笑貌在我的梦里翱翔，具体而又真实。我爱你没有什么可夸耀的，事实上没有人能忍得住对孩子的爱情。

你来的时候，我开始成为一个爱思想的人，我从来没有这样深思过生命的意义，这样敬重过生命的价值，我第一次被生命的神圣和庄严感动了。

因着你，我爱了全人类，甚至那些金黄色的雏鸡，甚至那些走起路来摇摆不定的小狗，它们全都让我爱得心疼。

我无可避免地想到战争，想到人类最不可抵御的一种悲剧。我们这一代人像菌类植物一般，生活在战争的阴影里。我们的童年便在拥塞的火车上和颠簸的海船里度过。而你，我能给你怎样的一个时代？我们既不能回到诗一般的十九世纪，也不能隐向神话般的阿尔卑斯山，我们注定生活在这苦难的年代，以及苦难的中国。

孩子，每思及此，我就对你抱歉，人类的愚蠢和卑劣把自己陷在悲惨的命运里。而今，在这充满核子恐怖的地球上，我们有什么给新生的婴儿？不是金锁片，不是香槟酒，而是每人平均相当一百万吨 TNT 的核子威力。孩子，当你用完全信任的眼光看这个世界的时候，你是否看得见那些残忍的武器正悬在你小小的摇篮上？以及你父母亲的大床上？

我生你于这样一个世界，我也许是错了。天知道我们为你安排了一段怎样的旅程。

但是，孩子，我们仍然要你来，我们愿意你和我们一起学习爱人类，并且和人类一起受苦。不久，你将学会为这一切的悲剧而流泪——而我们的世代多么需要这样的泪水和祈祷。

诗诗，我的孩子，有了你我开始变得坚韧而勇敢。我竟然可以面对着冰冷的死亡而无惧于它的毒钩。我正视着生产的苦难而仍觉傲然。为你，孩子，我会去胜过它们。我从没有像现在这样热爱过生命。你教会我这样多成熟的思想和高贵的情操，我为你而献上感谢。

前些日子，我忽然想起新约上的那句话："你们虽然没有见过他，却是爱他。"我立刻明白爱是一种怎样独立的感情。当油加利的梢头掠过更多的北风，当高山的峰巅开始落下第一片初雪的莹白，你便会来到。而在你珊瑚色的四肢还没有开始在这个世界挥舞以前，在你黑玉的瞳仁还没有照耀这个城市之先，你已拥有我们完整的爱情。我们会教导你在孩提以前先了解被爱。诗诗，我们答应你要给你一个快乐的童年。

写到这里，我又模糊地忆起江南那些那么好的春天，而我们总是伏在火车的小窗上，火车绕着山和水而行，日子似乎就那样延续着，我仍记得那满山满谷的野杜鹃！满山满谷又凄凉又美丽的忧愁！

我们是太早懂得忧愁的一代。

而诗诗，你的时代未必就没有忧愁，但我们总会给你一个丰富的童年，在你所居住的屋顶下没有属于这个世界的财富，但有许多的爱，许多的书，许多的理想和梦幻。我们会为你砌一座故事里的玫瑰花床，你便在那柔软的花瓣上游戏和休息。

当你渐渐认识你的父亲，诗诗，你会惊奇于自己的幸运，他诚实而高贵，他亲切而善良。慢慢地你也会发现你的父母相爱得有多么深。经过这样多年，他们的爱仍然像林间的松风，清馨而又新鲜。

诗诗，我的孩子，不要以为这是必然的，这样的幸运不是每一个孩子都有的。这个世界不是每一对父母都相爱的。曾有多少个孩子在黑夜里独泣，在他们还没有正式投入人生的时候，生命的意义便已经否定了。诗诗，诗诗，你不会了解那种幻灭的痛苦，在所有的悲剧之前，那是第一出悲剧。而事实上，整个人类都在相残着，历史并没有教会人类相爱。诗诗，你去教他们相爱吧，像那位诗哲所说的："他们残暴地贪婪着，嫉妒着，他们的言辞有如隐藏的刀锋正渴于饮血。

去，我的孩子，去站在他们不欢之心的中间，让你温和的眼睛落在他们身上，有如黄昏的柔霭淹没那日间的争扰。

让他们看你的脸，我的孩子，因而知道一切事物的意义，让他们爱你，因而彼此相爱。”

诗诗，有一天你会明白，上苍不会容许你吝守着你所继承的爱。诗诗。爱是蕾，它必须绽放。它必须在疼痛的破拆中献出芳香。

诗诗，你也教导我们学习更多更高的爱。记得前几天，一则药商的广告使我惊骇不已，那广告是这样说的：“孩子，不该比别人的衰弱。下一代的健康关系着我们的面子。要是孩子长得比别人的健康、美丽、快乐，该多好多荣耀啊。”诗诗，人性的卑劣使我不禁齿冷。诗诗，我爱你，我答应你，永不在我对你的爱里掺入不纯洁的成分。你就是你，你永不会被我们拿来和别人比较，你不需要为满足父母的虚荣心而痛苦。你在我们眼中永远杰出，你可以贫穷、可以失败、甚至可以潦倒。诗诗，如果我们骄傲，是为你本身而骄傲，不是为你的健康美丽或者聪明。你是人，不是我们培养的灌木，我们决不会把你修剪成某种形态来使别人称赞我们的园艺天才。你可以照你的倾向生长，你选择什么样式，我们都会喜欢——或者学习着去喜欢。

我们会竭力地去了解你，我们会慎重地俯下身去听你述说一个孩童的秘密愿望。我们会带着同情与谅解帮助你度过忧闷的少年时期。而当你成年，诗诗，我们仍愿分担你的哀伤，人生总有那么些悲怆和无奈的事，诗诗，如果在未来的日了里你感觉孤单，请记住你的母亲，我们的生命曾一度相系，我会努力使这种系联持续到永恒。我再说，诗诗，我们会试着了解你，以及属于你的时代。我们会信任你——上帝从未赐下坏的婴孩。

我们会为你祈祷，孩子，我们不知道那些古老而太平的岁月会在什么时候重现。那种好日子终我们一生也许都看不见了。

如果这种承平永远不会再重现，那么，诗诗，那也是无可抗拒无可挽回的事。我只有祝福你的心灵，能在苦难的岁月里有内在的宁静。

常常记得，诗诗，你不单是我们的孩子，你也属于山，属于海，属于五月里无云的天空——而这一切，将永远是人类欢乐的主题。

你即将长大，孩子，每一次当你轻轻地颤动，爱情便在我的心里急速涨潮。你是小芽，蕴藏在我最深的深心里，如同音乐蕴藏在长长的箫笛中。

前些日子，有人告诉我一则美丽的日本故事。说到每年冬天，当初雪落下的那一天，人们便坐在庭院里，穆然无言地凝望那一片片轻柔的白色。

那是一种怎样虔敬动人的景象！那时候，我就想到你，诗诗，你就是我们生命中的初雪。纯洁而高贵，深深地撼动着我。那些对生命的惊服和热爱，常使我在静穆中有哭泣的冲动。

诗诗，给我们的大地一些美丽的白色。诗诗，我们的初雪。

初绽的诗篇

白莲花

二月的冷雨浇湿了一街的路灯，诗诗。

生与死，光和暗，爱和苦，原来都这般接近。

而诗诗，这一刻，在待产室里，我感到孤独，我和你，在我们各人的世界里孤独，并且受苦。诗诗，所有的安慰，所有怜惜的目光为什么都那么不切实际？谁会了解那种疼痛，那种曲扭了我的身体，击碎了我的灵魂的疼痛！我挣扎，徒然无益地哭泣，诗诗，生命是什么呢？是崩裂自伤痕的一种再生吗？

雨在窗外，沉沉的冬夜在窗外，古老的炮仗在窗外，世界又宁谧又美丽。而我，诗诗，何处是我的方向？如果我死，这将是我躺过的最后一张床，洁白的，隔在待产室幔后的床。我留我的爱给你，爱是我的名字，爱是我的写真。有一天，当你走过蔓草荒烟，我便在那里向你轻声呼喊——以风声，以水响。

诗诗，黎明为什么这样遥远，我的骨骼在山崩，我的血液在倒流，我的筋络像被灼般地纠起，而诗诗，你在哪里？

他们推我入产房，诗诗，人间有比这更孤绝的地方吗？那只手被隔在门外——那终夜握着我的手，那多年前在月光下握着我的手。他的目光，他的祈祷，他的爱，都被关在外面，而我，独自步向不可测的命运。

所有的脸退去，所有的往事像一只弃置的牧笛。室中间，一盏大灯俯向我仰起的脸，像一朵倒生的莲花，在虚无中燃烧着千层洁白。花是真，花是幻，花是一切，诗诗。

今夜太长，我已疲倦，疲于挣扎，我只想嗅嗅那朵白莲花，嗅嗅那亘古不散的幽香。

花是你，花是我，花是我们永恒的爱情，诗诗。

四月的迷迭香

似乎是四月，似乎是原野，似乎是蝶翅乱扑的花之谷。

“呼吸，深深地呼吸吧！”从遥远的地方，有那样温柔的声音传来。

我在何处，诗诗，疼痛渐远，我听见金属的碰击声，我闻着那样沁人的香息。你在何处，诗诗。

“用力！已经看见头了！用力！”

诗诗，我是星辰，在崩裂中涣散。而你，诗诗，你是一颗全新的星，新而亮，你的光将照彻今夜。

诗诗，我望着自己，因汗和血而潮湿的自己，忽然感到十字架并不可怕，髑髅地并不可怕，荆棘冠冕并不可怕，孤绝并不可怕——如果有对象可以爱，如果有生命可为之奉献，如果有理想可前去流血。

“呼吸，深深地呼吸。”

何等的迷迭香，诗诗，我就浮在那样的花香里，浮在那样无所惧的爱里。

早晨已经来，万象寂然，宇宙重新回到太古，混溷而空虚，只有迷迭香，沁人如醉的迷迭香，诗诗，你在哪里？

我仍清楚地感到手术刀的宰割，我仍能感到温热的血在流，血，以及泪。

我仍感觉到我苦苦的等待。

歌　手

像高悬的瀑布，你猝然离开了我。

“恭喜啊，是男孩。”

“谢谢。”我小声地说，安慰，而又悲哀。

我几乎可以听到他们剪断脐带的声音，我们的生命就此分割了，分割了，以一把利剪，诗诗，而今而后，虽然表面上我们将住在一个屋子里，我将乳养你，抱你，亲吻你，用歌声送你去每晚的梦中，但无论如何，你将是你自己了。你的眼泪，你的欢笑，都将与我无份，你将扇动你自己的羽翼，飞向你自己的晴空。

诗诗，可是我为什么哭泣，为什么我老想着要挽回什么。

世上有什么角色比母亲更孤单，诗诗，她们是注定要哭泣的，诗诗，容我牵你的手，让我们尽可能地接近。而当你飞翔时，容我站在较高的山头上，去为你担心每一片过往的云。

他们为什么不给我看你的脸，我疲惫地沉默着。但忽然，我听见你的哭。

那是一首诗，诗诗。

这是一种怎样的和谐呢？啼哭，却充满欢欣，你像你的父亲，有着美好的 tenor 嗓子，我一听就知道。

而诗诗，我的年幼的歌手，什么是你的主题呢？一些赞美？一些感谢？一些敬畏？一些迷惘？但不管如何，它们感动了我，那样简单的旋律。

诗诗，让你的歌持续，持续在生命的死寂中。诗诗，我们不常听到流泉，我们不常听到松风，我们不常有伯牙，不常有瓦格纳，但我们永远有婴孩。有婴孩的地方便有音乐，神秘而美丽，像传抄自重重叠叠的天外。

诗诗，歌手，愿你的生命是一支庄严的歌，有声，或者无声，去充满人心的溪谷。

丁大夫和画

丁大夫来自很远的地方，诗诗，很远很远的爱尔兰，你不曾知道他，他不曾知道你。当他还是一个吹着风笛的小男孩，他何尝知道半个世纪以后，他将为一个黑发黑睛的孩子引渡？诗诗，是一双怎样的手安排他成为你所见到的第一张脸孔？

他有多么好看的金发和金眉，他和善的眼神和红扑扑的婴儿般的脸颊使人觉得他永远都在笑。

当去年初夏，他从化验室中走出来，对我说“恭喜你”的时候，我真想吻他的手。他明亮的浅棕色的眼睛里充满了了解和美善，诗诗，让我们爱他。

而今天早晨，他以箝子箝你巨大的头颅，诗诗，于是你就被带进世界。

当一切结束，终夜不曾好睡的他舒了一口气。有人在为我换干净的褥单，他忽然说：

"看啊，我可以到巴黎去，我画得比他们好。"

满室的护士都笑了，我也笑，忽然，我才发现我疲倦得有多么厉害。

他们把那幅画拿走了，那幅以我的血我的爱绘成的画，诗诗，那是你所见的第一幅画，生和死都在其上，诗诗，此外不复有画。

推车，甜蜜的推车，产房外有忙碌的长廊，长廊外有既忧苦又欢悦的世界，诗诗。

丁大夫来到我的床边，和你愣然的父亲握手。

"让我们来祈祷。"他说，合上他厚而大的巴掌——那是医治者的掌，也是祈祷者的掌，我不知道我更爱他的哪一种掌。

上帝，我们感谢你，
因为你在地上造了一个新的人，
保守他，使他正直，
帮助他，使他有用。

诗诗，那时，我哭了。

诗诗，廿七年过去，直到今晨，我才忽然发现，什么是人，我才了解，什么是生存，我才彻悟，什么是上帝。

诗诗，让我们爱他，爱你生命中第一张脸，爱所有的脸——可爱的，以及不可爱的，圣洁的，以及有罪的，欢愉的，以及悲哀的。直爱到生命的末端，爱你黑瞳中最后的脸。

诗诗。

红　樱

无端的，我梦见夹道的红樱。

梦中的樱树多么高，多么艳，我的梦遂像史诗中的特洛伊城，整个地被燃着了，我几乎可以听见火焰的劈啪声。

而诗诗，我骑一辆跑车，在山路上曲折而前。我觉得我在飞。

于是，我醒来，我仍躺在医院白得出奇的被褥上。那些樱花呢？那些整个春季里真正只能红上三五天的樱瓣呢？

因此就想起那些山水，那些花鸟，那些隔在病室之外的世界。诗诗，我曾狂热地爱过那一切，但现在，我却被禁锢，每天等待四小时一次的会面，等待你红于樱的小脸。

当你偶然微笑，我的心竟觉得容不下那么多的喜悦，所谓母亲，竟是那么卑微的一个角色。

但为什么，当我自一个奇特的梦中醒来，我竟感到悲哀。春花的世界似乎离我渐远了，那种悠然的岁月也向我挥手作别。而今而后，我只能生活在你的世界里，守着你的摇篮，等待你的学步，直到你走出我的视线。

我闭上眼睛，想再梦一次樱树——那些长在野外，临水自红的樱树，但它们竟不肯再来了。

想起十六岁那年，站在女子中学的花园里所感到的眩晕。那年春天，波斯菊开得特别放浪，我站在花园中间，四望皆花，真怕自己会被那些美所击昏。

而今，诗诗，青春的梦幻渐渺，余下惟一比真实更真实，比美善更美善的，那就是你。

但诗诗，你是什么呢？是我多梦的生命中最后的一梦吗？

祝福那些仍眩晕在花海中的少年，我也许并不羡慕他们。但为什么？诗诗，我感到悲哀，在白贝壳般的病房中，在红樱亮得人眼花的梦后。

在静夜里

你洞悉一切，诗诗，虽然言语于你仍陌生。而此刻，当你熟睡如谷中无风处的小松，让我的声音轻掠过你的梦。

如果有人授我以国君之荣，诗诗，我会退避，我自知并非治世之才。如果有人加我以学者之尊，我会拒绝，诗诗，我自知并非渊博之士。

但有一天，我被封为母亲，那荣于国君尊于学者的地位，而我竟接受。诗诗，因此当你的生命在我的腹中被证实，我便惶然，如同我所孕育的不止是一个婴儿，而是一个宇宙。

世上有何其多的女子，敢于自卑一个母亲的位分，这令我惊奇，诗诗。

我曾努力于做一个好女孩，一个好学生，一个好的教师，一个好的人。但此刻，我知道，我最大的荣誉将是一个好的母亲。

当你的笑意，在深夜秘密的梦中展现，我就感到自己被加冕。而当你哭，闪闪的泪光竟使东方神话中的珠宝全为之失色。当你的小膀臂如萝藤般缠绕着我，每一个日子都是神圣的母亲节。当你晶然的小眼望着我，遍地都开着五月的康乃馨。

因此，如果我曾给你什么，我并不知道。我只知道，你给我的令我惊奇，令我欢悦，令我感戴。

想像中，如果有一天你已长大，大到我们必须陌生，必须误解，那将是怎样的悲哀。故此，我们将尽力去了解你，认识你，如同岩滩之于大海。我愿长年地守望你，熟悉你的潮汐变幻，了解你的每一拍波涛。我将尝试着同时去爱你那忧郁沉静的蓝和纯洁明亮的白——甚至风雨之夕的灰浊。

如果我的爱于你成为一种压力，如果我的态度过于笨拙，那么，请你原谅我，诗诗，我曾诚实地期望为你作最大的给付，我曾幻想你是世间最幸福的孩童。如果我没有成功，你也足以自豪了。

我从不认为“天下无不是的父母”，如果让全能者来裁判，婴儿永远纯洁于成人。如果我们之间有一人应向另一人学习，那便是我。帮助我，孩子，让我自你学习人间的至善。我永不会要求你顺承我，或者顺承传统，除了造物者自己，大地上并没有值得你顶礼膜拜的金科玉律。世间如果有真理，那真理自在你的心中。

若我有所祈求，若我有所渴望，那便是愿你容许我更多爱你，并容许我向你支取更多的爱。在这无风的静夜里，愿我的语言环绕你，如同远远近近的小山。

如果你是天使

如果你是天使，诗诗，我怎能想像如果你是天使。

若是那样，你便不会在夜静时啼哭，用那样无助的声音向我说明你的需要，我便不会在寒冷的冬夜里披衣而起，我便无法享受拥你在我的双臂中，眼见你满足地重新进入酣睡的快乐。

如果你是天使，诗诗，你便不会在饥饿时转动你的颈子，噘着小嘴急急地四下索乳。诗诗，你永不知道你那小小的动作怎样感动着我的心。

如果你是天使，在每个宁馨的午觉后，你便不会悄无声息地爬上我的大床，攀着我的脖子，吻我的两颊，并且咬我的鼻子，弄得我满脸唾津，而诗诗，我是爱这一切的。

如果你是天使，你便不会钻在桌子底下，你便不会弄得满手污黑，你便不会把墨水涂得一脸，你便不会神通广大地把不知何处弄到的油漆抹得一身，但，诗诗，每当你这样做时，你就比平常可爱一千倍。如果你是天使，你便不会扶着墙跌跌撞撞地学走路，我便无缘欣赏倒退着逗你前行的乐趣。而你，诗诗，每当你能够多走几步，你便笑倒在地，你那毫无顾忌的大笑，震得人耳麻，天使不会这些，不是吗？

并且，诗诗，天使怎会有属于你的好奇，天使怎会蹲在地下看一只细小的黑蚁，天使怎会在春天的夜晚讶然地用白胖的小手，指着满天的星月，天使又怎会没头没脑地去追赶一只笨拙的鸭子，天使怎会热心地模仿邻家的狗吠，并且学得那么酷似。

当你做坏事的时候，当你伸手去拿一本被禁止的书。当你蹑着脚走近花钵，你那四下溜目的神色又多么令人绝倒，天使从来不做坏事，天使温驯的双目中永不会闪过你做坏事时那种可爱的贼亮，因此，天使远比你逊色。

而每天早晨，当我拿起手提包，你便急急地跑过来抱住我的双腿，你哭喊，你抓撕，作无益的挽留——你不会如此的，如果你是天使——但我宁可你如此，虽然那是极伤感的时刻，但当我走在小巷里，你那没有掩饰的爱便使我哽咽而喜悦。

如果你是天使，诗诗，我便不会听到那样至美的学话的呀呀，我不会因听到简单的“爸爸”“妈妈”而泫然，我不会因你说了串无意义的音符便给你那么多亲吻，我也不会因你在“爸妈”之外，第一个会说的字是“灯”便肯定灯是世间最美丽的东西。

如果你是天使，你决不会唱那样难听的歌，你也不会把小钢琴敲得那么刺耳，不会撕坏刚买的图画书，不会扯破新买的衣服，不会摔碎妈妈心爱的玻璃小鹿，不会因为一件不顺心的事而乱蹬着两条结实的小腿，并且把小脸胀得通红。但为什么你那小小的坏事使我觉得可爱，使我预感到你性格中的弱点，因而觉得我们的接近，并且因而觉得宠爱你的必要。

也许你会有更清澈的眼睛，有更红嫩的双颊，更美丽的金发和更完美的性格——如果你是天使。但我不需要那些，我只满意于你，诗诗，只满意于人间的孩童。

让天使们在碧云之上鼓响他们快乐的翅，我只愿有你，在我的梦中，在我并不强壮的臂膀里。

贝　展

让我们去看贝壳展览，诗诗，让我们去看那光彩的属于海上的生命。

而海，诗诗，海多么遥远，那吞吐着千浪的海，那潜藏着鱼龙的海，那使你母亲的梦境为之芬芳的海。

海在何处？诗诗，它必是在千山之外，我已久违了那裂岸的惊涛，我已遗忘了那溺人的柔蓝，眼前只有贝，只有博物馆灯下的彩晕向我见证那澎湃的所在。

诗诗！这密雨的初夏，因一室的贝壳而忧愁了，那些多色的躯壳，似乎只宜于回响一首古老的歌，一段被人遗忘的诗。但人声嘈杂，人潮汹涌。有谁回顾那曾经蠕动的生命，有谁怜惜那永不能回到海中的旅魂。

而你，你童稚的黑睛中只曾看见彩色的斑斓，那些美丽于你似乎并不惊奇，所有的美好，在你都是一种必然，因你并不了解丑陋为何物。丑陋远在你的经验之外。

从某一个玻璃柜走过，我突然驻足不前，那收藏者的名字乍然刺痛了我，那曾经响亮的名字如今竟被压在一列寂寞的贝壳之下，记得他中年后仍炯然的双目，他的多年来仍时常夹着激愤的声音，但数年不见，何图竟在冷冷的玻璃板下遇见他的名字，想着他这些年的岁月，心中便凄然，而诗诗，你不会懂得这些——当然，也许有一天你会懂。啊，想到你会懂，我便欲哭。当初我的母亲何尝料到我会懂这一切，但这一天终会来的，伊甸园的篱笆终会倾倒。

且让我们看这些贝，诗诗，这些空洞的躯壳多么像一畦春花，明艳而闪烁。看那碎红，看那皎白，看那沉紫，看那腻黄，诗诗，看那悲剧性的生命。

六月的下午，诗诗，站在千形的贝前，我们怎地不垂泪，为死去的贝，为老去的拾贝人，为逸去的恋海的梦。

诗诗，不要抬起你惊异的小眼，不要探询，且把玩这一枚我为你买的透明的小贝。有一天，或许一天，我们把它带回海边，重放它入那一片不损不益的明蓝。

蝉鸣季

七月了，诗诗。蝉鸣如网，撒自古典的蓝空，蝉鸣破窗而来，染绿了我们的枕席。

诗诗，你的小嘴吱然作声，那么酷似的模仿着，像模仿什么美丽的咏叹调。而诗诗，蝉在何处，在油加利最高的枝梢上，在晴空最低的流云上，抑或在你常红的两唇上。

而当你笑，把七月的绚丽，垂挂在你细眯的眼睫外，你可曾想及那悲剧的生命，那十几年在地下，却只留一夏在南来的薰风中的蝉？而当他歌唱，我们焉知那不是一种深沉的静穆？

蝉鸣浮在市声之上，蝉鸣浮在凌乱的楼宇之上，蝉鸣是风，蝉鸣是止不住的悲悯。诗诗，让我们爱这最后的，挣扎在城市里的音乐。

曾有一天黄昏，诗诗，曾有一天黄昏，你的母亲走向阳明山半山的林荫里，年轻人的营地里有一个演讲会。一折入那鼓着山风的小径，她的心便被回忆夺去。十年了，小径如昔，对面观音山的霞光如昔，千林的蝉声如昔。但十年过去，十年前柔蓝的长裙不再，十年前的马尾结不再，诗诗，我该坦然，或是驻足太息。

那一年，完整的四个季节，你的母亲便住在这山上，杜鹃来潮时，女孩子的梦便对着窗户的微云绽开。那男孩总是从这条山径走来——那男孩，诗诗，曾和你母亲在小径上携手的，曾和你母亲在山泉中濯足的，现在每天黄昏抱你在他的膝上，让你用白蚕似的小指头去探他的胡碴。

诗诗，蝉声翻腾的小径里，十年便如此飞去。诗诗，那男孩和那女孩的往事被吹在茫然的晚风里，美丽，却模糊——如同另一个山头的蝉鸣。

偶低头，一只尚未脱皮的蝉正笨拙地走向相思林，微温的泥沾在它身上，有一种说不出的动人。

她，你的母亲，或者说那女孩吧——我并不知道她是谁——把它拣起。

它的背上裂着一条神秘的缝，透过那条缝，壳将死，蝉将生，诗诗，蝉怎能不是一首诗。

那天晚上，灯下的蝉静静地展示出它黑艳的身躯，诗诗，这是给你的。诗诗，蝉声恒在，但我们只能握着今岁的七月，七月的风，风中的蝉。

七月一过，蝉声便老。薰风一过，蝉便不复是蝉，你不复是你。诗诗，且让我们听这长夏欢悦而惆怅的咏叹调，听这生命的神秘跫音，响自这城市中最后的凉柯。

花　担

诗诗，春天的早晨，我看见一个女人沿着通往城市的路走来。

她以一根扁担，担着两筐子花。诗诗你能不惊呼吗？满满两大筐水晶一般硬挺而透明的春花。

一筐在前，一筐在后，她便夹在两筐璀璨之间。半截青竹剖成的扁担微作弓形，似乎随时都准备要射发那两筐箭镞般的待放的春天。

淡淡的清芬随着她的脚步，一路散播过来。当农人在水田里插那些半吐的青色秧针，她便在黑柏油的路上插下恍惚的香气。诗诗，让我们爱那些香气，从春泥中酿成的香气。

当她行近，诗诗，当她的脸骤然像一张距离太近的画贴近我时，我突然怔住了。汗水自她的额际流下，将她的土布衫子弄湿了。我忍不住自责，我只见到那些缤纷的彩色，但对她而言，那是何等的负荷，她吃力地走着，并不强壮的肩膀被压得微微倾斜。

诗诗，生命是一种怎样的负担？

当她走远，我仍立在路旁，晨露未晞，青色的潮意四面环绕着我们。诗诗，我迷惘地望着她，和她那逐渐没入市尘的模糊的花担。

她是快乐的呢？还是痛苦的呢？

诗诗，担着那样的担子是一种怎样的感觉呢？走这样的一段路又是怎样的一段路呢？想着想着，我的心再度自责，我没有资格怜悯她，我只该有敬意——对负重者的敬意。

那天早晨，当我们从路旁走开，我忽然感到那担子的重量也压在我的两肩上。所有美丽的东西似乎总是沉重的——但我们的痛苦便是我们的意义，我们的负荷便是我们的价值。诗诗，世上怎能有无重量的鲜花？人间怎能有廉价的美丽？

诗诗，且将你的小足举起，让我们沿着那女人走过的路回去。诗诗，当你的脚趾初履大地的那一天，荆棘和碎石便在前路上埋伏着了。诗诗，生命的红酒永远榨自破碎的葡萄，生命的甜汁永远来自压干的蔗茎。今年春天，诗诗，今年春天让我们试着去了解，去参透。诗诗，让我们不再祈祷自己的双肩轻松，让我们只祈祷我们挑着的是满筐满篓的美丽。

诗诗，愿今晨的意象常在我们心中，如同光热常在春阳中。

第一首诗

诗诗，冬天的黄昏，雨的垂帘让人想起江南，你坐在我的膝上，美好的宽额有如一块湿润的白玉。

于是，开始了我们的第一首诗：

床前明月光
疑是地上霜
举头望明月
低头思故乡

诗诗，简单的字，简单的旋律，只两遍，你就能上口了。你高兴地嚷着，把它当成一支新学会的歌，反复地吟诵，不满两岁的你竟能把抑扬顿挫控制得那么好。

满城的灯光像秋后的果实，一枚枚地在窗外亮了起来，我却木然地垂头，让泪水在渐沉的暮霭中纷落。

诗诗，诗诗，怎样的一首诗，我们的第一首诗。在这样凄惶的异乡黄昏，在窗外那样陌生的棕榈树下，我们开始了生命中的第一首诗，那样美好的，又那样哀伤的绝句。

八岁，来到这个岛上，在大人的书堆里搜出一本唐诗，糊里糊涂地背了好些，日子过去，结了婚，也生了孩子，才忽然了解什么是乡愁。想起那一年，被爷爷带着去散步，走着走着，天蓦地黑了，我焦急地说：

“爷爷，我们回家吧！”

“家？不，那不是家，那只是寓。”

“寓？”我更急了，“我们的家不是家吗？”

“不是，人只有一个家，一个老家，其他的地方都是寓。”

如果南京是寓，新生南路又是什么？

诗诗，请停止念诗吧，客中的孤馆无月也无霜。我不明白我为什么在冬日的黄昏里想起这首诗，更不明白为什么把它教给稚龄的你。诗诗，故乡是什么，你不会了解，事实上，连我也不甚了解。除了那些模糊的记忆，我只能向故籍中去体认那“三秋桂子”的故国，那“十里荷香”的故国。但于你呢？永忘不了那天你在客人面前表演完了吟诗，忽然被突来的问题弄乱了手脚。

“你的故乡在哪里？”

你急得满房子乱找，后来却又宽慰地拍着口袋说：“在这里。”满堂的笑声中我却忍不住地心痛如绞。

在哪里呢？诗诗，一水之隔，一梦之隔，在哪里呢？

诗诗，当有一天，当你长大，当你浪迹天涯，在某一个月如素练的夜里，你会想起这首诗。那时，你会低首无语，像千古以来每个读这首诗的人。那时候，你的母亲又将安在？她或许已阖上那忧伤多泪的眼，或许仍未阖上，但无论如何，她会记得，在那个宁静的冬日黄昏，她曾抱你在膝上，一起轻诵过那样凄绝的句子。

让我们念它，诗诗，让我们再念：

床前明月光
疑是地上霜
举头望明月
低头思故乡

劫　后

那天早晨大概是被白云照醒的，我想。云影一片接一片地从窗前扬帆而过，带着秋阳的那份特殊的耀眼。

阳光是真的出现了，阳光差不多可以嗅得出来——在那么长久的风雨和阴晦之后。我没有带伞便走了出去，澄碧的天空值得信任。

琉公圳的水退了，两岸的垂柳仍沾惹着黯淡的黑泥，那一夜它们必然曾经浸在泥泞的大水中。还有那些草，不知它们那一夜曾以怎样的荏弱去抗拒怎样的刚强。我只知道——凭着今天的阳光我知道——有一天，柳丝将仍毵毵如金，芳草将仍萋萋胜碧，生命永不会被击倒。

有些孩子，赤着脚在退去的水中嬉玩，手里还捏着刚捉到的泥腥的小鱼。欢乐仍在，游戏仍在，贫困中自足的怡情仍在。

巷子里，巷子外，快活的工人爬在屋顶和墙头上。调水泥的声音，砌砖块的声音，钉木桩的声音，那么协调地响在发亮的秋风里。受创的记忆忽然间变得很遥远，眼前只有音乐——这灾劫之后美丽的重建之声。于是便想起战争，想起使人类恐惧了很久却未出现的战争。忽然觉得并没有什么可怕，如果在那时只剩下一对男女，他们仍将削木为梳，裁叶为衣，并且举火为炊。生活的弦将永不辍断。

局促的瓦屋前，人人将团花的旧被撑在椅子上。微温的阳光下，那俗艳的花朵竟也出奇的动人。今夜，松香的软褥上，将升起许多安恬的梦。今夜将无风，今夜将无雨，今夜是可预料的甜蜜。

街头重新有了拥挤不堪的车辆和人群，车子停滞不前，大家都耐心地等着。灾劫之后，似乎人性变得和善了一些，也不十分在乎这几分钟的耽延了。交通车里，平常不交一言的同事也开始一相问询：

“府上还好吗?”

“还好，没有什么。”

“只进了一尺水。”

"我们家的水已经齐胸了。"

话题很愉快，余痛已不再写在脸上。每个人都高高兴兴地像负了伤仍然自豪的战士，去努力于恢复旧有的秩序。似乎大家都发现能有一张餐桌可供食，有一张干燥的旧床可供憩息是多么美好幸福的事。

菜场里再度熙攘起来，提着篮子的主妇愉快地穿梭着，并且重新有了还价的兴致。我第一次发现满筐的鸡蛋看来竟有那么圆润可爱。那微赤带褐的洛岛红，那晶莹欲穿的来亨，都像是什么战争中赢来的珠宝，被放在显要的位置上炫耀它所代表的胜利——在十一级的风之后，在十二级的水之后。

隔楼的琴声在久久的沉寂后终于响起，那既不成熟又不动听的旋律却令人几乎垂泪。在灾变之后，我忽然关心起那弹琴的小女孩，想她必然也曾惊悸过，哭泣过。而此刻，她的琴声里重新响起稳定而幸福的感觉，像一阕安眠曲，平复了日间的忧伤。

简单的琴声里，我似乎渐渐能看见那些山石下的死者，那些波涛中的生者，一刹那间，他们仿佛都成了我的弟兄。我与那些素未谋面的受难者同受苦难，我与那些饥寒的人一同饥寒。有时候，我甚至能亲切地想到几万年前的古人，在那个落地玻璃被吹破，黑暗中榉木地板上流着雨水的夜里，我便那么确实地感到他们的颤栗，以及他们的不屈。我第一次稍稍了解那些在矿灾之后地震之余的手足。我第一次感到他们的眼泪在我的眼眶中流转，我第一次感到他们的悲哀在我的血管中翻腾。

于是学会了为阳光感谢——因为阴晦并非不可能。学会了为平静而索味的日子感谢——因为风暴并非不可能。学会了为粗食淡饭感谢——因为饥饿并非不可能。甚至学会了为一张狰狞的面目感谢——因为有一天，我们中间不知谁便要失去这十分脆弱的肉体。

并且，那么容易地便了解了每一件不如意的事，似乎原来都可以更不如意。而每一件平凡的事，都是出于一种意外的幸运。日光本来并不是我们所应得的。月光也未曾向我们索取过户税。还有那些焕然一天的星斗，那些灼热了四季的玫瑰，都没有服役于我们的义务。只因我们已习惯于它们的存在，竟至于习惯得不再激动，不再觉得活着是一种恩惠，不再存着感戴和敬畏。但在风雨之后，一切都被重新思索，这才忽然惊喜地发现，一年之中竟有那么多美好的日子——每一天，都是一个欢欣的感恩节。

有一天，当许多许多年之后，或许在一个多萤的夏夜，或许在一个炉火半温的冬天黄昏，我们会再提起艾尔西和芙劳西，会提起那交加的风灾雨劫，但我们会欢欣地复述，不以它为祸，只以它为一则奇妙耐听的老故事。

我们将淡忘那些损失，我们不复记忆那些恐惧。我们只将想到那停电的夜中，家人共围着一只小红烛的美好画面。我们将清晰地记起在四方风雨中，紧拥着一个哭泣的孩童，并且使他安然入睡的感觉，那时候那孩子或许已是父亲。我们更将记得灾劫之后的阳光，那样好得无以复加地落在受难者的门楣上。

癫　者

一

癫者走入电影院，坐下来，看了一场越南大战。

当曲终人散，一个穿制服的女孩子带着一把扫帚来清场，她看见癫者正掩面失声。

“出去，”她不耐烦地说，“如果你想看两次，你得再去买票。”

“两次！”癫者为之觳觫，“这样悲惨的电影谁能受得住看两次呢！”

“那么你出去，并且不要把眼泪撒得一地！”

“可是谁能不哭呢？”

“这只是电影，神经病！”

“就是因为它只是电影——我知道真的战争将残酷千倍。”

癫者一路哭了出去，把正午的日头哭成昏月。

二

癫者站在婴儿室的玻璃窗前，他的鼻子贴在冷冷的玻璃上，他的脸孔因而平板得像一张拙劣的画。

“哪一个是你的孩子？”护士小姐走过来亲切地问。

癫者转过身来，张开嘴，因情急而流泪了。

“没有，”他口吃地说，“没有什么人是什么人的孩子，所有的孩子都不属于他们的父母——他们只属于他们自己的命运。”

“你说什么？”护士吃惊了。

“我看见他们的未来。”

“你看见什么？”

“我看见他们将死于刀，死于枪，死于车轮，死于癌，死于苦心焦虑，死于哀毁悲恸，死于老，我看见他们的小脸被皱纹撕坏，他们的肩头被忧苦压伤。”

那善良的护士忽然失手，将针药打了一地，襁褓中熟睡的婴儿遂同声哭了起来。

三

癫者带着一个很大的捕网，走向春天的郊野。

他在芳香得令人难以自持的空气中跳跃着，追逐着，十分忙碌地把他的捕获物塞入背后的大袋中。

一个孩子在旁边看了许久，忽然受不了地大叫了起来。

“你真笨，你连一只蝴蝶都捉不到。”

“我根本就不想捉蝴蝶。”癫者分辩道。

“那么你捉什么?”

“我捕风。”

“什么风?”

“今年春天的风，从岩穴来的风，穿过毵毵金缕的风。”

“你捉到了吗?”

“我捉到了，在我背上的行囊里。”

癫者骄傲地展示他的皮袋，但其中空无一物，癫者惊讶地坐地大哭。

“原来是有的，只是现在散了。”

孩子不屑地转身离去，他的运气不错，因为还赶得上到不远的小溪边去——那里有一个高明的捕手，刚好捉到一只耀眼的大彩蝶。

四

癫者在一家百货公司里趑趄，立刻引起店员的怀疑。

“要买什么?”她们大声咆哮。

“听说，听说你们有一种新货色，叫做爱情。”

“是的，那是一种洗衣机。”

癫者黯然垂首。

“没有人将多余的爱放在这里寄售吗?”

“多余?”女店员尖声叫了起来，“我们人人自己都缺货呢!”

一架旋转的黑梯把癫者送下楼，癫者觉得自己已被不断地下沉降入地曹。

五

黄昏，癫者拿着一个又冷又干的馒头坐在路边的椅子上啃食。

忽然，他把那无味的馒头揣入怀中，哀哀地哭了起来。

“我多么残忍，”他说，“当我在咀嚼这细致的白面的一分钟，不正有许多跟我一样圆颅方趾的人，因为连粗麦都得不着而饿死吗?”

他就因自己奢侈的晚餐而深悔，竟至终夜无眠。

六

癫者在公园的草地上午寐，有哭声把他吵醒了，他看到两个相咬的孩子。

“你们是一对仇敌吗?”

“不，”他们怀着毒恨说，“我们是兄弟。”

癫者又睡去，并且再度被哭声吵醒，他看到两个相诟的男女。

“你们是一对仇敌吗?”

“不，”他们怀着毒恨说，“我们是夫妻。”

癫者勉强合眼，仍然被哭声吵醒，他看到相执的老人和青年。

“你们是一对仇敌吗?”

“不，”他们怀着毒恨说，“我们是父子。”

癫者于是翻身而起，逃向山中。

七

精神病院的院长带着绳索和从员来找癫者。

“我们听说你是这城中最有名的癫狂者，我们不能让你随便在街上走，你跟我去治疗吧!”

癫者缓缓地抬起他悲哀得令人抽心的眼睛。

“为什么我不能在这城里?”

“因为癫狂的人只应该跟癫狂的人在一起。”

“那么，让我留在街上——因为这里全是癫狂的人。”

“你应该住院。”

“我们的城市就是病院。”

精神病院的院长一跃而上，想要绑住他，但癫者反而绑住了院长，并且把他交给从员。从员们看都不看一眼，便把胡踢乱打的院长架上车，带他到他自己所开设的精神病院去。

八

有人看见癫者在海边刳木为舟，就群聚前观。

其中某个胆子较大的上前来问道：

“癫者，你要走了吗?”

“谁不走呢? 谁又有‘永久地址’呢?”

“你要到哪里去?”

“你们谁又知道自己往哪里去呢?”

众人中较敏感的已开始为自己低泣。

“你真的是癫狂的吗?”一个孩子跑上前去，抱着他的颈项。

癫者庄严地站起身来，缓缓地说：

“我不配，但我祝福你是，立志做个大癫吧！孩子。”

众人哗然，急去抢救那孩子。

九

有许多日子人们不见癫者，直到第二年春天，非洲菊开得特别绚丽的时候，有一个女孩子说她在澎湃如海的花丛中看到过他的脸。

“真的是他的脸?”有人问。

“我不知道，”女孩说，“我定睛看时，只见春花不见人。”

于是有好事的人去看那片花海。

可是，当他们赶到的时候，连那片花海都不在了。

雨之调

雨　荷

有一次，雨中走过荷池，一塘的绿云绵延，独有一朵半开的红莲挺然其间。

我一时为之惊愕驻足，那样似开不开，欲语不语，将红未红，待香未香的一株红莲！

漫天的雨纷然而又漠然，广不可及的灰色中竟有这样一株红莲！像一堆即将燃起的火，像一罐立刻要倾泼的颜色！我立在池畔，虽不欲捞月，也几成失足。

生命不也如一场雨吗？你曾无知地在其间雀跃，你曾痴迷地在其间沉吟——但更多的时候，你得忍受那些寒冷和潮湿，那些无奈与寂寥，并且以晴日的幻想度日。

可是，看那株莲花，在雨中怎样地惟我而又忘我，当没有阳光的时候，它自己便是阳光。当没有欢乐的时候，它自己便是欢乐！一株莲花里有那么完美自足的世界！

一池的绿，一池无声的歌，在乡间不惹眼的路边——岂只有哲学书中才有真理？岂只有研究院中才有答案？一笔简单的雨荷可绘出多少形象之外的美善，一片亭亭青叶支撑了多少世纪的傲骨！

倘有荷在池，倘有荷在心，则长长的雨季何患？

清明上河图

雨中，独自到故宫博物院去看清明上河图。

长长的轴卷在桌上平展开，一片完好的汴梁旧风物。管理员将我作笔记用的原子笔取去，而代以铅笔，为了怕油墨污染了画——他们独不怕泪吗？谁能故国神游而不怆然涕下呢？

青青的土阜、初暖的柳风，微醺的阳光似乎都可感到，安静古老的河水以迟缓的节拍流过幽美的幸福土地，承平的岁月令人不忍目触。

所谓画，不外是一些人，一些车，一些驴，一些要猴戏的，一些商贾，一些跳叫的狗和孩子——但这一切是怎样单纯的和谐。

宋朝的阳光，古老一如梦中，汴京，遥远有如太古。惟清明时节的麦青，却染绿无数画家的乡愁。使我惊讶的是这个因雨而感伤的下午，何竟一个女子会站在海外的一隅，看前朝宫中的绢画，想五百年来多少人对画而泪垂，想宇内有多少博物馆中正在展示着那和平而丰腴的中原……

走出博物馆，雨中的青山苍凉地兀立着。渭北的春树今何在？江东的暮云今何在？我呢喃着，一路步下渐行渐低的阶梯。

秋声赋

一夜，在灯下预备第二天要教的课，才念两行，便觉哽咽。

那是欧阳修的《秋声赋》，许多年前，在中学时，我曾狂热地鸩于那些旧书，我曾偷偷地背诵它！

可笑的是少年无知，何曾了解秋声之悲，一心只想学几个漂亮的句子，拿到作文簿上去自炫！

但今夜，雨声从四窗来叩，小楼上一片零落的秋意，灯光如雨，愁亦如雨，纷纷落在《秋声赋》上，文字间便幻起重重波涛，掩盖了那一片熟悉的字句。

每年十一月，我总要去买一本 Idea。杂志，不为那些诗，只为异国那份辉煌而又黯然的秋光。那荒漠的原野，那大片宜于煮酒的红叶，令人恍然有隔世之想。可叹的是故国的秋色犹能在同纬度的新大陆去辨认，但秋声呢？何处有此悲声寄售？

闻秋声之悲与不闻秋声之悲，其悲各何如？

明朝，穿过校园中发亮的雨径，去面对满堂稚气的大一新生的眼睛，《秋声赋》又当如何解释？

秋灯渐黯，雨声不绝，终夜吟哦着不堪一听的浓愁。

青楼集

在傅斯年图书馆当窗而坐，远近的丝雨成阵。

桌上放着一本被蠹鱼食余的《青楼集》，焦黄破碎的扉页里，我低首去辨认元朝的，焦黄破碎的往事。

一壁抄着，忍不住的思古情怀便如江中兼天而涌的浪头，忽焉而至。那些柔弱的名字里有多少辛酸的命运：朱帘秀、汪怜怜、翠娥秀、李娇儿……一时之间，元人的弦索、元人的箫管，便盈耳而至。音乐中浮起的是那些苍白的，架在锦绣之上，聪明得悲哀的脸。

当别的女孩在软褥上安静地坐着，用五彩的丝线织梦，为什么独有一班女孩在众人的奚落里唱着人间的悲欢离合？而如果命运要她们成为被遗弃的，却为什么要让她们有那样的冰雪聪明去承受那种残忍？

“大都”，辉煌的元帝国，光荣的朝代，何竟有那些黯然的脸在无言中沉浮？当然，天涯沦落的何止是她们，为人作色的何止是她们。但八百年后在南港，一个秋雨如泣的日子，独有她们的身世这样沉重地压在我的资料卡上，那古老而又现代的哀愁。

雨在眼，雨在耳，雨在若有若无的千山。南港的黄昏，在满楼的古书中无限凄凉！萧条异代，谁解此恨！相去几近千年，她们的忧伤和屈辱却仍然如此强烈地震撼着我。

雨仍落，似乎已这样无奈地落了许多世纪。山渐消沉，树渐消沉，书渐消沉，只有蠹鱼的蛀痕顽强地咬透八百年的酸辛。

油　伞

从朋友的乡居辞出，雨的弦柱在远近奏起，小径忽然被雨中大片干净的油绿照得惹眼起来。原想就这样把自己化在雨里一路回去，但却不过他的盛意，遂支着一把半旧的油伞走了。

走着，走着，黄昏四合，一种说不出的苍茫伸展着，一时不知是真是幻。二十多年前，山城的凌晨，不也是这样的小径？不也是这般幽暗？流浪的中途站上，一个美得不能忘记的小学。天色微茫，顶着一把油伞，那小女孩往学校走去。为了去看教室后面大家合种的一畦菠菜，为了保持一礼拜连续最早到校的记录，以赢得一本纸质粗劣的练习本，她匆促地低头而行。

而二十年后，仍是雨，仍是山，仍是一把半旧的油伞，她的脚步却无法匆促了。她不能不想起由于模糊而益显真切的故国的倦柳愁荷。

那一季的菠菜她终于没吃到，便又离去了；而那本练习本，她也始终得不着，因为总有一个可恨的男生偶然比她早到，来破坏她即将完成的纪录。她一无所获——而二十多年后，她在芬芳的古籍中偶然读到柳柳州笔下的山水，便懊恨那些早晨为什么浪费在无益的奔跑上，为什么她不解人生的缘分？为什么她不解那一瞥的价值？为什么她不让故国最后的春天在那网膜上烙下最痛最美的印记？却一心挂想着那本不值钱的练习本。

油伞之后，再无童年。岛上的日子如一团发得太松的面，不堪一握。

但岛仍是岛，而当我偶然从仔细的谛视中发现那油伞只不过是一把塑胶仿制品的时候，黄昏的幻象便倏然消逝了。有车，有繁灯，这城市的雨季又在流浪者眼前绵绵密密地上演了。

咏物篇

柳

所有的树都是用"点"画成的，只有柳，是用"线"画成的。

别的树总有花，或者果实，只有柳，茫然地散出些没有用处的白絮。

别的树是密码紧排的电文，只有柳，是疏落的结绳记事。

别的树适于插花或装饰，只有柳，适于霸陵的折柳送别。

柳差不多已经落伍了，柳差不多已经老朽了，柳什么实用价值都没有——除了美。柳树不是匠人的树，它是诗人的树，情人的树。柳是愈来愈少了，我每次看到一棵柳都会神经紧张地屏息凝视——我怕我有一天会忘记柳。我怕我有一天读到白居易的"何处未春先有思，柳条无力魏王堤"，或是韦庄的"晴烟漠漠柳毵毵"竟必须去翻字典。

柳树从来不能造成森林，它注定是堤岸上的植物，而有些事，翻字典也是没用的，怎么的注释才使我们了解苏堤的柳，在江南的二月天梳理着春风，隋堤的柳怎样茂美如堆烟砌玉的重重帘幕。

柳丝条子惯于伸入水中，去纠缠水中安静的云影和月光。它常常巧妙地逮着一枚完整的水月，手法比李白要高妙多了。

春柳的柔条上暗藏着无数叫做"青眼"的叶蕾，那些眼随兴一张，便喷出几脉绿叶，不几天，所有谷粒般的青眼都拆开了。有人怀疑彩虹的根脚下有宝石，我却总怀疑柳树根下有翡翠——不然，叫柳树去哪里吸收那么多纯净的碧绿呢?

木棉花

所有开花的树看来都该是女性的，只有木棉花是男性的。

木棉树又干又皱，不知为什么，它竟结出那么雪白柔软的木棉，并且以一种不可思议的优美风度，缓缓地自枝头飘落。

木棉花大得骇人，是一种耀眼的橘红色，开的时候连一片叶子的衬托都不要，像一碗红曲酒，斟在粗陶碗里，火烈烈的，有一种不讲理的架势，却很美。

树枝也许是干得狠了，根根都麻绉着，像一只曲张的手——肱是干的、臂是干的，连手肘、手腕、手指头和手指甲都是干的——向天空讨求着什么，撕抓些什么。而干到极点时，树枝爆开了，木棉花几乎就像是从干裂的伤口里吐出来的火焰。

木棉花常常长得极高，那年在广州初见木棉树，不知是不是因为自己年纪特别小，总觉得那是全世界最高的一种树了，广东人叫它英雄树。初夏的公园里，我们疲于奔命地去接拾那些新落的木棉，也许几丈高的树对我们是太高了些，竟觉得每团木棉都是晴空上折翼的云。

木棉落后，木棉树的叶子便逐日浓密起来，木棉树终于变得平凡了，大家也都安下一颗心，至少在明春以前，在绿叶的掩覆下，它不会再暴露那种让人焦灼的奇异的美了。

流苏与诗经

三月里的一个早晨，我到台大去听演讲，讲的是“词与画”。

听完演讲，我穿过满屋子的“权威”，匆匆走出，惊讶于十一点的阳光柔美得那样无缺无憾——但也许完美也是一种缺憾，竟至让人忧愁起来。

而方才幻灯片上的山水忽然之间都遥远了，那些绢，那些画纸的颜色都黯淡如一盒久置的香。只有眼前的景致那样真切地逼来，直把我逼到一棵开满小白花的树前，一个植物系的女孩子走过，对我说：“这花，叫流苏。”

那花极纤细，连香气也是纤细的，风一过，地上就添了一层纤纤细细的白，但不知怎的，树上的花却也不见少。对一切单薄柔弱的美我都心疼着。总担心他们在下一秒钟就不存在了，匆忙的校园里，谁肯为那些粉簌簌的小花驻足呢？

不太喜欢“流苏”这个名字，听来仿佛那些花都是垂挂着的，其实那些花全都向上开着，每一朵都开成轻扬上举的十字形——我喜欢十字花科的花，那样简单地交叉的四个瓣，每一瓣之间都是最规矩的九十度，有一种古朴诚恳的美——像一部四言的诗经。

如果要我给那棵花树取一个名字，我就要叫它诗经，它有一树美丽的四言。

栀子花

有一天中午，坐在公路局的车上，忽然听到假警报，车子立刻调转方向，往一条不知名的路上疏散去了。

一刹间，仿佛真有一种战争的幻影在蓝得离奇的天空下涌现——当然，大家都确知自己是安全的，因而也就更有心情幻想自己的灾难之旅。

由于是春天，好像不知不觉间就有一种流浪的意味。季节正如大多数的文学家一样，第一季照例总是华美的浪漫主义，这突起的防空演习简直有点郊游趣味，不经任何人同意就自作主张而安排下的一次郊游。

车子走到一个奇异的角落，忽然停了下来，大家下了车，没有野餐的纸盒，大家只好咀嚼山水，天光仍蓝着，蓝得每一种东西都分外透明起来。车停处有一家低檐的人家，在篱边种了好几棵复瓣的栀子花，那种柔和的白色是大桶的牛奶里勾上那么一点子蜜。在阳光的烤炙中凿出一条香味的河。

如果花香也有颜色，玫瑰花香所掘成的河川该是红色的，栀子花的花香所掘的河川该是白色的，但白色有时候比红色更强烈、更震人。

也许由于这世界上有单瓣的栀子花，复瓣的栀子花就显得比一般的复瓣花更复瓣。像是许多叠的浪花，扑在一起，纠住了，扯不开，结成一攒花——这就是栀子花的神话吧！

假的解除警报不久就拉响了，大家都上了车，车子循着该走的正路把各人送入该过的正常生活中去了。而那一树栀子花复瓣的白和复瓣的香都留在不知名的篱落间，径自白着香着。

花　拆

花蕾是蛹，是一种未经展示未经破茧的浓缩的美。花蕾是正月的灯谜，未猜中前可以有一千个谜底。花蕾是胎儿，似乎混沌无知，却有时喜欢用强烈的胎动来证实自己。

花的美在于它的无中生有，在于它的穷通变化。有时，一夜之间，花拆了，有时，半个上午，花胖了，花的美不全在色、香，在于那份不可思议。我喜欢慎重其事地坐着看昙花开放，其实昙花并不是太好看的一种花，它的美在于它的仙人掌的身世所给人的沙漠联想，以及它猝然而逝所带给人的悼念。但昙花的拆放却是一种扎实的美，像一则爱情故事，美在过程，而不在结局。有一种月黄色的大昙花，叫“一夜皇后”的，每颤开一分，便震出噗然一声，像绣花绷子拉紧后绣针刺入的声音，所有细致的蕊丝，登时也就跟着一震，那景象常令人不敢久视——看久了不由得要相信花精花魄的说法。

我常在花开满前离去，花拆一停止，死亡就开始。

有一天，当我年老，无法看花拆，则我愿以一堆小小的春桑枕为收报机，听百草千花所打的电讯，知道每一夜花拆的音乐。

春之针缕

春天的衫子有许多美丽的花为锦绣，有许多奇异的香气为熏炉，但真正缝纫春天的，仍是那一针一缕最质朴的棉线——

初生的禾田，经冬的麦子，无处不生的草，无时不吹的风，风中偶起的鹭丝，鹭丝足下恣意黄着的菜花，菜花丛中扑朔迷离的黄蝶……

跟人一样，有的花是有名的，有价的，有谱可查的，但有的没有，那些没有品秩的花却纺织了真正的春天。赏春的人常去看盛名的花，但真正的行家却宁可细察春衫的针缕。

乍酱草常是以一种倾销的姿态推出那些小小的紫晶酒钟，但从来不粗制滥造。有一种菲薄的小黄花凛凛然地开着，到晚春时也加入抛散白絮的行列，很负责地制造暮春时节该有的凄迷。还有一种小草莓的花，白得几乎像梨花——让人不由得心里矛盾起来，因为不知道该祈祷留它为一朵小白花，或化它为一盏红草莓。小草莓包括多少神迹啊。如何棕黑色的泥土竟长出灰褐色的枝子，如何灰褐色的枝子会溢出深绿色的叶子，如何深绿色的叶间会沁出珠白的花朵，又如何珠白的花朵已锤炼为一块碧涩的祖母绿，而那颗祖母绿又如何终于兑换成浑圆甜蜜的红宝石。

春天拥有许多不知名的树，不知名的花草，春天在不知名的针缕中完成无以名之的美丽。

春　组

春天是一则谎言

那女孩说，春天是一则谎言，饰以软风，饰以杜鹃；那女孩斩钉截铁地说，春天，是一则谎言。

——可是，她说，二十年过去，我仍不可救药地甘于被骗。那些偶然红的花，那些偶然绿的水，竟仍然令我痴迷。春天一来，便老是忘记，忘记蓝天是一种骗局，忘记急湍是一种诡语，忘记千柯都只不过在开些空头支票，忘记万花只不过服食了迷幻药。真的，老是忘记——直到秋晚醒来时，才发现他们玩的只不过是些老把戏，而你又被骗了，你只能在苍白的北风中向壁叹息。

她说她的，我总不能拒绝春天。春水一涨潮，我就变得盲目，变得混沌，像一个旧教徒，我恭谨地行到溪畔去办“告解”，去照鉴自己的心，看看能不能仍拼成水仙——虽然，可能她说的对，虽然春天可能什么都不是，虽然春天可能只是一则谎言。

过　客

别墅的主人买了地，盖了房子，却无奈地陷在楼最高、气最浊、车马喧腾的地方，把别墅的所有权状当做清供。

而第一位在千山夜雨中拧亮玻璃吊盏的人，却竟是我这陌生的过客，一时之间恍惚竟以为别墅是我的——或者也是云的？谁是客？谁是主？谁是物？谁是我？谁曾占有过什么？谁又曾管领过什么？

长长的甬道，只回响我的软履。寂然的阳台，只留我独饮风露。穆然的大柜，只垂挂我的春衫。初涨的新溪，只流过我的梦槛——那主人不在，那主人不在，我把一切的美好霸占得那样彻底。

纤草初渥，足下的春泥几乎在升起一种柔声的歌。而这片土地，二年以前属于禾稻，千纪以前属于牧畜，万年以前属于渔猎，亿载以前属于洪荒，而此刻，它属于一张一尺见方的所有权状。

而我是谁？为什么我感到自己强烈的占有，不是今夜的占有，而是亿载之前的占有，我几乎能指出哪一带蓝天曾腾跃过飞龙，哪一丛密林曾隐居着麒麟，哪一片水滩曾映照七彩的凤凰，哪一座小桥曾负载挟弓猎人的歌；而今夜，我取代他们，继承他们，让我的十趾来膜拜泥土。

今夜，我是拙而安的鸠鸟，我占着别人的别墅，我占着有巢氏的巢，我占着昭阳宫，我占着含章殿，我占着裴令的绿野堂，我占着王摩诘的辋川和终南别业，我占着亘古长存的大地庙堂——我，一个过客。

坠　星

山的美在于它的重复，在于它是一种几何级数，在于它是一种循环小数，在于它的百匝千遭，在于它永不干休的环抱。

晚上，独步山径，两侧的山又黑又坚实，有如一锭古老的徽墨，而徽墨最浑凝的上方却被一点灼然的光突破。

"星坠了！"我忽然一惊。

而那一夜并没有星，我才发现那或者只是某一个人一盏灯；一盏灯？可能吗？在那样孤绝的高处？伫立许久，我仍弄不清那是一颗低坠的星或是一盏高悬的灯。而白天，我什么也不见，只见云来雾往，千壑生烟。但夜夜，它不瞬地亮着，令我迷惑。

山　月

山月升起的地方刚好是对岸山间一个巧妙的缺口。中宵惊起，一丸冷月像颗珠子，莹莹然地镶嵌在山的缺处。

有些美，如山间月色，不知为什么美得那样无情，那样冷绝白绝，触手成冰。无月之夜的那种浑厚温暖的黑色此刻已被扯开，山月如雨，在同样的景片上硬生生地安排下另一种格调。

真的，山月如雨，隔着长窗，隔着纱帘，一样淋得人兜头兜脸，眉发滴水，连寒衾也淋湿了，一间屋子竟无一处可着脚，整栋别墅都漂浮起来，幌漾起来，让人有一种绝望的惊惶。

山月总是触动人最深处的忧伤，山月让人不能遗忘。

山月照在山的这一边，山月照在山的那一边。山的这一方是长帘垂地的别墅，山的那一方是海峡深蕴的忧伤。

山月照在岛上，山月也绕过岛去照一千一百万平方公里的旧梦，在不眠的中宵。在万窍含风的永夜，山月吹起令人愁倒的胡笳。

山月何以如此凛烈，山月何以如此无情，山月何以如此冷绝愁绝，触手成冰！

夜　雨

雨声有时和溪声是很难于分辨的，尤其在夜里。有时为了证实雨，我必须从回廊探出双臂。探着雨，便安心地回去躺下，欣喜而满足，夜是母性的，雨也是，我遂在双重的母性中拥书而眠。

书不多，但从毛诗到皮蓝得娄，从陶渊明到乌托邦都有，只是落雨的夜里，我却总想起秦少游，以及他的“可堪孤馆闭春寒，杜鹃声里斜阳暮。”雨声中惟一的缺憾是失去鸟声。有一种鸟声，平时总听得到，细长而无尾音，却自有一种直抒胸臆的简捷的悲怆，像一个不善言词的人的低喟。雨夜中有时不免想起那只鸟，不知在何处抖动它潮湿的羽毛和潮湿的叹息。

盛夏中偶落的骤雨，照例总扬起一阵浓郁的土香。而三月的夜雨不知为什么也能渗出一丝丝的青草味，跟太阳蒸发出来的强烈的草薰不同，是一种幽森的、细致的、嫩生生的气味，我想如果有一天我失明了，光凭嗅觉，我也能毫无错误地辨认出三月的夜雨。

野　溪

从来没有想到溪声会那样执着，日以继夜，夜以继日，像一个喧嚷的小男孩，使我感到一种疲倦。我爱那水，但它使我疲倦——它使我疲倦，但我仍爱那水——我之所以疲倦，或者无论梦着醒着，我不能一秒钟不恭谨地聆听它，过分的爱情常使人疲累不胜。

水极浅，小溪中多半是乱石小半是草，还有一些树，很奇怪地都有着无比苍老嶙峋的根，以及柔嫩如婴儿的透明绿叶，让人猜不透它们的年龄。大部分的巨石都被树根抓住了，树根如网，巨石如鱼，相峙似乎已有千年之久，让人重温渔猎时代敦实的喜悦。

谁在溪中投下千面巨石，谁在石间播下春芜秋草，谁在草中立起大树如碑？谁在树上剪裁三月的翠叶如酒旆？谁在这无数张招展的酒旆间酝酿亿万年陈久而新鲜的芬芳？

溪水清且浅，溪声激以越，世上每日有山被斩首解肢，每日有水被奸污毁容，而眼前的野溪却混然无知地坚持着今年度的歌声；而明年，明年谁知道，我们且对斟今年的春天！让千穴的清风吹彻玉笙，让千转的白湍拨起泠泠古弦，我们且对斟今年的春天。

生活赋

——生活是一篇赋，萧索的由绚丽而下跌的令人惘然的长门赋——

巷　底

巷底住着一个还没有上学的小女孩，因为脸特别红，让人还来不及辨识她的五官之前就先喜欢她了——当然，其实她的五官也挺周正美丽，但让人记得住的，却只有那一张红扑扑的小脸。

不知道她有没有父母，只知道她是跟祖母住在一起的，使人吃惊的是那祖母出奇的丑，而且显然可以看出来，并不是由于老才丑的。她几乎没有鼻子，嘴是歪的，两只眼如果只是老眼昏花倒也罢了，她的还偏透着邪气的凶光。

她人矮，显得叉着脚走路的两条腿分外碍眼，我也不知道她怎么受的，她已经走了快一辈子路了，却是永远分明是一只脚向东，一只脚朝西。

她当日做些什么，我不知道，印象里好像她总在生火，用一只老式的炉子，摆在门口当风处，劈里拍拉地扇着，嘴里不干不净地咒着。她的一张丑绉的脸模糊地隔在烟幕之后，一双火眼金睛却暴露得可以直破烟雾的迷阵，在冷湿的落雨的黄昏，行人会在猛然间以为自己已走入邪恶的黄雾——在某个毒瘴四腾的沼泽旁。

她们就那样日复一日地住在巷底的违章建筑里，小女孩的红颊日复一日的盛开，老太婆的脸像经冬的风鸡日复一日的干缩，炉子日复一日的像口魔缸似的冒着张牙舞爪的浓烟。

——这不就是生活吗？一些稚拙的美，一些惊人的丑，以一种牢不可分的天长地久的姿态栖居在某个深深的巷底。

糠糬车

不知在什么时候，由什么人，补造了“糠”“糬”两个字。（武则天也不过造了十九个字啊!）

曾有一个古代的诗人，吃了重阳节登高必吃的“糕”，却不敢把“糕”字放进诗篇。“《诗经》里没用过‘糕’字啊，”他分辩道，“我怎么能贸然把‘糕’字放在诗里去呢?”

正统的文人有一种可笑而又可敬的执着。

但老百姓全然不管这一回事，他们高兴的时候就造字，而且显然也很懂得“形声”跟“会意”的造字原则。

我喜欢“糠糬”这两个字，看来有一种原始的毛毵毵的感觉。

我喜欢“糠糬”，虽然它的可口是一种没有性格的可口。

我喜欢糠糬车，我形容不来那种载满了柔软、甜蜜、香腻的小车怎样在孩子群中贩卖欢乐。糠糬似乎只卖给小孩，当然有时也卖给老人——只是最后不免仍然到了孩子手上。

我真正最喜欢的还是糠糬车的节奏，不知为什么，所有的糠糬车都用他们这一行自己的音乐，正像修伞的敲铁片，卖馄饨的敲碗，卖番薯的摇竹筒，都各有一种单调而粗糙的美感。

糠糬车用的“乐器”是一个转轮，轮子转动处带起一上一下的两根铁杆，碰得此起彼落的“空”“空”地响，不知是不是用来象征一种古老的舂米的音乐。讲究的小贩在两根铁杆上顶着布袋娃娃，故事中的英雄和美人，便一起一落地随着转轮而轮回起来了。

铁杆轮流下撞的速度不太相同，但大致是一秒钟响二次，或者四次。这根起来，那根就下去；那根起来，这根就下去。并且也说不上大起大落，永远在巴掌大的天地里沉浮。沉下去的不过沉一个巴掌，升上去的亦然。

跟着糠糬车走，最后会感到自己走入一种寒栗的悸怖。陈旧的生锈的铁杆上悬着某些知名的和不知名的帝王将相，某些存在的或不存在的后妃美女，以一种绝情的速度彼此消长，在广漠的人海中重复着一代与一代之间毫无分别的乍起乍落的命运。难道这不就是生活吗？以最简单的节奏叠映着占卜者口中的“凶”、“吉”、“悔”、“咎”。滴答之间，跃起落下，许多生死祸福便已告完成。

无论什么时候，看到粿糬车，我总忍不住地尾随而怅望。

食橘者

冬天的下午，太阳以漠然的神气遥遥地笼罩着大地，像某些曾经蔓烧过一夏的眼睛，现在却混然遗忘了。

有一个老人背着人行道而坐，仿佛已跳出了杂沓的脚步的轮回，他淡淡地坐在一片淡淡的阳光里。

那老人低着头，很专心地用一只小刀在割橘子皮。那是“椪柑”种的橘子，皮很松，可以轻易地用手剥开，他却不知为什么拿着一把刀工工整整地划着，像个石匠。

每个橘子他照例要划四刀，然后依着刀痕撕开，橘子皮在他手上盛美如一朵十字科的花。他把橘肉一瓣瓣取下，仔细地摘掉筋络，慢慢地一瓣瓣地吃，吃完了，便不急不徐地拿出另一个来，耐心地把所有的手续再重复一遍。

那天下午，他就那样认真地吃着一瓣一瓣的橘子，参禅似的凝止在一种不可思议的安静里。

难道这不就是生活吗，太阳割切着四季，四季割切着老人，老人无言地割切着一只只浑圆柔润的橘子。

想像中那老人的冬天似乎永远过不完，似乎他一直还坐在那灰扑扑的街角，一丝不苟的，以一种玄学家执迷的格物精神，细味那些神秘的金汁溢涨的橘子。

念你们的名字

孩子们，这是八月初的一个早晨，美国南部的阳光舒迟而透明，流溢着一种让久经忧患的人鼻酸的、古老而宁静的幸福。助教把期待已久的发榜名单寄来给我，一百二十个动人的名字，我逐一地念着，忍不住覆手在你们的名字上，为你们祈祷。

在你们未来漫长的七年医学教育中，我只教授你们八个学分的国文，但是，我渴望能教你们如何做一个人——以及如何做一个中国人。

我愿意再说一次，我爱你们的名字，名字是天下父母满怀热望的刻痕，在万千中国文字中，他们所找到的是一两个最美丽最醇厚的字眼——世间每一个名字都是一篇简短质朴的祈祷！

“林逸文”“唐高骏”“周建圣”“陈震寰”，你们的父母多么期望你们是一个出类拔萃的孩子。“黄自强”“林进德”“蔡笃义”，多少伟大的企盼在你们身上。“张鸿仁”“黄仁辉”“高泽仁”“陈宗仁”“叶宏仁”“洪仁政”，说明了儒家传统的对仁德的向往。“邵国宁”“王为邦”“李建忠”“陈泽浩”“江建中”，显然你们的父母曾把你们奉献给苦难的中国。“陈怡苍”“蔡宗哲”“王世尧”“吴景农”“陆恺”，含蕴着一个古老圆融的理想。我常惊讶，为什么世人不能虔诚地细味另一个人的名字？为什么我们不懂得恭敬地省察自己的名字？每一个名字，不论雅俗，都自有它的哲学和爱心。如果我们能用细腻的领悟力去叫别人的名字，我们便能学会更多的互敬和互爱，这世界也可以因此而更美好。

这些日子以来，也许你们的名字已成为乡梓邻里间一个幸运的符号，许多名望和财富的预期已模模糊糊和你们的名字联在一起，许多人用钦慕的眼光望着你们，一方无形的匾已悬在你们的眉际。有一天，“医生”会成为你们的第二个名字，但是，孩子们，什么是医生呢？一件比常人更白的衣服？一笔比平民更饱涨的月入？一个响亮荣耀的名字？孩子们，在你们不必讳言的快乐里，抬眼望望你们未来的路吧！

什么是医生呢？孩子们，当一个生命在温湿柔韧的子宫中悄然成形时，你，是第一个宣布这神圣事实的人。当那蛮横的小东西在尝试转动时，你是第一个窥得他在另一个世界的心跳的人。当他陡然冲入这世界，是你的双掌，接住那华丽的初啼。是你，用许多防疫针把成为正常的权利给了婴孩。是你，辛苦地拉动一个初生儿的船纤，让他开始自己的初航。当小孩半夜发烧的时候，你是那些母亲理直气壮打电话的对象。一个外科医生常像周公旦一样，是一个在简单的午餐中三次放下食物走入急救室的人。有的时候，也许你只须为病人擦一点红汞水，开几颗阿司匹林，但也有时候，你必须为病人切开肌肤，拉开肋骨，拨开肺叶，将手术刀伸入一颗深藏在胸腔中的鲜红心脏。你甚至有的时候必须忍受眼看血癌吞噬一个稚嫩无辜的孩童而束手无策的裂心之痛！一个出名的学者来见你的时候，可能只是一个脾气暴烈的牙痛病人。一个成功的企业家来见你的时候，可能只是一个气结的哮喘病人。一个伟大的政治家来见你的时候，也许什么都不是，他只剩下一口气，拖着一个中风后的瘫痪的身体。挂号室里美丽的女明星，或者只是一个长期失眠的、神经衰弱的、有自杀倾向的患者——你陪同病人经过生命中最黯淡的时刻，你倾听垂死者最后的一次呼吸、探察他最后的一槌心跳。你开列出生证明书，你在死亡证明书上签字，你的脸写在婴儿初闪的瞳仁中，也写在垂死者最后的凝望里。你陪同人类走过生、老、病、死，你扮演的是一个怎样的角色啊！一个真正的医生怎能不是一个圣者。

事实上，作为一个医者的过程正是一个苦行僧的过程，你需要学多少东西才能免于自己的无知，你要保持怎样的荣誉心才能免于自己的无行，你要几度犹豫才能狠下心拿起解剖刀切开第一具尸体，你要怎样自省，才能在千万个病人之后免于职业性的冷静和无情。在成为一个医治者之前，第一个需要被医治的，应该是我们自己。在一切的给予之前，让我们先成为一个“拥有”的人。

孩子们，我愿意把那则古老的“神农氏尝百草”的神话再说一遍，《淮南子》上说：“古者民茹草饮水，采树木之实，食蠃蜿之肉，时多疾病毒伤之害，于是神农氏乃始教民播种五谷，尝百草之滋味，水泉之甘苦，令民知所辟就，当此之时，一日而遇七十毒。”

神话是无稽的，但令人动容的是一个行医者的投入精神，以及那种人饥己饥、人溺己溺、人病己病的同情。身为一个现代的医生当然不必一天中毒七十余次，但贴近别人的痛苦，体谅别人的忧伤，以一个单纯的“人”的身份，恻然地探看另一个身罹疾病的“人”仍是可贵的。

记得那个“悬壶济世”的故事吗？“市中有老翁卖药，悬一壶于肆头，及市罢，辄跳入壶中，市人莫之见。”——那老人的药事实上应该解释成他自己。孩子们，这世界上不缺乏专家，不缺乏权威，缺乏的是一个“人”，一个肯把自己给出去的人。当你们帮助别人时，请记得医药是有时而穷的，惟有不竭的爱能照亮一个受苦的灵魂。古老的医术中不可缺的是“探脉”，我深信那样简单的动作里蕴藏着一些神秘的象征意义，你们能否想像用一个医生敏感的指尖去探触另一个人的脉搏的神圣画面。

因此，孩子们，让我们怵然自惕，让我们清醒地推开别人加给我们的金冠，而选择长程的劳瘁。诚如耶稣基督所说：“非以役人，乃役于人”。真正伟人的双手并不浸在甜美的花汁中，它们常忙于处理一片恶臭的脓血。真正伟人的双目并不凝望最翠拔的高峰，它们低俯下来察看一个卑微的贫民的病容。孩子们，让别人去享受“人上人”的荣耀，我只祈求你们善尽“人中人”的天职。

我曾认识一个年轻人，多年后我在纽约遇见他，他开过计程车，做过跑堂，以及各式各样的生存手段——他仍在认真地念社会学，而且还在办杂志。一别数年，恍如隔世，但最安慰的是当我们一起走过曼哈顿的市声，他无愧地说：“我还抱持着我当年那一点对人的关怀，对人的好奇，对人的执着。”其实，不管我们研究什么，可贵的仍是那一点点对人的诚意。我们可以用赞叹的手臂拥抱一千条银河，但当那灿烂的光流贴近我们的前胸，其中最动人的音乐仍是一分钟七十二响的雄浑坚实如祭鼓的人类的心跳！孩子们，尽管人类制造了许多邪恶，人体还是天真的、可尊敬的奥秘的神迹。生命是壮丽的、强悍的，一个医生不是生命的创造者——他只是协助生命神迹保持其本然秩序的人。孩子们，请记住你们每一天所遇见的不仅是人的“病”，也是病的“人”，人的眼泪，人的微笑，人的故事，孩子们，这是怎样的权利！

作为一个国文老师，我所能给你们的东西是有限的。几年前，曾有一天清晨，我走进教室，那天要上的课是诗经——而我们刚得到退出联合国的消息。我捏着那古老的诗册，望着台下而哽咽了，眼前所能看见的是二十世纪的烽烟，而课程的进度却要我去讲三千年前的诗篇，诗中有的是水草浮动的清溪，是杨柳依依的水湄，是鹿鸣呦呦的草原，是温柔敦厚的民情。我站在台上，望着台下激动的眼神，仍然决定讲下去。那美丽的四言诗是一种永恒，我告诉那些孩子们有一种东西比权力更强，比疆土更强，那是文化——只要国文尚在，则中国尚在，我们仍有安身立命之所。孩子们，选择做一个中国人吧！你们曾由于命运生为一个中国人，但现在，让我们以年轻的、自由的肩膀，选择担起这份中国人的轭。但愿你所医治的，不仅是一个病人的沉疴，而是整个中国的羸弱。但愿你们所缝补的不仅是一个病人的伤痕，而是整个中国的痈疽。孩子们，所有的良医都是良相——正如所有的良相都是良医。

长窗外是软碧的草茵，孩子们，你们的名字浮在我心中，我浮在四壁书香里，书浮在黯红色的古老图书馆里，图书馆浮在无际的紫色花浪间，这是一个美丽的校园。客中的岁月看尽异国的异景，我所缅怀的仍是台北三月的杜鹃。孩子们，我们不曾有一个古老幽美的校园，我们的校园等待你们的足迹使之成为美丽。

孩子们，求全能者以广大的天心包覆你们，让你们懂得用爱心去托住别人。求造物主给你们内在的丰富，让你们懂得如何去分给别人。某些医生永远只能收到医疗费，我愿你们收到的更多——我愿你们收到别人的感念。

念你们的名字，在乡心隐动的清晨。我知道有一天将有别人念你们的名字，在一片黄沙飞扬的乡村小路上，或是曲折迂回的荒山野岭间，将有人以祈祷的嘴唇，默念你们的名字。

音乐教室

诗诗：

雨或者仍在下，或者已不下，厚丝绒的帷幕升起，大厅里簇拥着盛装的人群。这是你的第一次演奏会，我和晴晴坐在迢远的角落上遥望你。

音乐是风，在观众席的千峰万壑间回荡。音乐是雨，在我们心的檐沿繁密地垂下。音乐是奇异的阳光，蜿蜒向天涯每一条曲径。

我们从来没有期望你成为一个音乐家，只希望给你一个快乐的童年。因此三年前，我们带你去学音乐。教室里贴着美丽的壁纸，地毯是绿茵茵的。我们愉快地发现每一个小孩都是可爱的。你们唱歌，你们辨认拍子，你们兴奋地做着韵律游戏，你们学着识谱，试着作曲，尝试跟别人合奏，你们享受着彼此的快乐。

后来，我们又买了一架古老的、雕镂着花纹的钢琴，客厅成了另一间音乐教室，我们常常可以倾听你的充满生命的弹奏。

诗诗，我常在这一切的美好之上，感到一些更巨大的、更神圣的美丽。你还小，我因而从来没有告诉你。但今天，你和你的朋友们站在台上，你是多么大啊！你就是那个我每夜醒来为你哺乳的小婴孩吗？我在泪光中遥望你们，有如一排青青翠翠的小树，我忍不住要将一些话告诉你。

许多年前，妈妈还是一个小女孩，有时她经过琴行，驻足看那些庄严得几乎不可触及的乐器，感到一种绝望。但少年时期总是美好的，有时，把双手放在桌子下面，也尽可在一排想像的琴键上来回抚弄。不需要才学和胸襟，少年时期人人都自然能了解陶渊明“无弦琴”的意境。

终于，有一天，有一个音乐老师答应教她弹琴。那是在南台湾的一个小城，学校又大又空旷，音乐教室因为面对着一带遮天蔽日的大树，整个绿郁郁地古典了起来。那女孩踩着密匝匝的树影朝圣似的走向音乐教室。夏日的骤雨过后，树上的黄花凄凄然地悬着饱胀的令人不知所措的美感，那女孩小心翼翼地捧着琴谱走着。

我常常忍不住要感谢许多人，例如我的音乐老师。他多么好，回忆中已想不起他的坏脾气，想不起他的不修边幅，只记得他站在琴前教我弹那简单的练习曲。诗诗，记得那天，你在钢琴上重弹那些曲子的时候，我忍不住地从书房跑出来。诗诗，你不能了解我在那一刹间的激动，我已经十几年不弹琴了，乍听你弹那些熟悉的曲子，只觉恍如隔世，几乎怀疑曲子是自我的腕下流出的——诗诗，我的音乐老师已经谢世了！伟大的音乐家里永远不会有他的名字，可是我仍然感谢他，尊敬他，他曾教导我更多地拥抱我所爱的音乐。他也不是成功的声乐家，但是，当他告诉我们他怎样去从戎当青年军，怎样在青春的激情里为祖国而唱的时候，那是怎样一种声音——诗诗，我再也不能看见我的老师了。我回国的时候他已化为一钵劫灰，我惟一能安慰自己的是，我曾让他了解，虽然已经十几年了，我仍在敬爱他。

诗诗，我不弹琴，竟已经十几年了，但恒在的是心中的琴韵。我的老师不曾把我教成一个钢琴家，但他使我了解怎样聆听这充满爱充满温情的世界。今天，当你的小手在琴键上往返欢呼，你可知道我所移植给你的音乐之苗是承自何处吗？诗诗，我每一思及人间的爱之链锁，那些牵牵绊绊彼此相萦的真情，总忍不住心如激湍。

有时候，诗诗，我们需要的是一点良知，一点感恩，以及一份严肃的对他人的歉疚之心，一种自觉欠负了什么的谦虚。

我仍然记得，那些年，音乐事实上是一个奢侈的名词。而今天，你我能安然地坐在美丽祥和的音乐教室里，你会感到那些琴，那些鼓仿佛理所当然地从开天辟地就存在着了。不是的，诗诗，这些美，这些权利，是许多不知名的手所共同建筑起来的。诗诗，我们或迟或早，总应该学会合理的感恩。

行年渐长，我越来越觉得生活在“人”之中的喜悦，生活在属于自己的土地上的喜悦，拥有一种历史的喜悦，以及一切小小的“与人共有”的喜悦。诗诗，这是一个有情的世界，我们每一个人都是在许多别人的善意里活着的——而那每一份善意都值得我们虔诚地谢天。

有一天，我偶然仔细地看了一下薪水袋！在安静的凝思里竟也能体会出一份美感。许多年来，我一直不认为钱是高尚的东西，但那天，我在谦卑中却体会出某种诗意来。我知道政府能给公教人员的薪酬有限，但我仿佛能感到这份薪水里包括某个荒山野岭的纳税人的玉米，某个渔人所捞的鱼，某个农人的稻子，某个女孩的甘蔗，以及某些工厂中许许多多人的劳力，或者是一个煤矿工人的汗，或者是一个手工业工人的巧心。诗诗，你能走入音乐教室，学你所喜欢的音乐课程，和那些人每一个都有或多或少的关系。社会的富足建立在广大人群的共同效命上。诗诗，我今天能安然地坐在灯下写，站在讲坛上说，我能欢悦地向年轻的孩子们叙述那个极大的古中国故事中的一部分，我能侃侃而谈《说文解字叙》，或者王绩、王梵志，我能从容地讲唐人的传奇，宋人的平话，诗诗，我没有一丝可以傲人的，我从心底感到我对上天以及对整个社会的铭而难忘的谢意。

我有时真想对政府和军人说一声“谢谢”，我们在他们的忧劳中享受安谧，在他们的瘁殚中享受丰富。世界上的人能活在一个自由的、宁静的、确知自己的头颅有权利长在自己的头颈上的人并不多。诗诗，有时早晨起来，面对宇宙间新生的一天，面对李白和莎士比亚也无权经历的这一天，我忍不住对上苍说：“我感谢你，我感谢这个世界，我多么想去告诉每一个人我感谢他们。我多么想让别人知道我在他们的贡献里一直怀着一份歉疚的情感，一颗希望有所图报的心。”

诗诗，音乐在四壁之间，音乐在四壁之外，有如无所不在的花香。音乐渐渐地将空气过滤得坚实而甜美。你站在台上，置身于一座大电子琴后，每个孩子都认真地奏着自己的乐器，多么美好的下午！但是，诗诗，我愿意你知道，这世界并不全是这样美好的。我们所生活的制度，我们所生活的环境不是全世界处处都有的。加州的越南难民营里不会有音乐教室。诗诗，我们能有你，能相守在一间有爱有食物有音乐的屋子里，而如果仍然不知感恩的话，我们就是可耻的。

有一天，偶然和我们学校的教务主任谈起，他说：“你知道吗？就为我们学校这一百二十个学生，政府已经花掉一亿多了！平均是一个学生一百万，这还是只指他们一入学，要是把七年医学教育的费用全算上，一个人大概是二百万！”

我当时深为震撼，一个人才是多少苦心的期待栽成的！转而一想，诗诗，我和你不也或多或少地接受过公费的培育吗？少年时期常向往的是冲风冒雨独来独往的豪情，成长以后才憬悟到人与人之间手足相依的那份亲切。少年时期是无挂无碍志得意满的自矜，成长以后才了解面对天地之化育、人类力物的深情，心头应该常存几分感恩、几分歉疚——没有什么是理所当然的，我们的每一分获得都该是足以令人惊喜的意外。

音乐扬起，再扬起，诗诗，也许将来你会有更多的演奏会——也许这是你惟一的一次，但无论如何，愿你记得音乐教室中美好的时光，记得那些穿花色长裙的小女孩，记得美丽的长发的音乐老师，记得那些琴、那些鼓、那些欢乐的歌。诗诗，不管世路是否艰难，记得我们曾在欢乐中走完美丽的初程。愿中国新生的一代常走在琴韵之中，真正有大担当的人是体会过幸福，而且确信人世间人人有权利幸福的人。真正敢投入风浪的大英雄是那些享受过内心深处真正宁静的人。诗诗，我愿你在音乐教室之内，我也愿你在音乐教室之外。

诗诗，雨或者在下，或者已不下，而我们已饱饫今日下午的音乐。音乐中有许多动人的冥思，有许多温热的联想。诗诗，愿天地是一间大音乐教室，愿萧萧的万木是琴柱，愿温柔的千涧是长弦，诗诗，让我们能说，我们已歌过，我们曾是我们这一代的声音。

我不知道怎样回答

有些时候，我不知怎样回答那些问题，可是……

* * * *

有一次，经过一家木材店，忽然忍不住为之伫足了。秋阳照在那一片粗糙的木纹上，竟像炒栗子似的，爆出一片干燥郁烈的芬芳，我在那样的香味里回到了太古，我恍惚可以看到遮天蔽日的原始森林，我看到第一个人类以斧头斲向擎天的绿意，一斧下去，木香争先恐后地喷向整个森林，那人几乎为之一震。每一棵树是一瓶久贮的香膏，一经启封，就香得不可收拾。每一痕年轮是一篇古赋，耐得住最仔细的吟读。

店员走过来，问我要买什么木料，我不知怎样回答。我可能愚笨地摇摇头。我要买什么？我什么都不缺，我拥有一街晚秋的阳光，以及免费的沉实浓馥的香味。要快乐，所需要的东西是多么出人意外的少啊！

* * * *

我七岁那年，在南京念小学，我一直记得我们的校长。二十五年之后我忽然知道她在台北一个五专做校长，我决定去看看她。

校警把我拦住，问我找谁，我回答了他，他又问我找她干什么？我忽然支吾而不知所答，我找她干什么？我怎样使他了解我“不干什么”，我只是冲动地想看看二十五年前升旗台上一个亮眼的回忆，我只想把二十五年来还没有忘记的校歌背给她听，并且想问问她当年因为幼小而唱走了音的是什么字——这些都算不算事情呢？

一个人找一个人必须要“有事”吗？我忽然感到悲哀起来。那校警后来还是把我放了进去，我见到我久违了四分之一世纪的一张脸，我更爱她——因为我自己也已经做了十年的老师，她也非常讶异而快乐，能在灾劫之余一同活着 同燃烧着，是一件可惊可叹的事。

* * * *

儿子七岁了，忽然出奇地想建树他自己。有一天，我要他去洗手，他拒绝了。

“我为什么要洗手?”

“洗手可以干净。”

“干净又怎么样？不干净又怎么样?”他抬起调皮的晶亮眼睛。

“干净的小孩才有人喜欢。”

“有人喜欢又怎么样？没有人喜欢又怎么样?”

“有人喜欢将来才能找个女朋友啊?”

“有女朋友又怎么样，没有女朋友又怎么样?”

“有女朋友才能结婚啊!”

“结婚又怎么样？不结婚又怎么样?”

“结婚才能生小娃娃，妈妈才有小孙子抱哪!”

“有孙子又怎么样？没有孙子又怎么样?”

我知道他简直为他自己所新发现的句子构造而着迷了，我知道那只是小儿的戏语，但也不由得不感到一阵生命的悲凉，我对他说：

“不怎么样!”

“不怎么样又怎么样？怎么样又怎么样?”

我在瞠目不知所对中感到一种敬意，他在成长，他在强烈地想要建树起他自己的秩序和价值，我感到一种生命深处的震动。

虽然我不知道怎样回答他的问题，虽然我不知道用什么方法使一个小男孩喜欢洗手，但有一件事我们彼此都知道，我仍然爱他，他也仍然爱我，我们之间仍然有无穷的信任和尊敬。

种种有情

有时候，我到水饺店去，饺子端上来的时候，我总是怔怔地望着那一个个透明饱满的形体，北方人叫它“冒气的元宝”，其实它比冷硬的元宝好多了，饺子自身是一个完美的世界，一张薄茧，包覆着简单而又丰盈的美味。

我特别喜欢看的是捏合饺子边皮留下的指纹，世界如此冷漠，天地和文明可能在一刹那之间化为炭劫，但无论如何，当我坐在桌前，上面摆着的某个人亲手捏合的饺子，热雾腾腾中，指纹美如古陶器上的雕痕，吃饺子简直可以因而神圣起来。

“手泽”为什么一定要拿来形容书法呢？一切完美的留痕，甚至饺皮上的指纹不都是美丽的手泽吗？我忽然感到万物的有情。

巷口一家饺子馆的招牌是正宗川味山东饺子馆，也许是一个四川人和一个山东人合开的，我喜欢那招牌，觉得简直可以画入清明上河图，那上面还有电话号码，前面注着 TEL，算是有了三个英文字母，至于号码本身，写的当然是阿拉伯文，一个小招牌，能涵容了四川、山东、中文、阿拉伯（数）字、英文，不能不说是一种可爱。

校车反正是每天都要坐的，而坐车看书也是每天例有的习惯，有一天，车过中山北路，劈头栽下一片叶子竟把手里的宋诗打得有了声音，多么令人惊异的断句法。

原来是通风窗里掉下来的，也不知是刚刚新落的叶子，还是某棵树上的叶子在某时候某地方，偶然憩在偶过的车顶上，此刻又偶然掉下来的，我把叶子揉碎，它是早死了，在此刻，它的芳香在我的两掌复活，我揸开微绿的指尖，竟恍惚自觉是一棵初生的树，并且刚抽出两片新芽，碧绿而芬芳，温暖而多血，镂饰着奇异的脉络和纹路，一叶在左，一叶在右，我是庄严地合着掌的一截新芽。

二年前的夏天，我们到堪萨斯去看朱和他的全家——标准的神仙眷属，博士的先生，硕士的妻子，数目“恰恰好”的孩子，可靠的年薪，高尚住宅区里的房子，房子前的草坪，草坪外的绿树，绿树外的蓝天……

临行，打算合照一张，我四下浏览，无心地说：

“啊，就在你们这棵柳树下面照好不好?”

“我们的柳树?”朱忽然回过头来，正色地说，“什么叫我们的柳树？我们反正是随时可以走的！我随时可以让它不是‘我们的柳树’。”

一年以后，他和全家都回来了，不知堪萨斯城的那棵树如今属于谁——但朱属于这块土地，他的门前不再有柳树了，他只能把自己栽成这块土地上的一片绿意。

春天，中山北路的红砖道上有人手拿着用粗绒线做的长腿怪鸟在兜卖，风吹着鸟的瘦胫，飘飘然好像真会走路的样子。

有些外国人忍不住停下来买一只。

忽然，有个中国女人停了下来，她不顶年轻，大概三十左右，一看就知是由于精明干练日子过得很忙碌的女人。

“这东西很好，”她抓住小贩，“一定要外销，一定赚钱，你到××路××巷×号二楼上去，一进门有个×小姐，你去找她，她一定会想办法给你弄外销!”

然后她又回头重复了一次地址，才放心走开。

台湾怎能不富，连路上不相干的路人也会指点别人怎么做外销，其实，那种东西厂商也许早就做外销了，但那女人的热心，真是可爱得紧。

暑假里到中部乡下去，弯入一个叉道，在一棵大榕树底下看到一个身架特别小的孩子，把几根绳索吊在大树上，他自己站在一张小板凳上，结着简单的结，要把那几根绳索编成一个网花盆的吊篮。

他的母亲对着他坐在大门口，一边照顾着杂货店，一边也编着美丽的结，蝉声满树，我停下来搭讪着和那妇人说话，问她卖不卖，她告诉我不能卖，因为厂方签好契约是要外销的。带路的当地朋友说他们全是不露声色的财主。

我想起那年在美国逛梅西公司，问柜台小姐那架录音机是不是台湾做的，她回了一句：

“当然，反正什么都是日本跟台湾来的。”

我一直怀念那条乡下无名的小路，路旁那一对富足的母子，以及他们怎样在满地绿荫里相对坐编那织满了蝉声的吊篮。

我习惯请一位姓赖的油漆工人，他是客家人，哥哥做木工，一家人彼此生意都有照顾。有一年我打电话找他们，居然不在，因为到关岛去做工程了。

过了一年才回来。

“你们也是要三年出师吧。”有一次我没话找话跟他们闲聊。

“不用，现在二年就行。”

“怎么短了?”

“当然，现代人比较聪明!”

听他说得一本正经，顿时对人类前途都觉得乐观了起来，现代的学徒不用生炉子，不用倒马桶，不用替老板娘抱孩子，当然二年就行了。

我一直记得他们一口咬定现代人比较聪明时脸上那份尊严的笑容。

老王是一个包工工头，圆滚滚的身材加上圆头圆脸圆眼睛——甚至还有个圆鼻子。

可是我一直觉得他简直诗意得厉害。

一张估价单，他也要用毛笔写，还喜欢盯着人问：“怎么？这笔字不顶难看吧?”

碰到承包大工程，他就要一个人躲到乌来去，在青山绿水之间仔细推敲工和料的盈亏。

有一次，偶然闲谈，他兴高采烈地提到他在某某地方做过工程。那是一个军事单位。

“有人说那里有核子弹，你看到没有?”

“当然有!”

“有，又怎么会让你看见?”我笑了起来。

“老实说，我也没看见，”他也笑起来，不过仍是理直气壮的，“不过，有，我也说有，没有，我也说有，反正我就是硬要说它有。我们做老百姓的就是这样。”

有没有核子弹忽然变得不重要，有老王这样的人才是件可爱的事。

学校下面是一所大医院，黄昏的时候，病人出来散步，有些探病的人也三三两两地散步。

那天，我在山径上便遇见了几个这样的人。

习惯上，我喜欢走慢些去偷听别人说话。

其中有一个人，抱怨钱不经用，抱怨着抱怨着，像所有的中老年人一样，话题忽然就回到四十年前一块钱能买几百个鸡蛋的老故事上去了。

忽然，有一个人憋不住地叫了起来：

“你知道吗，抗战前，我念初中，有一次在街上捡到一张钱，哎呀，后来我等了一个礼拜天，拿着那张钱进城去，又吃了馆子，又吃了冰淇淋，又买了球鞋，又买了字典，又看了电影，哎呀，钱居然还没有花完呐……”

山径渐高，黄昏渐冷。

我驻下脚，看他们渐渐走远，不知为什么，心中涌满了对黄昏时分霜鬓的陌生客的关爱，四十年前的一个小男孩，曾被突来的好运弄得多么愉快，四十年后山径上薄凉的黄昏，他仍然不能忘记……不知为什么，我忽然觉得那人只是一个小男孩，如果可能，我愿意自己是那掉钱的人，让人世中平白多出一段传奇故事……

无论如何，能去细味另一个人的惆怅也是一件好事。

元旦的清晨，天气异样的好，不是风和日丽的那种好，是清朗见底毫无渣滓的一种澄澈。我坐在计程车上赶赴一个会，路遇红灯时，车龙全停了下来，我无聊地探头窗外，只见两个年轻人骑着机车，其中一个说了几句话忽然兴奋地大叫起来：“真是个好主意啊！”我不知他们想出了什么好主意，但看他们阳光下无邪的笑脸，也忍不住跟着高兴起来，不知道他们的主意是什么主意，但能在偶然的红灯前遇见一个以前没见过以后也不会见到的人真是一个奇异的机缘。他们的脸我是记不住的，但那不重要，重要的是我记得他们石破天惊的欢呼，他们或许去郊游，或许去野餐，或许去访问一个美丽的笑面如花的女孩，他们有没有得到他们预期的喜悦，我不知道，但我至少得到了，我惊喜于我能分享一个陌路的未曾成形的喜悦。

有一次，路过香港，有事要和乔宏的太太联络，习惯上我喜欢凌晨或午夜打电话——因为那时候忙碌的人才可能在家。

“你是早起的还是晚睡的?”

她愣了一下。

“我是既早起又晚睡的，孩子要上学，所以要早起，丈夫要拍戏，所以要晚睡——随你多早多晚打来都行。”

这次轮到我愣了，她真厉害，可是厉害的不止她一个人。其实，所有为人妻为人母的大概都有这份本事——只是她们看起来又那样平凡，平凡得自己都弄不懂自己竟有那么大的本领。

女人，真是一种奇怪的人，她可以没有籍贯、没有职业，甚至没有名字地跟着丈夫活着，她什么都给了人，她年老的时候拿不到一文退休金，但她却活得那么劲头，她可以早起可以晚睡，可以吃得极少可以永无休假地做下去。她一辈子并不清楚自己是在付出还是在拥有。

资深主妇真是一种既可爱又可敬的角色。

文艺会谈结束的那天中午，我因为要赶回宿舍找东西，午餐会上迟到了三分钟，慌慌张张地钻进餐厅，席次都坐好了，大家已经开始吃了，忽然有人招呼我过去坐，那里刚好空着一个座位，我不加考虑地就走过去了。

等走到面前，我才呆了，那是谢东闵主席右首的位子，刚才显然是由于大家谦虚而变成了空位，此刻却变成了我这个冒失鬼的位子，我浑身不自在起来，跟“大官”一起总是件令人手足无措的事。

忽然，谢主席转过头来向我道歉：

“我该给你挟菜的，可是，你看，我的右手不方便，真对不起，不能替你服务了。你自己要多吃点。”

我一时傻眼望着他，以及他的手，不知该说什么。那只伤痕犹在的手忽然美丽起来，炸得掉的是手指，炸不掉的是一个人的风格和气度。我拼命忍住眼泪，我知道，此刻，我不是坐在一个“大官”旁边，而是一个温煦的“人”的旁边。

经过火车站的时候，我总忍不住要去看留言牌。

那些粉笔字不知道铁路局允许它保留半天或一天，它们不是宣纸上的书法，不是金石上的篆刻，不是小笺上的墨痕，它们注定立刻便要消逝——但它们存在的时候，它是多好的一根丝绦，就那样缩住了人间种种的牵牵绊绊。

我竟把那些句子抄了下来：

缎：久候未遇，已返，请来龙泉见。

春花：等你不见，我走了（我二点再来）。荣。

展：我与姨妈往内埔姐家，晚上九时不来等你。

每次看到那样的字总觉得好，觉得那些不遇、焦灼、愚痴中也自有一份可爱。一份人间的必要的温度。

还有一个人，也不署名，也没称谓，只扎手扎脚地写了“吾走矣”三个大字，板黑字白，气势好像要突破挂板飞去的样子。也不知道究竟是写给某一个人看的，还是写给过往来客的一句诗偈，总之，令人看得心头一震！

《红楼梦》里麻鞋鹑衣的疯道人可以一路唱着《好了歌》，告诉世人万般“好”都是因为“了断”尘缘，但为什么要了断呢？每次我望着大小驿站中的留言牌，总觉万般的好都是因为不了不断，不能割舍而来的。

天地也无非是风雨中的一座驿亭，人生也无非是种种羁心绊意的事和情，能题诗在壁总是好的！

母亲的羽衣

讲完了牛郎织女的故事，细看儿子已经垂睫睡去，女儿却犹自瞪着坏坏的眼睛。

忽然，她一把抱紧我的脖子把我赘得发疼：

“妈妈，你说，你是不是仙女变的?”

我一时愣住，只胡乱应道：

“你说呢?”

“你说，你说，你一定要说。”她固执地扳住我不放。“你到底是不是仙女变的?”

我是不是仙女变的？——哪一个母亲不是仙女变的？

像故事中的小织女，每一个女孩都曾住在星河之畔，她们织虹纺霓，藏云捉月，她们几曾烦心挂虑？她们是天神最偏怜的小女儿，她们终日临水自照，惊讶于自己美丽的羽衣和美丽的肌肤，她们久久凝注着自己的青春，被那份光华弄得痴然如醉。

而有一天，她的羽衣不见了，她换上了人间的粗布——她已经决定做一个母亲。有人说她的羽衣被锁在箱子里，她再也不能飞翔了，人们还说，是她丈夫锁上的，钥匙藏在极秘密的地方。

可是，所有的母亲都明白那仙女根本就知道箱子在哪里，她也知道藏钥匙的所在，在某个无人的时候，她甚至会惆怅地开启箱子，用忧伤的目光抚摸那些柔软的羽毛，她知道，只要羽衣一着身，她就会重新回到云端，可是她把柔软白亮的羽毛拍了又拍，仍然无声无息地关上箱子，藏好钥匙。

是她自己锁住那身昔日的羽衣的。

她不能飞了，因为她已不忍飞去。

而狡黠的小女儿总是偷窥到那藏在母亲眼中的秘密。

许多年前，那时我自己还是一个小女孩，我总是惊奇地窥伺着母亲。

她在口琴背上刻了小小的两个字——“静鸥”，那里面有什么故事吗？那不是母亲的名字，却是母亲名字的谐音，她也曾梦想过自己是一只静栖的海鸥吗？她不怎么会吹口琴，我甚至想不起她吹过什么好听的歌，但那名字对我而言是母亲神秘的羽衣，她轻轻写那两个字的时候，她可以立刻变了一个人，她在那名字里是另外一个我所不认识的有翅的什么。

母亲晒箱子的时候是她另外一种异常的时刻，母亲似乎有好些东西，完全不是拿来用的，只为放在箱底，按时年年在三伏天取出来曝晒。

记忆中母亲晒箱子的时候就是我兴奋欲狂的时候。

母亲晒些什么？我已不记得，记得的是樟木箱又深又沉，像一个混沌黝黑初生的宇宙，另外还记得的是阳光下竹竿上富丽夺人的颜色，以及怪异却又严肃的樟脑味，以及我在母亲喝禁声中东摸摸西探探的快乐。

我惟一真正记得的一件东西是幅漂亮的湘绣被面，雪白的缎子上，绣着兔子和翠绿的小白菜，和红艳欲滴的小杨花萝卜，全幅上还绣了许多别的令人惊讶赞叹的东西，母亲一面整理，一面会忽然回过头来说：“别碰，别碰，等你结婚就送给你。”

我小的时候好想结婚，当然也有点害怕，不知为什么，仿佛所有的好东西都是等结了婚就自然是我的了，我觉得一下子有那么多好东西也是怪可怕的事。

那幅湘绣后来好像不知怎么就消失了，我也没有细问。对我而言，那么美丽得不近真实的东西，一旦消失，是一件合理得不能再合理的事。譬如初春的桃花，深秋的枫红，在我看来都是美丽得违了规的东西，是茫茫大化一时的错误，才胡乱把那么多的美堆到一种东西上去，桃花理该一夜消失的，不然岂不教世人都疯了？

湘绣的消失对我而言简直就是复归大化了。

但不能忘记的是母亲打开箱子时那份欣悦自足的表情，她慢慢地看着那幅湘绣，那时我觉得她忽然不属于周遭的世界，那时候她会忘记晚饭，忘记我扎辫子的红绒绳。她的姿势细想起来，实在是仙女依恋地轻抚着羽衣的姿势，那里有一个前世的记忆，她又快乐又悲哀地将之一一拾起，但是她也知道，她再也不会去拾起往昔了——惟其不会重拾，所以回顾的一刹那更特别的深情凝重。

除了晒箱子，母亲最爱回顾的是早逝的外公对她的宠爱，有时她胃痛，卧在床上，要我把头枕在她的胃上，她慢慢地说起外公。外公似乎很舍得花钱（当然也因为有钱），总是带她上街去吃点心，她总是告诉我当年的肴肉和汤包怎么好吃，甚至煎得两面黄的炒面和女生宿舍里早晨订的冰糖豆浆（母亲总是强调“冰糖”豆浆，因为那是比“砂糖”豆浆为高贵的），都是超乎我想像力之外的美味，我每听她说那些事的时候，都惊讶万分——我无论如何不能把那些事和母亲联想在一起。我从有记忆起，母亲就是一个吃剩菜的角色，红烧肉和新炒的蔬菜简直就是理所当然地放在父亲面前的，她自己的面前永远是一盘杂拼的剩菜和一碗“擦锅饭”（擦锅饭就是把剩饭在炒完菜的剩锅中一炒，把锅中的菜汁都擦干净了的那种饭），我简直想不出她不吃剩菜的时候是什么样子。

而母亲口里的外公、上海、南京、汤包、肴肉全是仙境里的东西，母亲每讲起那些事，总有无限的温柔，她既不感伤，也不怨叹，只是那样平静地说着。她并不要把那个世界拉回来，我一直都知道这一点，我很安心，我知道下一顿饭她仍然会坐在老地方，吃那盘我们大家都不爱吃的剩菜。而到夜晚，她会照例一个门一个窗地去检点去上闩。她一直都负责把自己牢锁在这个家里。

哪一个母亲不曾是穿着羽衣的仙女呢？只是她藏好了那件衣服，然后用最黯淡的一件粗布把自己掩藏了，我们有时以为她一直就是那样的。

而此刻，那刚听完故事的小女儿鬼鬼地在窥伺着什么？

她那么小，她何由得知？她是看多了卡通，听多了故事吧？她也发现了什么吗？

是在我的集邮本偶然被儿子翻出来的那一刹那吗？是在我拣出石涛画册或汉碑并一页页细味的那一刻吗？是在我猛然回首听他们弹一阕熟悉的钢琴练习曲的时候吗？抑是在我带他们走过年年的春光，不自主地驻足在杜鹃花旁或流苏树下的一瞬间吗？

或是在我动容地托住父亲的勋章或童年珍藏的北平画片的时候，或是在我翻拣夹在大字典里的干叶之际，或是在我轻声的教他们背一首唐诗的时候……

是有什么语言自我眼中流出呢？是有什么音乐自我腕底泻过吗？为什么那小女孩会问道：

“妈妈，你是不是仙女变的呀?”

我不是一个和千万母亲一样安分的母亲吗？我不是把属于女孩的羽衣收折得极为秘密吗？我在什么时候泄漏了自己呢？

在我的书桌底下放着一个被人弃置的木质砧板，我一直想把它挂起来当一幅画，那真该是一幅庄严的画，那样承受过万万千千生活的刀痕和凿印的，但不知为什么，我一直也没有把它挂出来……

天下的母亲不都是那样平凡不起眼的一块砧板吗？不都是那样柔顺地接纳了无数尖锐的割伤却默无一语的砧板吗？

而那小女孩，是凭什么神秘的直觉，竟然会问我：

“妈妈？你到底是不是仙女变的?”

我掰开她的小手，救出我被吊得酸麻的脖子，我想对她说：

“是的，妈妈曾经是一个仙女，在她做小女孩的时候，但现在，她不是了，你才是，你才是一个小小的仙女!”

但我凝注着她晶亮的眼睛，只简单地说了一句：

“不是，妈妈不是仙女，你快睡觉。”

“真的?”

“真的!”

她听话地闭上了眼睛，旋又不放心地睁开：

“如果你是仙女，也要教我仙法哦!”

我笑而不答，替她把被子掖好，她兴奋地转动着眼珠，不知在想什么。

然后，她睡着了。

故事中的仙女既然找回了羽衣，大约也回到云间去睡了。

风睡了，鸟睡了，连夜也睡了。

我守在两张小床之间，久久凝视着他们的睡容。

许士林的独白

献给那些睽违母颜比十八年更长久的天涯之人

驻马自听

我的马将十里杏花跑成一掠眼的红烟，娘！我回来了！

那尖塔戳得我的眼疼，娘，从小，每天，它嵌在我的窗里，我的梦里，我寂寞童年惟一的风景，娘。

而今，新科的状元，我，许士林，一骑白马一身红袍来拜我的娘亲。

马踢起大路上的清尘，我的来处是一片雾，勒马蔓草间，一垂鞭，前尘往事，都到眼前。我不需有人讲给我听，只要溯着自己一身的血脉往前走，我总能遇见你，娘。

而今，我一身状元的红袍，有如十八年前，我是一个全身通红的赤子，娘，有谁能撕去这袭红袍，重还我为赤子？有谁能抟我为无知的泥，重回你的无垠无限？

都说你是蛇，我不知道，而我总坚持我记得十月的相依，我是小渚，在你初暖的春水里被环护，我抵死也要告诉他们，我记得你乳汁的微温。他们总说我只是梦见，他们总说我只是猜想，可是，娘，我知道我是知道的，我知道你的血是温的，泪是烫的，我知道你的名字是“母亲”。

而万古乾坤，百年身世，我们母子就那样缘薄吗？才甫一月，他们就把你带走了。有母亲的孩子可聆母亲的音容，没母亲的孩子可依向母亲的坟头，而我呢，娘，我向何处破解恶狠的符咒？

有人将中国分成江南江北，有人把领域划成关内关外，但对我而言，娘，这世界被截成塔底和塔上。塔底是千年万世的黝黑混沌，塔外是荒凉的日光，无奈的春花和忍情的秋月……

塔在前，往事在后，我将前去祭拜，但，娘，此刻我徘徊伫立，十八年，我重溯断了的脐带，一路向你泅去，春阳暖暖，有一种令人没顶的怯惧，一种令人没顶的幸福。塔牢牢地楔死在地里，像以往一样牢，我不敢相信你驮着它有十八年之久，我不能相信，它会永永远远镇住你。

十八年不见，娘，你的脸会因长期的等待而萎缩干枯吗？有人说，你是美丽的，他们不说我也知道。

认　取

你的身世似乎大家约好了不让我知道，而我是知道的，当我在井旁看一个女子汲水，当我在河畔看一个女子洗衣，当我在偶然的一瞥间看见当窗绣花的女孩，或在灯下衲鞋的老妇，我的眼眶便乍然湿了。娘，我知道你正化身千亿，向我絮絮地说起你的形象。娘，我每日不见你，却又每日见你，在凡间女子的颦眉瞬目间，将你一一认取。

而你，娘，你在何处认取我呢？在塔的沉重上吗？在雷峰夕照的一线酡红间吗？在寒来暑往的大地腹腔的脉动里吗？

是不是，娘，你一直就认识我，你在我无形体时早已知道我，你从茫茫大化中拼我成形，你从冥漠空无处抟我成体。

而在峨嵋山，在竞绿赛青的千岩万壑间，娘，是否我已在你的胸臆中。当你吐纳朝霞夕露之际，是否我已被你所预见？我在你曾仰视的霓虹中舒昂，我在你曾倚以沉思的树干内缓缓引升，我在花，我在叶，当春天第一棵小草冒地而生并欢呼时，你听见我。在秋后零落断雁的哀鸣里，你分辨我，娘，我们必然从一开头就是彼此认识的。娘，真的，在你第一次对人世有所感有所激的刹那，我潜在你无限的喜悦里，而在你有所怨有所叹的时分，我藏在你的无限凄凉里，娘，我们必然是从一开头就彼此认识的，你能记忆吗？娘，我在你的眼，你的胸臆，你的血，你的柔和如春桨的四肢。

湖

娘，你来到西湖，从叠烟架翠的峨嵋到软红十丈的人间，人间对你而言是非走一趟不可的吗？但里湖、外湖、苏堤、白堤，娘，竟没有一处可堪容你，千年修持，抵不了人间一字相传的血脉姓氏，为什么人类只许自己修仙修道，却不许万物修得人身跟自己平起平坐呢？娘，我一页一页地翻圣贤书，一个一个地去阅人的脸，所谓圣贤书无非要我们做人，但为什么真的人都不想做人呢？娘啊！阅遍了人和书，我只想长哭，娘啊，世间原来并没有人跟你一样痴心地想做人啊！岁岁年年，大雁在头顶的青天上反复指示“人”字是怎么写的，但是，娘，没有一个人在看，更没有一个人看懂了啊！

南屏晚钟，三潭印月，曲院风荷，文人笔下西湖是可以有无限题咏的。冷泉一径冷着，飞来峰似乎想飞到哪里去，西湖的游人万千，来了又去了，谁是坐对大好风物想到人间种种就感激欲泣的人呢，娘，除了你，又有谁呢？

雨

西湖上的雨就这样来了，在春天。

是不是从一开头你就知道和父亲注定不能天长日久做夫妻呢？茫茫天地，你只死心踏地眷着伞下的那一刹那温情。湖色千顷，水波是冷的，光阴百代，时间是冷的。然而一把伞，一把紫竹为柄的八十四骨的油纸伞下，有人跟人的聚首，伞下有人世的芳馨，千年修持是一张没有记忆的空白，而伞下的片刻却足以传诵千年。娘，从峨嵋到西湖，万里的风雨雷雹何尝在你意中，你所以眷眷于那把伞，只是爱与那把伞下的人同行，而你心悦那人，只是因为你爱人世，爱这个温柔绵缠的人世。

而人间聚散无常，娘，伞是聚，伞也是散，八十四支骨架，每一支都可能骨肉撕离。娘啊！也许一开头你就是都知道的，知道又怎样，上天下地，你都敢去较量，你不知道什么叫生死，你强扯一根天上的仙草而硬把人间的死亡扭成生命，金山寺一斗，胜利的究竟是谁呢，法海做了一场灵验的法事，而你，娘，你传下了一则喧腾人间的故事。人世的荒原里谁需要法事？我们要的是可以流传百世的故事，可以乳养生民的故事，可以辉耀童年的梦寐和老年的记忆的故事。

而终于，娘，绕着那一湖无情的寒碧，你来到断桥，斩断情缘的断桥。故事从一湖水开始，也向一湖水结束，娘，峨嵋是再也回不去了。在断桥，一场惊天动地的婴啼，我们在彼此的眼泪中相逢，然后，分离。

合　钵

一只钵，将你罩住，小小的一片黑暗竟是你而今而后头上的苍穹。娘，我在噩梦中惊醒千回，在那份窒息中挣扎。都说雷峰塔会在夕照里，千年万世，只专为镇一个女子的情痴，娘，镇得住吗？我是不信的。

世间男子总以为女子一片痴情，是在他们身上，其实女子所爱的哪里是他们，女子所爱的岂不也是春天的湖山，山间的晴岚，岚中的万紫千红，女子所爱的是一切好气象、好情怀，是她自己一寸心头万顷清澈的爱意，是她自己也说不清道不尽的满腔柔情。像一朵菊花的“抱香枝头死”，一个女子紧紧怀抱的是她自己亮烈美丽的情操，而一只法海的钵能罩得住什么？娘，被收去的是那桩婚姻，收不去的是属于那婚姻中的恩怨牵挂，被镇住的是你的身体，不是你的着意飘散如暮春飞絮的深情。

——而即使身体，娘，他们也只能镇住少部分的你，而大部分的你却在我身上活着。是你的傲气塑成我的骨，是你的柔情流成我的血。当我呼吸，娘，我能感到属于你的肺纳，当我走路，我想到你在这世上的行迹。娘，法海始终没有料到，你仍在西湖，在千山万水间自在地观风望月并且读圣贤书，想天下事，与万千世人摩肩接踵——藉一个你的骨血揉成的男孩，藉你的儿子。

不管我曾怎样凄伤，但一想起这件事，我就要好好活着，不仅为争一口气，而是为赌一口气！娘，你会赢的，世世代代，你会在我和我的孩子身上活下去。

祭　塔

而娘，塔在前，往事在后，十八年乖隔，我来此只求一拜——人间的新科状元，头簪宫花，身着红袍，要把千种委屈，万种凄凉，都并作纳头一拜。

娘！

那豁然撕裂的是土地吗？

那倏然崩响的是暮云吗？

那颓然而倾斜的是雷峰塔吗？

那哽咽垂泣的是娘，你吗？

是你吗？娘，受孩儿这一拜吧！

你认识这一身通红吗？十八年前是红通通的赤子，而今是宫花红袍的新科状元许士林。我多想扯碎这一身红袍，如果我能重还为你当年怀中的赤子，可是，娘，能吗？

当我读人间的圣贤书，娘，当我援笔为文论人间事，我只想到，我是你的儿，满腔是温柔激荡的爱人世的痴情。而此刻，当我纳头而拜，我是我父之子，来将十八年的亏疚无奈并作惊天动地的一叩首。

且将我的额血留在塔前，作一朵长红的桃花：笑傲朝霞夕照，且将那崩然有声的头颅击打大地的声音化作永恒的暮鼓，留给法海听，留给一骇而倾的塔听。

人间永远有秦火焚不尽的诗书，法钵罩不住的柔情，娘，惟将今夕的一凝目，抵十八年数不尽的骨中的酸楚，血中的辣辛，娘！

终有一天雷峰会倒，终有一天尖耸的塔会化成飞散的泥尘，长存的是你对人间那一点执拗的痴！

当我驰马而去，当我在天涯地角，当我歌，当我哭，娘，我忽然明白，你无所不在的临视我，熟知我，我的每一举措于你仍是当年的胎动，扯你，牵你，令你惊喜错愕，令你隔着大地的腹部摸我，并且说："他正在动，他正在动，他要干什么呀？"

让塔骤然而动，娘，且受孩儿这一拜！

后记：许士林是故事中白素贞和许仙的儿子，大部分的叙述者都只把情节说到"合钵"为止，平剧（即京剧——编注）中《祭塔》一段也并不经常演出，但我自己极喜欢这一段，我喜欢那种利剑斩不断，法钵罩不住的人间牵绊，本文试着细细表出许士林叩拜囚在塔中的母亲的心情。

遇

——遇者，不期而会也（《论语义疏》）

一

生命是一场大的遇合。

一个民歌手，在洲渚的丰草间遇见关关和鸣的雎鸠，——于是有了诗。

黄帝遇见磁石，蒙恬初识羊毛，立刻有了对物的惊叹和对物的深情。

牛郎遇见织女，留下的是一场恻恻然的爱情，以及年年夏夜，在星空里再版又再版的永不褪色的神话。

夫子遇见泰山，李白遇见黄河，陈子昂遇见幽州台，米开朗基罗在混沌未凿的大理石中预先遇见了少年大卫，生命的情境从此就不一样了。

就不一样了，我渴望生命里的种种遇合，某本书里有一句话，等我去读、去拍案。田间的野老，等我去了解、去惊识。山风与发，冷泉与舌，流云与眼，松涛与耳，他们等着，在神秘的时间的两端等着，等着相遇的一刹——一旦相遇，就不一样了，永远不一样了。

我因而渴望遇合，不管是怎样的情节，我一直在等待着种种发生。

人生的栈道上，我是个赶路人，却总是忍不住贪看山色。生命里既有这么多值得伫足的事，相形之下，会不会误了宿头，也就不是那样重要的事了。

二

菲律宾机场意外的热，虽然，据说七月并不是他们最热的月份。房顶又低得像要压到人的头上来，海关的手续毫无头绪，已经一个钟头过去了。

小女儿吵着要喝水，我心里焦烦得要命，明明没几个旅客，怎么就是搞不完。我牵着她四处走动，走到一个关卡，我不知道能不能贸然过去，只呆呆地站着。

忽然，有一个皮肤黝黑，身穿镂花白衬衫的男人，提着个 007 的皮包穿过关卡，颈上一串茉莉花环。看他的样子不像是中国人。

茉莉花是菲律宾的国花，串成儿臂粗的花环白盈盈的一大嘟噜，让人分不出来是由于花太白，白出香味来了，还是香太浓，浓得凝结成白色了。

而作为一个中国人，无论如何总霸道的觉得茉莉花是中国的，生长在一切前庭后院，插在母亲鬓边，别在外婆衣襟上，唱在儿歌里的：

“好一朵美丽的茉莉花……”

我搀着小女儿的手，凝望着那花串，一时也忘了溜出来是干什么的。机场不见了，人不见了，天地间只剩那一大串花，清凉的茉莉花。

“好漂亮的花!”

我不自觉地脱口而出。用的是中文，反正四面都是菲律宾人，没有人会听懂我在喃喃些什么。

但是，那戴花环的男人忽然停住脚，回头看我，他显然是听懂了。他走到我面前，放下皮包，取下花环，说：

“送给你吧!”

我愕然，他说中国话，他竟是中国人，我正惊诧不知所措的时候，花环已经套到我的颈上来了。

我来不及地道了一声谢，正惊疑间，那人已经走远了。小女儿兴奋地乱叫：

“妈妈，那个人怎么那么好，他怎么会送你花的呀?”

更兴奋的当然是我，由于被一堆光璨晶射的白花围住，我忽然自觉尊贵起来，自觉华美起来。

我飞快地跑回同伴那里去，手续仍然没办好，我急着要告诉别人，愈急愈说不清楚，大家都半信半疑以为我开玩笑。

“妈妈，那个人怎么那么好，他怎么会送你花的呀?”小女儿仍然誓不甘休地问。

我不知道，只知道颈间胸前确实有一片高密度的花丛，那人究竟是感动于乍听到的久违的乡音？还是简单地想“宝剑赠英雄”，把花环送给赏花人？还是在我们母女携手处看到某种曾经熟悉的眼神？我不知道，他已经匆匆走远了，我甚至不记得他的面目，只记得他温和的笑容，以及非常白非常白的白衫。

今年夏天，当我在南部小城母亲的花圃里摘弄成把的茉莉，我会想起去夏我曾偶遇到一个人，一串花，以及魂梦里那圈不凋的芳香。

三

那种树我不知道是黄槐还是铁刀木。

铁刀木的黄花平常老是簇成一团，密不通风，有点滞人，但那种树开的花却松疏有致，成串的垂挂下来，是阳光中薄金的风铃。

那棵树被圈在青苔的石墙里，石墙在青岛西路上。这件事我已经注意很久了。

我真的不能相信在车尘弥天的青岛西路上会有一棵那么古典的树，可是，它又分明在那里，它不合逻辑，但你无奈，因为它是事实。

终于有一年，七月，我决定要犯一点小小的法，我要走进那个不常设防的柴门，我要走到树下去看那交枝错柯美得逼人的花。一点没有困难，只几步之间，我已来到树下。

不可置信的，不过几步之隔，市声已不能扰我，脚下的草地有如魔毯，一旦踏上，只觉身子腾空而起，霎时间已来到群山清风间。

这一树黄花在这里进行说法究竟有多少夏天了？冥顽如我，直到此刻直橛橛的站在树下仰天，才觉万道花光如当头棒喝，夹脑而下，直打得满心满腔一片空茫。花的美，可以美到令人恢复无知，恢复无识，美到令人一无依恃，而光裸如赤子。我敬畏地望着那花，哈，好个对手，总算让我遇上了，我服了。

那一树黄花，在那里说法究竟有多少夏天了？

我把脸贴近树干，忽然，我惊得几乎跳起来，我看到蝉壳了！土色的背上一道裂痕，眼睛部分晶凸出来，那样宗教意味的蝉的遗蜕。

蝉壳不是什么稀罕东西，但它是我三十年前孩提时候最爱拣拾的宝物，乍然相逢，几乎觉得是神明意外的恩宠。他轻轻一拨，像拨动一座走得太快的钟，时间于是又回到混沌的子时，三十年的人世沧桑忽焉消失，我再度恢复为一个一无所知的小女孩，沿着清晨的露水，一路去剥下昨夜众蝉新褪的薄壳。

蝉壳很快就盈握了，我把它放在地下，再去更高的枝头剥取。

小小的蝉壳里，怎么会容得下那长夏不歇的鸣声呢？那鸣声是渴望？是欲求？是无奈的独白？

是我看蝉壳，看得风多露重，岁月忽已晚呢？还是蝉壳看我，看得花落人亡，地老天荒呢？

我继续剥更高的蝉壳，准备带给孩子当不花钱的玩具。地上已经积了一堆，我把它背上裂痕贴近耳朵，一一于未成音处听长鸣。

而不知什么时候，有人红着眼睛从甬道走过。奇怪，这是一个什么地方？青苔厚石墙，黄花串珠的树，树下来来往往悲泣的眼睛？

我探头往高窗望去，香烟缭绕而出，一对素烛在正午看来特别黯淡的室内跃起火头。我忽然警悟，有人死了！然后，似乎忽然间我想起，这里大概就是台大医院的太平间了。

流泪的人进进出出，我呆立在一堆蝉壳旁，一阵当头笼罩的黄花下。忽然觉得分不清这三件事物，死，蝉壳以及正午阳光下亮得人眼眩的半透明的黄花。真的分不清，蝉是花？花是死？死是蝉？我痴立着，不知自己遇见了什么？

我后来仍然日日经过青岛西路，石墙仍在，我每注视那棵树，总是疑真疑幻。我曾有所遇吗？我一无所遇吗？当树开花时，花在吗？当树不开花时，花不在吗？当蝉鸣时，鸣在吗？当鸣声消歇，鸣不在吗？我用手指摸索着那粗砺的石墙，一面问着自己，一面并不要求回答。

然后，我越过它走远了。

然后，我知道那种树的名字了，叫阿勃拉，是从梵文译过来的，英文是golden shower，怎么翻呢？翻成金雨阵吧！

问 名

万物之有名，恐怕是由于人类可爱的霸道。

《创世纪》里说，亚当自悠悠的泥骨土髓中乍醒过来，他的第一件“工作”竟是为万物取名。想起来都要战栗，分明上帝造了万物，而一个一个取名字的竟是亚当，那简直是参天地之化育，抬头一指，从此有个东西叫青天，低头一看，从此有个东西叫大地，一回首，夺神照眼的那东西叫树，一倾耳，树上嘤嘤千啭的那东西叫鸟……而日升月沉，许多年后，在中国，开始出现一个叫仲尼的人，他固执地要求“正名”，他几乎有点迂，但他似乎预知，“自由”跟“放纵”，“爱情”和“色欲”，“人权”和“暴力”是如何相似又相反的东西，他坚持一切的祸乱源自“名实不符”。

我不是亚当，没有资格为万物进行其惊心动魄的命名大典。也不是仲尼，对于世人的“鱼目混珠”惟有深叹。

不是命名者，不是正名者，只是一个问名者。命名者是伟大的开创家，正名者是忧世的挽澜人，而问名者只是一个与万物深深契情的人。

* * * *

也许有几分痴，特别是在旅行的时候，我老是烦人地问：

“那是什么?”

别人答不上来，我就去问第二个，偏偏这世界就有那么多懵懂的人，你问他天天来他家草坪啄食的红胸绿背的鸟叫什么，他居然不知道。你问他那条河叫什么河，他也好意思抵赖说那条河没名字。你问他那些把他家门口开得一片闹霞似的花树究竟是桃是李，他不负责任地说不清楚。

不过，我也不气，万物的名氏又岂是人人可得而知的。别人答不上来，我的心里固然焦灼，但却更觉得这番“问名”是如此慎重虔诚，慎重得像古代婚姻中的“问名”大礼。

*　*　*　*

读《红楼梦》，喜欢宝玉的痴，他闯见小厮茗烟和一个清秀的女孩子在一起，没有责备他的大胆，却恨他连女孩子姓什么叫什么都不知道。不知名就是不经心，奇怪的是有人竟能如此不经心地过一生一世。宝玉自己是连听到刘姥姥说“雪地里女孩儿精灵”的故事，也想弄清楚她的名姓而去祭告一番的。

*　*　*　*

有一次，三月，去爬中部的一座山，山上有一种蔓藤似的植物，长着一种白紫交融细丝披纷的花。我蹲在山径上，凝神地看，山上没有人，无从问起，忽然，我发现有些花已经结了小果实了，青绿椭圆，我摘了一个下山去问人，对方瞄了一眼，不在意地说：

“那是百香果啊，满山都是的！现在还少了一点，从前，我们出去一捡就一大箩。”

我几乎跌足而叹，原来是百香果的花，那么芳香浓郁的百香果的花。如果再迟两个月来，满山岂不都是些紫褐色的果子，但我也不遗憾，我到底看过它的花了，只可惜初照面的时候，不能知名，否则应该另有一番惊喜。

*　*　*　*

野牡丹的名字是今年春天才打听出来的，一旦知道，整个春天竟然都过的不一样了。每次穿山径到图书馆影印资料，它总在路的右侧紫艳艳地开着，我朝它诡秘一笑，心里的话一时差不多已溢到嘴边：

“嗨，野牡丹，我知道你的名字了，蛮好听的呀，——野牡丹。”

它望着我，也笑了起来，像一个小女孩，又想学矜持，又装不来。于是忍不住傻笑：

“咦？谁告诉你的？你怎么晓得我的名字的？”

*　*　*　*

“安娜女王的花边”（Queen Anna’s Lace）是一种美国野花的名字，它是在我心灰意冷问遍朋友没有一个人能指认得出来的时候，忽然获知的。告诉我的人是一个女画家，那天，她把车子停在宁静安详的小城僻路上，指着那一片由千百朵小如粟米的白花组成的大花告诉我。我一时屏息睁目，简直不敢相信那是真的。当下只见路边野花蔓延，世界是这样无休无止的一场美丽，我忽然觉得幸福得不知说什么才好。恍如古代，河出图，洛出书——那本不希奇，但是，圣人认识它，那就不一样了。而我，一个平凡的女子，在夏日的薰风里，在漫漫的绿向天涯的大地上，只见那白花欣然怡悦地浮上来，像《河图》《洛书》一样的浮上来，我认识它吗？一朵花里有多少玄机，太平盛世会由于这样一个祥兆而出现吗？

我如呆如痴地坐着，一朵花里有多少玄机？

* * * *

三月里，我到东门菜场外面的花店里去订一种花，那女孩听不懂，我只好找一张纸，一面画，一面解释：

“你看，就是这样，一根枝子，岔出许多小枝子，小枝子上有许许多多小花，又小，又白，又轻，开得散散的，濛濛的……”

“哦，”不等我说完，她就叫了起来：“你是说‘满天星’啊！”

（后来有位朋友告诉我，那花英文里叫 baby’s breath——婴儿的呼吸，真温柔，让人忍不住心疼起来。）

第二天，我就把那订购的开得密密的星辰一把抱回家，觉得自己简直是宇宙，一胸襟都是星。

我把花插在一个陶罐子里，万分感动地看那四面迸射的花。我坐在花旁看书，心中疑惑地想着，星星都是善于伪装的，它们明明那么大，比太阳还大，却怕吓倒了我们，所以装得那么小，来跟我们玩。它们明明是十万年前闪的光，却怕把我们弄糊涂了，所以假装是现在才眨的眼……，而我买的这把“满天星”会不会是天星下凡来玩一遭的？我怔怔地看那花，愈看愈可疑，它们一定是繁星变的，怕我胆小，所以化成一把怯怯的花，来跟我共此暮春，共此黄昏。究竟是“星常化作地下花”呢？还是“花欲升作天上星”呢？我抛下书，被这样简单的问题搞糊涂了。

*　　*　　*　　*

菜单上也有好名字。

有一种贝壳，叫“海瓜子”，听着真动人，仿佛是从海水的大瓜瓤里剖出的西瓜子，想起来，仿佛觉得那菜真充满了一种嗑的乐趣——嗑下去，壳张开，瓜子仁一般的贝肉就滑落下来……还有一种又大又圆的贝类，一面是白壳，一面是紫褐色的壳，有个气吞山河的名字，叫“日月蚶”，吃的时候，简直令人自觉神圣起来。不知道日月蚶自己知不知道它叫日月蚶——白的那面像月，紫的那面像日，它就是天地日月精华之所钟。

*　　*　　*　　*

吃外国东西，我更喜欢问名了，问了，当然也不懂，可是，把名字写在记事本上，也是一段小小的人生吧！英雄豪杰才有其王图霸业的历史记录，小人物的记事册上却常是记下些莫名其妙的资料，例如有一种紫红色的生鱼片叫玛苦瑞，一种薄脆对折中间包些菜肴的墨西哥小饼叫“他可”，意大利馅饼“皮萨”吃起来老让人想起在比萨斜塔（虽然意大利文那两字毫不相干）。一种吃起来像烤馒头的英式面包叫“玛芬”，PETITMUNSTER 是有点臭咸鱼味道的法国乳酪，Artichoke 长得像一只绿色的花，煮熟了一瓣瓣掰下来沾牛油吃，而“黑森林”又竟是一种蛋糕的名字。

记住些乱七八糟的食物名字当然是很没出息的事情，我却觉得其中有某种尊敬。只因在汒汒的人世里，我曾在某种机缘下受人一粥一饭，应当心存谢忱。虽然，钱也许是我付的，但我仍觉得每一个人的一只盘碗，都有如僧人的钵，我们是受人布施的托钵人，世界人群给我们的太多，我至少应该记下我曾经领受的食物名称。

*　　*　　*　　*

有时我想，如果我死，我也一定要问清楚病名。也许那是最后一度问名了。

人生一世，问的都是美好的名字，一样好吃的菜肴，一块红得半透明的石头，一座山，一种衣料，一朵花，一条鱼……

但是，有一天，我会带着敬意问我敌人的名字，像古战场上两军对垒时，大英雄总是从容地问：

“来将通名！”

也许是癌，也许是心脏病，也许是脑溢血……但是，我希望自己有机会问名，我不能不清不白地败在不知名的对方手下。既然要交锋，就得公平，我要知道对手叫什么名字，背景如何，我要好好跟他斗一斗。就算力竭气绝，我也要清清楚楚叫出他的名字：

“××，算你赢了。”

然后，我会听见他也在叫我的名字：

“晓风，你也没输，我跟你缠斗得够辛苦的了！”

于是，我们对视着，彼此行礼，握手，告退。

最后的那场仗，我算不算输，我不知道，只知道，我要知道对方的名字，也要跟他好好拼上许多回合。

* * * *

自始至终，我是一个喜欢问名的人。

缘豆儿

在一本书上，我惊奇地读到这样简单的记载：

旧俗四月初八日煮青豆黄豆遍施人以结缘，称“缘豆儿”。

读完了，想像力就开始忙碌起来，究竟是怎么一种风俗？一个人到了那天该煮一把豆子还是一升一斗豆子？清煮还是加酱卤？怎么送法呢？站在街口上还是市集上呢？送给什么样的人呢？是不是包括读书人、田家、屠户、老人、小男孩、小女孩、唱歌的、说书的以及要猴戏的、卖炊饼的……

而当黄昏，送完了所有豆子的钵子里，是不是换上了别人的豆子？我想着想着，只觉手上陡然沉重起来，低头一看，那只古人的钵子不知什么时候竟移到我手上来了。

所谓小人物的一生，也不过是那么小小的一只钵子，里面装着小小的豆子。而所谓少年就是那种欢欢喜喜地站在街头的心情吧！好天好日，好风好鸟，我们觉得跟每个擦肩而过的人都有一段好因缘。

一只小小的钵子，一堆小小的豆子，街头的人潮来了又去，怎知今日的一个凝视，不是明日的一个天涯？而这偶然的一驻足间，且让我们互赠一颗小小的玉粒似的豆子，采撷自我田亩间的豆子——所谓少年，就是那份愉悦的掏掬的兴奋。

而有一天当我年老，当我的豆子赠尽，我会捧着别人赠我的那一钵，慢慢地从大街上走回来，就着夕晖，细数那每一粒玉莹。

西湖十景

如果有幸到杭州的西湖去玩，如果有幸，站在一个视野最好的角度，请问，你能不能放眼望去，把西湖十景，都收到眼底呢？

答案是："不能！"

为什么？

世上没有一个景致可以在一刹那间得到它全部精华。请问，你怎么可能同时看到"平湖秋月"和"苏堤春晓"呢？那至少需要用掉一个清凉美丽的春天早上，和一个幽静深远的秋天夜晚，才能欣赏到的。至于"柳浪闻莺"和"断桥残雪"在时间上也是绝对不可能同时得兼的景致，"雷峰夕照"和"三潭印月"时间上虽然相距不远，但毕竟一个在黄昏一个在夜晚，"南屏晚钟"要最安静的慧心才能听到，"曲院风荷"要有风的时候，才能领略。像西湖这种天地钟灵的地方，哪里只是随随便便就可以一眼看穿的？

你要怎样才能索探到比较完整的西湖的美呢？答案是，时间。

不管你多么有钱，不管可以坐怎样的交通工具，不管你身后跟着多少侍从，你仍然没有办法在欣赏平湖秋月的同时看到断桥残雪。

西洋人有一句谚语说：

"即使上帝，也不能在三个月里造出一株百年橡树。"

更确切一点说，恐怕是上帝不喜欢一株速成的百年橡树，连上帝也喜欢按部就班地用百年的岁月来完成一棵百年橡树呢！

遇　见

一个久晦后的五月清晨，四岁的小女儿忽然尖叫起来。

“妈妈！妈妈！快点来呀！”

我从床上跳起，直奔她的卧室，她已坐起身来，一语不发地望着我，脸上浮起一层神秘诡异的笑容。

“什么事？”

她不说话。

“到底是什么事？”

她用一只肥匀的有着小肉窝的小手，指着窗外。而窗外什么也没有，除了另一座公寓的灰壁。

“到底什么事？”

她仍然秘而不宣地微笑，然后悄悄地透露一个字：

“天！”

我顺着她的手望过去，果真看到那片蓝过千古而仍然年轻的蓝天，一尘不染令人惊呼的蓝天，一个小女孩在生字本上早已认识却在此刻仍然不觉吓了一跳的蓝天，我也一时愣住了。

于是，我安静地坐在她的旁边，两个人一起看那神迹似的晴空，她平常是一个聒噪的小女孩，那天竟也像被震慑住了似的，流露出虔诚的沉默。透过惊讶和几乎不能置信的喜悦，她遇见了天空。她的眸光自小窗口出发，响亮的天蓝从那一端出发，在那个美丽的五月清晨，它们彼此相遇了。那一刻真是神圣，我握着她的小手，感觉到她不再只是从笔画结构上去认识“天”，她正在惊讶赞叹中体认了那分宽阔、那分坦荡、那分深邃——她面对面地遇见了蓝天，她长大了。

*　　*　　*　　*

那是一个夏天的长得不能再长的下午，在印第安那州的一个湖边，我起先是不经意地坐着看书，忽然发现湖边有几棵树正在飘散一些白色的纤维，大团大团的，像棉花似的，有些飘到草地上，有些飘入湖水里，我当时没有十分注意，只当偶然风起所带来的。

可是，渐渐地，我发现情况简直令人暗惊，好几个小时过去了，那些树仍旧浑然不觉地，在飘送那些小型的云朵，倒好像是一座无限的云库似的。整个下午，整个晚上，漫天漫地都是那种东西，第二天情形完全一样，我感到诧异和震撼。

其实，小学的时候就知道有一类种子是靠风力靠纤维播送的，但也只是知道一条测验题的答案而已。那几天真的看到了，满心所感到的是一种折服，一种无以名之的敬畏，我几乎是第一次遇见生命——虽然是植物的。

我感到那云状的种子在我心底强烈地碰撞上什么东西，我不能不被生命豪华的、奢侈的，不计成本的投资所感动。也许在不分昼夜地飘散之余，只有一颗种子足以成树，但造物者乐于做这样惊心动魄的壮举。

我至今仍然在沉思之际想起那一片柔媚的湖水，不知湖畔那群种子中有哪一颗种子成了小树？至少，我知道有一颗已经成长，那颗种子曾遇见了一片土地，在一个过客的心之峡谷里，蔚然成荫，教会她，怎样敬畏生命。

我交给你们一个孩子

我交给你们一个孩子

小男孩走出大门，返身向四楼阳台上的我招手，说：

“再见！”

那是好多年前的事了，那个早晨是他开始上小学的第二天。

我其实仍然可以像昨天一样，再陪他一次，但我却狠下心来，看他自己单独去了。他有属于他的一生，是我不能相陪的，母子一场，只能看作一把借来的琴弦，能弹多久，便弹多久，但借来的岁月毕竟是有其归还期限的。

他欢然地走出长巷，很听话的既不跑也不跳，一副循规蹈矩的模样。我一人怔怔地望着油加利下细细的朝阳而落泪。

想大声地告诉全城市，今天早晨，我交给你们一个小男孩，他还不知恐惧为何物，我却是知道的，我开始恐惧自己有没有交错？

我把他交给马路，我要他遵守规矩沿着人行道而行，但是，匆匆的路人啊，你们能够小心一点吗？不要撞到我的孩子，我把我至爱的交给了纵横的道路，容许我看见他平平安安地回来！

我不曾搬迁户口，我们不要越区就读，我们让孩子读本区内的国民小学而不是某些私立明星小学，我努力去信任自己国家的教育当局，而且，是以自己的儿女为赌注来信任的——但是，学校啊，当我把我的孩子交给你，你保证给他怎样的教育？今天清晨，我交给你一个欢欣诚实又颖悟的小男孩，多年以后，你将还我一个怎样的青年？

他开始识字，开始读书，当然，他也要读报纸、听音乐或看电视、电影，古往今来的撰述者啊！各种方式的知识传递者啊！我的孩子会因你们得到什么呢？你们将饮之以琼浆，灌之以醍醐，还是哺之以糟粕？他会因而变得正直忠信，还是学会奸猾诡诈？当我把我的孩子交出来，当他向这世界求知若渴，世界啊，你给他的会是什么呢？

世界啊，今天早晨，我，一个母亲，向你交出她可爱的小男孩，而你们将还我一个怎样的呢！

小蜥蜴如何藏身在草丛里的奇观

我给小男孩请了一位家庭教师，在他七岁那年。

听到的人不免吓一跳：

“什么？那么小就开始补习了？”

不是的，我为他请一位老师是因为小男孩被蝴蝶的三部曲弄得神魂颠倒，又一心想知道蚂蚁怎么回家；看到世上有那么多种蛇，也使他欢喜得着了慌，我自己对自然的万物只有感性的欢欣赞叹，没有条析缕陈的解释能力，所以，我为他请了老师。

有一张征求老师的文字是我想用而不曾用过的，多年来，它像一坛忘了喝的酒，一直堆栈在某个不显眼的角落。春天里，偶然男孩又不自觉地转头去听鸟声的时候，我就会想起自己心底的那篇文字：

> 我们要为我们的小男孩寻找一位生物老师。
>
> 他七岁，对万物的神奇兴奋到发昏的程度，他一直想知道，这一切“为什么是这样的？”
>
> 我们想为他找的不单是一位授课的老师，也是一位启示他生命的奇奥和繁富的人。
>
> 他不是天才，他只是一个好奇而且喜欢早点知道答案的孩子。我们尊重他的好奇，珍惜他兴奋易感的心，我们不是富有的家庭，但我们愿意好好为他请一位老师，告诉他花如何开？果如何结？蜜蜂如何住在六角形的屋子里？蚯蚓如何在泥土中走路吃饭……他只有一度童年，我们急于让他早点享受到“知道”的权利。
>
> 有的时候，也请带他到山上到树下去上课，他喜欢知道蕨类怎样成长，杜鹃怎样红遍山头，以及小蜥蜴如何藏身在草丛里的奇观……
>
> 有谁愿意做我们小男孩的生物老师？

小男孩后来读了两年生物，获益无穷，而这篇在心底重复无数遍的“征求老师”的腹稿却只供我自己回忆。

寻人启事

我坐在餐桌上修改自己的一篇儿童诗稿，夜渐渐深了。

男孩房里的灯仍亮着，他在准备那些考不完的试。

我说：

“喂，你来，我有一篇诗要给你看！”

他走过来，把诗拿起来，慢慢看完，那首诗是这样写的：

寻人启事

妈妈在客厅贴起一张大红纸
上面写着黑黑的几行字：
兹有小男孩一名不知何时走失
谁把他拾去了啊，仁人君子
他身穿小小的蓝色水手服
他睡觉以前一定要念故事
他重得像铅球又快活得像天使
满街去指认金龟车是他的专职
当电扇修理匠是他的大志
他把刚出生的妹妹看了又看露出诡笑：
“妈妈呀，如果你要亲她就只准亲她的牙齿。”
那个小男孩到哪里去了，谁肯给我明示？
听说有位名叫时间的老人把他带了去
却换给我一个国中的少年比妈妈还高
正坐在那里愁眉苦脸的背历史
那昔日的小男孩啊不知何时走失
谁把他带还给我啊，仁人君子。

看完了，他放下，一言不发地回房去了。第二天，我问他：

“你读那首诗怎么不发表一点高见?”

“我读了很难过，所以不想说话……”

我茫然走出他的房间，心中怅怅，小男孩已成大男孩，他必须有所忍受，有所承载，我所熟知的一度握在我手里的那一双小手有如飞鸟，在翩飞中消失了。

仅仅只在不久以前，他不是还牵着妹妹的手，两人诡秘地站在我的书房门口吗？他们同声用排练好的做作的广告腔说：

好立克大王
张晓风女士
请你出来
为你的儿子女儿冲一杯好立克

这样的把戏玩了又玩，一杯杯香浓的饮料喝了又喝，童年，繁华喧天的岁月，就如此跫音渐远。

第一个月盈之夜

一、月亮节

世上爱月的民族，中国人要算一个。

犹太人、阿拉伯人虽然也爱月，却不似中国人弄出一年五个“月亮节”出来。

第一个月亮节便是元宵，一年里的第一度月圆，这时候虽然一时还天寒地冻，却不免有潜伏的春意在各地部署，并且蠢蠢欲动。

第二个月亮节是二月十五日，也叫花朝，据说是百花的生日，花真聪明，怎么刚好就找到第二度月圆作生日呢？想必是群芳商量好了，从大地母亲的肚子上剖腹而生，为了纪念那圆浑的母腹，她们以月盈夜为生日。

第三个是中元节，严格地说起来是给鬼过的月亮节，其实鬼心虚虚怯怯，未必喜欢月明之夜呢！不过人世里的活人总以为他们会留下那份固执的回忆，仍然爱着那丸透明莹彻的团圞月。

第四个是中秋节，时令到了八月半，整个大地都圆熟了，乃设起人间的圆瓜圆饼圆果来遥拜圆月。中国人的拜月只如朋友见面相揖，并无“拜月教”的慎重，却反而有一份自然质朴的相知之情，一时之间恍惚只觉口中吃的竟是月光，天上悬的反是宇宙的瓜果了。台湾旧俗有“照月光”事，便是令妇人观月浴月，谓之容易怀孕。此事或于中秋或于元宵进行，想来是由于月亮由消至盈的神秘过程令人迷惑，觉得那也是一番大孕育吧？

第五个也称“下元节”，只祭祖，在十月十五日。

二、月亮与灯

据说，月亮从太阳学会发光——而灯，却从月亮学会发光，灯应该是太阳的再传弟子。

我们虽有五个月亮节，却只有上元与中秋和月亮有比较直接的关系。中秋夜用瓜果饼饵来摹拟月，上元夜则用花灯来摹拟月。灯是自我设限的火，极谨守极谦退，从来不想去燎原，去焚山，只想守住小小的光焰，只想本分地照出一小团可信赖的光辉。灯是招之即来，挥之即去的光，像旧式的母亲，婉转随儿女，却又自有其尊贵。

三、谁家见月能闲坐

谁家见月能闲坐？
何处逢灯不看来！

那是唐朝诗人崔液绝句《上元夜》里的句子。

去年元夜时
花市灯如昼
月上柳梢头
人约黄昏后
今年元夜时
月与灯依旧
不见去年人
泪湿青衫袖

这阕《生查子》相传或是朱淑真的，当然也有说是别人写的，我倒是宁可相信它出于一位女词人之手。

男性词人的元夜感怀，不免比女子少一份柔情多一份苍凉，像张抡的《烛影摇红》便是如此：

驰隙流年
恍如一瞬星霜换
今宵谁念泣孤臣
回首长安远

可是尘缘未断
漫惆怅、华胥梦短
满怀幽恨
数点寒灯
几声孤雁

姜白石的《鹧鸪天》，所记的也是元夕的悲怅：

春未绿
鬓先丝
人间别久不成悲
谁教岁岁红莲夜
两处沉吟各自知

刘克庄的《生查子》也有类似的无奈：

繁灯夺霁华
戏鼓侵明发
物色旧时同
情味中年别

元夜词里最被后人赏识的恐怕是辛稼轩的《青玉案》了：

东风夜放花千树
更吹落，星如雨
宝马雕车香满路
凤箫声动
玉壶光转
一夜鱼龙舞
蛾儿雪柳黄金缕

笑语盈盈暗香去
众里寻他千百度
蓦然回首
那人却在
灯火阑珊处

辛稼轩写的是一阕词，但是八百年后却有人把它当一则诗谜来忖度。

四、八百年前一诗谜

上元之夜，是月亮节，是灯节以及谜语节。

月是天上的灯，灯是地下的月，而谜语呢，谜语是人心内在的月光，启动最初的智慧，是照亮灵明处的一线幽辉。

所有的孩子都喜欢谜语。

所有的神话里的英雄，都必须通过谜语。

而稼轩的词，算不算一则谜语呢，那其间又有什么深意？八百年后的王静安坐在书桌上，写他的《人间词话》。

他是一个细腻的学者，纤柔敏感。

“尼采谓一切文学，”他在纸上写下，“余爱以血书者，后主之词，真所谓以血书者也。”

用尼采来论后主，这便是静安先生了。他又继续写下去，宁静的眼神里渐渐透出热切的凝注：

“古今之成大事业大学问者，必经过三种之境界”：

昨夜西风凋碧树
独上高楼
望尽天涯路
此第一境也。
衣带渐宽终不悔
为伊消得人憔悴

此第二境也。
众里寻他千百度
蓦然回首
那人却在灯火阑珊处
此第三境也。

写完三个境界，他掷笔兀然了。这三首词的作者，晏殊、柳永和辛稼轩会同意他的说法吗？

他们并不曾设下谜话，他却偏要品味作者自己也不曾确知的语言背后的玄机，他是对的吗？

也许，所有的诗、所有的词、所有的拈花微笑的禅意都是谜吧？“众里寻他千百度”，寻的是什么呢？寻的是上元夜芸芸众生里的青衫或红袖？抑是自己心头的一点渴望？

五、第一个月盈之夜

一年里的第一个月盈之夜，此夜惟一的责任是欢乐。

一年里惟一的灯节，此夕应看遍人间繁华。

一年里惟一猜人也被人猜的日子，生命的虚虚实实，真真幻幻，除了谜语，还有什么更好的媒体可以说明？

祝福人世，祝福你——你这与我共此明月、共此繁灯、共此人生之谜的人。

一个女人的爱情观

忽然发现自己的爱情观很土气，忍不住自笑了起来。

对我而言，爱一个人就是满心满意要跟他一起“过日子”，天地鸿濛荒凉，我们不能妄想把自己扩充为六合八方的空间，只希望以彼此的火烬把属于两人的一世时间填满。

客居岁月，暮色里归来，看见有人当街亲热，竟也视若无睹，但每看到一对人手牵手提着一把青菜一条鱼从菜场走出来，一颗心就忍不住恻恻地痛了起来，一蔬一饭里的天长地久原是如此味永难言啊！相拥的那一对也许今晚就分手，但一鼎一镬里却有其朝朝暮暮的恩情啊！

爱一个人原来就只是在冰箱里为他留一只苹果，并且等他归来。

爱一个人就是在寒冷的夜里不断在他的杯子里斟上刚沸的热水。

爱一个人就是喜欢两人一起收尽桌上的残肴，并且听他在水槽里刷碗的音乐——事后再偷偷把他不曾洗干净的地方重洗一遍。

爱一个人就有权利霸道地说：

“不要穿那件衣服，难看死了，穿这件，这是我新给你买的。”

爱一个人就是一本正经地催他去工作，却又忍不住躲在他身后想捣几次小小的蛋。

爱一个人就是在拨通电话时忽然不知道要说什么，才知道原来只是想听听那熟悉的声音，原来真正想拨通的，只是自己心底的一根弦。

爱一个人就是把他的信藏在皮包里，一日拿出来看几回、哭几回、痴想几回。

爱一个人就是在他迟归时想上一千种坏可能，在想像中经历万般劫难，发誓等他回来要好好罚他，一旦见面却又什么都忘了。

爱一个人就是在众人暗骂：“讨厌！谁在咳嗽！”你却急道：“唉，唉，他这人就是记性坏啊，我该买一瓶川贝枇杷膏放在他的背包里的！”

爱一个人就是上一刻钟想把美丽的恋情像冬季的松鼠秘藏坚果一般，将之一一放在最隐秘最安妥的树洞里，下一刻钟却又想告诉全世界这骄傲自豪的消息。

爱一个人就是在他的头衔、地位、学历、经历、善行、劣迹之外，看出真正的他不过是个孩子——好孩子或坏孩子——所以疼了他。

也因此，爱一个人就喜欢听他儿时的故事，喜欢听他有几次大难不死，听他如何淘气惹厌，怎样善于玩弹珠或打“水漂漂”，爱一个人就是忍不住替他记住了许多往事。

爱一个人就不免希望自己更美丽，希望自己被记得，希望自己的容颜体貌在极盛时于对方如霞光过目，永不相忘，即使在繁花谢树的冬残，也有一个人沉如历史典册的瞳仁可以见证你的华采。

爱一个人总会不厌其烦地问些或回答些傻问题，例如：“如果我老了，你还爱我吗?”“爱!”“我的牙都掉光了呢?”“我吻你的牙床!”

爱一个人便忍不住迷上那首白发吟：

亲爱，我年已渐老
白发如霜银光耀
惟你永是我爱人
永远美丽又温柔……

爱一个人常是一串奇怪的矛盾，你会依他如父，却又怜他如子，尊他如兄，又复宠他如弟，想师事他，跟他学，却又想教导他把他俘虏成自己的徒弟，亲他如友，又复气他如仇，希望成为他的女皇，他惟一的女主人，却又甘心做他的小丫鬟小女奴。

爱一个人会使人变得俗气，你不断地想：晚餐该吃牛舌好呢？还是猪舌？蔬菜该买大白菜？还是小白菜？房子该买在三张犁呢？还是六张犁？而终于在这份世俗里，你了解了众生，你参与了自古以来匹夫匹妇的微不足道的喜悦与悲辛，然后你发觉这世上有超乎雅俗之上的情境，正如日光超越调色盘上的色样。

爱一个人就是喜欢和他拥有现在，却又追记着和他在一起的过去。喜欢听他说，那一年他怎样偷偷喜欢你，远远地凝望着你。爱一个人又总期望着未来，想到地老天荒的他年。

爱一个人便是小别时带走他的吻痕，如同一幅画，带着鉴赏者的朱印。

爱一个人就是横下心来，把自己小小的赌本跟他合起来，向生命的大轮盘去下一番赌注。

爱一个人就是让那人的名字在临终之际成为你双唇间最后的音乐。

爱一个人，就不免生出共同的、霸占的欲望。想认识他的朋友，想了解他的事业，想知道他的梦。希望共有一张餐桌，愿意同用一双筷子，喜欢轮饮一杯茶，合穿一件衣，并且同衾共枕，奔赴一个命运，共寝一个墓穴。

前两天，整收房间，理出一只提袋，上面赫然写着“××孕妇服装中心”，我愕然许久，既然这房子只我一人住，这只手提袋当然是我的了，可是，我何曾跑到孕妇店去买衣服？于是不甘心地坐下来想，想了许久，终于想出来了。我那天曾去买一件斗篷式的土褐色短褛，便是用这只绿色袋子提回来的，我是的确闯到孕妇店去买衣服了。细想起来那家店的模特儿似乎都穿着孕妇装，我好像正是被那种美丽沉甸的繁殖喜悦所吸引而走进去的。这样说来，原来我买的那件宽松适意的斗篷式短褛竟真是给孕妇设计的。

这里面有什么心理分析吗？是不是我一直追忆着怀孕时强烈的酸苦和欣喜而情不自禁地又去买了一件那样的衣服呢？想多年前冬夜独起，灯下乳儿的寒冷和温暖便一下子涌回心头，小儿吮乳的时候，你多么希望自己的生命就此为他竭泽啊！

对我而言，爱一个人，就不免想跟他生一窝孩子。

当然，这世上也有人无法生育，那么，就让共同作育的学生，共同经营的事业，共同爱过的子侄晚辈，共同谱成的生活之歌，共同写完的生命之书来做他们的孩子。

也许还有更多更多可以说的，正如此刻，爱情对我的意义是终夜守在一盏灯旁，听车声退潮再复涨潮，看淡紫的天光愈来愈明亮，凝视两人共同凝视过的长窗外的水波，在矛盾的凄凉和欢喜里，在知足感恩和渴切不足里细细体会一条河的韵律，并且写一篇叫《爱情观》的文章。

一句好话

小时候过年，大人总要我们说吉祥话，但碌碌半生，竟有一天我也要教自己的孩子说吉祥话了，才蓦然警觉这世间好话是真有的，令人思之不尽，但却不是“升官”“发财”“添丁”这一类的，好话是什么呢？冬夜的晚上，从爆白果的馨香里，我有一句没一句地想起来了……

一

“你们爱吃肥肉？还是瘦肉？”

讲故事的是个年轻的女佣人名叫阿密，那一年我八岁，听善忘的她一遍遍重复讲这个她自己觉得非常好听的故事，不免烦腻，故事是这样的：

> 有个人啦，欠人家钱，一直欠，欠到过年都没有还哩，因为没有钱还嘛。后来那个债主不高兴了，他不甘心，所以到了吃年夜饭的时候，就偷偷跑到欠钱的家里，躲在门口偷听，想知道他是真没有钱还是假没有钱，听到开饭了，那欠钱的说：
>
> “今年过年，我们来大吃一顿，你们小孩子爱吃肥肉？还是瘦肉？”
>
> （顺便插一句嘴，这是个老故事，那年头的肥肉瘦肉都是无上美味。）
>
> 那债主站在门外，听得清清楚楚，气得要死，心里想，你欠我钱，害我过年不方便，你们自己原来还有肥肉瘦肉拣着吃哩！他一气，就冲进屋里，要当面给他好看，等到跑到桌子一看，哪里有肉，只有一碗萝卜一碗番薯，欠钱的人站起来说：“没有办法，过年嘛，萝卜就算是肥肉，番薯就算是瘦肉，小孩子嘛！”
>
> 原来他们的肥肉就是白白的萝卜，瘦肉就是红红的番薯。他们

是真穷啊，债主心软了，钱也不要了，跑回家去过年了。

许多年过去了，这个故事每到吃年夜饭时总会自动回到我的耳畔，分明已是一个不合时宜的老故事，但那个穷父亲的话多么好啊，难关要过，礼仪要守，钱却没有，但只要相恤相存，菜根也自有肥腴厚味吧！

在生命宴席极寒俭的时候，在关隘极窄极难过的时候，我仍要打起精神自己说：

“喂，你爱吃肥肉？还是瘦肉？”

二

“我喜欢跟你用同一个时间。”

他去欧洲开会，然后转美国，前后两个月才回家，我去机场接他，提醒他说：“把你的表拨回来吧，现在要用台湾时间了。”

他愣了一下，说：

“我的表一直是台湾时间啊！我根本没有拨过去！”

“那多不方便！”

“也没什么，留着台湾的时间我才知道你和小孩在干什么，我才能想像，现在你在吃饭，现在你在睡觉，现在你起来了……我喜欢跟你用同一个时间。”

他说那句话，算来也有十年了，却像一幅挂在门额的绣锦，鲜色的底子历经岁月，却仍然认得出是强旺的火红。我和他，只不过是凡世中，平凡又平凡的男子和女子，注定是没有情节可述的人，但久别乍逢的淡淡一句话里，却也有我一生惊动不已、感念不尽的恩情。

三

“好咖啡总是放在热杯子里的！”

经过罗马的时候，一位新识不久的朋友执意要带我们去喝咖啡。

“很好喝的，喝了一辈子难忘！”

我们跟着他东抹西拐大街小巷的走，石块拼成的街道美丽繁复，走久了，让人会忘记目的地，竟以为自己是出来踏石块的。

忽然，一阵咖啡浓香侵袭过来，不用主人指引，自然知道咖啡店到了。

咖啡放在小白瓷杯里，白瓷很厚，和中国人爱用的薄磁相比另有一番稳重笃实的感觉。店里的人都专心品咖啡，心无旁骛。

侍者从一个特殊的保暖器里为我们拿出杯子，我捧在手里，忍不住讶道：

“咦，这杯子本身就是热的哩!”

侍者转身，微微一躬，说：

“女士，好咖啡总是放在热杯子里的!”

他的表情既不兴奋，也不骄矜，甚至连广告意味的夸大也没有，只是淡淡地在说一句天经地义的事而已。

是的，好咖啡总是应该斟在热杯子里的，凉杯子会把咖啡带凉了，香气想来就会蚀掉一些，其实好茶好酒不也都如此吗?

原来连“物”也是如此自矜自重的，《庄子》中的好鸟择枝而栖，西洋故事里的宝剑深契石中，等待大英雄来抽拔，都是一番万物的清贵，不肯轻易亵慢了自己。古代的禅师每从喝茶啜粥去感悟众生，不知道罗马街头那端咖啡的侍者也有什么要告诉我的，我多愿自己也是一份千研万磨后的香醇，并且慎重地斟在一只洁白温暖的厚瓷杯里，带动一个美丽的清晨。

四

“将来我们一起老。”

其实，那天的会议倒是很正经的，仿佛是有关学校的研究和发展之类的。

有位老师，站了起来，说：

“我们是个新学校，老师进来的时候都一样年轻，将来要老，我们就一起老了……”

我听了，简直是急痛攻心，赶紧别过头去，免得让别人看见我的眼泪——从来没想到原来同事之间的萍水因缘也可以是这样的一生一世啊！学院里平日大家都忙，有的分析草药，有的解剖小狗，有的带学生做手术，有的正埋首典籍……研究范围相差既远，大家都不暇顾及别人，然而在一度一度的后山蝉鸣里，在一阵阵的上课钟声间，在满山台湾相思芬芳的韵律中，我们终将垂垂老去，一起交出我们的青春而老去。

能为一个学校而老，能跟其他的一时俊彦一起老，能看着一批批的孩子长大而心安理得地去老，也算是一种幸福吧?

五

“你长大了，要做人了!”

汪老师的家是我读大学的时候就常去的，他们没有子女，我在那里从他读《花间词》，跟着他的笛子唱昆曲，并且还留下来吃温暖的羊肉涮锅……

大学毕业，我做了助教，依旧常去。有一次，为了买不起一本昂价的书便去找老师给我写张名片，想得到一点折扣优待。等名片写好了，我拿来一看，忍不住叫了起来:

“老师，你写错了，你怎么写‘兹介绍同事张晓风’，应该写‘学生张晓风’的呀!”

老师把名片接过去，看着我，缓缓地说:

“我没有写错，你不懂，就是要这样写的，你以前是我的学生，以后私底下也是，但现在我们在一所学校里，你是助教，我是教授，阶级虽不同却都是教员，我们不是同事是什么! 你不要小孩子脾气不改，你现在长大了，要做人了，我把你写成同事是给你做脸，不然老是‘同学’‘同学’的，你哪一天才成人? 要记得，你长大了，要做人了!”

那天，我拿着老师的名片去买书，得到了满意的折扣，至于省掉了多少钱我早已忘记，但不能忘记的却是名片背后的那番话。直到那一刻，我才在老师的爱纵推重里知道自己是与学者同其尊与长者同其荣的，我也许看来不“像”老师的同事，却已的确“是”老师的同事了。

竟有一句话使我一夕成长。

春日二则

美丽的计时单位

唐宫中，以女工揆日之长短，冬至后，日晷渐长，比常日增一线之工。

——《唐杂录》

何人却忆穷愁日，日日愁随一线长。

——《杜甫至日遣兴诗》

如果要计算白昼，以什么为单位呢？如果我们以“水银柱上升一毫米”来计大气压，以“摄氏四度时一立方公寸”纯水之重为一公斤来计重量，那么，拿什么来数算光耀如银的白昼呢？

唐代宫中的女子曾发明了一个方法，她们用线来数算。冬至以后，白昼一天比一天长，做女红的女子便每日多加一根线。

想花腾日暄之际，多少素手对着永昼而怔怔，每扎下一针脚，都是无亿量劫中的一个刹那啊！每悠然一引线，岂不也是生生世世情长意牵中的一段完成吗？长安城里的丽人绣罢腊梅绣牡丹，直绣到一一风荷举。山乡水廓的妇人或工于织绯或工于织素，直织到经冬复历春。中国的女子把一缕缕柔长的丝线来作为量度白昼的单位，多美丽的计时单位啊！

中国的男人也有类似的痴心，歌谣里男子急急地唱道：

“拴住太阳好干活啊！”

唱歌的人想必是看着未插完的秧田或割不完的大麦而急得不讲理起来的吧？疯狂的庄稼汉竟是蛮不知累的，累倒的反是太阳，它竟想先收工了。拴住它啊！别让那偷懒的小坏蛋跑了，但是拴太阳要拿什么来拴呢？总不是闺阁中的绣线吧。想来该是牵牛的粗绳了。

想迟迟春日，或陌上或栏畔，多少中国女子的手用一根根日渐加多的线系住明亮的昼光，多少男子的手用长绳甩套西天的沉红，套住系住以后干什么，也没有干什么，纯朴的人并无意再耽溺一番“如花美眷，似水流年”的自怜自惜，他们只是简单地想再多做一点工作，再留下一点点痕迹。

至于我呢？我是一个喜欢单位的女子——没有单位，数学就不存在了，我愿以脚为单位去丈量茫茫大地（《说文》：六尺为步，步百为亩，秦改二百四十步为亩），我愿以手为单位去计度咫尺天涯（《说文》：咫八寸，尺十寸，咫指中等身高妇人之手长），我也愿以一截一截的丝线去数算明亮的春昼，原来数学上的单位也可以是这样美丽的。

留憾的是：不知愁山以何物计其净重，恨海以何器量其容积，江南垂柳绿的程度如何刻表？洛阳牡丹浓红的数据如何书明？欲望有其标高吗？绝情有其硬度吗？酒可以计其酒精比，但愁醉呢？灼伤在皮肤医学上可以分度，但悲烈呢？地震有级，而一颗心所受的摧折呢？唉！数学毕竟有所不及啊！

何谓春天？

那故事是真的，爸爸说给我听的。

那时候，中日战争已经打起来了，政府迁到汉口，是一九三八年左右吧？蒋先生在南岳衡山召开一个大会，讨论许多事情，其中军医署也来了，会中决定令军医署的人立刻着手准备明年春季的医疗。

会后，公文一层层转下去，不知怎的，竟转到一位死心眼的朋友手上，他反问了一句：

“春天？请问何谓春天？”

问得好！他的主管一时也愣住了，的确，如果连春天都解释不出来，又怎能克日计时完成春季医疗准备？于是一纸公文，带着这不知该算正经还是该算逗趣的问句，一关关旅行，公文直走了七关，终于集收了许多学者专家的“春天之定义”，其中劳动了“军政部”“军委会”“国民政府”“科学研究院”等一个个正襟危坐的机关，得到如下不同的答案。

解释之一说：应该指阴历正、二、三月。

解释之二说：应该从立春日算起。

解释之三说：应指阳历一、二、三月。

解释之四说：应指阳历二、三、四月。

解释之五说：从天文学上行星位置来看。

解释之六说：从地理学上平均温度来看。

解释之七说：应该可以参照西洋对于 Spring 的说法。

…………

那事后来不知如何了结的，想想，原来公文往返之际也有如此动人的事，遥想那时我尚未出生，战争正进行，血流正殷，五岳正枯坐相望，南岳衡山的一番风云盛会之后竟惹出了这么澹澹的一句反问，算来，也该是万里烽烟中的一纶琴音，在四方杀伐声中的一句柔美的唠叨。

然而，对始于犹豫而终于逃遁的春天该如何定义？我一直还没有找到。

林中杂想

一

我躺在树林子里看《水浒传》。

事情是这样开始的，暑假前，我答应学生“带队”，所谓带队，是指带“医疗服务队”到四湖乡去。起先倒还好，后来就渐渐不怎么好了。原来队上出了一位“学术气氛”极浓的副队长，他最先要我们读胡台丽的《媳妇入门》，这倒罢了，不料他接着又一口气指定我们读杨懋春的《乡村社会学》，吴湘相的《晏阳初传》，苏兆堂翻译的《小龙村》等等。这些书加起来怕不有一尺高，这家伙也太烦人了，这样下去，我们医学院的同学都有成为人类学家和社会学家的危险。

奇怪的是口里虽嘟嘟囔囔地抱怨，心里却也动心，甚至下决心要去看一本早就想看的萨孟武的《水浒传与中国社会》。问题是要看这本书就该把《水浒传》从头再看一遍。当时就把这本厚厚的章回塞进行囊，一路同去四湖。

而此刻，我正躺在林子里看水浒，林子是一片木麻黄，有几分像好汉出没的黑松林，这里没有好汉，奇怪的是倒有一批各自说着乡音的退伍军人(在这遍地说着海口腔的台西地带，哪来的老兵呢?)，正横七竖八地躺在石凳上纳凉，我睡的则是一张舒服的折床，是刚才一个妇人让给我的，她说：

“喂，我要回家吃饭了，小姐，你帮我睡好这张床。”

咦，世间竟有如此好事，我当即把内含巨款的皮包拿来当枕头（所谓巨款，其实也只有五千元，我一向不爱多带钱，这一次例外，因为自觉是“领队老师”，说不定队上有“不时之需”)，舒舒服服躺下，看我的水浒，当时我也刚吃过午饭，太阳正当头，但经密密的木麻黄一过滤，整个林子荫荫凉凉的，像一碗柠檬果冻。

我正看到二十八回，武松被刺配二千里外的孟州，路上其实他尽有机会逃跑，他却宁可把松下的枷重新带上，把封皮贴上，一步步自投孟州而来。

二

一路看下去，不能不叫痛快，武松那人容易让人记得的是景阳岗打虎的那一段。现在自己人大了，回头看那一段，倒也不觉可贵，他当时打虎，其实也是非打不可，不打就被虎吃，所以就打了，此外看不出他有什么高贵动机，只能证明，他是天生的拳击好手罢了。倒是二十八回里做了囚徒的武松，处处透出洒脱的英雄骨气。

初到配军，照例须打一百杀威棒，武松既不去送人情，也不肯求饶，只大声大气说：

> 都不要你众人闹动。要打便打！我若是躲闪一棒的，不是打虎好汉！从先打过的都不算，从新再打起！我若叫一声，便不是阳谷县为事的好男子！——两边看的人都笑道："这痴汉弄死！且看他如何熬！"——

武松不肯折了好汉的名，仍然嚷着：

> 要打便打毒些，不要人情棒儿，打我不快活！

不想事情有了转机，管营想替他开脱，故意说：

> 新到囚徒武松，你路上途中曾害甚病来？

武松不领情，反而强嘴：

> 我于路不曾害！酒也吃得，饭也吃得，肉也吃得，路也走得！"管营道："这厮是途中得病到这里，我看他面皮才好，且寄下他这顿杀威棒。"两边行杖的军汉低低对武松道："你快说病。这是相公将就你，你快只推曾害便了。"武松道："不曾害！不曾害！打了倒干

净！我不要留这一顿‘寄库棒’！寄下倒是钩肠债，几时得了！”两边看的人都笑。管营也笑道：“想你这汉子多管害热病了，不曾得汗，故出狂言。不要听他，且把去禁在单身房里。

及至关进牢房，其他囚徒看他未吃杀威棒，反替他担忧起来，告诉他此事绝非好意，想必是使诈，想置他于死，还活龙活现地形容“塞七窍”的死法叫“盆吊”，用黄沙压则叫做“大布袋”。不料武松听了，最有兴趣的居然是想知道除了此两法以外，还有没有第三种，他说：

还有什么法度害我？

当下，管营送来美食。

武松寻思道：“敢是把这些点心与我吃了却来对付我？……我且落得吃了，却再理会！”武松把那镟酒来一饮而尽，把肉和面都吃尽了。

武松那一饮一食真是潇洒！人到把富贵等闲看，生死不萦怀之际，并且由于自信，相信命运也站在自己这一边时，才能有这种不在乎的境界，才能要这种高级的天地也奈何他不得的无赖。吃完了，他冷笑一声：

看他怎地来对付我！

等正式晚饭送来，他虽怀疑是“最后的晚餐”，还是吃了。饭后又有人提热水来，他虽怀疑对方会趁他洗澡时下毒手，仍然不在乎，说：

我也不怕他！且落得洗一洗。

这几段，真的越看越喜，高起兴来，便翻身拿笔画上要点，加上眉批，恨不得拍掌大笑，觉得自己也是黑松林里的好汉一条，大可天不怕地不怕地过它一辈子。

三

回想起前天随队来四湖的季医生跟我说的一段话，她说：

“你看看，这些小朋友，他们问我，目前群体医疗的政策虽不错，但是将来卫生署总要换人的呀，换了人，政策不同，怎么办?”

两人说着不禁摇头叹气，我们其实不怕卫生署的政策不政策，我们怕的是这才二十岁左右的年轻人，为什么先自把初生之犊的锐气给弄得没有了?

是因为一直是好孩子吗? 是因为觉得一切东西都应该准备好，布置好，而且，欢迎的音乐已奏响，你才顺利地踏在夹道花香中启步吗? 唐三藏之取经，岂不是“向万里无寸草处行脚”，盘古开天辟地之际，混沌一片，哪里有天地? 天是由他的头颅顶高的，地是由他踏脚处来踩实踩平的，为什么这一代的年轻人，特别是年轻人中最优秀的那一批，却偏偏希望像古代的新媳妇，一路由别人抬花轿，抬到婆家。在婆家，有一个姓氏在等她，有一个丈夫在等她，有一碗饭供她吃——其实，天晓得，这种日子会好过吗?

武松算不得英雄算不得豪杰，只不过一介草莽武夫，这一代的人却连这点草莽气象也没有了吗? 什么时候我们才不会听到“饱学之士”的“无知之言”道：

“我没办法回国呀，我学的东西太尖端，国内没有我吃饭的地方呀!”

孙中山革命的时候，是因为有个“中华民国筹备处”成立好了，并且聘他当主任委员，他才束装回国赴任的吗? 曹雪芹是因为“国家文艺基金会”委托他着手撰写一部“当代最伟大的小说”，才动笔写下《红楼梦》第一回的吗?

能不能不害怕不担忧呢? 甚至是过了许多年回头一望的时候，才猛然想起来大叫一声说：

“唉呀，老天，我当时怎么都不知道害怕呢?”

把孔子所不屑的“三思而行”的踌躇让给老年人吧! 年轻不就是有莽撞往前去的勇气吗? 年轻就是手里握着大把岁月的筹码，那么，在命运的赌局里作乾坤一掷的时候，虽不一定赢，气势上总该能壮阔吧?

四

前些日子，不知谁在服务队住宿营地的门口播放一首歌，那歌因为是早晨和中午的代用起床号，所以每天都要听上几遍，其实那首歌唱得极有味道，沙嘎中自有其抗颜欲辩的率真，只是走来走去刷牙洗澡都要听他再三重复那无奈的郁愤；心里的感觉有点奇怪：

告诉我，世界不会变得太快，
告诉我，明天不会变得更坏，
告诉我，人类还没有绝望，
告诉我，上帝也不会疯狂，
…………
这未来的未来，我等待……

听久了，心里竟有些愀然，为什么只等待别人来“告诉我”呢？一颗恭谨聆受的心并没有“错”，但，那么年轻的嗓音，那么强盛的肺活量，总可以做些什么可以比“等待别人告诉我”更多的事吧？少年振衣，岂不可作千里风幡看？少年瞬目，亦可壮作万古清流想。如此风华，如此岁月，为什么等在那里，为什么等人家来“告诉我”呢？

为什么不是我去“告诉人”呢？去啊！去昭告天下，悬崖上的红心杜鹃不会等人告诉他春天来了，才着手筹备开花，他自己开了花，并且用花的旗语告诉远山近岭，春天已经来了。明灿逼人的木星，何尝接受过谁的手谕才长倾其万斛光华？小小一只绿绣眼，也不用谁来告诉他清晨的美学，他把翠羽的身子浓缩为一撇“美的据点”。万物之中，无论尊卑，不都各有其美丽的讯息要告诉别人吗？

有一首英文的长歌，名字叫 To tell the untold，那名字我一看就入迷，是啊，“去告诉那些不曾被告知的人”，真的，仲尼仆仆风尘，在陌生的渡口，向不友善的路人问津，为的是什么？为的岂不是去告诉那些不曾被告知的人吗？达摩一苇渡江，也无非圣人同样的一点初衷。而你我十几年乃至几十年孜孜于知识的殿堂，为的又是什么？难道不是要得到更真切的道和理，以便去告诉后人吗？我们认真，其实也只为了让自己告诉别人的话更诚恳更扎实而足以掷地有声！（无根的人即使在说真话的时候也类似谎言——因为单薄不实在。）

那唱歌的人“等待别人来告诉我”并不是错误，但能“去告诉别人”岂不更好？去告诉世人，我们的眼波未枯，我们的心仍在奔驰。去告诉世人，有我在，就不准尊严被抹杀，生命被冷落，告诉他们，这世界仍是一个允许梦想、允许希望的地方。告诉他们，这是一个可以栽下树苗也可以期待清荫的土地。

五

回家吃饭的妇人回来了，我把床还她，学生还在不远处的海清宫睡午觉，我站起身来去四面乱逛。想想这世界真好，海边苦热的地方居然有一片木麻黄，木麻黄林下刚好有一张床等我去躺，躺上去居然有千年前的施耐庵来为我讲故事，故事里的好汉又如此痛快可喜。想来一个人只要往前走，大概总会碰到一连串好事的，至于倒霉的事呢？那也总该碰上一些才公平吧？可是事是死的，人是活的，就算碰到倒霉事，总奈何我不得呀！

想想年轻是多么好，因为一切可以发生，也可以消弭，因为可以行可以止可以歌可以哭，那么还有什么可担心的呢？

真的，还有什么可担心的呢？

只因为年轻啊

一、爱——恨

小说课上，正讲着小说，我停下来发问：

“爱的反面是什么?”

“恨!”

大约因为对答案很有把握，他们回答得很快而且大声，神情明亮愉悦，此刻如果教室外面走过一个不懂中国话的老外，随他猜一百次也猜不出他们唱歌般快乐的声音竟在说一个“恨”字。

我环顾教室，心里浩叹，只因为年轻啊，只因为太年轻啊，我放下书，说：

“这样说吧，譬如说你现在正谈恋爱，然后呢？就分手了，过了五十年，你七十岁了，有一天，黄昏散步，冤家路窄，你们又碰到一起了，这时候，对方定定地看着你，说：

‘×××，我恨你!’

如果情节是这样的，那么，你应该庆幸，居然被别人痛恨了半个世纪，恨也是一种很容易疲倦的情感，要有人恨你五十年也不简单，怕就怕在当时你走过去说：

‘×××，还认得我吗?’

对方愣愣地呆望着你说：

‘啊，有点面熟，你贵姓?’”

全班学生都笑起来，大概想像中那场面太滑稽太尴尬吧?

“所以说，爱的反面不是恨，是漠然。”

笑罢的学生能听得进结论吗？——只因太年轻啊，爱和恨是那么容易说得清楚的一个字吗?

二、受　创

来采访的学生在客厅沙发上坐成一排，其中一个发问道：

“读你的作品，发现你的情感很细致，并且总是在关怀，但是关怀就容易受伤，对不对？那怎么办呢？”

我看了她一眼，多年轻的额，多年轻的颊啊，有些问题，如果要问，就该去问岁月，问我，我能回答什么呢？但她的明眸定定地望着我，我忽然笑了起来，几乎有点促狭的口气：

“受伤，这种事是有的——但是你要保持一个完完整整不受伤的自己做什么用呢？你非要把你自己保卫得好好的不可吗？”

她惊讶地望着我，一时也答不上话。

人生世上，一颗心从擦伤、灼伤、冻伤、撞伤、压伤、扭伤，乃至到内伤，哪能一点伤害都不受呢？如果关怀和爱就必须包括受伤，那么就不要完整，只要撕裂。基督不同于世人的，岂不正在那双钉痕宛在的受伤手掌吗？

小女孩啊，只因年轻，只因一身光灿晶润的肌肤太完整，你就舍不得碰撞就害怕受创吗！

三、经济学的旁听生

“什么是经济学呢？”他站在台上，戴眼镜，灰西装，声音平静，典型的中年学者。

台下坐的是大学一年级的学生，而我，是置身在这二百人大教室里偷偷旁听的一个。

从一开学我就昂奋起来，因为在课表上看见要开一门“社会科学概论”的课程，包括四位教授来设“政治”“法律”“经济”“人类学”四个讲座。想起可以重新做学生，去听一门门对我而言崭新的知识，那份喜悦真是掩不住藏不严，一个人坐在研究室里都忍不住要轻轻地笑起来。

“经济学就是把‘有限资源’做‘最适当的安排’，以得到‘最好的效果’。”

台下的学生沙沙地抄着笔记。

"经济学为什么发生呢？因为资源'稀少'，不单物质'稀少'，时间也'稀少'，——而'稀少'又是为什么？因为，相对于'欲望'，一切就显得'稀少'了……"

原来是想在四门课里跳过经济学不听的，因为觉得讨论物质的东西大概无甚可观，没想到一走进教室来竟听到这一番解释。

"你以为什么是经济学呢？一个学生要考试，时间不够了，书该怎么念，这就叫经济学啊！"

我愣在那里反复想着他那句"为什么有经济学——因为稀少——为什么稀少，因为欲望"而麻颤惊动，如同山间顽崖愚壁偶闻大师说法，不免震动到石骨土髓格格作响的程度。原来整场生命也可作经济学来看，生命也是如此短小稀少啊！而人的不幸却在于那颗永远渴切不止的有所索求、有所跃动、有所未足的心，为什么是这样的呢？为什么竟是这样的呢？我痴坐着，任泪下如麻不敢去动它，不敢让身旁年轻的助教看到，不敢让大一年轻的孩子看到。奇怪，为什么他们都不流泪呢？只因为年轻吗？因年轻就看不出生命如果像戏，也只能像一场短短的独幕剧吗？"朝如青丝暮成雪"，乍起乍落的一朝一暮间又何尝真有少年与壮年之分？"急罚盏，夜阑灯灭"，匆匆如赴一场喧哗夜宴的人生，又岂有早到晚到早走晚走的分别？然而他们不悲伤，他们在低头记笔记。听经济学听到哭起来，这话如果是别人讲给我听的，我大概会大笑，笑人家的滥情，可是……

"所以，"经济学教授又说话了，"有位文学家卡莱亚这样形容：经济学是门'忧郁的科学'……"

我疑惑起来，这教授到底是因有心而前来说法的长者，还是以无心来渡脱的异人？至于满堂的学生正襟危坐是因岁月尚早，早如揭衣初涉水的浅溪，所以才凝然无动吗？为什么五月山栀子的香馥里，独独旁听经济学的我为这被一语道破的短促而多欲的一生而又惊又痛泪如雨下呢？

四、如果作者是花

"年年岁岁花相似，岁岁年年人不同。"

诗选的课上，我把句子写在黑板上，问学生：

“这句子写得好不好？”

“好！”

他们的声音听起来像真心的，大概在强说愁的年龄，很容易被这样工整、俏皮而又怅惘的句子所感动吧？

“这是诗句，写得比较文雅，其实有一首新疆民谣，意思也跟它差不多，却比较通俗，你们知道那歌词是怎么说的？”

他们反应灵敏，立刻争先恐后地叫出来：

太阳下山明早依旧爬上来，
花儿谢了明年还是一样地开
美丽小鸟飞去不回头
我的青春小鸟一样不回来，
我的青春小鸟一样不回来。

那性格活泼地干脆就唱起来了。

“这两种句子从感性上来说，都是好句子，但从逻辑上来看，却有不合理的地方——当然，文学表现不一定要合逻辑，但是我还是希望你们看得出来问题在哪里？”

他们面面相觑，又认真地反复念诵句子，却没有一个人答得上来。我等着他们，等满堂红润而聪明的脸，却终于放弃了，只因太年轻啊，有些悲凉是不容易觉察的。

“你知道为什么说‘花相似’吗？是因为陌生，因为我们不懂花，正好像一百年前，我们中国是很少看到外国人，所以在我们看起来，他们全是一个样子，而现在呢，我们看多了，才知道洋人和洋人大有差别，就算都是美国人，有的人也有本领一眼看出住纽约、旧金山和南方小城的不同。我们看去年的花和今年的花一样，是因为我们不是花，不曾去认识花，体察花，如果我们不是人，是花，我们会说：

‘看啊，校园里每一年都有全新的新鲜人的面孔，可是我们花却一年老似一年了。’

同样的，新疆歌谣里的小鸟虽一去不回，太阳和花其实也是一去不回的，太阳有知，太阳也要说：

‘我们今天早晨升起来的时候，已经比昨天疲软苍老了，奇怪，人类却一代一代永远有年轻的面孔……’

我们是人，所以感觉到人事的沧桑变化，其实，人世间何物没有生老病死，只因我们是人，说起话来就只能看到人的痛，你们猜，那句诗的作者如果是花，花会怎么写呢？”

“年年岁岁人相似，岁岁年年花不同。”他们齐声回答。

他们其实并不笨，不，他们甚至可以说很聪明，可是，刚才他们为什么全不懂呢？只因为年轻，只因为对宇宙间生命共有的枯荣代谢的悲伤有所不知啊！

五、高倍数显微镜

他是一个生物系的老教授，外国人，我认识他的时候他已经退休了。

“小时候，父亲是医生，他看病，我就站在他旁边，他说：‘孩子，你过来，这是哪一块骨头？’我就立刻说出名字来……”

我喜欢听老年人说自己幼小时候的事，人到老年还不能忘的记忆，大约有点像太湖底下捞起的石头，是洗净尘泥后的硬瘦剔透，上面附着一生岁月所冲积洗刷出的浪痕。

这人大概注定要当生物学家的。

“少年时候，喜欢看显微镜，因为那里面有一片神奇隐秘的世界，但是看到最细微的地方就看不清楚了，心里不免想，赶快做出高倍数的新式显微镜吧，让我看得更清楚，让我对细枝末节了解得更透彻，这样，我就会对生命的原质明白得更多，我的疑难就会消失……”

“后来呢？”

“后来，果然显微镜愈做愈好，我们能看清楚的东西，愈来愈多，可是……”

“可是什么？”

“可是我并没有成为我自己所预期的‘更明白生命真相的人’，糟糕的是比以前更不明白了，以前的显微倍数不够，有些东西根本没发现，所以不知道那里隐藏了另一段秘密，但现在，我看得愈细，知道的愈多，愈不明白了，原来在奥秘的后面还连着另一串奥秘……”

我看着他清癯渐消的颊和清灼明亮的眼睛，知道他是终于“认了”，半世纪以前，那意气风发的少年以为只要一架高倍数的显微镜，生命的秘密便迎刃可解，什么使他敢生出那番狂想呢？只因为年轻吧？只因为年轻吧？而退休后，在校园的行道树下看花开花谢的他终于低眉而笑，以近乎撒赖的口气说：

“没有办法啊，高倍数的显微镜也没有办法啊，在你想尽办法以为可以看到更多东西的时候，生命总还留下一段奥秘，是你想不通猜不透的……”

六、浪 掷

开学的时候，我要他们把自己形容一下，因为我是他们的导师，想多知道他们一点。

大一的孩子，新从成功岭下来，从某一点上看来，也只像高四罢了，他们倒是很合作，一个一个把自己尽其所能地描述了一番。

等他们说完了，我忽然觉得惊讶不可置信，他们中间照我来看分成两类，有一类说“我从前爱玩，不太用功，从现在起，我想要好好读点书”，另一类说“我从前就只知道读书，从现在起我要好好参加些社团，或者去郊游。”

奇怪的是，两者都有轻微的追悔和遗憾。

我于是想起一段三十多年前的旧事，那时流行一首电影插曲（大约是叫《渔光曲》吧），阿姨舅舅都热心播唱，我虽小，听到“月儿弯弯照九州”觉得是可以同意的，却对其中另一句大为疑惑。

“舅舅，为什么要唱‘小妹妹青春水里流（或“丢”？不记得了）’呢？”

“因为她是渔家女嘛，渔家女打鱼不能去上学，当然就浪费青春啦！”

我当时只知道自己心里立刻不服气起来，但因年纪太小，不会说理由，不知怎么吵，只好不说话，但心中那股不服倒也可怕，可以埋藏三十多年。

等读中学听到“春色恼人”，又不死心地去问，春天这么好，为什么反而好到令人生恼，别人也答不上来，那讨厌的甚至眨眨狎邪的眼光，暗示春天给人的恼和“性”有关。但事情一定不是这样的，一定另有一个道理，那道理我隐约知道，却说不出来。

更大以后，读浮士德，那些埋藏许久的问句都汇拢过来，我隐隐知道那里有一番解释了。

年老的浮士德，坐对满屋子自己做了一生的学问，在典籍册页的阴影中他乍乍瞥见窗外的四月，歌声传来，是庆祝复活节的喧哗队伍。那一霎间，他懊悔了，他觉得自己的一生都抛掷了，他以为只要再让他年轻一次，一切都会改观。中国元杂剧里老旦上场照例都要说一句“花有重开日，人无再少年”（说得淡然而确定，也不知看戏的人惊不惊动），而浮士德却以灵魂押注，换来第二度的少年以及因少年才“可能拥有的种种可能”。可怜的浮士德，学究天人，却不知道生命是一桩太好的东西，好到你无论选择什么方式度过，都像是一种浪费。

生命有如一枚神话世界里的珍珠，出于砂砾，归于砂砾，晶光莹润的只是中间这一段短短的幻象啊！然而，使我们颠之倒之甘之苦之的不正是这短短的一段吗？珍珠和生命还有另一个类同之处，那就是你倾家荡产去买一粒珍珠是可以的，但反过来你要拿珍珠换衣换食却是荒谬的，就连镶成珠坠挂在美人胸前也是无奈的，无非使两者合作一场“慢动作的人老珠黄”罢了。珍珠只是它圆灿含彩的自己，你只能束手无策地看着它，你只能欢喜或喟然——因为你及时赶上了它出于砂砾且必然还原为砂砾之间的这一段灿然。

而浮士德不知道——或者执意不知道，他要的是另一次“可能”，像一个不知是由于技术不好或是运气不好的赌徒，总以为只要再让他玩一盘，他准能翻本。三十多年前想跟舅舅辩的一句话我现在终于懂得该怎么说了，打鱼的女子如果算是浪掷青春的话，挑柴的女子岂不也是吗？读书的名义虽好听，而令人眼目为之昏眊，脊骨为之佝偻，还不该算是青春的虚掷吗？此外，一场刻骨的爱情就不算烟云过眼吗？一番功名利禄就不算滚滚尘埃吗？不是啊，青春太好，好到你无论怎么过都觉浪掷，回头一看，都要生悔。

“春色恼人”那句话现在也懂了，世上的事最不怕的应该就是“兵来有将可挡，水来以土能掩”，只要有对策就不怕对方出招。怕就怕在一个人正小小心心地和现实生活斗阵，打成平手之际，忽然阵外冒出一个叫宇宙大化的对手，他斜里杀出一记叫“春天”的绝招，身为人类的我们真是措手不及。对着排天倒海而来的桃红柳绿，对着蚀骨的花香，夺魂的阳光，生命的豪奢绝艳怎能不令我们张皇无措，当此之际，真是不做什么既要懊悔——做了什么也要懊悔。春色之叫人气恼跺脚，就是气在我们无招以对啊！

回头来想我导师班上的学生，聪明颖悟，却不免一半为自己的用功后悔，一半为自己的爱玩后悔——只因年轻啊，只因太年轻啊，以为只要换一个方式，一切就扭转过来而无憾了。孩子们，不是啊，真的不是这样的！生命太完美，青春太完美，甚至连一场匆匆的春天都太完美，完美到像喜庆节日里一个孩子手上的气球，飞了会哭，破了会哭，就连一日日空瘪下去也是要令人哀哭的啊！

所以，年轻的孩子，连这么简单的道理你难道也看不出来吗？生命是一个大债主，我们怎么混都是他的积欠户。既然如此，干脆宽下心来，来个“债多不愁”吧！既然青春是一场“无论做什么都觉是浪掷”的憾意，何不反过来想想，那么，也几乎等于“无论诚恳地做了什么都不必言悔”，因为你或读书或玩，或作战，或打鱼，恰恰好就是另一个人叹气说他遗憾没做成的。

——然而，是这样的吗？不是这样的吗？在生命的面前我可以大发职业病做一个把别人都看作孩子的教师吗？抑或我仍然只是一个太年轻的蒙童，一个不信不服欲有所辩而又语焉不详的蒙童呢？

星　约

一、上一次

是因为期待吗？整个天空竟变得介乎可信赖与不可信赖之间，而我，我介乎悟道的高僧与焦虑的狂徒之际。

七十六年才一次啊！

“运气特别不好！”男孩说，“两千年来，这次哈雷是最不亮的一次！上一次，嘿，上一次它的尾巴拖过半个天空哩！”

男孩十七岁，七十六年后他九十三，下一次，下一次他有幸和他的孩子并肩看星吗，像我们此刻？

至于上一次，男孩，上一次你在哪里，我在哪里，我的母亲又复在哪里？连民国亦尚在胎动。爽飒的鉴湖女侠墓草已长，黄兴的手指尚完好，七十二烈士的头颅尚在担风挑雨的肩上寄存。血在腔中呼啸，剑在壁上狂吟，白衣少年策马行过漠漠大野。那一年，就是那一年啊，彗星当空挥潇，仿佛日月星辰全是定位的镂刻的字模，惟独它，是长空里一气呵成的行草。

那一年，上一次，我们不在，但一一知道。有如一场宴会，我们迟了，没赶上，却见茶气氤氲，席次犹温，一代仁人志士的呼吸如大风盘旋谷中，向我们招呼，我们来迟了，没有看到那一代的风华。但一九一〇我们是知道的，在武昌起义和黄花岗之前的那一年我们是感念而熟知的。

二、初　识

还有，最初的那一次，（其实怎能说是最初呢，只能说是最初的记载罢了，只能说是不甚认识的初识罢了。）这美丽得使人惊惶的天象，正是以美丽的方块字记录的。在秦始皇的年代，“七年，彗星先出于东方，见北方……五月，见西方……”，秦代的资料，是以委婉的小篆体记录的吧？

而那时候，我们在哪里？易水既寒，群书成焚灰，博浪沙的大椎打中副车，黄石老人在桥头等待一位肯为人拾鞋的亢奋少年，伏生正急急地咽下满腹经书，以便将来有朝一日再复缓缓吐出，万里长城开始一尺一尺垒高、垒远……忙乱的年代啊，大悲伤亦大奋发的岁月啊，而那时候，我们在哪里？我们在哪里？

三、有所期

我们在今夜，以及今夜的期待里。以及，因期待而生的焦灼里。

不要有所期有所待，这样，你便不会忧伤。

不要有所系有所思，否则，你便成不赦的囚徒。

不要企图攫取，妄想拥有，除非，你已预先洞悉人世的虚空。

——然而，男孩啊，我们要听取这样的劝告吗？长途役役，我们有如一只罗盘上的指针，因神秘的磁场牵引而不安而颤抖而在每一步颠簸中敏感地寻找自己和整个天地的位置，但世上的磁针有哪一根因这种种劫难而后悔而愿意自决于磁场的骚动呢？

四、咒　诅

如果有人告诉我彗星是一场祸殃，我也是相信的。凡美丽的东西，总深具危险性，像生命。奇怪，离童年越远，我越是想起那只青蛙的童话：

有一个王子，不知为什么，受了魔法的诅咒，变成了青蛙。青蛙守在井底，他没有为这大悲痛哭泣，但他却听到了哭泣的声音，那一定来自小悲痛小凄怆吧？大痛是无泪的啊！谁哭呢？一个小女孩，为什么哭呢，为一只失落的球。幸福的小公主啊，他暗自叹息起来，她最响亮的号啕竟只为一只小球吗？于是他为她落井捡球。然后她依照契约做了他的朋友，她让青蛙在餐桌上有一席之地，她给了他关爱和友谊，于是青蛙恢复了王子之身。

——生命是一场受过巫法的大咒诅，注定朽腐，注定死亡，注定扭曲变形——然而我们活了下来，活得像一只井底青蛙，受制于窄窄的空间，受制于匆匆一夏的时间。而他等着，等一份关爱来破此魔法和咒诅。一瞬柔和的眼神已足以破解最凶恶的毒咒啊！

如果哈雷是祸殃，又有什么可悸可怖？我们的生命本身岂不是更大的祸殃吗？然而，然而我们不是一直相信生命是一场充满祝福的诅咒，一枚有着苦蒂的甜瓜，一条布满陷阱的坦途吗？

我不畏惧哈雷，以及它在传述中足以压住人的华灿和美丽。即使美如一场祸殃，我也不会因而畏惧它多于一场生命。

五、暂　时

缸里的荷花谢尽，浮萍潜伏，十二月的屋顶寂然，男孩一手拿着电筒，一手拿着星象图，颈子上挂着望远镜。

“哈雷在哪里？”我问。

“你怎么这么‘势利眼’，”男孩居然愤愤地教训起我来，“满天的星星哪一颗不漂亮，你为什么只肯看哈雷？”

淡淡的弦月下，阳台黝黑，男孩身高一米八四，我抬头看他，想起那首《日升日沉》的歌：

> 这就是我一手带大的小女孩吗？
> 这就是那玩游戏的小男孩吗？
> 是什么时候长大的呀？——他们

“看那颗天狼星，冬天的晚上就数它最亮，蓝汪汪的，对不对？它的光等是负一点四，你喜欢了，是不是？没有女人不喜欢天狼，它太像钻石了。”

我在黑夜中窃笑起来，男孩啊——

付这座公寓订金的时候，我曾惴惴然站在此处，揣想在这小小的舞台上，将有我人世怎样的演出？男孩啊，你在这屋子中成形，你在此听第一篇故事念第一首唐诗，而当年伫立痴想的时候，我从来不曾想到你会在此和我谈天狼星！

“蓝光的星是年轻的星，星光发红就老了。”男孩说。

星星也有生老病死啊？星星也有它的情劫和磨难啊？

“一颗流星。”男孩说。

我也看见了，它钢截利落，如钻石划过墨黑的玻璃。

“你许了愿?”

“许了。你呢?”

“没有。”

“怎么解释呢？怎样把话说清楚呢？我仍有愿望，但重重愿望连我自己静坐以思的时候对着自己都说不清楚，又如何对着流星说呢？

“那是北极星——不过它担任北极星其实也是暂时的。”

“暂时?”

“对，等二十万年以后，就是大熊星来做北极星了，不过二十万年以后大熊星座的组合位置有点改变。”

暂时担任北极星二十万年？我了解自己每次面对星空的悲怆失措甚至微愠了，不公平啊，可是跟谁去争辩，跟谁去抗议？

“别的星星的组合形态也会变吗?”

“会，但是我们只谈那些亮的星，不亮的星通常就是远的星，我们就不管它们了。”

“什么叫亮的?”

“光度总要在一等左右，像猎户星座里最亮的，我们中国人叫它参宿七的那一颗，就是零点一等，织女星更亮，是零度。太阳最亮，是负二十六等……”

六、“光的单位”

奇怪啊，印度人以“克拉”计钻石，愈大的钻石克拉愈多，希腊人以“光等”计星亮，愈亮的星“光等”反而愈少，最后竟至于少成负数了。

“古希腊人为什么这么奇怪呢？为什么他们用这种方法来计算光呢？我觉得‘光度’好像指‘无我的程度’，‘我执’愈少，光源愈透，‘我’愈强，光愈暗。”

“没有那么复杂吧？只是希腊人就是这样计算的。”

我于是躺在木凳上发愣，希腊人真是不可思议，满天空都成了他们的故事布局，星空于他们竟是一整棚累累下垂的葡萄串，随时可摘可食，连每一粒葡萄晶莹的程度他们也都计算好了。

七、猎户在天

几年前的一个星夜。我们站在各种光等的星星下。

“猎户在天——”我说。

“《诗经》的句子吧?”女友问。

“怎么会，也不想想猎户星座是希腊名词啊!”

她大笑起来，她是被我的句型骗了，何况她是诗人，一向不讲理的，只是最后连我自己也恍惚起来，真的很像《诗经》里的句子呢!

我们有点在装迷糊吗?为什么每看到好东西我们就把它故意误为中国的?

猎户是一组美丽的星，宽宏的肩，长挺的腿，巧饰的腰带和腰带下的腰刀，旁边还有一只野兔呢!然而，这漂亮的猎者是谁呢?是始终在奔驰在追索在欲求的世人吗?不知道啊，但他那样俊朗，把一个形象从古希腊至今维系了三千年，我不禁肃然。

“看到腰带下的小腰刀吗?腰刀是三颗直排的星组成的，中间的那一颗你用望远镜仔细看，是一大团星云，它距离我们只不过一千五百年光年而已。”

“一千五百年!是唐朝吗?”

“是南北朝。”

早于秾艳的李义山，早于狂歌的李白沉郁的杜甫以及凿破大地的隋炀帝。南北朝，南北朝又复为何世呢?对那一整个年代我所记得的只有北魏的石雕，悠悠青石，刻成了清明实在的眉目，今夕的星光就是当年大匠举斧加石的年代出发的，历劫的石像至今犹存其极具硬度的大悲悯，历劫的星光则今夕始来赴我的双目的天池。

猎户星座啊!

八、见与不见

我其实是要看哈雷的，但哈雷不现，我只看到云。我终于对云感到抱歉了——这是不公平的，我渴望哈雷是因它稍纵即逝，然而云呢?云又岂是永恒的？此云曾是彼水，彼水曾是泉曾是溪，曾是河曾是海，曾是花上晓露眼中横波，曾是禾田间的汗水，曾是化碧前的赤血，壮士沙场之际的一杯酒是它，赵州说法时的半杯茶也是它。然而，我竟以为云只是云，我竟以为今日之云同于昨日之云，云不也跟哈雷一样是周而复始吗？迂回往来的吗？

我不断地向自己解释，劝自己好好看一朵云，那其间亦自有千古因缘，然而我依旧悲伤且不甘心，为什么这是一片灯网交织的城？且长年有着厚云层。为什么不让我今生今世看见一次哈雷！

“奇怪啊，神话只属于古代，至于我们的年代只有新闻，而且多是报导不实的，为什么？”

黑暗中男孩看我，叹了一口气，他半年前交了一篇历史课的读书报告，题目便是《中国神话的研究》，得分九十五。曾经统御过所有的英雄和巨灵，辉耀了整个日月星辰的神话，此刻已老，并且沦为一个中学生的读书报告。

在一个接一个的冬夜里我惋叹跌足，并且生自己的气，气自己被渴望折磨，神话里的夸父就是渴死的，我要小心一点才行。所以悲伤时我总是想哈雷先生（哈雷彗星以他的名字来命名），以及他亦悲亦喜的一生，他在二十六岁那年惊见彗星，此后他用许多年来研究，相信彗星会在自己一百零二岁时再现。看过彗星以后他又活了一甲子，死于八十六岁，像一个放榜前殁世的考生，无从证实自己的成绩。那哈雷死时是怎样想的呢，我猜他的心情正像一个孩子，打算在圣诞夜彻夜不眠，好看到圣诞老公公如何滑下烟囱，放下礼物。然而他困了，撑不住了，兴奋消失，他开始模糊了，心里却是不甘心的，嘴里说着半真半呓的叮咛：

“父亲，等下圣诞老人来的时候，一定要叫我喔！我要摸摸他的胡子！”

哈雷说的话想来也类似：

“造物啊，我熬不住了，我要睡了，你帮我看好，好吗？十六年后它会来的，我先睡，你到时候要叫我一声哟！”

生当清平昌大之盛世，结交一时之俊彦如牛顿，能于切磋琢磨中发天地之微，知宇宙之数，哈雷的平生际遇也算幸运了。然而，肉体的贮瓶终于要面临大朽坏的——并不因其间贮注的是大智慧而有异，只是大限来时，他是否有憾呢？

寒星如一片冰心的冬夜，我反复自问：

哈雷生平到底看过彗星重现吗？若说看见了，他事实上在星现前十六年已经死了，若说未见，他却是见的，正如围棋高手早在几小时以前预见胜负，一步步行去的每一着履痕他们都有如亲睹。

大军事家大政治家大科学家都是在不见处先见未明时先明的啊！

那么，我呢？我算不算看过那彗星的人呢？假设有盲者，站在凄凄长夜里，感知天空某一角落有灿然的光体如甩动的火把，算不算看到了呢？如果他倾耳辨听天河淙淙，如果他在安静中若闻哈雷的跳跃，像一只河畔的蚱蜢，蹦去又蹦回，他算不算看到了呢？而我，当我在金牛座昴星团中寻它，当我在白羊和双鱼座中寻它千百度思它千百度，我算不算看到它了呢？在无所视无所听无所触无所嗅的隔离中，我们可以仅仅凭信心念力去承认去体会身在云后的它吗？

九、我已践约

又一颗流星划过天空，天空割裂，但立刻拢合，造物的大诡秘仍然不得窥见。这不知名的星从此化为光尘，也许最后剩一小块陨石，落到地球上，被人捡起，放在陈列室里，像一部写坏了的爱情小说，光华消失，飞腾不见，只留下硬硬的纹理。

夜空有千亩神话万顷传奇，有流星表演的冰上芭蕾——万古乾坤只在此半秒钟演出。以此肉身，以此肉眼来面对他们，这种不公平的对决总使我心情大乱，悲喜无常。哈雷会来吗？原谅我的急躁，我和男孩有缘得窥七十六年一临的奇景吗？如果能，我为此感激，如果不能，让我感激朝朝来临的太阳，月月重圆的月亮，以及至七夕最凄丽的织女，于冬月亦明艳的猎户。我已践约，今夜，以及此生，哈雷也没有失约，但云横雾亘，我不能表示异议。

如果我不曾谢恩，此刻，为茫茫大荒中一小块荷花缸旁的立脚位置，为犹明的双眸，为未熄的渴望，为身旁高大的教我看星的男孩，为能见到的以及未能见到的，为能拥有的以及不能拥有的，为悲为喜，为悟为不悟，为已度的和未度的岁月，我，正式致谢。

玉　想

一、只是美丽起来的石头

一向不喜欢宝石——最近却悄悄地喜欢了玉。

宝石是西方的产物，一块钻石，割成几千几百个“割切面”，光线就从那里面激射而出，挟势凌厉，美得几乎具有侵略性，使我不由得不提防起来。我知道自己无法跟它的凶悍逼人相埒，不过至少可以决定“我不喜欢它”。让它在英女王的皇冠上闪烁，让它在展览会上伴以投射灯和响尾蛇（防盗用）展出，我不喜欢，总可以吧！

玉不同，玉是温柔的，早期的字书解释玉，也只说：“玉，石之美者。”原来玉也只是石，是许多混沌的生命中忽然脱颖而出的那一点灵光。正如许多孩子在夏夜的庭院里听老人讲古，忽有一个因洪秀全的故事而兴天下之想，遂有了孙中山。所谓伟人，其实只是在游戏场中忽有所悟的那个孩子。所谓玉，只是在时间的广场上因自在玩耍竟而得道的石头。

二、克拉之外

钻石是有价的，一克拉一克拉的算，像超级市场的猪肉，一块块皆有其中规中矩秤出来的标价。

玉是无价的，根本就没有可以计值的单位。钻石像谋职，把学历经历乃至成绩单上的分数一一开列出来，以便叙位核薪。玉则像爱情，一个女子能赢得多少爱情完全视对方为她着迷的程度，其间并没有太多法则可循。以撒·辛格（诺贝尔奖得主）说：“文学像女人，别人为什么喜欢她以及为什么不喜欢她的原因，她自己也不知道。”其实，玉当然也有其客观标准，它的硬度，它的晶莹、柔润、缜密、纯全和刻工都可以讨论，只是论玉论到最后关头，竟只剩“喜欢”两字，而喜欢是无价的，你买的不是克拉的计价而是自己珍重的心情。

三、不须镶嵌

钻石不能佩戴，除非经过镶嵌，镶嵌当然也是一种艺术，而玉呢？玉也可以镶嵌，不过却不免显得“多此一举”，玉是可以直接做成戒指镯子和簪笄的。至于玉坠、玉珮所需要的也只是一根丝绳的编结，用一段千回百绕的纠缠盘结来系住胸前或腰间的那一点沉实，要比金属性冷冷硬硬地镶嵌好吧？

不佩戴的玉也是好的，玉可以把玩，可以做小器具，可以做既可卑微的去搔痒、亦可用以象征富贵吉祥的“如意”，可做用以祀天的璧，亦可做示绝的玦，我想做个玉匠大概比钻石割切人兴奋快乐，玉的世界要大得多繁富得多，玉是既入于生活也出于生活的，玉是名士美人，可以相与出尘，玉亦是柴米夫妻，可以居家过日。

四、生死以之

一个人活着的时候，全世界跟他一起活——但一个人死的时候，谁来陪他一起死呢？

中古世纪有出质朴简直的古剧叫《人人》Every Man，死神找到那位名叫人人的主角，告诉他死期已至，不能宽贷，却准他结伴同行。人人找“美貌”，“美貌”不肯跟他去，人人找“知识”，“知识”也无意到墓穴里去相陪，人人找“亲情”，“亲情”也顾他不得……

世间万物，只有人类在死亡的时候需要陪葬品吧？其原因也无非由于怕孤寂，活人殉葬太残忍，连土俑殉葬也有些居心不仁，但死亡又是如此幽阒陌生的一条路，如果待嫁的女子需要“陪嫁”来肯定来系连她前半生的娘家岁月，则等待远行的黄泉客何尝不需要“陪葬”来凭藉来思忆世上的年华呢？

陪葬物里最缠绵的东西或许便是玉琀蝉了，蝉色半透明，比真实的蝉为薄，向例是含在死者的口中，成为最后的，一句没有声音的语言，那句话在说：

“今天，我入土，像蝉的幼虫一样，不要悲伤，这不叫死，有一天，生命会复活，会展翅，会如夏日出土的鸣蝉……”

那究竟是生者安慰死者而塞入的一句话？抑是死者安慰生者而含着的一句话？如果那是愿心，算不算狂妄的侈愿？如果那是谎言，算不算美丽的谎言？我不知道，只知道玉琀蝉那半透明的豆青或土褐色仿佛是由生入死的薄膜，又恍惚是由死返生的符信，但生生死死的事岂是我这样的凡间女子所能参破的？且在这落雨的下午俯首凝视这枚佩在自己胸前的被烈焰般的红丝线所穿结的玉琀蝉吧！

五、玉　肆

我在玉肆中走，忽然看到一块像蛀木又像土块的东西，仿佛一张枯涩凝止的悲容，我驻足良久，问道：

"这是一种什么玉？多少钱？"

"你懂不懂玉？"老板的神色间颇有一种抑制过的傲慢。

"不懂。"

"不懂就不要问！我的玉只卖懂的人。"

我应该生气应该跟他激辩一场的，但不知为什么，近年来碰到类似的场面倒宁可笑笑走开。我虽然不喜欢他的态度，但相较而言，我更不喜欢争辩，尤其痛恨学校里"奥瑞根式"的辩论比赛，一句一句逼着人追问，简直不像人类的对话，嚣张狂肆到极点。

不懂玉就不该买不该问吗？世间识货的又有几人？孔子一生，也没把自己那块美玉成功地推销出去。《水浒传》里的阮小七说："一腔热血，只要卖与识货的！"但谁又是热血的识货买主？连圣贤的光焰，好汉的热血也都难以倾销，几块玉又算什么？不懂玉就不准买玉，不懂人生的人岂不没有权利活下去了？

当然，玉肆老板大约也不是什么坏人，只是一个除了玉的知识找不出其他可以自豪之处的人吧？

然而，这件事真的很遗憾吗？也不尽然，如果那天我碰到的是个善良的老板，他可能会为我详细解说，我可能心念一动便买下那块玉，只是，果真如此又如何呢？它会成为我的小古玩。但此刻，它是我的一点憾意，一段未圆的梦，一份既未开始当然也就不致结束的情缘。

隔着这许多年如果今天那玉肆的老板再问我一次是否识玉，我想我仍会回答不懂，懂太难，能疼惜宝重也就够了。何况能懂就能爱吗？在竞选中互相中伤的政敌其实不是彼此十分了解吗？当然，如果情绪高昂，我也许会塞给他一张《说文解字》抄下来的纸条：

玉，石之美者，有五德

润泽以温，仁之方也

䚡理自外，可以知中，义之方也

其声舒扬，专以远闻，智之方也

不挠而折，勇之方也

锐廉而不忮，絜之方也。

然而，对爱玉的人而言，连那一番大声镗鞳的理由也是多余的。爱玉这件事几乎可以单纯到不知不识而只是一团简简单单的欢喜。像婴儿喜欢清风拂面的感觉，是不必先研究气流风向的。

六、瑕

付钱的时候，小贩又重复了一次：

“我卖你这玛瑙，再便宜不过了。”

我笑笑，没说话，他以为我不信，又加上一句：

“真的——不过这么便宜也有个缘故，你猜为什么？”

“我知道，它有斑点。”本来不想提的，被他一逼，只好说了，免得他一直啰嗦。

“哎呀，原来你看出来了，玉石这种东西有斑点就差了，这串项链如果没有瑕疵，哇，那价钱就不得了啦！”

我取了项链，尽快走开。有些话，我只愿意在无人处小心地，断断续续地，有一搭没一搭地说给自己听：

对于这串有斑点的玛瑙，我怎么可能看不出来呢？它的斑痕如此清清楚楚。

然而买这样一串项链是出于一个女子小小的侠气吧，凭什么要说有斑点的东西不好？水晶里不是有一种叫“发晶”的种类吗？虎有纹，豹有斑，有谁嫌弃过它的皮毛不够纯色？

就算退一步说，把这斑纹算瑕疵，世间能把瑕疵如此坦然相呈的人也不多吧？凡是可以坦然相见的缺点都不该算缺点的。纯全完美的东西是神器，可供膜拜。但站在一个女人的观点来看，男人和孩子之所以可爱，正是由于他们那些一清二楚的无所掩饰的小缺点吧？就连一个人对自己本身的接纳和纵容，不也是看准了自己的种种小毛病而一笑置之吗？

所有的无瑕是一样的——因为全是百分之百的纯洁透明，但瑕疵斑点却面目各自不同。有的斑痕像鲜苔数点，有的是沙岸逶迤，有的是孤云独去，更有的是铁索横江，玩味起来，反而令人忻然心喜。想起平生好友，也是如此，如果不能知道一两件对方的糗事，不能有一两件可笑可嘲可詈可骂之事彼此打趣，友谊恐怕也会变得空洞吧？

有时独坐细味“瑕”字，也觉悠然意远，瑕字左边是玉旁，是先有玉才有瑕的啊！正如先有美人而后才有“美人痣”。先有英雄，而后有悲剧英雄的缺陷性格（tragic flew）。缺憾必须依附于完美，独存的缺憾岂有美丽可言，天残地阙，是因为天地都如此美好，才容得修地补天的改造的涂痕。一个“坏孩子”之所以可爱，不也正因为他在撒娇撒赖蛮不讲理之外有属于一个孩童近乎神明的纯洁了直吗？

瑕的右边是叚，叚有赤红色的意思，瑕的解释是“玉小赤”，我也喜欢瑕字的声音，自有一种坦然的不遮不掩的亮烈。

完美是难以冀求的，那么，在现实的人生里，请给我有瑕的真玉，而不是无瑕的伪玉。

七、惟　一

据说，世间没有两块相同的玉——我相信，雕玉的人岂肯去重复别人的创制。

所以，属于我的这一块，无论贵贱精粗都是天地间独一无二的。我因而疼爱它，珍惜这一场缘分，世上好玉万千，我却恰好遇见这块，世上爱玉人亦有万千，它却偏偏遇见我，但我们之间的聚会，也只是五十年吧？上一个佩玉的人是谁呢？有些事是既不能去想更不能嫉妒的，只能安安分分珍惜这匆匆的相属相连的岁月。

八、活

佩玉的人总相信玉是活的，他们说：

“玉要戴，戴戴就活起来了哩！”

这样的话是真的吗？抑或只是传说臆想？

我不知道自己能不能把一块玉戴活，这是需要时间才能证明的事，也许几十年的肌肤相亲，真可以使玉重新有血脉和呼吸。但如果奇迹是可祈求的，我愿意首先活过来的是我，我的清洁质地，我的致密坚实，我的莹秀温润，我的斐然纹理，我的清声远扬，如果玉可以因人的佩戴而复活，也让人因佩玉而复活吧，让每一时每一刻的我莹彩暖暖，如冬日清晨的半窗阳光。

九、石器时代的怀古

把人和玉，玉和人交织成一的神话是《红楼梦》，它也叫《石头记》，在补天的石头群里，主角是那三万六千五百零一块外多出的一块，天长日久，竟成了通灵宝玉，注定要来人间历经一场情劫。

他的对方则是那似曾相识的绛珠仙草。

那玉，是男子的象征，是对于整个石器时代的怀古。那草，是女子的表记，是对榛榛莽莽洪荒森林的思忆。

静安先生释《红楼梦》中的玉，说“玉”即“欲”，大约也不算错吧？《红楼梦》中含玉字的名字总有其不凡的主人，像宝玉、黛玉、妙玉、红玉，都各自有他们不同的人生欲求。只是那欲似乎可以解作英文里的 want，是一种不安，一种需索，是不知所从出的缠绵，是最快乐之时的凄凉，最完满之际的缺憾，是自己也不明白所以的惴惴，是想挽住整个春光留下所有桃花的贪心，是大彻大悟与大栈恋之间的摆荡。

神话世界每是既富丽而又高寒的，所以神话人物总要找一件道具或伴当相从，设若龙不吐珠，嫦娥没有玉兔，李聃失了青牛，果老走了肯让人倒骑的驴或是麻姑少了仙桃，孙悟空缴回金箍棒，那神话人物真不知如何施展身手了——贾宝玉如果没有那块玉，也只能做美国童话《绿野仙踪》里的“无心人”奥迪斯。

“人非木石，孰能无情”，说这话的人只看到事情的表相，木石世界的深情大义又岂是我们凡人所能尽知的。

十、玉　楼

如果你想知道钻石，世上有宝石学校可读，有证书可以证明你的鉴定力。但如果你想知道玉，且安安静静地做你自己，并且从肤发的温润、关节的玲珑、眼目的光澈、意志的凝聚、言笑的清朗中去认知玉吧！玉即是我，所谓文明其实亦即由石入玉的历程，亦即由血肉之躯成为“人”的史页。

道家以目为“银海”，以肩为玉楼，想来仙家玉楼连云也不及人间一肩可担道义的肩胛骨为贵吧？爱玉之极，恐怕也只是返身自重吧？

错　误

——中国故事常见的开端

在中国，错误不见得是一件坏事，诗人愁予有首诗，题目就叫《错误》，末段那句“我达达的马蹄是美丽的错误”四十年来像一枝名笛，不知被多少嘴唇呜然吹响。

《三国志》里记载周瑜雅擅音律，即使酒后也仍然轻易可以辨出乐工的错误。当时民间有首歌谣唱道：“曲有误，周郎顾”，后世诗人多事，故意翻写了两句：“欲使周郎顾，时时误拂弦”，真是无限机趣，描述弹琴的女孩贪看周郎的眉目，故意多弹错几个音，害他频频回首，风流俊赏的周郎哪里料到自己竟中了弹琴素手甜蜜的机关。

在中国，故事里的错误也仿佛是那弹琴女子在略施巧计，是善意而美丽的——想想如果不错它几个音，又焉能赚得你的回眸呢？错误，对中国故事而言有时几乎成为必须了。如果你看到《花田错》、《风筝误》或《误入桃源》这样的戏目不要觉得古怪，如果不错它一错，哪来的故事呢！

有位德国戏剧家布莱希特写过一出《高加索灰兰记》，不但取了中国故事做蓝本，学了中国京剧表演方式，到最后，连那判案的法官也十分中国化了。他故意把两起案子误判，反而救了两造婚姻，真是彻底中式的误打误撞，而自成佳境。

身为一个中国读者或观众，虽然不免训练有素，但在说书人的梨花简嗒然一声敲响或书页已尽正准备掩卷叹息的时候，不免悠悠想起，咦？怎么又来了，怎么一切的情节，都分明从一点点小错误开始？

我们先来说《红楼梦》吧，女娲炼石补天，偏偏炼了三万六千五百零一块。本来三万六千五百是个完整的数目，非常精准正确，可以刚刚补好残天。女娲既是神明，她心里其实是雪亮的，但她存心要让一向正确的自己错它一次，要把一向精明的手段错它一点。“正确”，只应是对工作的要求，“错误”，才是她乐于留给自己的一道难题，她要看看那块多余的石头，究竟会怎么样往返人世，出入虚实，并且历经情劫。

就是这一点点的谬错，于是大荒山无稽崖青埂峰下，便有了一块顽石，而由于有了这块顽石，又牵出了日后的通灵宝玉。

整一部《红楼梦》，原来恰恰只是数学上三万六千五百分之一的差误而滑移出来的轨迹，并且逐步演化出一串荒唐幽渺的情节。世上的错误往往不美丽，而美丽又每每不错误，惟独运气好碰上“美丽的错误”才可以生发出歌哭交感的故事。

《水浒传》楔子里的铸错则和希腊神话《潘朵拉的盒子》有些类似，都是禁不住好奇，去窥探人类不该追究的奥秘。

但相较之下，洪太尉“揭封”又比潘朵拉“开盒子”复杂得多。他走完了三清堂的右廊尽头，发现了一座奇特神秘的建筑：门缝上交叉贴着十几道封纸，上面高悬着“伏魔之殿”四个字，据说从唐朝以来八九代天师每一代都亲自再贴一层封条，锁孔里还灌了铜汁。洪太尉禁不住引诱，竟打烂了锁，撕了封条，踢倒大门，撞进去掘起石碣，搬走石龟，最后又扛起一丈见方的大青石板，这才看到下面原来是万丈深渊。刹那间，黑烟上腾，散成金光，激射而出。仅此一念之差，他放走了三十二座天罡星和七十二座地煞星，合共一百零八个魔王……

《水浒传》里一百零八个好汉便是这样来的。

那一番莽撞，不意冥冥中竟也暗合天道，早在天师的掐指计算中——中国故事至终总会在混乱无秩里找到秩序。这一百零八个好汉毕竟曾使荒凉的年代有一腔热血，给邪曲的世道一副直心肠。中国的历史当然不该少了尧舜孔孟，但如果不是洪太尉伏魔殿那一搅和，我们就要失掉夜奔的林冲或醉打出山门的鲁智深，想来那也是怪可惜的呢！

洪太尉的胡闹恰似顽童推倒供桌，把袅袅烟雾中的时鲜瓜果散落一地，遂令天界的清供化成人间童子的零食。两相比照，我倒宁可看到洪太尉触犯天机，因为没有错误就没有故事——而没有故事的人生可怎么忍受呢？

一部《镜花缘》又是怎么样的来由？说来也是因为百花仙子犯了一点小小的行政上的错误，因此便有了众位花仙贬入凡尘的情节。犯了错，并且以长长的一生去截补，这其实也正是大部分的人间故事吧！

也许由于是农业社会，我们的故事里充满了对四时以及对风霜雨露的时序的尊重。《西游记》里的那条老龙王为了跟人打赌，故意把下雨的时间延后两小时，把雨量减少三寸零八点，其结果竟是惨遭斩头。不过，龙王是男性，追究起责任来动用的是刑法，未免无情。说起来女性仙子的命运好多了，中国仙界的女权向来相当高涨，除了王母娘娘是仙界的铁娘子以外，众女仙也各司要职。像“百花仙子”，担任的便是最美丽的任务。后来因为访友下棋未归，下达命令的系统弄乱了，众花在雪夜奉人间女皇帝之命提前齐开。这一番“美丽的错误”引致一种中国仙界颇为流行的惩罚方式——贬入凡尘。这种做了人的仙即所谓“谪仙”（李白就曾被人怀疑是这种身份）。好在她们的刑罚与龙王大不相同，否则如果也杀砍百花之头，一片红紫狼藉，岂不伤心！

百花既入凡尘，一个个身世当然不同，她们佻达美丽，不苟流俗，各自跨步走向属于她们自己的那一番人世历程。

这一段美丽的错误和美丽的罚法都好得令人艳羡称奇！

从比较文学的观点看来，有人以为中国故事里往往缺少叛逆英雄。像宙斯，那样弑父自立的神明，像雅典娜，必须拿斧头砍开父亲脑袋自己才跳得出来的女神，在中国是不作兴有的。就算捣蛋精的哪吒太子，一旦与父亲冲突，也万不敢“叛逆”，他只能“剔骨剜肉”以还父母罢了。中国的故事总是从一件小小的错误开端，诸如多炼了一块石头，失手打了一件琉璃盏，太早揭开坛子上有法力的封口。（关公因此早产，并且终生有一张胎儿似的红脸。）不是叛逆，是可以谅解的小过小犯，是失手，是大意，是一时兴起或一时失察。“叛逆”太强烈，那不是中国方式。中国故事只有“错”，而“错”这个字既是“错误”之错也是“交错”之错，交错不是什么严重的事，只是两人或两事交互的作用——在人与人的盘根错节间就算是错也不怎么样。像百花之仙，待历经尘劫回来，依旧是仙，仍旧冰清玉洁馥馥郁郁，仍然像掌理军机令一样准确地依时开花。就算在受刑期间，那也是一场美丽的受罚，她们是人间女儿，兰心蕙质，生当大唐盛世，个个“纵其才而横其艳”，直令千古以下，回首乍望的我忍不住意飞神驰。

年轻，有许多好处，其中最足以傲视人者莫过于“有本钱去错”。年轻人犯错，你总得担待他三分——

有一次，我给学生订了作业，要他们每人念几十首诗，录在录音带上缴来。有的学生念得极好，有的又念又唱，极为精彩，有的却有口无心。苏东坡的“一年好景君须记，正是橙黄橘绿时”，不知怎么回事，有好几个学生念成“一年好景须君记”，我听了，一面摇头莞尔，一面觉得也罢，苏东坡大约也不会太生气。本来的句子是“请你要记得这些好景致”，现在变成了“好景致得要你这种人来记”，这种错法反而更见朋友之间相知相重之情了。好景年年有，但是，得要有好人物来记才行呀！你，就是那可以去记住天地岁华美好面的我的朋友啊！

有时候念错的诗也自有天机欲泄，也自有密码可索，只要你有一颗肯接纳的心。

在中国，那些小小的差误，那些无心的过失，都有如偏离大道以后的叉路。叉路亦自有其可观的风景，“曲径”似乎反而理直气壮地可以“通幽”。错有错着，生命和人世在其严厉的大制约和惨烈的大叛逆之外也何妨采中国式的小差错小谬误或小小的不精确。让叉路可以是另一条大路的起点，容错误是中国式故事里急转直下的美丽情节。

不知道他回去了没有

车子是一辆野鸡车，拉够客人就走的那种。路程是从中坜到台北——一小时的因缘聚散。

大家互不相识，看来也没有谁打算应酬谁，车一上路，大家就闭目养起神来。

“慢点，慢点，”后座有一个老妇人叫起来，“不要超车——”

“免惊啦!”司机是志得意满的少年家，“才开一百就叫快，我开一百四都不怕的。”

大家又继续养神，阳光很好，好到让人想离开车子出去走走。

“要说出事情，也出过一次的啦!”没有人问他，他自顾自地说起来，“坏运，碰到一个老芋仔（按指老兵），我原来想，这人没有老婆儿子，不会来吵。后来才知道，他的朋友不知有多少哇！全来了，我想完了，这下不知要开多少钱。最后他们老连长出来说话了，他说：‘人死了，不用赔。火葬费我们大家凑，也不要你出。但有一天可以回大陆的时候，你就要给他披麻戴孝，把他送回安徽去下葬。’”

“安徽？阿娘喂，我哪里知道安徽在哪里啊？”

“可是那时候也没办法，他又不要钱，我只好答应了。现在那老连长还一年半年就打电话来，我想想就怕，安徽是不是比美国还远啊？”

——这是十五年前的旧事了，开放回大陆探亲以后，我常想起司机口中那遭人撞死的老芋仔。他，和他的骨灰，不知有没有回去？不知有没有人为他披麻戴孝地送他回到安徽？

传说中的宝石

那年初秋，我们在韩国庆州土含山佛国寺观日出。

清晨绝冷，大家一路往更高更冷的地方爬上去，爬到一座佛寺，有人出面为那座并不起眼的佛像作一番解释：

“啊哟！你们来的时候不对！如果你们是十二月二十二号那天来，就不得了啦！那菩萨的额头中间嵌着一块宝石哩！到了十二月二十二号那天早晨，太阳的角度刚好照在那块宝石上，就会射出千千万万条光芒，连海上远远的渔船都看得见呢！”

我们没有看到那出名的“石窟庵菩萨”的奇景，只好把对方词不达意的翻译放在心上，一面将信将疑地继续爬山路。那天早晨我们及时到达山顶，兴奋地从云絮深处看那丸蹦跃而出的血红日头。

每想起庆州之行虽会回想那看得到的日出胜景，却不免更神往那未曾看到的万道华彩。其辉灿绚丽处，果如传说中说的那么神奇吗？后来又听人说，那块宝石早就失窃了。果真失窃，那么，看不到奇景的遗憾，就不仅是我一个人的了。这件事在我心里渐渐变成一件美丽的疑案，我常想，如果宝石尚在，每一年的某月某时某分，太阳就真可以将一块菩萨额头的宝石折射成万道光华吗？我不知道，然而，我却知道——

如果，清晨时分我面对太阳站立，那么，我脸上那平凡安静的双瞳也会因日出而幻化为光辉流烁的稀世黑晶宝石！不必等什么十二月二十二日，每一天的日出，我的眼睛都可自动对准太阳而射出欢呼和华彩——并且，这一块（不，这两块）永不遭窃。除非，有一天，时间之神自己亲手来将它取回。

我于是憬悟到自身的庄严、灿美，原来尤胜于在深山莲花座上趺坐的石佛。

人生的什么和什么

她的手轻轻地搭在方向盘上，外面下着小雨。收音机正转到一个不知什么台的台上，溢漫出来的是安静讨好的古典小提琴。

前面是隧道，车如流水，汇集入洞。

“各位亲爱的听众，人生最重要的事其实只有两件，那就是……”

主持人的声音向例都是华丽明亮的居多，何况她正在义无反顾地宣称这项真理。

她其实也愿意听听这项真理，可是，这里是隧道，全长五百公尺，要四十秒钟才走得出来，隧道里面声音断了，收音机只会嗡嗡地响。她忽然烦起来，到底是哪两项呢？要猜，也真累人，是“物质与精神”吗？是“身与心”吗？是“爱情与面包”吗？是“生与死”吗？或“爱与被爱”？隧道不能倒车，否则她真想倒车出去听完那段话再进来。

隧道走完了，声音重新出现，是音乐，她早料到了四十秒太久，按一分钟可说二百字的广播速度来说，播音员已经说了一百五十字了，一百五十字，什么人生道理不都给她说完了吗？

她努力去听音乐，心里想，也许刚才那段话是这段音乐的引言，如果知道这段音乐，说不定也可以又猜出前面那段话。

音乐居然是《彼得与狼》——这当然不会是答案。

依她的个性，她知道自己会怎么做，她会再听下去，一直听到主持人播报他们电台和节目的名字，然后，打电话去追问漏听的那一段来，主持人想必也很乐意回答。

可是，有必要吗？四十岁的人了，还要知道人生最重要的事是“什么和什么”吗？她伸手关上了收音机，雨大了，她按下雨刷。

生命，以什么单位计量

这是一家小店铺，前面做门市，后面住家。

星期天早晨，老板娘的儿子从后面冲出来，对我大叫一句：

“我告诉你，我的电动玩具比你多！”

我不知道他在跟谁说话，四面一看，店里只我一人，我才发现，这孩子在跟我作现代版的“石崇斗富”。

“你的电动玩具都是小的，我的，是大的！”小孩继续叫阵。

老天爷，这小孩大概太急于压垮人，于是饥不择食，居然来单挑我，要跟我比电动玩具的质跟量。我难道看起来会像一个玩电动玩具的小孩吗？我只得苦笑了。

他其实是个满清秀的小孩，看起来也聪明机伶，但他为什么偏偏要找人比电动玩具呢？

“我告诉你，我根本没有电动玩具！”我弯腰跟那小孩说，“一个也没有，大的也没有，小的也没有——你不用跟我比，我根本就没有电动玩具，告诉你，我一点也不喜欢电动玩具。”

小孩目瞪口呆地望着我，正在这时候，小孩的爸爸在里面叫他：

“回来，不要烦客人。”

（奇怪的是他只关心有没有哪一宗生意被这小鬼吵掉了，他完全没想到说这种话的儿子已经很有毛病了。）

我不能忘记那小孩惊奇不解的眼神。大概，这正等于你驰马行过草原有人拦路来问：

“远方的客人啊，请问你家有几千骆驼？几万牛羊？”

你说：

“一只也没有，我没有一只骆驼，一只牛，一只羊，我连一只羊蹄也没有！”

又如雅美人问你：“你近年有没有新船下水？下水礼中你有没有准备够多

的芋头?”

你却说:

“我没有船，我没有猪，我没有芋头!”

这是一个奇怪的世界，计财的方法或用骆驼或用芋头，或用田地，或用妻妾，至于黄金、钻石、房屋、车子、古董——都是可以计算的单位。

这样看来，那孩子要求以电动玩具和我比画，大概也不算极荒谬吧!

可是，我是生命，我的存在既不是“架”、“栋”、“头”、“辆”，也不是“亩”、“艘”、“匹”、“克拉”等等单位所可以称量评估的啊!

我是我，不以公斤，不以公分，不以智商，不以学位，不以畅销的“册数”。我，不纳入计量单位。

我知道你是谁

一

在这八月的烈阳下，在这语音聱牙的海口腔地区，我们开着车一路往前走，路上偶然停车，就有人过来点头鞠躬，我站在你身旁，狐假虎威似的，也受了不少礼。

——这时候，我知道你是谁，你的名字叫做“医生”。

到了这种乡下地方，我真是如鱼得水，原因说来也简单可笑，只因我爱瓮。而这里，有取之不尽的破瓦烂罐。老一辈用的咸菜瓮，如今弃置在墙角路旁，细细的口，巨大的腹——像肚子里含蕴了千古神话的老奶奶，随时可以为你把英雄美人、成王败寇的故事娓娓说上一箩筐。

而这样的瓮偶然从蔓草丛里冒出头来，有时蹲在一只老花猫的爪下，有时又被牵牛花的紫毯盖住，沉沉睡去。

“老师，你看上了什么瓮，就告诉我，这里的人我都认识，瓮这种东西，反正他们也不太用了，只要我开口，他们大概总是肯卖肯送的。”

然而这也不是什么“伯乐过处，万马空群”的事业，所谓爱瓮，也不过乞得一两只回家把玩把玩，隐隐然觉得自己拥有一些像“宇宙黑洞”般的神秘空间罢了。

捡了两个瓮，你忽然说：“我得去一位老阿婆家，我估计她这两天差不多了，我得去给她签死亡证明。”

我们走进三合院，是黄昏了，夕阳凄艳，小孩子满院乱跑，红面番鸭走前巡后，一盆纸钱熊熊烧着，老阿婆是过世了。

全家人在等你，等你去签名，等你去宣告，宣告一个生命庄严地落幕。我站在旁边，看安静的中堂里，那些谦卑认命的眼睛。（真的，跟死亡，你有什么可争的呢？）也许是缘分吧？我怎会千里迢迢跑到这四湖乡来参与一个老妇人的终极仪式呢？斜阳依依，照着庭院中新开的“煮饭花”（可叹那煮饭一世的妇人，此刻再也不能起身去煮饭了），我和这些陌生人一起俯首为生命本身的“成”、“坏”过程而悲伤。

——那时候，我知道你是谁，你这曾经与我一同分享过大一国文课程的孩子，如今，你的名字叫“医生”。

二

借住在蔡家，那家人，我极喜欢，虽然有点受不了海口腔的台语。

喜欢那只牛，喜欢那夜晚多得不可胜数的星星，喜欢一家人脸上纯中国式的淡淡木木的表情。（是当今世上如此稀有的表情啊！）

你说，这一带的农人，他们使用农药，农药令整个台湾受害，但他们自己也是受害人。在撒毒的时候，他们自己也慢性中毒，许多人得了肝病。蔡老先生的肝病其实也不轻了。送我回蔡家，顺便也给蔡老先生看看病。

“自从用药以后，”你暗暗对我说，“出血止住，大便就比较漂亮了。”

对一生追求文学之美的我来说，你的话令我张口错愕，不知如何回答。在这个世界上，像“漂亮”这样的形容词和“大便”这样的主词是无论如何也接不上头的啊！

然而我知道，你说这话是诚心诚意的，这其间自有某种美学。

我对这种美学肃然起敬。

只因我知道持这种美学的人是谁，那是你——医生。

三

人山人海，医院门口老是这样，我和季坐在诊疗室一隅，等你看完最后的病人。

走进诊疗室的是一个小男孩和他的母亲，母亲很紧张，认为小孩可能有疝气。小孩大概才六七岁吧！

你故意和小孩东聊西扯，想缓和一下气氛，而那母亲，那乡下地方的女人，对聊天倒很能进入情况，可以立刻把什么人的什么事娓娓道来，小孩的恐惧也渐渐有点化解的样子。

由于孩子长得矮，你叫他站在诊疗床上。

“脱下裤子来让我看看!”大概你认为时机成熟了。

没想到小男孩比电检处更讲究“三点不露”的原则，他一手护住裤腰，一手用力推了你一把，嘴里大叫一声：

“你三八啦!”

我和季忍俊不禁，大笑起来。

我想起小时候看的一幅漫画，一个小男孩用他暗藏的水枪射了医生一头一脸，然后，他理直气壮地向尴尬的母亲解释道：

“是他，他先用槌子敲我膝盖，我才射他的!”

原来小病人有那么难缠。我想，这种事也只是很小很小的 Case 罢了，麻烦的事，一定还多着呢!

但我相信你能对付的，因为，我知道你是谁，你的名字叫“医生”。

四

“有时候，我充满无力感。”

下午的诊所里，你的侧影有些忧伤。

“我忽然发现医疗能做的很少，环境才是最重要的，如果水不好了，食物不对了，医疗又能补救什么呢?”

你碰到我此生最痛最痛的问题了，我不敢和你谈下去。全世界的环境都坏了，台湾也坏了。幼小时节那些清澈见底的小河，河里随便一捞就是一把的小鱼小虾哪里去了？那些树、那些鸟、那些蝉、那些萤火虫，都一一到哪里去了?

我知道你的忧伤，你的痛。正如在百年前的习医的孙中山和鲁迅心中，也各有其痛。我认识你，你的忧世的面容。你，一个“医生”。

五

“病人一直拉肚子，一直拉，但是却找不出原因来，”你说，“经过会诊，还是找不出原因来，最后，就送到精神科来。”

那是一场小型的有关精神病学的演讲，但不知为什么，听着听着，令人眼中涨满泪意。

“我慢慢和他谈话，发现他是个只身在台的老兵，想回老家，可是那时候还没解严，不准回去。他原来是该痛哭流涕的，可是这又是个不让男人可以哭的社会，他的身体于是就选择了腹泻来抗议……”

这是精神医学吗？我竟觉得自己在听一首诗的精心的笺注，一首属于这世纪的悲伤史诗的笺注。

那个病人，就如此一直流耗着，一直消减着。我想起这事，就要落泪，为病人，也为那窥及灵魂幽秘处的精神医学……

是的，我知道你是谁，你这因了解太多而悸动不已的人，你，医生。

六

因为要参加一个校际朗诵比赛，你们便选了诗，进行练习。我是指导老师，在台下一遍遍地听，一遍遍地修正。

其中有一句独诵是你的，但每次你用极低沉哀缓的声音念：“当——我——年——老——”同学就吃吃地笑出声来。并不是你念得不好，而是一颗年轻的心实在不知道什么叫“年老”。把“年老”两字交给十八岁的人去念一念，对他们已足以构成一个荒谬古怪的笑话，除了好笑还是好笑，此外再无其他。

但是，事情渐渐居然变得不再好笑了。那句话像什么奇怪的咒语，渐渐逼到眼前来了。老韩院长匆匆去了，一位姓周的职员也去了——我一直记得他絮絮叨叨地跟我说，你知道吗？你知道吗？开始有阳明的时候，那些办公桌是怎么运来的，全是我用我这个背一张张背上来的呀。——然而，他们走了。

曾有一个同学，极长于模仿老韩院长的声音，凡遇什么有趣的场合，总要抓他表演一番。他则老喜欢学那一段老韩院长最爱自卖自夸赞赏阳明人的话：

“We are second to none.”

当年他学的时候，大家都开心、都笑，都有大人物遭丑化的无伤大雅的喜悦。而现在，我多想再听一遍那仿制的声音，也许听了以后会哭，但毕竟是久违的故人的声音。就算是仿制的。

“当——我——年——老——”

原来那样的诗不仅是供作朗诵比赛用的句子，它真的蹦到我们的生活里来了。不，不仅是“当我年老”，还可以是“当我死去——”

我看着你，你正盛年，但那咒语是谁都逃不过的。于是，我看见你们茂美的青发渐渐凋萎稀少，眼角的鱼纹趑趄游来……

“当我年老——”

当我年老，我知道你们的精神生命里曾有一滴半滴属于我的血，我为此，合十感谢。

当你年老，我知道属于你的一生已经全额付出。

二千年前的英雄凯撒可以这样扬声呼喊：

> 我来了，
> 我看见了，
> 我征服了。

你我却可以轻轻地说：

> 我来了，
> 我看见了，
> 我给予了。

而在你漫长一生的给予之后，我会躲在某个遥远的云端鼓掌、喝彩，说：“啊，我知道你是谁，你是医生。”

后记： 1. 这里所写的人都是跟阳明有关的师生，但不指一个人。

2. “老韩院长”并不老，他去世时才五十多岁，称老韩院长是因为后来来了位“新韩院长”。

我有一个梦

楔　子

四月的植物园，一头走进去，但见群树汹涌而来，各绿其绿，我站在旧的图书馆前，心情有些迟疑。新荷已“破水而出”，这些童年期的小荷令人忽然懂得什么叫疼怜珍惜。

我迟疑，只因为我要去找刘白如先生谈自己的痴梦，有求于人，令我自觉羞惭不安，可是，现在是春天，一切的好事都应该可以有权利发生。

似乎是仗了好风好日的胆子，我于是走了进去，找到刘先生，把我的不平和愿望一五一十地说了。我说，我希望有人来盖一间国文教室——在这自认是中国的土地上——盖一间合乎美育原则的，像中国旧式书斋的教室。

我把话说得简单明了，所以只消几句就全说完了。

“构想很好，”刘先生说，“我来给你联络台中明道中学的汪校长。”

“明道是私立中学，”我有点担心，“这教室费财费力，明道未必承担得下来，我看还是去找教育部或教育厅来出面比较好。”

“这你就不懂了，还是私立学校单纯——汪校长自己就做得了主。如果案子交给公家，不知道要左开会右开会，开到什么时候?”

我同意了，当下又聊了些别的事，我即开车回家，从植物园到我家，大约十分钟车程。

走进家门，尚未坐下，电话铃已响，是汪校长打来的，刘先生已把我的想法都告诉他了。

“张教授，我们原则上就决定做了，过两天，我上台北，我们商量一下细节。”

我被这个电话吓了一跳，世上之人，有谁幸运似我，就算是暴君，也不能强迫别人十分钟以后立刻决定承担这么大一件事。

我心里涨满谢意。

二年以后，房子盖好了，题名为“国学讲坛”。

一开始，刘先生曾命我把口头的愿望写成具体的文字，可以方便宣传，我谨慎从命，于是写了这篇《我有一个梦》。

我有一个梦。

我不太敢轻易地把这梦说给人听，怕遭人耻笑——毕竟，在这个世界上敢于去梦想的人并不多。

让我把故事从许多年前说起：南台湾的小城，一个女中的校园。六月，成串的黄花沉甸甸地垂自阿勃拉花树。风过处，花雨成阵，松鼠在老树上飞奔如急箭，音乐教室里传来三角大钢琴的净琮流泉……

啊！我要说的正是那间音乐教室！

我不是一个敏于音律的人，平生也不会唱几首歌，但我仍深爱音乐。这，应该说和那间音乐教室有关吧！

我仿佛仍记得那间教室：大幅的明亮的窗，古旧却完好的地板，好像是日据时期留下的大钢琴，黄昏时略显昏暗的幽微光线……我们在那里唱“苏连多岸美丽海洋”，我们在那里唱《阳关三叠》。

所谓学习音乐，应该不止是一本音乐课本、一个音乐老师。它岂不也包括那个阵雨初霁的午后，那薰人欲醉的南风，那树梢悄悄的风声，那典雅的光可鉴人的大钢琴，那开向群树的格子窗……

近年来，我有机会参观一些耗资数百万或上千万的自然科学实验室。明亮的灯光下，不锈钢的颜色闪烁着冷然且绝对的知性光芒。令人想起伽利略，想起牛顿，想起历史回廊上那些伟大耸动的名字。实验室已取代古人的孔庙，成为现代人知识的殿堂，人行至此都要低声下气，都要“文武百官，至此下马”。

人文方面的教学也有这样伟大的空间吗？有的。英文教室里，每人一副耳机，清楚的录音带会要你把每一节发音都校正清楚，电视画面上更有生动活泼的镜头，诱导你可以做个“字正腔圆”的“英语人”。

每逢这种时候，我就暗自叹息，在我们这号称为中国的土地上，有没有哪一个教育行政人员，肯把为物理教室、化学教室或英语教室所花的钱匀出一部分用在中国语文教室里的？换句话说，我们可以来盖一间国学讲坛吗？

当然，你会问：“国学讲坛？什么叫国学讲坛？国文哪需要什么讲坛？国学讲坛难道需要望远镜或显微镜吗？国文曾需要光谱仪吗？国文教学不就只是一位戴老花眼镜的老先生凭一把沙喉老嗓就可以廉价解决的事吗？”

是的，我承认，曾经有位母亲，蹲在地上，凭一根树枝、一堆沙子，就这样，她教出了一位欧阳修来。只要有一公尺见方的地方，只要有一位热诚的教师和学生，就能完成一场成功的教学。

但是，现在是九十年代了，我们在一夕之间已成暴富，手上捧着钱茫茫然不知该做什么……为什么在这种时候，我们仍然要坚持阳春式的国文教学呢？

我有一个梦。（但称它为梦，我心里其实是委屈的啊！）

我梦想在这号称为中国的土地上，除了能为英文为生物为化学为太空科学设置实验室之外，也有人肯为国文设置一间讲坛。

我梦想一位国文老师在教授“好鸟枝头亦朋友，落花水面皆文章”的时候，窗外有粉色羊蹄甲正落入春水的波面，苦楝树上也刚好传来鸟鸣，周围的环境恰如一片舞台布景板，处处笺注着白纸黑字的诗。

晚明吴从先有一段文字令人读之目醉神驰，他说：“斋欲深，槛欲曲，树欲疏，萝薜欲青垂；几席、阑干、窗窦，欲净滑如秋水；榻上欲有云烟气；墨池、笔床，欲时泛花香。读书得此护持，万卷尽生欢喜。琅嬛仙洞，不足羡矣。”

吴从先又谓：“读史宜映雪，以莹玄鉴。读子宜伴月，以寄远神。……读《山海经》、《水经》、丛书小史，宜倚疏花瘦竹，冷石寒苔，以收无垠之游，而约缥缈之论。读忠烈传，宜吹笙鼓瑟以扬芳。读奸佞传，宜击剑捉酒以销愤。读‘骚’宜空山悲号，可以惊壑。读赋宜纵水狂呼，可以旋风……”

——啊，不，这种梦太奢侈了！要一间平房，要房外的亭台楼阁花草树木，要春风穿户，夏雨叩窗的野趣，还要空山幽壑，笙瑟溢耳。这种事，说出来——谁肯原谅你呢？

那么，退而求其次吧！只要一间书斋式的国学讲坛吧！要一间安静雅洁的书斋，有中国式的门和窗，有木质感觉良好的桌椅，你可以坐在其间，你可以第一次觉得做一个中国人也是件不错的事，也有其不错的感觉。

那些线装书——就是七十多年前差点遭一批激进分子丢到茅厕坑里去的那批——现在拿几本来放在桌上吧！让年轻人看看宋刻本的书有多么典雅娟

秀，字字耐读。

教室的前方，不妨有“杏坛”两字，如果制成匾，则悬挂高墙，如果制成碑，则立在地上。根据《金石索》的记录，在山东曲阜的圣庙前，有金代党怀英所书“杏坛”两字，碑高六尺（指汉制的六尺），宽三尺，字大一尺八寸。我没有去过曲阜，不知那碑如今尚在否？如果断碑尚存，则不妨拓回来重制，如果连断碑也不在了，则仍可根据金石索上的图样重刻回来。

唐人钱起的诗谓：“更怜童子宜春服，花里寻师到杏坛。”百年来我们的先辈或肝脑涂地或胼手胝足，或躲在防空洞里读其破本残卷，或就着油灯饿着肚子皓首穷经——但这一切是为了什么？岂不是为了让我们的下一代活得幸福光彩，让他们可以穿过美丽的花径，走到杏坛前去接受教化，去享受一个中国少年的对中国文化理所当然的继承权。

教室里，沿着墙，有一排矮柜，柜子上，不妨放些下课时可以把玩的东西。一副竹子搁臂，凉凉的，上面刻着诗。一个仿制的古瓮，上面刻着元曲，让人惊讶古代平民喝酒之际也不忘诗趣。一把仿同治时代的茶壶，肚子上面刻着一圈二十个字：“落雪飞芳树，幽红雨淡霞，薄月迷香雾，流风舞艳花。”学生正玩着的时候，你可以告诉孩子们这是一首回文诗，全世界只有中国语言可以做的回文诗。而所谓回文诗，你可以从任何一个字念起，意思都通，而且都押韵。当然，如果教师有点语言学的知识，他可以告诉孩子汉语是孤立语（Isolating Language）跟英文所属的屈折语（Inflectional Language）不同。至于仿长沙马王堆的双耳漆器酒杯，由于是纱胎，摇起来里面还会响呢！这比电动玩具可好玩多了吧？酒杯上还有篆文，“君幸酒”三个字，可堪细细看去。如果找到好手，也可以用牛肩胛骨做一块仿古甲骨文，所谓学问，有时固然自苦读中得来，有时也不妨从玩耍中得来。

墙上也有一大片可利用的地方，拓一方汉墓石，如何？跟台北画价动辄十万相比，这些古物实在太便宜了，那些画像砖之浑朴大方，令人悠然神往。

如果今天该讲岳飞的《满江红》，何不托人到杭州岳王坟上拓一张岳飞真迹来呢！今天要介绍“月落乌啼霜满天”吗？寒山寺里还有俞樾那块诗碑啊！如果把康南海的那一幅比照来看，就更有意思，一则“古钟沦日史”的故事已呼之欲出。杜甫成都浣花溪的千古风情，或诸葛武侯祠的高风亮节，都可以在一幅幅挂轴上留下来。

你喜欢有一把古琴或古筝吗？有，也可以，没有，也可以。这种事不妨即兴。

你喜欢有一点檀香加茶香吗？有，也可以，没有，也可以。这种事只消随缘。

如果学生兴致好，他们可以在素净的钵子里养一盆素心兰，这样，他们会了解什么叫中国式的芬芳。

教室里不妨有点音响设备，让听惯麦当娜的耳朵，听一听什么叫笛？什么叫箫？什么叫“把乌”？什么叫筚篥……

你听过“鱼洗”吗？一只铜盆，里面刻镂着细致的鱼纹，你在盆里注上大半盆水，然后把手微微打湿，放在铜盆的双耳上摩擦，水就像细致如丝的喷柱，激射而出——啊，世上竟有这么优雅的玩具。当然，如果你要用物理上的“共振”来解释它，也很好。如果你不解释，仅只让下了课的孩子去“好奇一下”，也就算够本。

如果有好端砚，就放一方在那里。你当然不必迷信这样做就能变化气质。但砚台也是可以玩可以摸的，总比玩超人好吧？那细致的石头肌理具有大地的性格，那微凹的地方是时间自己的雕痕。

你要让年少的孩子去吃麦当劳，好吧，由你。你要让他们吃肯德基？好，请便。但，能不能，在他年少的时候，在小学，在中学，或者在大学，让他有机会坐在一间中国式的房子里。让他眼睛看到的是中国式的家具和摆设，让他手摸到的是中国式的器皿，让他——我这样祈祷应该不算过分吧——让他忽然对自己说：“啊！我是一个中国人！”

音乐有教室，因为它需要一个地方放钢琴。理化有教室，因为它需要一个空间放仪器。“国父思想”和“军训”各有教室，体育则花钱更多。那么，容不容许辟一间国学讲坛呢？这样的梦算不算妄想呢？如果我说，教国文也需要一间讲坛——那是因为我有一整个中国想放在里面啊！

我有一个梦！这是一个不忍告诉别人，又不忍不告诉别人的梦啊！

我想走进那则笑话里去

围坐喝茶的深夜，听到这样的笑话：

有个茶痴，极讲究喝茶，干脆去住在山高泉冽的地方，他常常浩叹世人不懂品茶。如此，二十年过去了。

有一天，大雪，他瀹水泡茶，茶香满室，门外有个樵夫叩门，说：

“先生啊！可不可以给我一杯茶喝？”

茶痴大喜，没想到饮茶半世，此日竟碰上闻香而来的知音，立刻奉上素瓯香茗，来人连尽三杯，大呼，好极好极，几乎到了感激涕零的程度。

茶痴问来人：

“你说好极，请说说看，这茶好在哪里？”

樵夫一面喝第四杯，一面手舞足蹈：

“太好了，太好了，我刚才快要冻僵了，这茶真好，滚烫滚烫的，一喝下去，人就暖和了。”

因为说的人表演得活灵活现，一桌子的人全笑了，促狭的人立刻现炒现卖，说：

“我们也快喝吧，这茶好吔！滚烫哩！”

我也笑，不过旋即悲伤。

人方少年时，总有些耽溺于美。喝茶，算是生活美学里的一部分。凡有条件可以在喝茶上讲究的人总舍不得不讲究。及至中年，才不免惘然发现，世上还有美以外的东西。

大凡人世中的美，如音乐，如书法，如室内设计，如舞蹈，总要求先天的敏锐加上后天的训练。前者是天分，当然足以傲人，后者是学养，也是可以自豪的。因此，凡具有审美眼光之人，多少都不免骄傲孤慢吧？《红楼梦》里的妙玉已是出家人，独于“美字头上”勘不破，光看她用隔年雨水招待贾母刘姥姥喝茶，喝完了，她竟连“官窑脱胎白盖碗”也不要了——因为嫌那些俗人脏。

黛玉平日虽也是个小心自敛的寄居孤女，但一谈到美，立刻扬眉瞬目，眼中无人，不料一旦碰上妙玉，也只好败下阵来，当时妙玉另备好茶在内室相款，黛玉不该问了一句：

“这也是旧年的雨水？”

妙玉冷笑一声：

“你这么个人，竟是个大俗人，连水也尝不出来！这是五年前我在玄墓蟠香寺住着收的梅花上的雪，统共得了那一鬼脸青的花瓮一瓮，总舍不得吃，埋在地下，今年夏天才开了，我只吃过一回，这是第二回了。你怎么尝不出来？隔年蠲的雨水，哪有这样清凉？如何吃得？”

风雅绝人的黛玉竟也有遭人看作俗物的时候，可见俗与不俗有时也有点像才与不才，是个比较上的问题。

笑话里的俗人樵夫也许可笑，——但焉知那“茶痴”碰到“超级茶痴”的时候，会不会也遭人贬为俗物？

为了不遭人看为俗气，一定有人累得半死吧！美学其实严酷冷峻，间不容发。其无情处真不下于苛官厉鬼。

日本的十六世纪有位出身寒微的木下藤吉郎，一度改名羽柴秀吉，后来因为军功成为霸主，赐姓丰臣，便是后世熟知的丰臣秀吉。他位极人臣之余很想立刻风雅起来，于是拜了禅僧千利休学茶道。一切作业演练都分毫不差，可是千利休却认为他全然不上道。一日，丰臣秀吉穿过千利休的茶庵小门，见墙上插花一枝，赶紧跑到师父面前，巴巴地说了一句看似开悟的话：

“我懂了！”

千利休笑而不答——唉！我怀疑这千利休根本是故布陷阱。见到花而大叫一声“我懂了”的徒弟，自以为因而可以去领“风雅证书”了，却是全然不解风情的。我猜千利休当时的微笑极阴险也极残酷。不久之后，丰臣就借故把千利休杀了，我敢说千利休临刑之际也在偷笑，笑自己有先见之明，早就看出丰臣秀吉不能身列风雅之辈。

丰臣秀吉大概太累了，“风雅”两字令他疲于奔命，原来世上还有些东西比打仗还辛苦。不如把千利休杀了，从此一了百了。

相较之下，还是刘姥姥豁达，喝了妙玉的茶，她竟敢大大方方地说：

"好虽好，就是淡了些。"

众人要笑，由他去笑，人只要自己承认自己蠢俗，神经不知可以少绷断多少根。

那一夜，在众人的哄笑声中，我真想走到那则笑话里去，我想站在那茶痴面前，他正为樵夫的一句话气得跺脚，我大声劝他说："别气了，茶有茶香，茶也有茶温，这人只要你的茶温不要你的茶香，这也没什么呀！深山大雪，有人因你的一盏茶而免于僵冻，你也该满足了。是这人来——虽然是俗人——你才有机会可以得到布施的福气，你也大可以望天谢恩了。"

怀不世之绝技，目高于顶，不肯在凡夫俗子身上浪费一丝一毫美，当然也没什么不对。但肯起身为风雪中行来的人奉一杯热茶，看着对方由僵冷而舒活起来，岂不更为感人——只是，前者的境界是绝美的艺术，后者大约便是近乎宗教的悲悯淑世之情了。

你我间的心情，哪能那么容易说得清道得明

——序长安版的《从你美丽的流域》

你我间的心情，哪能那么容易说得清道得明呢？

我们坐在敦煌莫高窟前。

这里，就在这里，我已来过一千次——只是，前一千次都在魂思梦想里。

他，是一个尽责的随团记者，因为答应给某杂志写稿，此刻，他便正经八百地问起问题来：

“说说你这次丝路之旅的感想好吗？”

他备好纸笔，按下录音机：

“我——”

那时是正午，一尊尊菩萨都或坐或卧或立或欹在他们各自的洞窟里，他们那样华丽庄严，不涉一丝人世是非。烈日下，供人照相的骆驼也伏身休息。还有那些光鲜离奇的古装衣服正一套套吊在那里，艳魅诡异，令人错愕四顾，仿佛该有人来吹个唢呐什么的。

黄沙万里，弥天盖地，天色澄碧到近乎无情的程度，因为那蓝太纯，纯到不像真的，让人以为自己竟是坐在壁画里。

“啊！你叫我说什么呢？”我说，“在这个世界上，我也算是跑过许多地方了，北半球南半球东半球西半球，但如果我去印度，我可以冷眼看那些精美绝伦的古文化，以荒谬的身姿坐落在乌烟瘴气贫穷落后的现实社会里。看他们的好东西我会有纯粹的美的喜悦，但不会气血翻涌，引以自豪。至于那些肮脏鄙陋，我虽也颦眉叹气，但却不会有落泪长号的悲恸。就连在印度古堡里遭人扒窃，弄得自己捉襟见肘，也照样嘻嘻哈哈，面不改色。原因很简单，我之所以掉钱，是因为我碰上了‘坏人’，但这‘坏人’既是印度人，不是中国人，我也就没有彻骨的悲痛和愤根。”

“而在中国大陆旅行，心情就不一样，你不像那些法国人日本人，你注定不是个心情轻松的观光客。你前一分钟才为一个风景或一处古迹而感动流泪而以身为中国人自傲；可是后一分钟，你又为某件事情气到要吐血要骂人八代祖宗。而这时候，如果又有人来拉着你，叫你‘行个好’，给他钱去买个吃的，你真想放声大哭——平常，去任何地方旅行都能让身心休息，但到中国大陆不成，因为你对这块土地有情，因为你无可救药的还爱着自己的同胞手足。所以你忍不住又哭又笑又喜又怒又爱又恨，又祈祷又绝望，又祝福又咒诅……你简直不知怎么办，总之，你休想神经松弛。”

“你叫我说感想，我哪里来得及有感想，自己一颗心都不知要怎么安怎么放了，哪里来得及有什么感想……”

热沙在四面大野蹲踞，仿佛恶兽狺狺，随时可以前来扑杀行人。奇怪的是，这八月酷暑，不时仍有一丝凉风吹来。这既是天堂也是地狱的地方啊！

那记者听我一番话，也呆了。后来，他那稿子也不知怎么写的，我真的不是个良好的“受访人”，我应该好好发表三点或四点感想，然而我不能，我只能胡乱说出自己纠结盘曲的心情。

西安出版社要我为大陆版的《从你美丽的流域》写个序，我不知为什么，竟觉艰难。其实，此生此世，我一直渴望透过我深爱的方块字把我血脉中的沸腾的声音翻译出来，给我深爱的族人去一一共证。

其实事情是很简单的事情，只是心情复杂，唐人李频的诗或许很宜于描述我此刻的心事：

岭外音书绝
经冬复历春
近乡情更怯
不敢问来人

啊！亲爱的读者，你原是我至亲至挚的乡人，我们都已出发。我，以我的书，你，以你的视线。我们终必相逢，在书中某个江山幽极处，某个桃李照堂处。相逢之际我一时竟不知如何开口，你我间的心情哪能那么容易说得清道得明呢?

古代的诗人离家十一年已经近乡情怯，而我呢?离开故土已过了四十个多次“经冬复历春”了；是的，我不知道该跟你说什么。如果我也情怯，请谅解我吧!

你真好，你就像我少年伊辰

她坐在淡金色的阳光里，面前堆着的则是一垛浓金色的柑仔。是那种我最喜欢的圆紧饱甜的“草山桶柑”。而卖柑者向例好像都是些老妇人，老妇人又一向都有张风干橘子似的脸。这样一来，真让人觉得她和柑仔有点什么血缘关系似的，其实卖番薯的老人往往有点像番薯，卖花的小女孩不免有点像花蕾。

那是一条僻静的山径，我停车，蹲在路边，跟她买了十斤柑仔。

找完了钱，看我把柑子放好，她朝我甜蜜温婉地笑了起来——连她的笑也有蜜柑的味道——她说：“啊，你这查某真好，我知，我看就知——”

我微笑，没说话，生意人对顾客总有好话说，可是她仍抓住话题不放……

“你真好——你就像我少年伊辰一样——”

我一面赶紧谦称“没有啦”，一面心里暗暗好笑起来——奇怪啊，她和我，到底有什么是一样的呢？我在大学的讲堂上教书、我出席国际学术会议，我驾着标致的二〇五在山径御风独行。在台湾，在香港，在北京，我经过海关关口，关员总会抬起头来说：“啊，你就是张晓风。”而她只是一个老妇人，坐在路边，贩卖她今晨刚摘下来的柑仔。她却说，她和我是一样的，她说得那样安详笃定，令我不得不相信。

转过一个峰口，我把车停下来，望着层层山峦，慢慢反刍她的话，那袋柑仔个个沉实柔腻，我取了一个掂了掂。柑仔这种东西，连摸在手里都有极好的感觉，仿佛它是一枚小型的液态的太阳，可食、可触、可观、可嗅。

不，我想，那老妇人，她不是说我们一样，她是说，我很好，好到像她生命中最光华的那段时间一样好。不管我们的社会地位有多大落差，在我们共同对着一堆金色柑仔的时候，她看出来了，她轻易就看出来了，我们的生命基本上是相同的。我们是不同的歌手，却重复着生命本身相同的好旋律。

少年时的她是怎样的？想来也是个一身精力，上得山下得海的女了吧？

她背后山坡上的那片柑仔园，是她一寸寸拓出来的吧？那些柑仔树，年年把柑仔像喷泉一样从地心挥洒出来的，也是她当日一棵棵栽下去的吧？满屋子活蹦乱跳的小孩，无疑也是她一手乳养大的？她想必有着满满实实的一生。而此刻，在冬日山径的阳光下，她望见盛年的我向她走来购买一袋柑仔，她却想卖给我她长长的一生，她和一整座山的龃龉和谅解，她的伤痕和她的结痂。但她没有说，她只是温和地笑。她只是相信，山径上恒有女子走过——跟她少年时一样好的女子，那女子也会走出沉沉实实的一生。

我把柑仔掰开，把金船似的小瓣食了下去。柑仔甜而饱汁，我仿佛把老妇的赞许一同咽下。我从山径的童话中走过，我从烟岚的奇遇中走过，我知道自己是个好女人——好到让一个老妇想起她的少年，好到让人想起汗水，想起困厄，想起歌，想起收获，想起喧闹而安静的一生。

东邻的竹和西邻的壁

午夜，我去后廊收衣。

如同农人收他的稻子，如同渔人收他的网，我收衣服的时候，也是喜悦的，衣服溢出日晒后干爽的清香，使我觉得，明天，或后天，会有一个爽净的我，被填入这些爽净的衣衫中。

忽然，我看到西邻高约十五公尺的整面墙壁上有一幅画。不，不是画，是一幅投影。我不禁咋舌，真是一幅大立轴啊！

大画，我是看过的，大千先生画荷，用全开的大纸并排连作，恍如一片云梦大泽。我也曾在美国德州，看过一幅号称世界最大的画。看的时候不免好笑，论画，怎能以大小夸口？德州人也许有点奇怪的文化自卑感，所以动不动就要强调自己的大。那幅画自成一间收藏馆，进去看的人买了票，坐下，像看电影一样，等着解说员来把大画一处处打上照灯，慢慢讲给你听。

西方绘画一般言之多半作扁形分割，中国古人因为席地而坐，所以有一整面的墙去挂画，因而可以挂长长的立轴。我看的德州那幅大画便是扁形的，但此刻，投射在我西邻墙上的画却是一幅立轴，高达十五公尺的立轴。

我四下望了望，明白这幅投影画是怎么造成的了。原来我的东邻最近大兴土木，为自己在后院造了一片景致。他铺了一片白色鹅卵石，种上一排翠竹，晚上，还开了强光投射灯，经灯一照，那些翠竹便把自己“影印”到那面大墙上。

我为这意外的美丽画面而惊喜呆立，手里还抱着由于白昼的恩赐而晒干的衣服，眼中却望着深夜灯光所幻化的奇景。

这东邻其实和我隔着一条巷子，我们彼此并不贴邻，只是他们那栋楼的后院接着我们这栋的后院。三个月前他家开始施工，工程的声音成天如雷贯耳，住这种公寓房子真是“休戚与共”，电锯电钻的声音竟像牙医在我牙床上动工，想不头痛也难。三个月过去，我这做邻居的倒也得到一分意外的奖品，就是有了一排翠牛生的绿竹可以看。白天看不算，晚上还开了灯供你看，我想，这大概算是我忍受噪音的补偿吧?

我绝少午夜收衣服，所以从来没有看到这种娟娟竹影投向大壁的景致，今晚得见，也算奇缘一场。

古代有一女子，曾在夜晚描画窗纸上的竹影，我想那该算是写实主义的笔法。我看到的这一幅却不同，这一幅是把三公尺高的竹子，借着斜照的灯光扩大到十五公尺，充满浪漫主义的荒渺夸大的美感。

此刻，头上是台北上空有限的没有被光害完全掐死的星光，身旁又有奇诞如神话的竹影，我忽然充满感谢。想我半生的好事好像都是如此发生的：东邻种了一丛竹，西邻造了一堵壁，我却是站在中间的运气特别好的那一位，我看见了东园修竹投向西家壁面的奇景。

对，所有的好事全都如此发生，例如有人写了《红楼梦》，有人印了《红楼梦》，有人研究了红学，而我站在中间，左顾右盼，大快之余不免叫人来一起来瞧瞧，就这样，竟可以被叫做教授。又例如人家上帝造了好山好水，工人又铺了好桥好路，我来到这大块文章之前，喟然一叹，竟因而被人称为作家……

东邻种竹，但他看到的是落地窗外的竹，而未必见竹影。西邻有壁，但他们生活在壁内，当然也见不到壁上竹影。我既无竹也无壁，却是奇景的目击者和见证人。

是啊，我想，世上所有的好事都是如此发生的……

六　桥

——苏东坡写得最长最美的一句诗

这天清晨，我推窗望去，向往已久的苏堤和六桥，与我遥遥相对。我穆然静坐，不敢喧哗，心中慢慢地把人类和水的因缘回想一遍：

大地，一定曾经是一项奇迹，因为它是大海里面浮凸出来的一块干地。如果没有这块干地，对鲨鱼当然没有影响，海豚，大概也不表反对，可是我们人类就完了，我们总不能一直游泳而不上岸吧！

岸，对我们是重要的，我们需要一个岸，而且，甚至还希望这个岸就在我们一回头就可以踏上去的地方，（所谓“回头是岸”嘛!）我们是陆地生物，这一点，好像已经注定了。

但上了岸，踏上了大地，人类必然又会有新的不满足。大地很深厚沉稳，而且像海洋一样丰富。她供应的物质源源不绝。你可以欣赏她的春华秋实，她的横岭侧峰。但人类不可能忘情于水，从胎儿时代就四面包围着我们的水。水，一旦离开我们而去，日子就会变得很陌生很干瘪。

而古代中国是一个内陆国家，要想看到海，对大多数的人而言，并不容易。中国人主动去亲近的水是河水、江水、湖水。尤其是湖，它差不多是小规模的海洋。中国人动不动就把湖叫成海，像洱海、青海。犹太人也如此，他们的加利利海分明只是湖。

有了湖，极好——但人类还是不满足。人类是矛盾的，他本来只需要大水中有一块可以落脚的陆地，等有了陆地他又希望陆地中有一块小水名叫湖。有了这块小湖水，他更希望有一块小陆地，悄悄插入湖中，可以容他走进那片小水域里——那是什么？那是堤。

如果要给“堤”设一个谜语供小孩猜，那便该是：

水中有土、土中有水、水中又有土。

苏堤、白堤便是经两位大诗人督修而成的“诗意工程”。诗人，本是负责刺探人类心灵活动的情报员，他知道人类内心的隐情密意。他知道人类既需要大地的丰饶稳定，也需要海洋的激情浪漫。于是白居易挖了湖了又筑了堤

(农人因而得灌溉之利，常人却收取柳雨荷风)，后来苏东坡又补一堤。有名的白堤、苏堤就是指这两条带状的大地。

更有意思的是，有了长堤之后，有人更希望这块小土地上仍能有点水意。于是，苏堤中间设了六道桥，这六道桥的名字分别是映波、锁澜、望山、压堤、东浦、跨虹。桥有点拱背，中间一个圆洞，船只因而可以穿堤而过。如果再为“六桥”设一道谜题，那也容易，不妨写成下面这种笨笨的句子：

水中有土、土中有水、水中又有土、土中又有水。

这天早晨，我呆呆地望着这全长二点八公里的苏堤。由于拥有六座桥，刚好把苏堤分成七个段落，算来恰如一句七言。啊！那一定是苏东坡写得最长最大的一句七言了，最有气魄而且最美丽。

苏堤因为是无中生有的一块新地（浚湖而得的最高贵华艳的废土），所以不作经济利益的打算，只用来种桃花和杨柳。明代袁宏道形容此地，说：“六桥杨柳一络，牵风引浪，潇疏可爱”，苏轼的诗也说：“六桥横绝天汉上”。如果你随便抓一个中国人来，叫他形容天堂，大概他讲来讲去也跳不出“六桥烟柳”或“苏堤春晓”的景致。六桥，大概已是中国人梦境的总依归了。

我自己最喜欢的和六桥有关的句子出自元人散曲：

> 贵何如，贱何如？六桥都是经行处。（作者刘致）

对呀，在春暖花开的时候，难不成因为他是×主席或×部长，就可以用八只眼睛来看波光潋滟吗？不，在面对桃红柳绿的时刻，我们都只能虔诚的用两腿走过风景，用两眼膜拜，用一颗心来贮存，如此而已。

绝美的六桥，是大家都可以平等经行的，恰如神圣的智慧，无人不可收录在心。眼望着苏东坡生平所写下的最长最美的一句诗，我心里的喜悦平静也无限的华美悠长。

常玉，和他的小土钵

去年秋天，去看常玉的画，地点在历史博物馆。看常玉，而在史博馆，我觉得是完全正确的事。好的画当然送到全世界任何美术馆去展都毫无愧色，但水仙养在素瓷水盂里，衬以半白半透明的花莲水晶石，却当然是最美丽的。

常玉的画因为有一段故事，所以在历史博物馆里挂起来便显得特别登对，特别“非伊莫属”。

那故事是这样的：常玉当年在巴黎，那是五十年代的事了。当时的教育部长是黄季陆先生，黄很爱才，特别邀请常玉回国展画，常玉也答应了。大批画作于是便运到史博馆，机票钱当然尽快寄去。不料画家拿了钱，玩兴大发，忽然想到，埃及的阳光和金字塔应该更有趣一点。于是便从巴黎直奔埃及去玩了。等他玩回来，也不知拿什么钱来台湾，他不来，史博馆就等着，等着等着，画家竟死了。

史博馆得到大师的死讯，真是悲喜交集。悲的是大师已杳，喜的是大师无后，这些画肥水不落外人田，无意中落叶归根，全归了史博馆永久代为保管。冥冥中大师是否已经预知，他把原来预定现身在开幕酒会上的那个常玉送到埃及人面狮身巨像面前去了，在那巨大的美面前，生命已无憾，至于他留下的纰漏，他已用自己一生的画作来补过了。

那些画，往往因为一时手头没钱，（如果有钱，干嘛不喝酒呢?）便去找一幅门板木片来画。于是这世上便有了一批奇怪的“木板油画”。木板和油彩的关系有时不好，便会剥落一角，非常骇人。至美和至丑竟会在同一张画板上出现，那里面不免有些警世的意味。

史博馆的展览场有圈外廊，看累了可以出去看看荷花池，秋天没有荷花，只几茎残叶，但也够令人骋目的了。

那外廊还有个好处，如果你看画看到要流泪的程度，赶快奔出去倒是一处不错的泪亭——而看常玉的画是往往令人要堕泪的。

曾有一段时期，西洋画家好像总要画一画瓶花，其中也包括梵高那幅向日葵。西方画家画起花来淋漓饱满，令看画的人两只眼睛看到来不及的程度，真是繁花如锦，逼人痴醉。

常玉也画花，奇怪的是洋人画的是“切花”，常玉的花却种在小小的长方形土钵里。那钵，照我看分明也是常玉老家四川某窑的出品。常玉画花为什么非要附赠一小钵浅土不可呢？我想那就是他的坚持吧？客居岁月，在巴黎，在西方之美的霸权中心，他抵抗着，他画的小花树搞不好就是他自己吧？他心中必然也贮存了一小把泥土供自己活命用吧？

离奇的是那么小的钵那么浅的土，不但长出了一棵树，居然还开了一批小花，展了几片叶芽，甚至还停驻了一只小鸟，小鸟甚至还唱着歌。

我总觉得那花鸟那小树那土钵背后有一句等待解读的话——然而，不要，不要说破，史博馆有一面美丽的廊，且让我到那廊上去站一站吧！

我有一根祈雨棍

我有一根祈雨棍，我花钱买来的。

买的地点在加拿大的哥伦比亚冰原，这棍据说是北美印第安人用的。一般观光客为了省钱省力，大概会买根短棍（一尺或二尺长）做纪念品也就罢了。我却贪心，买了根最长的，是根足足四尺的长棍——店主人说祈雨棍最长也就这么长了。而棍子的直径大约是四公分。

扛着这么根长棍，我又一路旅行到阿拉斯加，在海湾里看杀手鲸和海豚优游，看冰崖雪崩的惊心景状。无论走到哪里，这大棍简直像京剧舞台上的齐眉棍，一路引人注目。

祈雨棍的材料是大仙人掌的空心直杆。杆子上原来长满一寸长的利刺，但在制作的时候他们先把杆子晒干，然后很巧妙地把一根根外刺反塞到棍子的内腹部，变成固定的内刺。一根棍子摘了刺，又晒得滑溜干挺，十分趁手。他们再把些小沙小石灌进棍子中空的位置，封好封口，晃动棍子，小沙小石便在众刺中间游走。密封的棍子是极好的共鸣箱，一时之间只闻飞沙走石之声盈盈乎耳，仿佛天风折黄云，迅雷动百草，大雨，显然已迫在眉睫，立刻会兜头兜脸地下下来。

想当年，莽莽的大草原上，清晨时分，上百巫师，一起举起他们的祈雨棍，那轰轰然如飙风如阵雷的声音节奏，必然令人动容。

我不是农人，对下雨不太有概念，雨对都市人造成种种不便，都市人简直希望雨水应该自动消失才好。但近年来水库缺水，我才蓦然惊觉原来雨水比汽油比金子都可贵。对了，如果雨水是人，我要劝他也不宜太好心，充分供应之余就会产生一群忘恩负义的家伙。应该适度缺货，人类才有“大旱望云霓”的谦卑渴想。人类很贱，过不得好日子，并且从来不懂得珍惜上帝不经祈求就赐下来的东西，像日光，像空气。

回到台湾，我把祈雨棍好好珍藏，并且不时拿出来晃两下，聆听那风狂雨骤的声音。祈雨棍提醒我做人宜卑微，原来，无论多么心高气傲的族类，真正碰到长期不下雨的场面，便不免慌了手脚。人类虽然也应自尊自重，但另一方面却也急需知道自己的有限有穷，能有一根祈雨棍来向我耳提面命，令我自卑自迩，也真是一件好事。

亲爱的上苍，请给我顺遂，请给我丰裕，但也时时容我稍稍感受枯竭的惶急和贫乏的伤痛。这样，在大雨沛然之际，我才懂得感恩。而且，如果我已顺遂到不知惶急和伤痛为何物，恐怕在这地球上，有一半的人口在忍受的那种心情已与我绝缘。

枯焦的大地上，我不尊贵，我俯伏，我是为普世的大旱跪求一滴甘霖的祈雨者。

一双小鞋

说起来，我的收藏品多半是路边捡来的，少半是以极便宜的价钱买的。只有偶然一两件是贵东西，其中一件是双旧鞋子。挂在墙上，非常不起眼，却花了我大约五千元台币。

我之所以买那双鞋是因为那是双旧式的小脚女人的鞋子。小鞋子我倒也看过许多，博物馆里有那小鞋绣得五彩斑斓，耀目生辉，大小差不多只够塞一只男人的大拇指，真是不可思议。其实那种鞋不是人穿的，是女信徒做来供奉给神明穿的——当然是供给女性神明。至于中国女人为什么认为女神也是裹小脚的？倒也费人思索，值得写出一本大书来。

而我买的这双鞋长度大约十六七公分，是女人穿的，而且穿得有些旧了。我把它挂在一块木板上，木板上还有另外收藏的六双鞋，多半是些小孩的虎头鞋凤头鞋，色泽活泼鲜丽。只有这双鞋，灰扑扑的，仿佛京剧里的苦旦穿着它走了千里万里了。每一根经线都是忍耐，每一根纬线都是苦熬。

我买这样一双鞋，挂在那里，是提醒我自己，女人，曾经是个受苦的族类。我今天能大踏着一双天足跑来跑去是某些先贤力争的结果——这一切，其实得来不易。

对先辈的女人我也充满敬意，她们终生拖着一双扭曲骨折的脚。但碰到逃荒的岁月，却也一样跑遍大江南北，她们甚至也下田也担水，也做许多粗活。她们是怎样熬过来的？她们令我惊奇，令历史惊奇。

望着那双不知哪一位女人穿过的小鞋，我的思绪不觉被牵往幽渺的年代。那女人可能只是个普通人家的妇女——如果是有钱人家，脚就会裹得更小，因为不太需要劳动——鞋子是黑布做的，不是华美典丽的那种，而且那黑色已穿得泛了灰，看来是走了不少路了。鞋上的绣花也适可而止，不那么花团锦簇。总之，那鞋怎么看都是贫苦妇女的鞋子，而贫苦妇女其实也就是受难妇女的同义词吧？我之所以买下这双灰头土脸的鞋子，其实也是对逝去年月中的受苦者的一点思忆之情吧？

讽刺的是，今天这个时代虽没有人会为小女孩裹脚了，可是女子的生命果真已是自由的不受摧折的生命吗?

当魔魇似的紧箍咒从脚趾移开的时候，它会不会变了相又钻到头脑和心灵里去了？不“裹脚”的女子能保证自己是不“裹脑”、不“裹心”的女子吗?

我常常呆望着那双小鞋而迷惑起来。

一只玉羊

它是一只羊，一只玉羊，静静地卧在橱架上，我也静静地看着它。

它的质地不好，用不着多么大的学问，就连我这样的外行也知道，那块玉已经差不多可以称之为石头了。

它的雕工也不好，粗疏的几刀，几乎有点草草了事。

何况它的价钱也不算太便宜。

但是，我终于决定，还是要把它买下来。当时我正走丝路，走到新疆的和阗。

小学时候读地理书，一直以为和阗玉是一种瓜果的名字，后来有次写作文，还说自己梦中到了新疆，吃了甜蜜的和阗玉，被老师说了一顿，气得终生不忘。

而当我来到和阗，和阗已无玉，据说好玉都到了苏州，那里师傅的手巧，懂得碾作。

和阗倒是有甜蜜多汁的葡萄，我想葡萄才是真正的和阗玉，和我童年梦中的滋味一样悠长。

但我还是决定买下那只玉羊，感动我的理由只有一个：那羊一眼看去，便知道是深深懂得羊的人雕出来的。搞不好那雕刻师傅本身便是牧羊人，养着成千上百的羊……

如果有人问我从哪一痕刀法里看出雕刻家是个熟悉羊只的人，我也说不上来，但那浑厚的大角，安定的神情，跪坐时端凝的架式都不是江南巧匠学得来的。这只玉羊的作手想必是闭着眼睛也能摹拟出羊的风姿神态的人。

我买它，便是基于这一重感动。我不是买羊，而是买了某个从小跟羊一起长大的人对羊的喜爱的感觉。

每当我把玩那只小羊，那种真实的喜爱的感觉就会来到我心中。

类同的感动后来在台北看“克尔玛克蒙古人”跳兔子舞的时候又出现一次。纯朴的舞者把自己扮成一只兔子，多疑的、不安的兔子，一会儿掀动鼻子，一会儿溜目回顾，一会儿拔腿狂奔，一会儿刨土自娱……他的舞不讲内涵、不讲象征、不求深度，他就是老老实实扮了一只兔子，但那其间有舞者从小在大草原上和兔子千百次交换目光之后的熟稔，使人动容的其实就是那份熟稔。

艺术能求精致当然很好，但最重要最感人的恐怕还是血肉相连的那份深知熟谙吧？

一　番

让我话从两头说起：

有一年，带孩子去日本玩，八月底九月初的天气，不料早晨薄凉，于是叫儿子穿件套头毛衣出去。逛到浅草一带，太阳出来了，忽然之间天气又恢复为夏日，孩子热得受不了，我只好打破旅行不购物的原则，去小店里为他找一件T恤。

找到一件草绿色的，那绿像军服的绿，胸前有二个橘色大字：一番。

一番？我有点吃惊，一番什么？一番春梦？一番爱情？一番人生，总之，不管什么活动，也只是走过一番罢了。

儿子后来飞快地长大了，这件衣服他再穿不下，我只好捡来自己穿。

故事的另一端是我有个香港朋友，男的，他有个女秘书。有次赴日本开会，他因业务需要便带着这位女秘书同行。不料这位女秘书一到日本立刻跟一位日本男孩热恋起来。会开完了，男孩竟抛了学业跟她回香港，女秘书当然也就辞了职结婚去了。男孩没有了学历，在香港又举目无亲，二人便转到澳门去做导游，专做日本观光客生意。后来又生了孩子，算是恩恩爱爱的一对标准夫妻。

有一天，这位朋友带我去澳门玩，加上他的公司员工，浩浩荡荡一队人马。到了澳门，想起从前那位女秘书，便打电话叫他们一家也来聚聚，于是他们抱着孩子前来赴席。

而那天，我身上便穿着那件"一番"衫。朋友介绍之后，日本男孩盯着我看了一下，忍住什么似的，欲言又止，终于没有说话。筵席快吃完了，男孩向我举杯，并且结结巴巴地开了口：

"你这件T恤，有没有多的一件？如果有，可不可以让给我，如果没有，可不可以就把这件让给我——这日本制的T恤，让我想起家来。"

我摇摇头，这件衣服有我和儿子的共同记忆，我舍不得卖它。男孩也很知趣，不再说什么。

我乘机问他“一番”在日本是什么意思，他说是“第一”的意思，我恍然失笑，原来不是指人生的一番历练。

那天晚上的饭局，他的脸上写满了落寞。

看得出来他深爱妻小，对自己的行业也很投入，但他脸上的落寞令我不忍。

大概，人类总有一个角落，是留给自己的族人的，那个角落，连爱情也填它不满。

一山昙花

“你们来晚了!”

我老是听到这句话。

旅行世界各地，总是有热心的朋友跑来告诉你这句话。

于是，我知道，如果我去年就来，我可以赶上一场六十年来仅见的瑞雪。或者如果一个月前来，丁香花开如一片香海，或者十天以前来，有一场热闹的庙会，一星期以前来，正逢热气球大赛，三天以前是啤酒节……

开头的时候，听到这样的话，忍不住跌足叹息，自伤命苦。久了，也就认了。知道有些好事情，是上天赏给当地居民的。旅客如果碰上了，是万幸，碰不上，是理所当然。凭什么你把“花枝春满”“天心月圆”的好景都碰上了?

因此，我到夏威夷，听朋友说:“满山昙花都开了——好像是上个礼拜某个夜里。”心里也只觉坦然，一面促他带我们仍去看看，毕竟花谢了山还在。

到得山边，不禁目瞪口呆，果真是满满一山仙人掌，果真每棵仙人掌都垂下一朵大大的枯萎的花苞。遥想上个礼拜千朵万朵深夜竞芳时，不知是如何热闹熙攘的局面。而此刻，我仿佛面对三千位后宫美女——三千位垂垂老去的美女，努力揣想她们当年如何风华正茂……

如果不是事先听友人说明，此刻我也未必能发现那些残花。花朵开时，如敲锣如打鼓，腾腾烈烈，声震数里，你想不发现也难。但花朵一旦萎谢，则枝柯间忽然幽阒如墓地，你只能从模糊的字迹里去辨认昔日的王侯将相才子佳人。

此时此刻，说不憾恨是假的，我与这一山昙花，还未见面，就已诀别。

但对这种憾恨我却早已经“习惯”了，人本来就不是有权利看到每一道彩虹的。王羲之的兰亭雅集我没赶上，李白宴于春夜桃李园我也没赶上。就算我能逆时光隧道赶回一千多年去参加，他们也必然因为我的女性身份而将我峻拒门外。是啊，不是所有的好事都是我可以碰上的，哥伦布去新大陆没带我同行，莎士比亚《李尔王》的首演日我没接到招待券。而地球的启动典礼上帝也没让我剪彩……反正，是好事，而被我错过的，可多着哪！这一山白灿灿的昙花又算什么！

我呆呆站在山前，久久不忍离去，这一山残花虽成往事，但面对它却可以容我驰无穷之想像，想一周前的某个深夜，满山花开如素烛千盏，整座山燃烧如月下的烛台，那夜可有人是知花之人？可有心是惜香之心？

凡眼睛无福看见的，只好用想像去追踪揣摩。凡鼻子不及嗅闻的，只好用想像去填充臆测。凡手指无缘接触的，也只得用想像去弥补假设——想像使我们无远弗届。

我曾淡忘无数亲眼目睹的美景，反而牢牢记住了夏威夷岛上不曾见识过的一山昙花。这世间，究竟什么才叫拥有呢？

"你的侧影好美!"

中午在餐厅吃完饭，我慢慢地喝下那杯茶，茶并不怎么好，难得的是那天下午并没有什么赶着做的事，因此就慢慢地一口一口地啜着。

柜台那里有个女孩在打电话，这餐厅的外墙整个是一面玻璃，阳光流泻一室。有趣的是那女孩的侧影便整个印在墙上，她人长得平常，侧影却极美。侧影定在墙上，像一幅画。

我坐着，欣赏这幅画，奇怪，为什么别人都不看这幅美人图呢？连那女孩自己也忙着说个不停，她也没空看一下自己美丽的侧影。而侧影这玩意其实也很诡异，它非常不容易被本人看到。你一转头去看它，它便不是完整的侧影了，你只能斜眼去偷瞄自己的侧影。

我又坐了一会儿，餐厅里的客人或吃或喝——他们显然都在做他们身在餐厅该做的事。女孩继续说个不停，我则急我的事，我的事是什么事呢？我在犹豫要不要跑去告诉那女孩关于她侧影的事。

她有一个极美的侧影，她自己到底知道不知道呢？也许她长到这么大都没人告诉过她，如果我不告诉她，会不会她一生都不知道这件事？

但如果我跑去告诉她，她会不会认为我神经兮兮，多管闲事？

我被自己的假设苦恼着，而女孩的电话看样子是快打完了。我必须趁她挂上电话却犹站在原来位置的时候告诉她。如果她走回自己座位我再拉她站回原地去表演侧影，一切就不再那么自然了。

我有点气自己，小小一件事，我也思前想后，拿捏不出个主意来。啊！干脆老实承认吧！我就是怕羞，怕去和陌生人说话，有这毛病的也不只我一个人吧！好，管他的，我且站起来，走到那女孩背后，破釜沉舟，我就专等她挂电话。

她果真不久就挂了电话。

"小姐!"我急急叫住她，"我有一件事要告诉你……"

"喔……"她有点惊讶，不过旋即打算听我的说词。

“你知道吗？你的侧影好美，我建议你下次带一张纸，一枝笔，把你自己在墙上的侧影描下来……”

“啊！谢谢你告诉我。”她显然是惊喜的，但她并没有大叫大跳。她和我一样，是那种含蓄不善表达的人。

我走回座位，吁了一口气。我终于把我要说的说了，我很满意我自己。

“对！其实我这辈子该做的事就是去告诉别人他所不知道的自己的美丽侧影。”

我恨我不能如此抱怨

我不幸是一个“应该自卑”的人，不过所幸同时，又是一个糊涂的人，因此，靠着糊涂竟常常逾矩地忘了自己“应该自卑”的身份，这于我倒是件好事。

可是，每当我浑然欲忘的时候，总有一两个高贵的家伙适时提醒了我应该志之不忘的自卑感，使我不胜羞愤。

一日，我静坐悟道，忽然感出我种种自卑之端，皆在于生平不会埋怨。如果我一旦也像某些高贵的家伙整天能高声埋怨，低声叹气，想必也有一番风光。只是，此事知之虽不易，行之尤艰难，能“埋怨”的权利不是人人可以具备的。人家之所以高贵，是由于人家能“生而知之”地抱怨，次一等的也都或早或晚地参悟了“学而知之”的抱怨，我不幸是属于“困而不知”的绝物，我是一个注定应该自卑的角色了！

我生平第一件不如人的事便是中国话十分流利，使我失去了埋怨中国话的权利。无论什么话，要用国语讲出来于我竟是毫无窒碍，这件事真可耻。我很想努力雪耻，无奈已积习难返，力不从心了。试观今日之天下，讲中国话实为标准学人的第一大忌。我不幸没有得到良好的家教，从小竟然学会了中国话，思想起来对父母（乃至于祖父母）养子不教一事，总觉他们难于诿过。他们竟然不约束我，致使我的中国话发展成如此畸形的完整，真是令我气愤。

如今学人演讲的必要程序之一便是讲几句话便忽然停下来，以优雅而微赧的声音说：“说到 Oedipus Complex，唔，这句话该怎么说？对不起，中文翻译我也不太清楚，什么？俄狄浦斯情意综，是，是，唔，什么？恋母情结，是，是，我也不敢 Sure，好，Anyway，你们都知道 Oedipus Complex，中文，唉，中文翻译真是……”

当然，一次演讲只停下来抱怨一次中文是绝对不够光彩的，段数高的人必须五步一楼十步一阁，连讲到 Brother－in－law 也必须停下来。“是啊，这个字真难翻，姐夫？不，他不是他的姐夫。小舅子？也不是小舅子，什么？小叔子——小叔子是什么意思？丈夫的弟弟？不对，他是他太太的妹妹的丈夫，连襟，连襟是这个意思吗？好，他的Brother－in－law，他的连，连什么，是，是，他的连襟，中文有些地方真是麻烦，英文就好多了。”

我对这种接驳式的演说真是企慕之至。试观他眉结轻绾，两手张摊的无奈，细赏他摇头叹息，嘴角下撇的韵味，真是儒雅风流，深得摩登才子之趣。细腰的沈约，白脸的何晏万万不能与之相比，而我辈一口标准中文的人更不敢望其项背。“思果”先生竟然不合时宜地大谈起“翻译”来，真正应该闭门“思过”了。万一我们把英文都翻成了流利的中文，以致失去这些美好的、俏皮的、充满异国风情的旖旎的演讲，岂不罪莫大焉。好在思果先生的谬论只是这伟大潮流中的一小股逆流，至少目前还未看出对学术的不良影响。

我生平第二件不如人的事是身体太好，以致失去了抱怨天气、抱怨胃口，以及抱怨一切疼痛的权利。其实我也深知四十岁以上的人如果没有点血压高、糖尿病和胆固醇偏高，简直就等于取得了一张如假包换的清寒证明书。而四十岁以下的人如果不曾惹上“神经衰弱”“胃痛”“寂寞的十七岁”之类的症候，无异自己承认IQ偏低（IQ该翻成什么，我不太清楚，噢，也许你说的对，好像是翻成智商），我不幸青黄不接，既没有捞着年轻人的病，也没赶上中老年人的热闹，真真是古人所谓的“粗安”。而且胃口尤其好，健康得近乎异常，在酒席上居然可以从拼盘吃到甜点，中间既不怕明虾引起敏感，也不嫌血蛤腥气，更压根儿没有想起肠子肚子是文明人该忌讳的东西，上青菜的时候又总是忘了强调一声欢呼：“青菜来了！我最爱吃青菜了！”等别人先叫了我当然不免后悔，但已来不及了。试看人家在说这话的当儿显出多么高华的气质，言下之意不外“我家天天蒸龙炙凤，你这桌珍肴只有青菜是我很少吃到的”。而我觉得天下最可笑的事莫过于到酒席上去吃一棵用苏打水煮得酥软而又绿得古怪蹊跷的芥菜了。

偶然看一眼电视，我总是深感惭愧，简直像做了小偷似的。电视节目是卖药的提供的，看电视而不买药简直像看白戏一样不道德。设若人人都像我一样不道德，还得了吗？可惜卑鄙的我无论是“救心”“救肾”都用不着，整肠健胃的药跟我也无缘，我甚至还忘了复兴固有文化人人有责的信条，居然也没买过“追风透骨丸”“铁牛运功散”“七厘行血散”，自己也很为自己的厚颜不安。不过我倒建议在这“药物超级市场”的电视广告中，可否加上一种药——专令人生点什么病的药——一来我生了病，自可理直气壮地走进药店，付我应该付的“娱乐费”，二来我也可以稍稍提高自己的社会地位，免得别人谈病的时候，我总是有着被摒弃的自卑。

我第三件不如人的事是生活得太简单，以致失去了形形色色可资抱怨的资料。我也很想抱怨自己的记性坏，但因缺少几分富贵气，即使勉强凑热闹抱怨两句，未必使“贵人多忘”的逆定理即“多忘贵人”成立。我也很想抱怨台北的路不及纽约好找，但不成器的我一打开地图立刻就知道去龙山寺，去后港里，乃至于去深坑去倒吊子该坐什么车。我更羡慕的抱怨是抱怨台北的菜馆变不出花样来，抱怨真正优秀的厨子都出国做了宣慰使。我说来不怕人耻笑，我即使吃一碗牛肉面、一碗担担面也觉得回味无穷。我甚至迷信中国厨子做的汉堡牛肉饼（看，好好一个用 Hamburger 的机会被我错过了!）也比洋人做得好吃些。对于那些高高兴兴地抱怨佣人难伺候、抱怨司机难请、抱怨女秘书不好找的人物，我其实是艳羡万分，假如我能再做一遍小学生，再有机会写一遍“我的志愿”，我一定不再想当总统或科学家了，我只愿能够做一个时时刻刻可以抱怨的人。大抱怨固然可以造成大显赫的感觉，小抱怨也颇能顾盼自雄，足以造成不肖如我者的嫉妒。说来真丢脸，我已经无行到连抱怨汽油贵的人都嫉妒的程度了。（因为我和我的朋友辈从来不买汽油，我的朋友们用汽油只止于打火机，我们也很想说几句话抱怨石油恐慌，但总壮不起胆来。）我嫉妒人家抱怨儿子不吃饭、不吃猪肝、不吃鸡腿——因为我的儿子从来不晓得儿子吃饭前还有“母亲应该恳切地哀求，并许以郊游、逛街、冰淇淋等”的“文明规则”。相较之下，很为犬子“援筷直吃”的缺乏教养的表现而羞愧，至于那些抱怨股票不好做，抱怨女儿不好好学钢琴，抱怨丈夫不回家吃饭，抱怨太太花钱如水，抱怨全台北没有一个好手艺的西装师傅，抱怨买不到真正的美国生芹菜，无一不令人闻之自卑而汗颜。

我恨自己缺乏抱怨的资料，不过好在我虽然身不能至，尚能心向往之。我深恐有人仍然恬不知耻地不懂得为自己不能抱怨而自卑而羞愤，乃谨撰文，但愿国中人士皆能父以勉子，兄以勉弟，以期他日能湔雪前耻发愤图强，共缔光明之前程。

都是竹子害的

话说中国太古时代——也就是三皇五帝的时代，我们这一片灵气所钟的中原土地是不生什么竹子的。所以，当时政治清明，国威远扬，四方夷狄，莫不来朝。直到舜死在苍梧，他的两位未亡人一哭，哭出许多湘妃竹。不料这一来，竟种下祸端，此后绿竹丛生中国，直搅得我中土人民五千年来处处不如人。我想，今日如果要恢复伏羲神农之世（但教神农氏在，巴纳德那小子抖得起来吗?），第一要务便是砍伐竹子，竹子一日不除，凡我国民一日抬不得头。

竹子的第一大罪在便于制造筷子，一根竹竿简直够做一个人一生所需用的筷子——而这筷子又居然自兼刀子、叉子、钳子、勺子、搅拌器、打蛋器、调酒器、奶油镘子、冰淇淋勺子等等一切餐具的综合用途。都是因为这筷子害得我们的钢铁工业落后了几百年。试想如果不是因为有了筷子，以我炎黄子孙，何至于把钢铁工业弄得落在人后——其实何止钢铁，连塑胶工业都落在人后几十年，细究起来，这都是竹子之罪。要不是竹筷子独霸占了五千年的市场，我们早就发明了不锈钢的叉子或塑胶筷子，哪还轮得到德国美国的科学家!

其次，竹子的大罪在于善生笋子，弄得中国上上下下的人不得不顿顿吃笋子。而据说笋子是最低卡路里的食物，因此害得我国人民大小皆有菜色。我们球队输了球的时候总是先想到营养。当然，美国黑人运动明星小时也都穷得吃不上几口牛排——但他们至少不必吃笋子，所以体力还是比我们好，我们东亚病夫的名字就是为笋子而来的!

笋子又容易晒成笋干，或者泡成酸笋，这一来，又害得我们的老祖宗把“罐头食品计划”展延了三千年。没有罐头食品当然办不成超级市场，而因为没有“超级”市场，害得我们样样事都“超级”不起来。要不然，“超级大国”怎么会让美国俄罗斯挂牌?

竹子最最罪不可赦之处在于它能造纸，既然有了纸，害得大家不免手痒痒地想写点东西。春秋时代正是因为没有纸，大家都只随便嚷嚷，不敢真的谈著述。当时的“大专联合招生筹备委员会”，开了几百次会，但因为没有纸张供给考生试卷用，只好作罢，因此，那时代的人不著述则已，一著述准是惊人的说论，例如论孟老庄之类。不幸自从有了纸以后，全中国的人一下子都写起文章画起画来。还有些买不起纸的穷人就做诗——诗总少用点纸。这一来直弄得诗文生产过剩，所谓谷贱伤农，文学贱伤作家，连带地，也害得我们的出版界至今一蹶不振，到现在还是靠盗印生意撑着局面。

其实即使不谈造纸，竹子也是罪恶深重的。远在纸张发明之前，竹子就是书简的原料。中国被弄成一个文化古国，竹子是无论如何不能辞其咎的。要是没有竹子，中国男人一定个个长得像查理士·布朗逊，中国女人一定人人像B. B.。这样一来，“中国强”就不单单只是一双球鞋的牌子了。说明白点，要“强”就得减少几分“文化”，要少点“文化”就得少点竹子。

竹子还有一件尴尬的罪行——它是编斗笠的材料。非洲人顶着一头卷毛不戴帽子，印度阿三缠着一块白布，阿拉伯人挂起一片圆顶帐子，法国人戴着面团似的软帽，印第安人插了一头白羽毛。但中国人却戴着又大又硬的竹编斗笠。农民戴它，渔民戴它，似乎连大侠都戴着它。这一来，大大地妨害了男女青年耳厮鬓磨的可能性，接吻当然就更困难了。久而久之，中国竟变成一个男女授受不亲的国家，使我们本来大有可图的恋爱伟业全被耽搁了。一度曾有两位叫牛郎、织女的问题少年，曾打算突破传统谈它一场恋爱，但可怜先则获罪于天帝，罚他两人天河遥望，后又不见容于内政部，把他们限期押解出“情人庙”。想起来不怪别人，都怪中国长遍了可做人斗笠的竹子，使得风气不开。中国人的恋爱是等英国人成功地向我们推销了第一批软呢帽以后才开始的。说穿了，人家维纳斯、丘比特所以至今烟火鼎盛，全因为他们生在不戴斗笠的希腊。

竹子同时还是乐器的原料，箫、笛、笙、龠，都是竹子做的。这种幽幽咽咽的“自谱新词韵最娇，小红低唱我吹箫”的玩意，当然永远卖不出一张金唱片，况且整个乐器的体积那么小，摆在客厅里又不能像钢琴似的有一种镇邪的恢宏气派，宜乎今天已经快要灭种了。不过可忧虑的是笛子和笛子所代表的中国音乐虽然指日可亡，但竹子还是满山遍野地生生不息。说不定几世几劫之后，又有人无师自通地在竹子上凿几个洞便又弄出一只箫笛来了，到时候势必使得吾国音乐重新堕入国乐，而失去我们朝野上下努力多年所建树的它在西方正统音乐中的地位，这是多么值得深忧的事啊！

此外竹子零零星星的罪行也不少。由于竹子是天生的通水管，所以害得我们连区区自来水也不曾发明，所以至今除了自来水厂的发言人外还没有人敢生喝自来水。又由于竹叶能包粽子，害得我们不懂得三明治的制造法，因而开不成鸡尾酒会，大大影响了我们在国际上的地位。又由于竹子能做最原始的便当——箪食，害得孔子的接棒人颜回因为常吃这种“instant 饭”，终于害了营养不良性贫血症而死。又由于竹子能制竹床、竹椅、竹凳子，害得我们的老祖宗不知道弹簧床和沙发为何物，弄得观光事业始终不发达。《水浒传》里客栈的老板娘就因为生意不好，只得剁人肉做包子卖——只可怜还是不及卖鹅妈妈牛肉饼赚钱，那些客人真死得冤枉。

不过好在有先知先见的人倒也不止我一个，试看台北市如今能数出几竿竹子？想必早有贤明之士追究出我国五千年来在经济、文化、工业、恋爱、观光各方面积弱的原因而亟图振作，所以将竹子一一砍尽杀绝，这真是一个可喜的现象。

至于台北市外的落后地区，仍然幽篁处处，新笋呈鲜，那也是无可如何之事，我们惟有寄予深厚的同情了。

做虾当做大龙虾

这件事我也说不准究竟是不是我发明的——我喜欢做伟大的人。

正如“做虾当做大龙虾”一样简单明了，我相信做人也该做伟大的人。在这三十七亿人口的世界上除了我之外，全世界那三十六亿九千九百九十九万九千九百九十九人怎么说我可不知道，但我确确实实知道，我自己绝对喜欢做个伟大的人。

做伟大的人有许多好处，不知道你有没有听过一则“我氏定理”，定理中是这样说的：“凡是伟大的人所做的事都伟大，而凡是做了那些伟大事迹的人又当然都是伟大的人。”所谓伟人伟迹，就是这样循环出来的。

做个小人物只能出“丑事”，但做个伟大的人物却能出“轶闻”。

做个小人物只会出“秽行”，但做个伟大的人物却能完成“风流韵事”。

小人物顶多只能做到“贫而无谄”或“贫而乐”，但大人物却能“富而无骄”“富而好礼”——这一招简直足以当选好人好事。

其实，老实说，所有伟大的人所会做的事我都会，诸如“平易近人”“不拘小节”我从小就都会，但连我自己也弄不清楚是怎么回事，我竟然到今天还没有做成一个“伟大的人”。

譬如说，早晨起来，叫我自己煎个荷包蛋，那真是何足道哉！别说一个，就是十个，也不算一回事呀！但可恨的却是报上大登特登的煎蛋照片竟是艾森豪的。我为此非常生气。

要说抱孩子，似乎我三岁就会，此外各种姿势包括扛孩子、背孩子、挟孩子、担孩子、驮孩子我都擅长。不料报上却只提英国伊丽莎白女王在某某乡下抱了某个农夫的儿子。我写信给报馆，告诉他们如果喜欢这种照片我有的是，他们却始终不理我。

看到送葬的队伍，我哭得比谁都响——特别在我想起死者再也不会爬起来还他欠我的钱的时候。但不幸我连这小小的风头也出不成。报上只有一次提起梅尔夫人，跟在一个出殡队伍后头哭，记者们个个为之惊倒，似乎女人做了总理而泪腺尚未结扎，是一件不可思议的事。我打电话跟他们联络，我愿用录音带为证，告诉他们我也会在人家的丧礼上哭，他们居然毫无兴趣。

如果我的脚踏车不曾被窃，我至今一定还骑着我那辆跑车满街转，但是电视上却只见荷兰总理骑车以节省能源的镜头——我那些年骑车算是白骑了。

说到伉俪情深，不瞒你说，我也勉强可以享此殊荣。但我费尽心机在三家电视台门口终日徘徊，他们最后还是拍了凌波和金汉的亲热镜头，把我和我那口子气得发昏。

还有，我那“首如飞蓬”的发式早已行之有年，但他们故意装瞎，居然介绍起爱因斯坦的乱头发来，这真是舍近求远，令我不胜嫉妒。

于是，我渐渐也悟出一番真理来了，做人必须先做伟大的人，则大小事件无不相宜。你要是至今只混到一个“纯妈妈”的职位，包管你生十个孩子也没人理你。但如果你是杰奎琳，那一场生产就有声有色了。全美国人，包括当年的肯尼迪，都觉得有几分歉意——这么杰出的女人还肯生孩子，真令人感动啊！

只要你能争取到伟大的资格，就什么都好说话了。试看戴阳虽然少了一只眼，但不知镜头怎么一照，就衬得他一张脸非常性格，不但不觉得他少一只眼，反嫌着天下男人都多了一只眼。所以说，伟大的人就是伟大的人，做人当做伟大的人，你信不信？

这种宏论，也可以推而广之，适用于学术和文艺的问题——总之，这是一条放之四海而皆准的定理。

譬如说，余光中先生在厦门街写诗，周梦蝶在武昌街的小凳子上面壁写诗，写得灰头土脸的，还不时挨骂，稿费大不了比邮费（亦即稿纸的单程车马费）多几文，真不知有什么意思。要是我，决不做诗人，我宁可做拳王阿里，赚它几千几百万美金，然后顺便在台上“哼”两句诗，立刻传闻遐迩，连牛津大学都赶着请去开“诗讲座”。

凡事总是“外行”吃香。杰奎琳如果是职业的“脱女郎”谁还高兴一会儿钻到水底下，一会儿又飞到天顶上的去抢拍她的裸体照呢？唐明皇如果真是个戏子，谁又真的想听他唱戏！真能扛得动锄头的，谁还请他行破土典礼？真会用剪刀的，谁稀罕让你剪彩！

听说曾有一位夏济安先生，搞一本文学杂志，累得苦哈哈身后还不免被人鞭尸一番，这皆因他不懂做人应先做“伟大的人”，所以有此遭遇。而那位“修理”他的人便深得此味，人家挟数学博士的威风而来，以“客座”之身犯主座，自是奈何他不得，此人又开口国风，闭口小雅，伟大之处，好不吓煞人也。只见一根九节棍打得人仰马翻，节节生风，然后一拂袖美国去也——他时而嫌这个不中国，那个不现代，他甚至嫌人家的戏词中没有粗话——当然，这一切在美国都有。

所以说，总而言之，做虾当做大龙虾，做虫当做母大虫——做人呢，则当做伟大的人。

做花当做玫瑰花

可没人听说过芭乐花吧？有谁订购过杨桃花送女朋友呢？冬瓜花、西瓜花虽然将来大可以“瓜瓞绵绵”，可是哪里上得了花谱！所以，要说做花，就得做漂亮的玫瑰花。做人，当然以伟大为好，否则，至少也得漂亮！

漂亮也是一种伟大！

我就是喜欢漂亮——当然，我不是没有听过公民老师的训诲，也不是不知道“内在美”比“外在美”重要。但是，去他的“内在美”，一个男人或者一个女人，除非不正常，否则怎么会违反孔老夫子的常规，弄得“好德”胜于“好色”起来？（当然，大智者往往若愚，诸葛亮看到周公瑾娶了漂亮的小乔，一气，便娶了一个丑女人，历史上有名的瑜亮斗智就是自此开始的。）

我不是诸葛亮，我喜欢一切漂亮的男人、漂亮的女人、漂亮的事、漂亮的手段——反正一切漂亮的我都喜欢，至少我能容忍。

我原谅某些穿迷你裙、热裤或露背装的女人——只要她们是确实长着一双好看的大腿，一片腴白的肩背。但是如果长着痴肥的一双腿，灰油油的一副肩膀还居然想亮相的话，我觉得简直是对服装设计师的大不敬，我如果是警察，非抓这种人不可。

我原谅裸奔——如果女人长得像维纳斯，男人长得像米开朗基罗刀下的少年大卫，我忍不住要原谅他们在春天里想脱衣服的冲动。（大人先生们何必着急呢？反正这玩意再流行也流行不过冬天，雪一下，裸奔分子不就回家烤火了吗？）但如果一个满身挂着松肉或瘦小干瘪的人也敢于裸奔的话，我就认为他们犯了猥亵罪。

我原谅林黛玉，原谅西施，原谅早死的倾国倾城的李夫人，虽然她们常常生病。“东亚病夫”大概都是这类“东亚病妇”生的。但只要生病生得像林黛玉那样桃腮泛红，星眸放光，或像西施那样颦眉捧心，娇喘不胜的话，就算送到选美会上，也能捞个“最佳病容奖”。要是像东施，虽然身体棒、演技好，又有谁敢领教？

如果我在路上被摩托车撞了，只要我定神一看，那位仁兄骑着一辆崭新耀眼的鲜红跑车，穿着漂亮泛白的牛仔裤，套着艳黄四射的一件运动衫——而且，顶要紧的，有一张奥玛雪瑞夫式的性格的脸，我一定软了心，爬起来自己拍灰自己走路，并且诚心地向他道歉，请他不要介意我的额头无意间撞掉了他的车漆。但如果来人骑着一辆灰不灰黄不黄的老爷车，又邋遢着一张浮肿油亮的丑脸，（或者，更不幸的，又长了些红豆。）我一定非找他算账不可！

我连流氓都同情。不管他有没有杀人越货，但只要照片上的他有一张“孩子式的脸”，血色良好的颊上有着“纯洁的微笑”，只要他有一百八十公分的身高，只要他逃亡的时候带着一个“头发如黑瀑布”、“苍白的脸上有两颗梦样的大眼睛”的舞女，我总是百分之百的同情他的——对漂亮的人而言，我的同情心要多少就有多少。

古时候曾有一位桓太太，听说丈夫纳妾，一气之下，直捣小公馆。本来似乎很有可能要演出一件以上的凶杀案——或者至少也是件重伤害案，但这位夫人一进门，看见那位美人正端坐在梳妆台前梳她漂亮的头发，不觉手软了。讪讪地回了家，只说一句：“我见了都心疼，也难怪那老鬼了。”这女人是一位唯美主义者，她如果托生西方世界，绝轮不到一千年后的王尔德来谈“唯美”。

其实爱漂亮爱得连自己的主观身份都忘了的大有人在，武则天当然不会喜欢那篇以“人身攻击”的方法骂她的《为徐敬业讨武曌檄》，但她只读几句就开始骂起人来——不是骂作者骆宾王，而是骂左右大臣。“都是你们！”她恨恨地拍桌子，“这种人才，你们还居然让他流落在外，都是你们的罪！”

为了檄文写得漂亮，竟然忘了挨骂的人是自己，这恐怕是女皇帝之所以为女皇帝的道理！就单为这千古以来漂亮的一骂，我已忍不住喜欢武则天了。男人中有此漂亮风度的似乎只有曹操，他对骂他的文章说过一句：“愈我头风！”

能写这种漂亮的文章当然不易，但读完了骂自己的漂亮文章而能做一种这么漂亮的手势尤其难得！——索尔仁尼琴那些骂克里姆林宫的文章是白写了，我还以为俄国政府至少应该为这封信颁给他一份普希金文学奖呢！

其实，依我这种死爱漂亮的无知小民的浅见，世界上每件事都是靠漂亮起家，（我最不屑听什么论女人则论气质的话，你削掉她一个鼻子——不，半个鼻子——试试，包管你什么气质都削掉啦！）不是有人说过吗？只要埃及艳后的鼻子多长一寸，历史就要改写了。

就是世界大事，也是跟“漂亮”有关系的。依我看，以色列所以能把军火贩到手，无非是以色列兵看起来比阿拉伯兵帅的结果。而肯尼迪总统当年所以能在选举中大获全胜，何尝不是由于其本人的英俊加上肯太太的风韵。如果尼太太也跟肯太太一样漂亮，哪里会有水门案，谁还忍心骂她用公款买钻石呢？

老实说，国跟国之间的外交关系，其脆薄无用跟结婚证书是没有什么两样的，一旦人老珠黄，停妻再娶或找野女人的事是不免有的。到时候还不赶快买盒“淑女修容粉饼”把自己打点打点，光扯着喉咙向四邻哭自己的“内在美”又有什么用！

我就是喜欢“外在美”，我就是喜欢漂亮，谁敢吃烂了皮的樱桃呢？我也以小人之心度君子之腹，深信全世界的人都跟我一样浅薄。没有人管你的土地政策，没有人管你的政府有没有杀作家的习惯，没有人管你抢劫犯多不多，没有人管你的文化深厚不深厚——他们只想看看手边有没有一本贵国的彩色烫金宣传手册，手册上面摄影效果弄得好不好。

这是一个“三围”比“四德”重要的时代，我是等不及地想去做玫瑰花了，你呢？

后记： 拳术上有所谓“四两拨千斤”的话，在政治上，四两的宣传也一样可以拨得千斤的政绩。其实这年头，不懂宣传，不爱漂亮的人已经可以说绝种了。如今守着摊子做生意而不懂得广告术的，大概只剩下教会和官府这两家老店了。

美国总统出缺记

一九××年，白宫在万般无奈中宣布，由于没有竞选人，总统一职不得不暂时出缺。待有竞选人出马时，再行大选。

当时桑科因主其事，对于总统出缺的反应颇知其详，始知美国总统关系一国之兴亡甚大，诸君且听我道来。

总统出缺第一日，军火商约翰·休止就来找我，一进门便失礼地频频擦汗。

“天哪，这怎么了得!”

“我深为遗憾。”

“唉，我要破产了！我破产没有关系，我手下一百五十八万二千四百六十一人可怎么打发?”

“这和我有什么关系?”

“你装死!”他气得摔破了一个茶杯，“你难道不知道这几年我们靠什么起家的吗?”

“对不起，我真的不知道。”

“这几年又不准打仗，又不准打猎，叫我们枪械往哪里卖？好在有人想出个好主意，我们不妨射杀总统，大家都觉得杀总统比杀熊有意思，又名利双收，(奥斯华太太还弄到一笔钱呢!)所以多半的人都肯买支枪试试运气，连女人都肯买。现在呢，你们这些该死的，白拿了我们纳税人的钱，居然敢于宣布让总统出缺，你们要我们全饿死吗?”

“哦，对不起，我一定把你的意思记录下来，我承认，这是很宝贵的意见——必要的时候，我们会到南太平洋的什么小岛上花钱买个总统来。”

好容易，约翰·休止走了。接着来的是文质彬彬的失迷失先生，他看来目如死鱼，面有菜色，半天不说一句话，完全失去他平日电视上的光彩。

“失迷失先生，我能帮上您的忙吗?”

“唉，我没想到时运如此不济。”

“客气，失先生，谁不知道你所主持的全国漫画业工会会务蒸蒸日上，身为美国人，谁敢一日不看漫画?”

“可是，那是从前，自从你们宣布总统出缺，我们再也没有人好讽刺了，你们是把我们漫画业的根都挖掉了。”

“除了总统，”我小心翼翼地劝他，“讽刺别人也无妨啊——譬如说，农业部长。”

“哼，你太看不起人了，谁要看讽刺农业部长的漫画——我要你们立刻给我们弄个总统出来。”

“我弄，我弄，”我连连赔不是，“我保证为你们的利益着想，我们一定在最短期间弄他一个总统出来。”

“最好弄个长得不太周整的，”他临去叮咛说，“画起漫画来好画。”

我刚想好好喝一口水，秘书小姐又把怒气冲冲的抱锣先生带了进来。此人是不闻市的市长，不闻市是全国最小的市，人口总共九十八个半。

“你把我们的计划全破坏了。”

“对不起，我不知道我……”

“我问你，你从前听过‘达拉斯’那个鬼地方吗? 德州那么大，说什么也轮不到它出名呀！哼，不过自从肯尼迪死在那里，它也大模大样地抖起来了，还宝里宝气地弄个小博物馆，做起观光梦来了。我手下这个‘不闻市’到现在就是发达不起来，我们早就一致通过五年之内总要想法子把总统诱到我们的小城里，并且趁机不把他弄死就弄成残废，然后我们的观光企业才能开始。”

“唉，真对不起，我们使你们的市民受了多么大的损失呀!”

“是啊，如果你们一个月内还弄不出一个总统来，我们到法院去告你们!”

我打恭作揖地把他送走了。正在惊魂未定之际，接客教授已经神不知鬼不觉地站在我身边了。

“这个问题相当严重。”

“我同意。”

“你知道我主持全美心理医生协会多年了。”

“是的。接客教授。”

“最近我们遭遇到极大的危机。”

“说来听听。”

“是这样的，我们的顾客太多了。”

“这是好事啊!”

“好事也得有限度，好过头就要命了，”接客教授愁眉苦脸地说，“现在的病人又多又不可理喻。护士小姐告诉他们二年以后才轮得到他们，他们不听，人人挤到诊所门口，争着要先看病，个个都说他们的病必须‘急诊’，否则他们很可能立刻要上街杀人了。”

“每个心理医生都面临这项困难吗?”

“每一个!”他确定地说。

“为什么呢？是因为通货膨胀吗?”

“天咒的!”他忽然失去了惯有的好脾气，“你倒装得像啊。这全是你们搞的鬼，你们不给我们一个总统，叫我们吃完饭骂谁啊！没有人可骂，当然心理会失调啦！不说别人，我跟我太太就因为晚饭以后没人可骂已经差不多要婚姻破裂啦!”

“我诚心感到抱歉——不过我建议你试试看骂你的邻居怎么样?”

“不行，骂邻居会犯诽谤罪的。”

“那就骂垃圾车工人。”

“不行，他们生了气会罢工。”

“美国这么大，你们心理医生就想不出什么人可骂的吗?”

“还是骂总统好，”他坚持道，“又时髦，又安全，并且还能赢得别人的尊敬。”

“我代表白宫向你致歉。”我说，“我想我们有义务去给你们找一个挨骂人，来维持美国公民的身心健康。”

“祝你好运。”

“至于你和你太太，”我说，“我建议你们从今晚起就骂下一届的总统，这样也许可以挽救你的婚姻危机。”

“可是我们不知道他姓甚名谁啊!”

“那有什么关系，叫他×先生就是了。”

“可是我也不知道他干了什么坏事。”

“管他干了什么坏事，咱们只管骂准没错儿。”

“这倒是个好主意。”他怒气稍平地走了。

接着来的是马归驴抬女士，也是一个响叮当的妇女领袖，今天看来虽然依旧横眉竖目，可是却有着显然斗败的狼狈。

“这问题你们难道不能解决吗？你们这些脓包!”

“女士，我跟你一样难过。”

“哼，你也配!”

“对不起。”

“没有了第一夫人，我们就少了箭靶子了，日子可怎么过呀!”

“马归驴抬女士，别难过。出缺只是暂时的，为了表示对你的尊敬与关切，到时候我们一定选一个有太太的人当总统。”我当着她的面唤出秘书来，“记得把这一条记下来，为了妇女运动的发展，将来我们会力求有太太的人来当总统，因为没有第一夫人供人攻击者不足以做美国总统。”

然后是内幕杂志的编辑避德。他说他好容易训练好一批“钥匙孔摄影家”准备专拍第一夫人的裸体镜头，这一下是全功尽弃了，他要求白宫要赔款二十七亿八千五百万美元。

然后是博物馆学会会长木耳先生来作声明，他说要是“总统”一词在美国自此消失，而成为“考古学”的一部分的话，他拒绝在现在已经非常拥挤的博物馆中向民众陈列“总统”这个东西。

罢工俱乐部的部长也来了，他们一方面抗议失去了总统使他们找不到人示威罢工是“不人道的待遇”，一方面也建议，不妨从罢工俱乐部的资深会员里选一个人出来当总统，然后再一年罢工三百六十五天。

我从来不知道美国总统有那么多重要的用途，我想我们白宫真得好好考虑考虑，不管是购买是绑票，我们总要弄一个人来当美国总统。

别名 别名

话说天下虽大，人人都各有其名，人心不足，所以文人喜欢弄“笔名”，歌星喜欢搞“艺名”，和尚尼姑要有“法名”，其实简单点说，都只不过是一个别名。

本来，中国男人除了喜欢多妻，还喜欢多名，不幸这“二多”到了民国之后，全给拦了死路。多妻固然为了避免触犯经济学上“多寡不均”的罪状，应加禁止，但名字多取几个又何妨？大概是因为现代学生脑子里要背的东西太多，除了要知道各部长的名字以外，还要背他们的八个“别号”十三个“别字”岂不累死人？

要知道苏辙是苏轼的弟弟已经够难了，还要知道子瞻就是子由的哥哥就更麻烦了；至于要知道苏东坡和苏学士全是一个人，的确比玩电动玩具费脑筋多啦！

可是，一大串名字对要背诵的他人固然伤脑筋，对名字的本人却大有好处。在多名的时代，心理医生哪有插脚的余地？觉得自己碌碌终生一事无成吗？取个名字叫“老残”就是了。想做道士吗？不必真的穿道袍，取个名字叫“白石道人”就行了（仍然可以“小红低唱我吹箫”一番）。自觉有一囊禅机吗？叫“布袋和尚”吧？满腔幽怨吗？“潇湘妃子”就是啦！觉得世事无非如此吗？嘿嘿，何妨叫“笑笑生”好了。日子穷得只有一本书，一些卷，一张琴，一盘棋，一壶酒和一个自己吗？嘿嘿，何妨叫“六一居士”！

父母只能给李白生一副身体，可是等李白一旦自封“楚狂人”就意外地多赚了一个。等他想起“太白”、“酒仙翁”、“海上钓鳌客”和“青莲居士”等等的名字，就简直成了孙悟空，平白多出无数个自己。他可以左右逢源用各种面目活下去，精神周转一灵活，心理医生也只好宣布歇业了。

柳永是古代因考不取联考而拒绝联考的一个小子，写了一句“忍把浮名，换了浅斟低唱”，皇帝看了，不高兴，骂了一句：“且去浅斟低唱何要浮名？”柳永挨了骂，广告脑筋动得快，干脆印了张名片，题曰“奉圣旨填词柳三变”。(三变当然是柳永的另外一个名字啦!)

阁下买不起房地产吗?学学元代的曲家“酸斋”、“甜斋”、“丑斋”乱叫一通吧,反正什么楼主、什么斋主是一概免房捐地税的。谁也不会来考证你真的有没有那么个斋。

阁下至今还只有一个名字吗?何不学学可叵另外再取一个?偷偷地写在你的书上,不要给别人知道。

说"看女人"

专家论世事，每每论得又高深又玄奥，务必使人看不懂，试想，阁下一旦看得懂了，他又如何独霸市场做专家呢。

可叵不是什么专家，所以论世事简单明了，三言两语，一清二楚。专家们手上必须有许多数字，许多资料，始能判定国家之盛衰，社会之隆替。可叵却不需要这一套，要知道，那一套全是唬人的，真正要看一个地区的气数，只消往最热闹的所在，把两脚站稳了，仔细看来来往往的女人，不消半天功夫，便可以十得八九。

阁下以为可叵是登徒子吗？登徒子哪有可叵这份神闲气定（登徒子早就搔腮抓耳，口涎直流了）。看女人之道大矣，哪里是那些没学问没器量的人办得到的！

看女人，首先要看女人的身高，如果这地区的女人全都干瘦矮小，这地区一定糟糕。一个社会光把男人喂饱了不算数，必须也把女人供奉得营养充足才是个好地方。

和身高相关的是腿长，如果女孩人人腿短，那准是个封闭的社会（女孩子还一一跪在榻榻米上给人插花沏茶呢）！女孩子如果没学会龙腾虎跃，全社会都强不起来，那真悲惨。

女孩子除了必须身材高大，双腿修长外，眉目间如果清峻聪明，那就更上一层楼了。女人的智慧足够烧饭洗衣，这是人类的小福。女人开始会打字速记，那是人类的中福。女人能做女教师、女首相，那才是人类的大福。

女人的衣服也大有可观，据可叵研究，一个社会必须包括下列各色衣着，才算美满：

第一是家庭主妇型，其衣服质素，灰灰扑扑，蓝蓝黑黑，毫无款式，只求蔽体实用。这种女人，代表社会中保守稳定的力量，但也只宜有百分之十。

第二是职业妇女型，这类衣着简单大方，高贵而不华美，代表一些新勃起的权力，新分配的财产和新获得的尊严。

第三是烧包贵妇型，这型人虽不宜多，但也必须有，夏纱冬裘虽未必实用，但却十分具体地代表了社会的富厚，以及消费力的壮大。

第四是潇洒不拘型，这种人以牛仔裤为制服，以吉他为配件。一个地区的年轻人如果没有争取到穿这种衣服的自由，大概可以说明老一辈的权威太大，在那个地区想谈现代化，难。

第五是模特儿型，此类人物，衣着光鲜，口口声声追随巴黎，此类女子走起路来把大街当延展台，站在哪里，就把周围的眼睛当摄影机，务必令人摄得最佳镜头——但这种女孩的存在也说明纺织业的起飞，应该聊有数人以资点缀。

第六是改良式模特儿型，此类模特儿一旦停止谈论巴黎，弄些革新的本国服装来穿穿，强调其本土色彩，这个地方的文化水准和自尊心必然高涨了。

第七是作怪型，此类人物力求衣服古怪恶心，这种妖孽在旧社会是绝对不能存在的，但此类人物之见容，正足以说明那是一个有容人之雅的社会。此类人不能多，大约在百分之零点一以下吧！

如果你到一种地方，全国上下都穿着灰不溜丢毫无线条的衣裤，她们全身上下毫无一丝女性气息，你开玩笑问她交不交男朋友，她吓得板着脸说她正在努力为人民服务，没有时间交男朋友——你就知道那地方五十年后还谈不到现代化。

看女人可知天下事，阁下如不信，请拭目观之，便知可叵此话丝毫不爽了。

笨妇难为有米炊

有钱这件事有万千好处，却也有一件要命的坏处。

没钱的时候，我们可以推卸，因为“巧媳妇难为无米炊”，古有明训，许多年来，我们的官员已经习惯于说“碍于经费不足……”“由于经费短绌……”我们的媳妇（当然，你要叫他们为公仆，为官员，皆无不可，我倒希望他们是一个小媳妇，少说话多做事的古代媳妇），一直很幸福的自以为是“巧媳妇”——虽然事情从来没做好过。

可是，倒霉的事来了，忽然之间，这个穷了五千年的民族忽然在此时此地空前的富有起来了。这一下，真是大事不妙，我们的媳妇找不到借口了，她那“笨媳妇难为有米炊”的毛病完完全全暴露出来了！

以台北某剧场为例，曾经由于穷而保持其固陋质朴的风格多年。后来不知怎么，忽然有了钱，门前的洗石子换了大理石，舞台边缘糊上一层发光的马赛克并且还吊上块冶艳的紫丝绒。但音响设备却恐怖异常，灯光系统也不够专业化——钱来了，不会花，花的不是地方，是远比没钱花更令人心痛的。主事者至今还没有搞清楚，他们缺的不是米，是比米严重万倍的东西，那是：“会煮米的头脑和观念。”

会有一段活罪要受了，我们心理上得准备准备。

我们将会看到许多号称宏伟的建筑——事实上只是一种“巨型的小器玩具”。

我们将会发现许多“高级装潢”——事实上却是“耀眼的垃圾”。

我们将会看到一套接一套大部头的装点书——专供脑子里无书的人放在客厅里吓唬人用的。

我们会忽然吃了一惊，因为每一家饭馆都铺了红地毯——嘿、嘿，当然，你叫它“垫脚油抹布”是更正确的。

有米是好事，不管是官方或民间，但有米以后的麻烦也不少呢。

九十八秒的谎言

在波士顿有一个叫席烈的电视制作人，搞了一个九十八秒的谎言新闻，在四月一日愚人节晚上六点。四月二日，他被解聘了。

那天新闻时间快结束，电视记者珍·哈里逊报导波士顿郊区密尔顿附近六百三十五英尺高的大蓝山山顶爆发，喷出的岩浆和火山灰正流向附近的住宅，镜头上居然真的出现火烫的往下流注的岩浆，他们甚至剪辑出卡特总统和马萨诸塞州州长“关切”此一“严重状况”的声音（不知从哪里剪来的录音带）。九十八秒的“假新闻”报完之后，记者举起“愚人节”的标示牌。

那天上当的愚人真不少，许多人立刻捆好行李准备逃亡，还有一个丈夫把生病的妻子赶快先背到门外，警察局接到密尔顿居民一百多通电话，大家都怒不可遏地发现自己上当了。

第二天早晨，制作人就走路了。

想来，那制作人走得冤枉。

多少年来，美国的电视新闻不骗人吗？

从肯尼迪到约翰逊、尼克松到福特，哪一个总统所说的越南政策不是谎言？

小肯的辛普森事件也不像电视记者报导得那般简单纯洁吧？卡特的德黑兰事件，真的是为了人质吗？还是为了选票？

那一切国际友谊的保证全是假的吧？那一切激奋填膺的呼声也是装腔作势的居多吧？

可叵从而了解了美国的新闻之道，说谎九十八秒（在愚人节），结局是滚蛋下台。说谎十年（在每一天），结局是进入白宫。

凡有志于谎言事业的先进先贤，不可不注意及之。

咱们小人物要多多说话

“狠狗不叫，叫狗不狠”，这条“狗之定律”对人类而言也完全适用。

可叵少年时期就曾经一再斟酌，到底我这辈子是该做“光咬不叫的狠狗”呢？还是“光叫不咬的虚张声势的狗”呢？这件事既是大事，宜乎仔细观察，慢慢决定。

可叵到大公司里去看，小职员毕恭毕敬：“报告董事长，关于上一次货柜的事件，为了避免以后发生同样的问题，我们业务组已经研究了一个方案……”董事长用鼻子回答一声：“嗯。”

可叵又到某某家庭去看，只见李大毛正委委曲曲地陈情：“橡皮和铅笔都涨价了，玻璃弹珠也涨了，王小华和张阿花的零用钱也加了，全班就剩我的零用钱最少了，妈妈说，如果你同意，她下个礼拜就把我的五块钱改成十块钱……”做爸爸的从烟圈和报纸之间丢下一句：“唔。”

可叵于是恍然大悟，原来做大人物的人只须会说“唔”或“嗯”就够了。看来“大人物”这种行业是蛮容易当的。

尤其奇怪的是，除了说话，在文字方面，大人物也倾向低能。小人物洋洋洒洒地写了上万字的陈情书，大人物只须回一个“可”或“不可”（大人物如果学问大些，知道“不可”可以简写为“叵”，那就更省事了），而“可”与“不可”，都是小学一年级就会写的字，我有点怀疑大人物是因为功课不好才去当大人物的。

除此之外，可叵也效法伏羲，去观察鸟兽之道，才发现道理竟也相同。原来老鹰是不爱说话的，说话的是些吱吱喳喳的小八哥。而狮子呢，只会“呜”的一声，吼完了事，猫咪却咪咪妙妙地唠叨个没完。

两相比较之下，当然是做大人物为好，既简单，又利落，不会说话不会写字都不妨事。可是，说来悲哀，所谓万事不由人，正在可叵决定要做大人物的时候，才猛然在镜子里看到自家额头上早经上帝打好了“小人物”的“正字标记”了。

好在可叵当年研究此事之际，对于小人物要如何生存之道早已十分了然于胸，朱元璋一旦获知自己是“真命天子”时，未必知道该如何做真命天子，可叵获知自己是“真命小人物”之后，倒非常驾轻就熟，做得有模有样。

而咱们小人物的第一要件，就是要不停地说话。大象不说话，谁都会看见它在那里，但秋虫呢，当然就应该“唧唧复唧唧”啦，否则谁知道世界上有一个你呢！

有人颇不能想通可叵为什么以“中学生的三分头”为己任，唉，答案很简单，如果可叵是大人物，能“点一头而全天下之发”，你想我还会叽叽咕咕地说个没完没了吗？

说吧，说吧，凡我小人物，大家务要多做发声运动，以免牙齿生苔，既可增进自我身心健康，又可帮助大人物，免得他们连“嗯”和“唔”怎样说，或“可”和“不可”怎么写都忘了。

小人物啊，勉哉斯言！

关于爸爸这种行业的考核制度

关于爸爸这种古老的行业，历来好像一经发表，便是永保无虞的终身职业，这也几乎是惟一的在告老之后，有养老金和安葬费的行业。

如此伟大的一个行业却根本没有考核制度、奖惩制度，实在可怪（很意外的，它倒是有升迁制度，资深爸爸多半可以升成“双料爸爸”，亦即变成爷爷或外公）。我的朋友宋楚瑜局长首先发难，提议叫“爸爸回家吃晚饭”，其实爸爸要成为合格爸爸，该做的事太多啦，且听我一一道来。

第一、爸爸应该有一定的出席率；大家都知道，在大学里偶然跷课是可以的，但出席率如果低于三分之一就要扣考了，换句话说，亦即失去了被考核的资格。我认为在新的考核制度下，做爸爸的除非有军公方面的特殊职务，可准予公假，以及身有痼疾准予病假外，其他事假一概不准超过家法规定的分配额，关于这件事，应由儿女任考核委员，而妈妈任监察委员。至于立法委员嘛，大家一起当好了。

第二、爸爸应有合格的身体健康证明；你要去就任何行业，都要提出健康证明，这是人人都知道的常识；可是做爸爸的每每不太注意健康，应予纠举，试想爸爸一职，职务繁责任重，如果不保持健康怎能胜任？做老师的生了病可找人代课，做处长的请了假可请人代职，“爸爸”这个职位总不便请人顶工吧？既然如此，做爸爸的务必小心保养，快车不可骑，不可暴食，酒宜浅尝，烟须全戒，否则健康日损，工作效率便差了。

第三、爸爸应争取优良表现；爸爸的优良表现可分两方面。消极方面，如不毒打小孩，不嚣张霸道；积极方面，如常常洗碗，常常陪儿女玩，常常讲故事，出手大方，必要时还要能替儿子做代数，替女儿做美劳，不过，要小心，说不定你会错得比小孩更厉害，那就太没面子了。

第四、做爸爸的如有重大错误，应自请处分，所谓重大情节指除“合法专任爸爸”之外又去做了“非法兼差爸爸”，其他情节较轻的过错，如欠下赌债等，在自请处分后，要由妈妈采取“留家察看，以观后效”的措施，但情节极严重的应该对其引咎辞职照准，以为天下爸爸之警尤。

校有校规，官有官箴，为人之爸爸岂可不谨守清规，力求表现？愿天下老爸小爸（指刚发表爸爸职位的新官），黾勉从事，戮力以赴；否则仅以“回家吃晚饭”为志，其志亦小哉，吾家小狗小黄，每到五点也准时回家吃晚饭呢！

可叵派官令

小人物如果没有学会一点幻想来自高自大，是活不下去的。可叵所以至今健在人世，就是学会了这种幻想术，可叵最近有个伟大的幻想系列，不妨说来大家听听。

可叵幻想自己有权力任派百官，当然啦，这也害咱家大伤了一阵脑筋，自订了一套选官标准，不过，这事只供阁下一笑，可千万别告诉别人喔！

譬如说，卫生署长要找什么人呢？要医学院毕业的吗？医学院毕业的人这么多你要谁呢？对了，我要找一个妈妈为多氯联苯弄得满身毒泡，爸爸吃硼砂鱼丸中毒急救，妹妹又因为吃了含黄曲毒素的花生米而得了癌症的人；这种人即使大字一个不识，我也要派他做卫生署长，只有他才急于用仇家的态度来大清点。

那么，交通部长找谁呢？找留日留英的全不对，要找哥哥被计程车撞断了腿骨，弟弟从飞机上摔了下来，姊姊被摩托车撞得脑震荡，妹妹坐火车翻车以致毁容的人；如果谁知道何人有此奇遇，请尽快告诉我，我一定高薪遴聘。不过，请不要埋怨我苛刻，如果此人能出示他自己大腿上由于某次交通事件而缝了十几针的证明，我会加倍优先地考虑他。

农业部长要找家里有一块肥田——这块田却被工业污水毁了的人，家里有一块果园——却全遭病虫害死光了的人，家里养鳗——却忽然发现日本人不再跟我们买鳗的人。家里养着猪——结果却发现猪价不及饲料价，所以把猪赶到山上去放生的人，嗯，这种人可以做农业部长。

至于文化部长嘛，当然比别人要略识几个字，不过最重要的是，他必须有个学作曲而潦倒终生的爸爸，或者有一个想卖画而终于饿死的妈妈。当然，如果他有一个学了声乐而除了嫁人一无发展的妹妹，或者学了画画却只好替人画电影广告的弟弟，也算勉强合格。最好他叔叔的剧本曾被“有关方面”核定不准演出，或者他舅舅的歌词被新闻局“不建议通过”，或者他阿姨的油画被“禁展”，或者他儿子的校园歌曲“被善意劝导不要唱”，如果上列诸苦此人备尝，那真是一世奇才，足当大任。凡无此切肤之痛的，学问即使高与天齐，也无资格做文化部长。

还有经济部长，必须找个他爷爷当年遭遇金圆券一夜之间成废纸，他奶奶当年提着一麻袋钱买不到一小把米，他妈妈用半生的储蓄买房子，营造厂的主人却拿了钱跑到美国去的这位倒霉鬼。

教育部长呢？条件也不难，只要他本人或他的直系亲属受过下列迫害之二种就算及格：挨过老师打，被训导人员在头上开辟过梯田，被罚过青蛙跳，被心理变态的同性或异性老师欺负过，被强迫补习过，被很不快乐地“乐”捐过，被动辄以绕操场跑十圈修理过，被严重挫辱其人格过……

当然，幻想中可叵的权高位重，可派之官尚不在此数，但想来能读可叵文章的也非碌碌之辈，必能举一反三、闻一知十，也就不必再多说了。不过却有二点要加以声明的。第一、这种派官原则不是我发明的，是孟老夫子发明的。他老人家曾表示，老天要是想派谁大任务的话，一定先要折磨他，本人根据的便是这折磨原则。第二、此人受了可叵所规定的种种大苦，仍必须保持身心健康，足以应付繁忙的公务才行。

你也有兴趣来想想吗？

可叵的娱乐

可叵的娱乐虽不能说只有一种，但无疑的，其中最重要的、最刺激的一项，便是“节食”了。

人长得方头大耳、白白胖胖，根据孟老夫子的看法，是有道之士的表征，可惜孟子先生的审美观逐渐式微，咱们胖子愈来愈不时髦啦！减肥已正式成为一种事业——不过凡我肥仔倒有一点可以自我安慰，毕竟，这世界上有一些人是靠胖子节食吃饭的，靠“瘦子发福”（好像没有这种行业）的，却未之闻也。瘦子和胖子之间高下还不立判吗？

节食一道，当然以“发福”为先决条件，不过有人过分“知耻近勇”，一鼓作气“发愤图瘦”，结果，把肥肉一举歼灭，此类人物对自己的肠胃早已“太上无情”，出凡入圣；可惜这类人一生至此再也享受不到“节食”之乐了，为我辈“资深节食人士”所不取。

节食之娱乐价值究竟有多高，且听我一一道来。譬如说经过一间小店，看见香喷喷的葱油饼正出锅，你要非礼勿视（可惜孔子忘了说“非礼勿闻”），嘴里不断像念咒一样的对自己说：“啊哟，这东西闻闻就算吃了吧！想想吃下去还得了呀，全是淀粉质和猪油呀！一分钟在口里，一辈子在肚皮上呀，吃不得，吃不得，快逃。快逃，好了，现在可安全了，这一来我显然为自己少添半公斤肉，哇，好险，这一番天人交战赢得好艰难呀！”

如此猛战一场，当然是人马俱疲，忽见路旁有小店在卖冬瓜茶，觉得颇有必要慰劳自己一番，当即痛饮一大杯。忽然又见店员小姐在打新鲜的百香果汁，想来滋味也不错，于是顺手又喝了一杯。嘴里还假惺惺地说：“老板，少放糖，我怕胖！”

及至走出大门，忽想到自己大意失荆州，居然喝下两杯甜水，不免懊恼，不过转念之间，想今日战绩一胜一负，也不枉了。如果再往前走，用意志力拒绝了油炸米糕和蟹壳黄烧饼，不免又满心踌躇，自觉三胜一负，也算战绩可观了。

如果蒙天之幸，忽有一天发觉比上个月瘦了半公斤，那真是喜从天降，值得大事庆祝。于是到羽球馆吃一顿任人吃饱的蒙古烤肉，鼓腹而归，仍然做我的“葛天氏之民”！

节食还有一乐，每当宴庆场合，节食者只要一上桌来，立刻发布自己近日节食中的消息，立刻会引起主人的无限关切；看来，老子这家伙的哲学是有点道理的。“欲饮酒者，可先宣布自己已戒酒；欲抽烟者，宣告天下谓自己已戒烟；欲大吃者，应告人谓自己正节食。”

俄顷之间，只见主人殷殷布菜，言语中慈爱得有如劝迷途浪子一般。哎，来块鳕鱼呀，鱼不胖人的——甲鱼如何？很好的裙边哩，还有八宝饭也来一点，偶尔吃一碗胖不到哪里去的！

为了骗取这些感人泣下的关怀，我会坚持做一个及格边缘的节食者，不断地吃，也不断地节；这种盈虚消长、阴阳互生的好娱乐，几乎已有哲学境界，乃特为介绍推广如上。

可叵语录

如果你去赴大官的酒席，痛苦在饭前，因为你得先恭听训话。我建议，如果训话是大官们不容易取消的口部运动，至少，把菜单上的热菜全换成凉菜吧！

如果你去赴商人的酒席，痛苦在饭后，因为他总会记得他给你的恩惠而企望回报，不会少一分一毛。

大学教育的存在是非常必要的，否则，你要“学生电影”上哪儿去找外景呢？

选举季节，我忽然发现到处都有人向我鞠躬，在信箱里，在电线杆上，在树干上，在路边的栏杆上，在传单里，都藏着一个向我鞠躬的名字。

我猜想大概最近有个特技选拔，而选拔的特技是看“谁最善于鞠躬”。

我的美国朋友乔治问我，要不要去爬喜玛拉雅山，我拒绝了。

我的西班牙朋友约瑟问我，要不要去横渡撒哈拉沙漠，我拒绝了。

我的英国朋友约翰邀我一起乘帆船去渡大西洋，我也拒绝了。

“你难道一点冒险的勇气也没有吗？”他们一起来取笑我。

“谁说我没有？”我非常生气，“我天天在台北街头走。你们谁敢来冒这种险？”

他们全都噤不敢言了。

中国人的老说法是：“生在杭州，长在苏州，吃在广州，死在柳州。”

现在可叵说：

生当生在中国大陆——以便你以后无论到哪里去，都自以为上了天堂。

长当长在日本——你比较有机会学会赚钱。

吃当吃遍台北——这里大江南北、华洋口味无不俱全。

死当死在美国——至少，你不会害得后人去为你挖掉一块山。

哲学状的男人

这世间的男人和女人有一件事是一样的：即讨厌的男人很多，讨厌的女人也很多；而且可爱的男人很多，可爱的女人也很多。

此处只讨论讨厌的男人。事实上讨厌的男人分很多类，其中相当讨厌的一种是“冷静的男人”，亦即“哲学状的男人”。

哲学状的男人是怎样的呢?

当年轻美丽的女孩对他说：

“让我们永远相爱吧!”

他却把眼镜一扶，说：

“姑娘，爱情这玩意儿我知道，但‘永远’是什么?”

对于这种男人，女孩子最正确的方法是先赏他一记耳光，然后劝他去读台大或辅仁的哲学研究所。

不过，事实上比这种男人更烦人的还有，那就像英国当今的王储查尔斯先生。他老兄在结婚大典前被记者追着访问，记者问戴安娜：

“你爱查尔斯吗?”

“爱。”

记者又问查尔斯：

“你爱戴安娜吗?”

“唔，”太子做深思状，“那要先看你对爱情的定义。”

唉，唉，这王子真是糟透了。大英帝国气数大约到此为止，才有不肖儿孙会说出这种婆婆妈妈的窝囊话来，连当年那擅长杀老婆的亨利第八和弃位求美人的温莎公爵都比他高明多了。

奉劝天下女人，好男人有好男人的儒雅，坏男人有坏男人的劲道。惟独做哲学状的男人碰不得，否则将来在餐桌上你要学会听：“太太，红烧鱼这玩意我知道，但请问‘饱足’是什么?”

当然，随时像围棋国手作“长考式”的男人并不能算坏人。只是，那不是女人消受得起的，还是让他们属于哲学研究所吧!

《西厢记》改写

作者董解元，金章宗时人，其他资料不详，事实上“解元”并不是他的名字，当时读书应举的人，普遍都称为“解元”，换言之，我们对这位极有才华的作者唯一确知的是他的“姓”。本剧的名称很多或称《董西厢》或称《诸宫调西厢》、《弦索西厢》、《挡弹西厢》。

《西厢》也可能是中国小说戏剧史上被翻写得最多的一个故事，如王实甫的《西厢》，亦甚成功。

他，张君瑞，二十岁不到，父母就去世了。父亲生前是礼部尚书，家住在长安。父亲去世后家徒四壁，自己又不善理财，五六年间，真的穷了下来。

到了二十岁，没有家累，他爱上了浪迹天涯的生活，走南撞北，到处浪荡。大唐贞元十七年，二月，他来到黄河畔的一座大城蒲州，一个人独自在客栈里住下，是无限繁华中的一点小孤寂，一个无父无母无妻无子的二十三岁男子，店小二看着不免惊奇：

“客官啊，您也出去走走啊，这二月中，河水都解了冻，正是花朝好日子哩，这出城十里有个普救寺，嘿！不是小的我吹牛，我看天宫也赛它不过哩！”

不该听那番话的，这一游，却游出麻烦来了。

普救寺果然辉煌，七层宝塔，百尺钟楼，屋顶是一片琉璃瓦，大殿里烟雾缭绕。无所事事的张生又继续往前走，这座寺庙不仅建筑物华丽，整个环境里也多花木之胜。张生走着走着，穿过重重的柳，跨过淌着落花的小溪，绕过精致的粉墙。忽然，匆促间，他看到一个炫目的身影一闪而逝。

那是一个年轻女子的身影。

仅仅一照面，那影子却像一枚烙印一样在猝不及防间打在他的眼膜上，那一弯翠眉，那一剪秋水，那一顾盼间的蕙质兰心，那一行止之间的端丽动人……

突然，一只手搭在他肩膀上，很粗大有力的手掌。

回头一看，是个高大粗壮的和尚，这人强壮过分，简直不像出家人。就在这一刹那，女子消失在门后。

“到此为止！你不能再往前走了。”

“我不过随便逛逛，为什么别人能走的我偏不能？”

“不能就是不能，崔相国的宅眷借住在里面，闲杂人等，不可过去。”

“崔相国？”

“崔相国去世了，一时还不便安葬，一家人停柩守灵。家里只有个老太太、年轻的闺女莺莺和一个十岁左右的小弟弟，最近就要做一场水陆大会的功德呢！”

还好，张生放下一颗心，她毕竟是人，而不是神仙。直肠愣脑的法聪甚至无意间说出她的名字：莺莺。莺莺，多好听的名字，他立刻在心底秘密的偷叫了一千遍。

中午，他和法本长老一起用斋。席间张生谈起想要借住僧房一间温习诗书的话，法本长老立刻答应了。

咫尺天涯。

真是闷如丝，愁如织，夜如年。

听说老夫人治家甚严，张君瑞只有远远的受折磨，而不敢接近。怪谁呢？怨谁呢？都怪春天吧。

而这一天，做法事的这一天终于到了，老夫人出现了，梳了个白髻，一身素服，表情严峻，一看便知道是个精明能干的老太太。

莺莺也在场，穿着孝服的她，在哀恸中竟也别有令人心动的地方。张君瑞很直觉地感到众和尚隐隐都不安起来，这样绝色的美人令有道行的人也要把持不住。

不该住到普救寺来的，这样愈陷愈深，愈深愈陷，不是聪明人的行径，但在恋爱中的人又有谁是聪明的呢？何况，春天的风总是使人糊涂。

不知道是不是天随人意，平静的寺庙里竟生出一件天大的事来。崔相国的法事刚办到尾声，钟鼓一时都安静下来，忽然一个小和尚面色如土浑身乱颤的跑进来。

"不得了啦……不得了啦……好多兵啊……我们给人家围住啦，围了好多层啦……"

"什么？是谁如此大胆?"还是法本比较抓得住要点。

"叫……叫……孙飞虎。"

"哦，孙飞虎，这人如今做了叛军，他来做什么?"

"他，他……要我们打开寺门，供他吃住……"

"呸，偏不开，"法聪瞪着一双铜铃眼，大吼起来，"接纳叛军，将来如何对朝廷天下交待？他孙飞虎又不是天兵神将，我法聪偏不怕他!"

"不要吵了，"法本说，"从长计议，他们虽然围着普救寺，量他们一时也不敢下手。"

"要说念经礼拜我不耐烦，"法聪拍着胸膛，"要比胆子，咱可不输他孙飞虎！上有国法，下有寺规，哪容他孙飞虎来撒野？来，大伙看我已经解下这把戒刀！有敢跟我来的都站到堂右边来!"

奇怪的是，那些平日看来恭良谦顺的和尚，给法聪一吼，竟然有三百人站出来。听说孙飞虎手下有五千人，三百人不到对方的十分之一，但法聪还是抖擞着精神走了。

法聪并不孟浪，他先登楼叫话，陈说利害，孙飞虎仍然坚持要住进寺里去。

"你们且退三百步，我自来跟你们面谈。"

孙飞虎果真退了。

没想到一出寺门，法聪带着这支敢死队硬冲而来。

"你个和尚，不慈悲为怀，居然拖刀带棒来杀人?"

"嘿，嘿，彼此，彼此，你吃着国家俸禄居然敢造反!"

法聪嘴不饶人，手也不饶人，两下立刻恶斗了起来。这一斗彼此都发觉对方很难缠。

"我们只不过要借个食宿!"孙飞虎无意恋战。

"不行啊，崔相国的家眷住在寺里，外人不可随便出入的!"法聪自作聪明的解释，"人家是弱女稚子，你们是乱军贼党，我们怎么可以开门?"

"啊!"孙飞虎一听大乐，"我早听说有名的美人崔莺莺在此，果然不错，哈哈，这可好了。我现在指名要莺莺，把莺莺弄到手，我带着这俏皮货去见河桥将军丁文雅，那个色鬼一定大乐。这样一来，我俩联军，连朝廷都可以不必怕了！”

法聪没想到事情急转直下弄成这种形势。

“我原来是要来住的，现在不用麻烦啦！你们只要把莺莺送出来就好了，不给我莺莺，我就一把火烧了这普救寺，哈哈。看谁救得了你们！”

火还没有烧，整个寺都沸沸扬扬起来。那些经卷，那些金碧辉煌的建筑，那千百条人命……更令人忧急的是殿上的菩萨，以及崔相国的灵柩，都要烧成灰了。

“娘，”莺莺哭了起来，“事到如今，就让我去受辱吧！这样，父亲的灵柩才可以保住，娘和弟弟以及满寺的人才有活命。”

“娘怎么舍得你？”老夫人除了哭什么主意也没有，但两人哭得肝裂肠断，大家听了也不忍。

“唉，小小一件事情，看，你们居然搞成这样子！”说话的是张君瑞。

“小事！”法聪气得脸色通红，“你个书生懂什么？”

“我有个朋友，叫杜确，人称为白马将军，是我的生死交。我只要写几行字给他，他立刻会带兵来解围。法聪，你敢去送信吗？”

“孬种才不敢送！”法聪最经不得人激将。

“不过，我话要说在前面，”张君瑞抓住机会，“我与夫人非亲非故，此番事成，希望夫人不要以外人待我。”

“什么话？”夫人说，“只要你不嫌弃我们，我们就是一家人了。”

彼此的话都说得很模糊。

恋爱中的男子，总是希望对方有难，来证明自己的爱心，这种机会竟让张君瑞等到手了。看来住在普救寺是对的。白马将军果然不负友情，一场恶战，孙飞虎给斩了，普救寺终于获救。

张君瑞也自觉获救了，不是生命安全，而是一颗快要焦干渴死的感情从此可以安定下来了。

奇怪的是夫人一点表示都没有，他只好托法本师父去问。

“好吧，明天请张先生来便饭，我自己跟他解释。”

席上只有老夫人和一个小男孩，莺莺没有出现。张君瑞心里猜疑，嘴上却又不好说。

“小姐说她身体不好，今天不出来了。”丫环红娘来传话。

“哼，”夫人生了气，“什么叫身体不好？要是在乱军里死了，身体又如何？人家救命之恩都不肯谢一下，太没规矩了！”

张君瑞什么也不好说，过了一会，莺莺出来了。家常衣服，一点装扮也没有，委屈的坐着。她的倔强骄傲也自有一份动人。

她显然不愿意以“受恩者”的身份出现在“大恩人”面前，她是高傲的，她不能忍受把自己当做“报恩”的物件。她看来并不讨厌神气英爽的张君瑞，可是，她低垂着一剪长睫，不肯透露半分眼波和心事，只遵母亲的吩咐叫了一声哥哥。

“莺莺几岁了？”

“十七了。”夫人说。

“上次晚生驰书求救以退贼人的时候……”

“我今日请张先生来，也是为此。莺莺本来是说了人家的，对象是我哥哥的儿子郑恒，是她父亲生前许下的。当时已经要结婚了，可是崔相国忽然撒手，事情就停下来了。要不是有这重困难，让莺莺配先生我是很乐意的啊！”

“原来莺莺是订了亲的，”张君瑞的眼泪愤然流了下来，“可是，当时你们为什么不告诉我，让我死了心呢？而且，郑恒也是有财有势的公子，孙飞虎来抢亲的时候他却躲到哪里去了呢？”

他的眼光横扫全桌，忽然，他遇见莺莺抬起的眼睛。

奇怪，刚才他穿着最好的衣服，保持最好的风度，她却低着头，懒得看自己一眼。而此刻，他声音嘶哑，泪流满面，眼睛里全是受伤的刨痛，一双手捏得格格作响，虽没饮几盅酒，却因为自觉上当而几乎瘫倒，他是如此狼狈……而就在此刻，她反而抬起头来关怀的看着他，她那样无避无畏的当着老夫人的面用温柔流丽的目光爱抚着他。

他不能再说什么，只暗自惊奇，一双眼，怎么能说那么多话。够了，不管有多少委屈，都不要再争了，有那动人的一盼，够了。

“张先生醉了，”老夫人的声调既不关怀也不冷漠，“红娘，好生服侍张先生回房休息。”

夜雨敲窗，张君瑞独坐房里，这普救寺是不能住了，走吧，走吧，回长安去吧！流浪得太久了，该回去了。

一身天涯，哪有什么值钱的东西好收拾，不过是几本旧书，一把剑，一张琴而已。

“哎呀，原来你有这么好一张琴，”红娘看了，惊叫起来，“有希望了，我告诉你，莺莺最爱音乐了，你既然能弹琴，她一定忍不住想听。”

人生到底是怎么一回事？真有这种事情？一张琴，可以挽救自己的不幸吗？不管怎么样，总该试试，好多次请红娘帮忙，她都严词拒绝，坚称绝不可能，而现在她居然主动地说这方法一定有效。

“就是在今天晚上，好吗，我把弦调好！”

晚上，月如水，看来老天也在助成人间好事。古鼎中焚着香，胆瓶里梨花杏花的幽香流溢着，张生把琴横在膝上，轻轻的抚弄着：有多少说不尽的爱情，有多少狂暴的悔恨，生命中道不尽的焦灼、欲望和痛苦，一个漂泊灵魂的凄凉，一场没有希望的恋情……都沿着琴弦缓缓流下。

隔着墙，莺莺站在花下听，泪水急促的滚下，像一湾跟琴声相和的流泉。多悲伤的琴，多悲伤的歌。

“有美人兮，见之不忘……张弦代语兮，聊写微茫……”

忽然，他推门而出，只见月下莺莺消瘦的背影正匆匆离去，他知道莺莺已经听了他弹琴，他同时感到一份满足和一份空虚。

“莺莺回去以后怎样？”张生急着问红娘。

“她只是流泪，只是叹息。”

“把这首诗替我传给她，好吗？”

“你如果想写些情词挑动小姐就错了，上次听琴是可以的，因为她以为你不知道。可是你托我带诗给她，这事做得太明目张胆，她就会摆小姐身份，大骂我一顿。”

“试试看吧！”

诗被放在妆台上，不出所料，红娘果然挨了骂。

“我也不便当面骂他，你把这封信送去。”

张生打开信，原来是一首五言小诗：

“待月西厢下，迎风户半开，拂墙花影动，疑是玉人来。”

奇怪，听红娘说，她非常生气，可是看信，又像是订下了约会。

当天晚上，张生站在花丛中，苦苦等候，她真的来了，一脸怒容：

“你这是什么意思？我们受了你的救命之恩，不错，但你这样托不懂事的丫环来寄这种诗，又算什么？我们都成年了，难道你不能为我的名誉着想吗？”

“我是不对，很冒犯你，”张生也感到自尊心受打击，“但是，你寄给我的诗也……也……”

“不错，我寄给你的诗也不守礼防。可是，这是我唯一的办法了，我如果把你的诗交给母亲，怕事情闹得更僵。我如果叫红娘来说，又怕她传话不清楚。回封这样的信我知道你一定会来。来了，我就可以把话说清楚。我自己这样做也很惭愧，不过，反正这是最后一次了，以后，我们还是做个循规蹈矩的人吧！”

哈，哈，好个“循规蹈矩”，为谁而“循规蹈矩”？为郑恒那小子吗？他颠踬着步履走回去，只觉全身冰凉，太累了，太累了，爱情是一场太精致太复杂太反复无常的游戏，太累了，太累了，让我躺下吧！不用再起来了，不该到蒲州来的，不该住进普救寺的，不该日日夜夜想着那一张脸的，不该痴心如狂的，错了，错了，彻头彻尾的错了……

夫人来送药，高贵的老夫人啊，何必多此一举呢？延长生命无非是延长痛苦，失去了莺莺，这个世界还有什么值得活下去的理由？

他想到悬梁自尽，他在平静中把带子搭上梁木，结好套头，并且跳了进去。忽然，红娘折回来，大叫一声，扑上去，把他抱了下来。—不幸的人竟连死的权利也没有吗？

“你为什么这样想不开啊，其实莺莺对你也很有意啊，可是，她总是一个小姐嘛，她这两天一想到你的病也都忍不住哭哩！……”

“请她今晚来，好吗？”他像小孩子一样任性地哭了起来。“我要看见她，我一定要看看她，她今晚不来，我们只有地下相见了！”

莺莺终于来了。

她是羞涩的，他知道她经过怎样的挣扎，才走进这房子。他知道她背弃老夫人偷跑出来无异撕裂一个熟悉的自己，他知道她此刻正努力丢掉崔相国家中知书达礼的小姐尊严，仅仅以一个女人的身份前来，一个爱人的也被爱的女人。

他把这受苦的颤动的肉体紧抱在自己怀里，他搜索她的唇，她的馥馥的香气……

露水滴落在牡丹微绽的蓓蕾里，天渐渐亮了。

是真的吗？或者是梦，张生翻过身来，莺莺已不在，只有一颗颗莹莹然的泪，滚落在席面上。

半年了，莺莺变了，变得佻达明艳，老夫人终于动了疑。

好在红娘很聪明，把利害关系一说，夫人也同意这是一场只宜遮盖而不宜张扬的麻烦。

张生又听红娘的话，临时向法聪借了钱，送给老夫人作聘金。虽然夫人一再拒绝，张生却唯恐礼数不到，事情将来会生变化。夫人仍保持她一贯的精明，收了聘，她立刻要张生进京赶考。

青山四合，抱紧了一座蒲州城，是秋天了，满川红叶，全是离人眼中的血泪凝成的吧？

第二年春天，张生在京中考取了第三名探花郎。

才子佳人，理所当然的结了婚——不过，根据爱情的原则，好事总是多磨的。所以，有一个说法是张生经过长期的绷紧，此刻一松，忽然病倒，这一病病了半年，音信全无，郑恒乘机来骗人，说张生已经另娶了。老夫人拗不过自家侄儿的面子，竟又答应把莺莺给他。幸好张生及时回来，两人半夜私奔，赶到新升了太守的老朋友杜确将军那里去，才在故人的祝福下完了婚。

不管过程如何，总之他们是如愿以偿的结了婚。

在唐代原始的小说故事里，两个人后来分了手，各自男婚女嫁了。可是，在金代、元代面对观众的舞台上，有谁忍心拆散一段璧人的姻缘呢？如果你不喜欢这庸俗的团圆情节，那么，请原谅他们的庸俗吧！——毕竟这是一个温暖的庸俗的世界啊！

王宝钏

作者佚名，此类包括《戏妻》情节的戏尚有《秋胡戏妻》等，《王宝钏》尝为熊式一于一九三四年改写为英文剧。

王宝钏正低着头，绣一只灵动欲飞的龙。金黄沉紫和火红的绣线一针一针上下穿梭，眼见得一条龙就要绣好了。忽然，她推开线，脸红起来，她想起昨夜的梦了。梦中一颗大红星，猛然的坠在她怀里，而此刻，那条绣花绷子上的龙，也是如此带着火的耀动，直扑下来。

和丫头一起，她走到花园里去，宰相府的名花异草开得整齐规矩而饱满。

“哇，失火了。”丫头大叫起来。

宝钏镇定的走过去，没有火，只见一个褴褛的流浪人，坐在花园门口打盹。这人显然是穷人，但他睡熟的脸部安详平静，他的周身有一种说不出的、逼人的光辉。

忽然，王宝钏又想起梦里那颗光灿灿的大星。不知为什么，这人使她想到光，逼人的光。

“你叫什么名字，哪里人?”

“我住长安，父母早死，我一个人到处流浪，我的名字叫薛平贵。”

“你父母死以前，没跟你订亲吗?”

“穷成这样，小姐，”那人无奈的苦笑，“怎么敢去说亲?”

王宝钏睁着一双清亮的、纯洁得近乎无知的眼睛打量着这个陌生人。奇怪，成天出入相府的人倒也不少，但这个男人却与众不同，大姐金钏嫁给苏龙，二姐银钏嫁给魏虎，跟苏龙、魏虎比，就仿佛这人是铁打，那些人是纸扎的。

“二月二日，父亲要给我结彩楼抛绣球，不知什么人有因缘，你也可以来试试。”

“来的都是王孙公子吧!”

“婚姻的事，靠缘。”

“我会来的。”

王宝钏站在高高的彩楼上，手里拿着个旋转不定的球，那薛平贵还没有来，她焦急的四下张望，都是些什么人呢？似乎有王孙公子，也有商人农人，一只小小的彩球轻易的一掷，一个女人的命运就这样决定了？

忽然，她看到那耀眼的，火一样的男人，她急速地把球向他掷去，但群众忽然像山崩一样压下来，人人都去抢那只球，他捡到了吗？她看不清楚，什么时候开始她如此在乎这个人的？她不服气地想。

然后，她看到了，天从人愿，球，带着她的祝福与关怀，好端端的捧在那人的手里。她站在高高的彩楼上，他站在尘埃里，但她明白，从今而后，他们将一生一世在一起了。

“相府的千金小姐，去配路边的叫花子薛平贵，笑话，”父亲很生气，“退掉，退掉，我随便替你找个王孙公子。”

“父亲，人要讲信用，不要说打着了叫花子，就是打着了一块石头，我也会抱它三年五年的！”

“你在跟我赌气吗？”

“没有！”

“那么为什么不听话另外嫁人？”

“这种事别说爹爹，圣旨也改不了！”

“你也想想，大姐金钏、二姐银钏都不及你漂亮可爱，她们都嫁得那么好，你反而嫁给一个叫化子吗？”

“人总有倒霉的时候，我们怎么能知道未来呢？一朝得志，说不定，他也不在爹爹之下。”

“大胆，”父亲咆哮起来，“退！退！退！非退不可！”

“不！绝对绝对不退！”

“不退你身上两件漂亮衣服还我！”

“可以，但是爹爹还记得这两件宝衣哪里来的吗？”

“圣上赐的。”

“圣上为什么赐爹爹？”

“因为君臣之谊。”

“圣上倒有君臣之谊——爹爹却没有父女之义吗?”

“只要你肯退亲，别说这两件宝衣，就是满箱金银也随你拿啊。爱拿多少，拿多少。”

“可是，我不要了，这‘日月龙凤袄’‘山河地理裙’都还给你吧，还给‘嫌贫爱富的人’。”

看到女儿赌气撅嘴发狠的模样，父亲的心又软了，脱了宫装之后，她只穿一件朴实的素色衣裙，反而益发楚楚怜人。

“你倒会说话，我嫌贫爱富没错，可是，我是为了谁?”

“不知道!”

“就是为你这个小鬼头呀!”

“我的事是我的命——不须麻烦爹爹。爹爹，你手摸胸膛想一想，如今膝前还有谁，就我一个了，你就不能多疼我一点吗?”

“不错，就你一个了，你还不能多孝顺我一点吗?”

“孝顺?如果母亲死了，我会来披麻戴孝。”

“如果我死了呢?”

“我不会哭一声的!”

“王宝钏，你听着，你太倔强了，你会后悔的，我现在也死了心了。我算没有这个女儿，我跟你‘三击掌’，就此断了父女情算了。”

“我走了，”王宝钏转身，避免直接冲突，“我去拜别母亲。”

“不准!”他在盛怒中吩咐丫环把守后堂，“谁敢进去，打断他狗腿。”

她不争执了，她走到父亲面前，跟父亲击了三下手掌，从此恩断义绝。

“告诉母亲一声，”她嘱咐丫环，“我现在就搬到寒窑去了!”

临走，她偷看了父亲一眼，心里猛然一惊，不知在神色眉目的哪一部分，或是在盛怒的表情中，父亲看来跟她真是相像。

而且，父亲也在远远的偷眼看她。

寒窑里只有极微弱的光线。相府里珠围翠绕的生活至此是完全没有了。

是错觉吗?她忽然觉得小别数日的丈夫回来了，前几天听说楚江河下妖怪作乱，他赶着去了。婚后他一直在挣扎找个出路，图点出息，他不要辜负王宝钏。此刻她看见金红色的头盔，闪耀生光的铠甲，以及高大的红鬃毛的骏马，是他吗？

“三姐，我回来了。”

“我快要不敢认你了，怎么回事？”

“我降了妖怪，其实也不是什么妖怪，就是这匹烈马。奇怪，一看到我，它倒很乖，皇上看见高兴了，封了我做将军。”

“啊！那太好了！”王宝钏像小女孩一样的高兴起来，“谢天谢地。”

“可是，你别急着谢天谢地，我，又要走了。”

“为什么？”

“你父亲私仇公报，他说西凉国下了战表，我们要去迎战，你大姐夫二姐夫做正副元帅，我却做危险的‘马前先行’，军队现在就要开拔了。”

“什么？”王宝钏不能接受，“我不相信，现在就走？西凉国？”

“不要哭，我给你留了十担干柴，八斗老米，我也不知什么时候回来——你守得住就守，守不住就忘了我，另图出路吧！”

“守得住我自会守，”王宝钏气愤起来，“守不住我也会守！”

远处有三声清晰的大军出发的炮声，平贵纵身上马去了。

魏虎带消息来，说平贵战死在西凉国。

寒窑中风雨凄凄，王宝钏病了。母亲赶来看她。

“三个孩子里，你最聪明最漂亮，”母亲老泪纵横，“或许是我们太宠你了，你的脾气弄得这么倔，看你大姐二姐，日子过得多称心如意。”

“那是她们的命，可是，穷人也是人，穷人也是人嫁的。”

“你的病怎么样了。”

“也没什么，只是听到平贵死了——我是不相信的——爹爹却派人逼我改嫁，我一气就病了，现在看到母亲，已好了一半了。”

“跟我回去吧！这寒窑实在住不得人啊！”

“我已经跟父亲三击掌了，我饿死也不回去住的！”

“你不回去，我就搬来！”

“不，母亲，你受不了这种日子的，你老人家还是回相府去吧！”

“你可以住十七年，我怎么不能？”

母亲的脸很决绝，她急起来，不知怎么办才好。

"我跟你回去。"她迅速地站起来。

母亲高兴的笑了，眼中闪过一阵诡谲的表情，王宝钏也是。母亲一脚跨出寒窑，王宝钏急急的缩了回来，关上窑门。

"喂，喂，宝钏开门，你这是干什么？"

"母亲，我骗你的，你回去吧，谢谢你带来的米粮。"宝钏隔着门哭了，"但是寒窑不是你住的地方，相府也不再是我住的地方。"

一扇厚木门，里面滴满了泪水，外面也滴满了泪水。

薛平贵站在武家坡上，前尘旧梦，一刹时都来到眼前。自从在三响炮声中跨马而去，他已建立了不小的功勋，但魏虎为了夺功，便把他灌醉了，绑在红鬃烈马上，直放西凉国而去。没想到西凉国老王没有杀他，反而命令他和代战公主成婚。老王死后，公主力保他做西凉王，匆匆十八年这样过去了。

直到那天早晨，他打下了一只大雁，雁足上竟然绑着王宝钏撕下罗裙咬破指尖写的血书。

"早来尚能相见，"她在信上写着，"稍迟一步，难保此世还能团圆。"

身为公主的丈夫，其实也只是一种"高尚的入赘"，行动哪有什么自由？看到妻子的信，他激动起来。一场酒，灌醉了代战公主，他便直奔长安而来。

武家坡荒凉依旧，一个鸠衣百结的妇人蹲在地上挖菜。她那样专注，目不斜视，仿佛天地间只有那一棵野菜，她那固执的神气是他熟悉的，难道她是一别十八年的王宝钏吗？

她又换了一个角度去挖另一棵菜，他确定了，是她。十八年过去，他忽然莫名其妙的想要恶作剧一番。

"喂，有件事麻烦大嫂。"

"军爷迷路了吗？"

"阳关大道，哪会走迷，我是来找人的——鼎鼎大名的，王丞相之女，薛平贵之妻，王宝钏。"

"你，你跟王宝钏有亲还是有故？"她竟对面不能认识这人。

"非亲非故，只是她丈夫托我带封家书！"

"啊，我就是，原来他真的还活着，家书在哪里？"

"啊呀！掉啦，"他胡乱摸了一阵，"我想起来了，我放在箭带里，刚才打雁，一抽箭，搞掉了。”

“那雁吃了你的心肝才好！”王宝钏跺脚骂道，“我就是王宝钏，你这种为人谋而不忠，与朋友交而不信的坏蛋！”

“呀！呀！大嫂别生气，”他口气开始轻浮起来，“信虽掉了，上面的话我倒记得。他说‘八月十五日月光明，薛大哥在月下修书文，三餐茶饭小军造，衣裳破了自有人缝’。”

“他还好吗？”

“他不好哩，”薛平贵苦着脸，“他丢了一匹马，要赔十两银子，他没有，因为他花天酒地存不了钱，只好跟我借，后来弄到连本带利欠我二十两啦！”

“你为什么不跟他要？”

“要也要不出来啊！后来他想了个办法，说在长安城南武家坡，他还有妻子叫王宝钏，就抵给我好了——所以现在你是我的人啦！”

“欠钱还钱，我到我父亲的相府里去要钱还你就是了！”

“我不要钱，只要人。”薛平贵暗自想笑，却忍住了，“你别逞强，我把你一把抱上马，跑回西凉国去，你还有什么办法？”

“啊，那边有人来了。”王宝钏大叫了一声。

薛平贵一回头，漠漠荒郊，哪里有人影？她趁机迅速地抓了一把沙，对准来人的眼睛一丢，立刻脱逃回洞，牢牢的关上门。

“开门，开门，我跟你闹着玩的，我是你丈夫啊！”薛平贵揉着眼睛，流着泪在门外大叫，这把沙子真厉害。

王宝钏不理。

“十八年了，三姐，我看了你的罗裙血书才回来的。”从门缝里，他递进血书。

门开了。

“真是你吗？”王宝钏惊疑的看着他，“我的薛郎是没有胡子的。”

“你没听过吗？‘少年子弟江湖老，红粉佳人两鬓斑’，三姐，你也到水盆里去照照自己的容颜吧！”

“真的，真的十八年了，我也老了！”

生命里能有几个十八年呢？曾经失去的岁月，只能用未来的恩爱作补偿了。

当然，就薛平贵这方面而言其结尾是更愉快的。他出了当年的一口气，又封了宝钏和代战公主两位同做皇后，那是旧时代里一切男人的美梦。

而王宝钏，终于跟父亲和解了，并且在父亲有难时以自己力量救了他。她一直要证明自己的判断比父亲高明，她一直相信自己可以丢掉“相府小姐”的身份而活得下去。她，成功了。

小说

潘渡娜

回想起来，那些往事渺茫而虚幻，像一帧挂在神案上的高祖父的写像，明知道是真的，却给人一种不真实的感觉。但也幸亏不真实，那种刺痛的感觉，因此也就十分模糊。

那一年是一九九七，廿世纪已被人们过得很厌倦了，日子如同一碟泡得太久的酸黄瓜，显得又软又疲。

那时候，我住在纽约离市区不太远的公寓里，那栋楼里住着好几百户人家，各色人等都有，活像一个种族博览会。我在我自己的门上用橘红色油漆刷了一幅八卦图——不然我就找不到自己的房子，我没有看门牌的习惯，有时候我甚至也记不得自己的门牌，我老是走错。

就因着那幅八卦图，我认识了刘克用。而因为认识刘克用，我们便有了那样沉痛的故事。

那是一个周末的下午，他到这里来找房子，偶然看到那幅八卦，便跑来按了铃。

“这是哪一位画家的手笔?”他用英文问我。

“不是什么画家，”我也用英文回答，“是一个油漆匠随便刷的。”

“美国没有这样的油漆匠！他们不懂，他们只会把油漆放在喷漆桶里，再让它喷出来。”

“是美国的中国油漆匠刷的。”

“是你?”他迷惘地望着我。

“是我。”

“你看，我就知道不是美国人画的，”他高兴地伸出手来，“而且，能画这样的画，也不是油漆匠。”

“跟油漆匠差不多，我是一个广告画家。”

“对不起，你能说中国话吗?”

“我能。”

“我是刘克用，我想来看看房子，想不到看到这幅画，可惜是画在门上的，不然我就要买去了。”

“我也后悔把它画在门上了，否则的话倒捡到一笔生意了。”

那天我请他到房间里面坐坐——结果我们谈了一下午，并且一起吃了罐头晚餐，而他的决定是不租房子了，反正他原来的意思也只是想偶然休假的时候，找个离实验室远一点的地方休息一下，现在既然跟我这么相契，以后尽管来搭个临时的床就算了。

他是一个生化学家，我从来还没有这么体面的朋友呢！

重新有机会说中国话的感觉是很奇妙的，好像是在某一种感触之下，忽然想起了一首儿时唱过的歌，并且从头唱到尾以后，胸中所鼓荡起的那种甜蜜温馨的感觉。

我和刘克用的感情，大概就是在那种古老语言的魅力下培养出来的。

* * * *

一开头，我就觉察出来刘克用是一个很特殊的人，他是一个处处都矛盾的人，我想，他也是一个痛苦的人——正如我是一个痛苦的人一样。

他有一个特别突出的前额，和一双褐得近于黑色的凹下去的眼睛，但他其他的轮廓却又显得很柔和，诸如淡而弯的眉毛，圆圆的鼻头，以及没有棱角的下巴。

据他自己说，作生化学家是一件很简单的事，只需要把一个试管倒到另外一个试管，再倒到另外一个试管里去就行了。

“作广告画家更简单，”我说，“你只要把一罐罐的颜料放到画布上去就行了。”

“你不满意你的职业吗？”我们几乎同时这样问对方。

然后，我们又几乎同时说“不”。

可是，我知道，事实上，他一方面也深深以此为荣。我不同，我从来没有以我的职业为荣过，我所以没有辞职是因为我喜欢安定。有一次，是好多年以前了，我拿定主意要去找一个新职业，我发动我的车，想到城里去转一下，看看有什么地方招工。可是，忽然间，我发现我糊糊涂涂地竟把车子又开回广告社去了。

从那以后，我就认命了。

“像我这种工作，”我说，“倒也不一定要‘人’来做。”

“哈，”他笑了起来，“你当别人都在做人的工作吗？你说说看，现在剩下来，非要人做不可的事有几桩？”

“大概就只有男人跟女人的那件事了！”

我原以为他会笑起来，但他却忽然坐直了身子，眼睛里放出了交叠的深黑阴影，他那低凹而黯然的眼睛像发生了地陷一样，向着一个不可测的地方坍了下去。

* * * *

长长的一个夏天，我不知道刘到哪里去了。我当然并不十分想他，但闷得发慌的时候就不免想起那次一见如故的初晤，想起那些特别触动人某些情感的中国话，想起彼此咒骂自己的生活，想起他那张很奇怪的脸。

有一天，已经很晚了，他忽然出现在我的门口，拎着一个旧旅行袋，疲倦得像一条用得太久的毛巾，我下意识地伸出手去抢着扶他，等我们彼此觉察的时候，我连忙缩回手，他也赶快站直了身子。

“那实验会累死人的。”他撇着嘴苦笑，但等他喝了一杯水，却又马上有了开玩笑的力气了，“喂，张大仁，如果今天晚上我死了，你应该去告诉他们，这种搞法是违法的，是不人道的，是谋杀。”

“去中国法庭呢？还是美国法庭？”

“去国际法庭吧！”他把鞋子踢了，赤脚坐在地板上，像要坐禅似的。

“你知道我今天来做什么？”

“不是真的留遗言吧？”

“不是，来告诉你，今天是七夕，很有意思的，是吧？”

我忽然哽咽起来，驾那么远的车，拖那么累的身子，就为告诉我这一点吗？

我曾经读过那些美丽的古典故事，那些古人，像子期和伯牙，像张邵和范式，但那不是一九九七，一九九七的七夕能有一个驶车而来的刘克用就已经够感人了。

“我照了一张相片，”他说，“很有意思的，带来给画家看看。”

那是一张放大的半身像，在实验室照的，事实上看得清楚的部分只有半个脸，他的头俯下去，正在看一列试管，因此眉毛以下的部分全都看不见，只有一个突出的额头，像帽檐似的把什么都遮住了。

而相片上大部分的东西是那些成千垒万的玻璃试管，晶亮晶亮的，像一堆宝石，刘克用的头便虚悬在那堆灿烂的宝石上。

“还好吗?”

“不止是好，它让我难过。”

“你也难过吗? 说说看，它给你什么感觉。”

“我说不出来。”

“我来说吧，这是我们实验室里的自动照相设备照的，事实上并不是照我，而是照我那天做的一组实验。但我偶然看到了，大仁，我想流泪了，大仁，你看，那像不像一个罪人，在教堂里忏悔，连抬头望天都不敢。”

“我倒想起另外一个故事，一则托尔斯泰写的小故事，他说，从前有一个快乐的小村庄，大家都用手工作，大家都很快活，但有一天，魔鬼来了，魔鬼说：‘为什么你们不用脑子工作呀?’”

“你是指我的大脑袋吗?”

“正是，你就是拿脑子去工作的。”

“我不过就是脑袋大罢了。我并不比别人多有脑子。”

我们又把那张相片看了一下，真是杰作——可惜是电眼照的。

“我带来一根笛子，”他说，“你喜欢的吧?”

“喜欢，你能吹吗?”

“不太能，但就让它放在膝上，陪我们过今年的七夕，不也就很奢侈了吗?”

“古人是没有什么悲剧的想像力的，”我说，“他们所能想出的最惨的故事就是两人隔了一条河，一年才见一次面。而事实上呢? 不要说两人，就是一个人，有时一辈子也没有被自己寻到啊!”

“好啦，老兄，为那个不善写悲剧的时代干杯吧!”他举起了他的盛满水的杯子。

我也举起我的。

可惜我们没有一座瓜棚，不然我们就可以窃听遥远的情话。

那一夜他没有吹笛，我不久就睡了。但在梦里，我却听到很渺然的笛声。很像我小时候在浓浓的树荫下所听到的，那种类似牧歌的飘满了中国草原的短笛。

*　　*　　*　　*

又过了两年，一九九九年的感恩节，我接到他的电话。

“我要去看你，”他说，“你托我的事我给你办好了。”

“我没托你什么事！”

“啊，也许没托吧？不过总之我替你解决了你需要解决的问题。”

“可是，什么是我需要解决的问题？”

“我到的时候你就知道了。”

他来了，满脸神秘。我浑身不安起来。

“我要给你介绍一个女朋友，很漂亮的。”

“唔，可是，你为什么不留着给自己。”

“老弟，听我说，”他忽然激动起来，“你三十五，我却四十三了，我不会结婚了，你懂吗？我没有热情可以奉献给婚姻生活了，我永世永世不会走入洞房了，我只会留在实验室里。”

“你比我更有资格结婚，你有一切，我却什么都没有。”

“但婚姻是给‘人’的恩赐，我差不多等于不是人了，大仁，你也许还不太认识我，你只和度假中的我谈过话。”

“好了，刘，如果只是介绍女朋友，你就径自带来好了，这不是什么严重的事。”

“可是，可是比女朋友严重些，我是要你们结婚的。你明白吗？”

“我对任何女人都没有偏见，只是，我怎么晓得我该不该接受，我怎么能保证我要她。她是什么人？天哪，刘，你真是冒失得有点滑稽了。”

“并不完全跟你想像的一般滑稽，大仁，古老的年代里人们找个瞎子，合个八字就行了，奇怪，爱情跟瞎眼的关系似乎总是很密切的。更古老的年代更简单，做男人的只要揪住女人的头发拖她回洞，而女人也只要装做力不胜敌的样子就可以了——这就是所谓发妻的由来吧！”

“刘，你老实说吧，你是哪里来的灵感。你是什么时候想起要当月老的。”

“从第一眼看到你，大仁，她，那个女孩子，需要一个艺术家。”

“我不是艺术家。”不知为什么，提起这个头衔，我就觉得被损伤。“我开头就告诉你了，我只是个油漆匠！”

“我也开头就告诉你了，”他提高了嗓门，“你不是，你是一个艺术家，艺术家就是艺术家，艺术家可以去擦皮鞋，但他还是一个艺术家。"

"艺术家又怎么样？"我很不高兴地说。

"艺术家给一切东西以生命，你难道不知道吗？你没有读过那个希腊神话吗？那雕刻者怎样让他的石像活了过来？你不羞吗？你不去做你该做的，整天只嚷着自己是个油漆匠。"

"好吧！你要我干什么，我只是一个男人，我不是神。跟我结婚的女人从我处得不到什么，除了一个妻子该得的以外。"

"好了，你听着，有一个女孩子，叫做潘渡娜的，是一个美丽而纯洁的女孩子，我不知道该怎样形容她，我爱她——像爱女儿一样地爱她，否则，我就要娶她了。"

"潘渡娜？你是说她是中国人吗？"

"为什么姓潘就一定是中国人？她不是任何民族，她只是这地球上的人。"

"好吧，我倒也不太在乎她是哪里人，她多大了？"

"你为什么一定要知道她的年龄呢？总之，你看到的时候，你就会知道，她当然是年轻的，年轻而迷人。"

"她住在哪里？刘，你为什么看来这样神秘。"

"她当然住在一个地方，但我不能告诉你，除非你对她有兴趣。"

"我当然对她有兴趣，我对任何女人都有兴趣，只是我不一定有娶她的兴趣。"

"好吧，我不相信你不着迷，大仁，她的背景很单纯，她没有父母，她随时可以走入你的家，她受过持家和育婴的训练，我知道她该得到你的爱，我知道，我是她的监护人。"

他说着，忽然激动起来，深凹的眼眶里贮满了泪水，他便不住地拿手绢去擦泪，而他擦泪的手竟抖得不能自抑。

"她是全世界最完美的女人！你凭什么不信，大仁，你可以杀我，但她是全世界最完美的女人，至少比夏娃好，比耶和华上帝造的那个女人高明。"

他哭了。

"你喝了酒吗？刘，你不能平静一点吗？为什么弄出一副老父嫁女的苦脸来呢？"

"因为，"他黯然地望着我，"事实上差不多就等于老父嫁女了。"

"她在哪里，你打算带她什么时候来？"

“在旅馆，明天来怎么样。”

“好吧。”

我虽然觉得有些不妥，但想想也犯不着那么认真，刘或许是真的喝了酒，我还是别跟他争论算了。

潘渡娜真的来了，跟在刘克用的背后。

有些女人的美需要长期相处以后才能发现，但潘渡娜不是，你一眼就看得出她的美。

她的皮肤介于黄白之间，头发和眼睛是深棕色，至于鼻子，看起来比中国人挺，比白种人塌，身材长得很匀称，穿一身白色的低胸长袍，戴一顶鹅黄镂空纱的小帽。很是明艳照人。

她显然受过很好的教养，她端茶的样子，她听别人说话时温和的笑容。她临时表演的调鸡尾酒，处处显得她能干又可亲。

什么都好，让人想起那篇形容古美人的赋，真是所谓“增之一分则太长，减之一分则太短，著粉则太白，施朱则太赤”。

真的，潘渡娜给人的印象就是这样的，她就像按着尺码订制的，没有一个地方不合标准。譬如说她的头发，便是不粗不细，不滑不涩，不多不少，不太曲也不太直。而她的五官也那样恰到好处地安排着，她很美丽，但不至于像绝色佳人。很能干，但不至于掠美男人。很温柔，但不至于懦弱。很聪明，但不至于像天才人物。

总之，她恰到好处。

但是，我一想起她来，就觉得模糊，她简直没有特征，没有属于自己的什么，我对她既不讨厌也不喜欢。

她像我柜子里的那些罐头食物，说不上是美味，但也挑不出什么眼儿。

“我们的潘小姐很可爱的，是吗?”

我没有想到刘当面就这样说话。

“是的，”我很不自在，“的确是让人动心的人物。”

“谢谢你们。”她用一种不十分自然的腔调说着中国话。

“如果你愿意，”刘又说，“随时可以到张大仁这里来，他是一个艺术家。”

“哦，艺术家。”她轻轻地叹了一口气。

“唔，并不是随时可以来，星期一到星期五，我要上班，下午一点钟才回家，圣诞节快到了，我们很忙呢!”

“没关系，上班时间我不会来的。”

我暗暗吃了一惊，她的意思是不上班的时间都要来吗？但后来想想，也没有什么，有些女孩是生来就比较大方的。

“潘小姐不上班吗？”

“现在还没有，不过有一个服装设计师要我做他的模特儿。”

她的确很适合做立体的衣架子，她有那么标准的身段。

我们的初晤既不罗曼蒂克，也没有留下任何回忆，其实如果把女人分为端庄的和性感的两种，潘渡娜倒是比较偏于后者的——只是，不知为什么，她一点都不使人动心，她应该只适于做空中小姐或是女秘书或是时装模特儿，但决不是好的情人。

其实许久以来我一直想着一个家，一个女人。我的同事们都只想片面解决，我却留恋着旧有的一劳永逸的办法。但，潘渡娜让人有触到塑胶的感觉——虽然不至于像触到金属那么糟。

但真正糟糕的地方也许就在这里，她并没有像金属那样触手成冷，我也就没有立刻缩回我的手。

* * * *

那些日子很冷，早落的雪把人们的情绪弄得很不好。

潘渡娜常来，自己带着酒，我真喜欢那些酒。还有那些她做的酒菜。

有一天晚上潘渡娜刚回去，电话就响了。

“你到底打算不打算写订货单。”

口气很强硬，我一时愣住了，不知对方是什么意思。

“喂，我说，你打算不打算写订货单？”

这一次是用中文说的，我晓得除了刘克用没有别人。

“什么货单？”

“潘渡娜，”他说，“她等着结婚，她贴不起那么多的旅馆钱和酒钱了。”

“唔，”我说，“我的周薪你是晓得的。”

“我晓得，她不白吃你的，她有一笔财产，每个礼拜可以领到二百块的利息——她花不了你一百的，你只会赚不会赔的。”

“那更糟，刘，我不喜欢有钱的女人，人都很自私，都想在婚姻生活里占上风，我怕我伺候不了潘渡娜。”

"听着，大仁，你如果一定要拒绝幸运，我也没有办法，潘渡娜还不至于找不到丈夫。"

"这倒是真的。"

"可是我希望是你。"

我沉默了，如果和潘渡娜结婚，事实上也没有什么不好。但我有一点怕她，记得小时候，我从不敢去插电插头，我怕那偶然跳出来的惨绿的火花。我对所有新奇的东西天生就有一份排拒心理。

"大仁，你决定了吗？"

我仍然沉默，因为我不知道除了沉默我还能做什么。

"这样吧，我想不必拖太久了，十二月二十四日怎么样？我带她去找你，然后我们一起上教堂，我就先和牧师约好，否则那一天他们准没有空。一切都简简单单就行了。"

"再拖几天吧！我要交一批货。"

刚说完，我就后悔了，我这样说等于承认了。

"啊！"我立刻听到一声欢呼。"当然，延几天也好，潘渡娜也需要准备准备。"

那天晚上，我洗了澡，照例喝一杯冰牛奶，就去睡觉了——我奇怪我睡着的那么快，我简直连一点兴奋的感觉都没有。

* * * *

婚期订在十二月三十一号的晚上，一九九九年的最后一天。

中午，潘渡娜和刘来了，她穿着嫣红的曳地旗袍，外面罩着同质料的披风，头上结着银色的阔边大缎带，看起来活像一盒包扎妥当的新年礼物。

教堂就在很近的地方，刘把我们载了去，有一个又瘦又长的牧师已经在那里等着我们了。

那几天雪下得不小，可是那天下午却异样的晴了，又冷又亮的太阳映在雪上，倒射出刺目的白芒，弄得大家都忍不住地流了泪。

牧师的白领已经很黄很旧了，头发也花斑斑的不很干净，他的北欧腔的英语听来叫人难受。

"刘，你是带她来赴婚礼的吗？"他照例问了监护人。

他叫"刘"的时候，像是在叫李奥（Leo），刘跟那个一世纪的大主教有什么关系？

刘忙不迭地点了头，好像默认他就是李奥了。

牧师大声地问了我和潘渡娜一些话，我听不清楚，不过也点了头。

于是他又祈祷，祈祷完，他就按了一下讲台旁边的暗钮，立时音乐就响起来了。我和潘渡娜就踏着音乐走了出来，瘦牧师依然站在教堂中，等我们上了车，他就伸手去按另一个钮，音乐便停止了。

我们的车子一路回来，车轮在雪地上转动，吱然有声。刺人的白芒依然四边袭来，我忍不住地掏出手帕来揩眼泪。

* * * *

回到公寓，走进有八卦图的门，我舒了一口气。

刘克用很兴奋，口口声声嚷着要请我们去吃中国饭，我和潘渡娜各人坐在沙发的一头，尴尬得像旧式婚姻中的新人。

潘渡娜换了一件紫红色的晚礼服，松松地搭着一条狐裘披肩。

我这才注意到，不管世纪的轮子转得多快，男人把世界改成了什么模样，女人仍然固执地守着那几样东西——晚礼服、首饰、帽子和狐裘披肩。

我们吃了炒面，很不是味儿，正确点说，应该是“切丝的牛排炒条状的麦糊”。

我们又喝了酸辣汤，并且最后还来了一道甜得吓人的八宝饭。

然后我们留在那里看表演，那时候我才很吃惊地发现，虽然在纽约住了十年，我所知道的却只限于从公寓到广告社之间的那条街，夜总会的节目竟翻新得叫人咋舌。第一个节目是三个身上除了油漆外什么也没有的男女的合舞，两个女人，一个漆成豹，一个漆成老虎，那个男人则漆成胸前有V字纹的灰熊。当她们扭舞的时候，侍者就给每人一只水枪，里面装着不知是什么的液体，大伙儿疯了一样地去射她们，水枪射及之处，油漆便软溶溶地化了，台上不再有野兽，台上表演者的胴体愈来愈分明。相反的，台下的都成了野兽，大厅之中，吊灯之下，到处是一片野兽的喘息声，呐喊的声音听来有一种原始的恐怖。而侍者说，这只是开锣戏，下面一个比一个刺激。

当着新婚的妻子，我只是捧场性地，射了几枪，潘渡娜和刘克用也射了，都是很文雅的动作。

“我们走吧！”刘说，“春宵一刻值千金哪！”

我们于是在惊人的混乱中离开了，我们婚后的第一个节目便告结束。

回到家，洗了澡，已经十一点了。

“我能在起坐间打个盹吗？新郎官。我今天太兴奋，喝了太多的酒，又开了太多的车，现在天已晚，路又滑，我怕我是很难赶回去了。”

我愣了一下，但我想到这些日子来他的友谊便尽快地点了头。

“不要讨厌我，”他说，他的语调在刹那间老了十年，在寒夜里显得疲乏而苍凉，“天一亮我就走。”

然后他叫过潘渡娜，吻了她。

“也许我再不会看见你了，潘渡娜。从今天起做大仁的妻子，你要克尽妇职。”

然后他又叫过我，把潘渡娜的手交给我。

“潘渡娜的英文名字是Pandora，你知道吗？在古希腊的年代，众天神曾经选过一个极完美的女人，作为礼物，送给一个男人。而潘渡娜是我送给你的，她是一个礼物，珍惜她吧！”

那一刹间，我深深地感动了，刘哭了，他看来好像真正的牧师，给了我们真正的祝福。

不过，那只是一刹间。很快地，他的深深的眼睛中流过一种阴阴冷冷的冰流，他的近于歹毒的目光使我又迷惑又悚然。

* * * *

那是一九九九年的最后一夜，那是我和潘渡娜的第一夜。我们躺着，黑暗把我们包裹起来，我忽然想起晚餐后的那些节目，人和兽的分野在哪里？

我们开始彼此探索，为什么男人和女人的认识总是借着黑暗，而不是光亮？

渐渐的，我听到她满意的低吟，我的肌肉也渐渐松弛下来，就在那时候，我听到教堂的钟响，那样震彻天地的，沉沉的世纪之钟。二十世纪结束了，新的世纪悄然移入。

突然间，烟火像爆米花一样地在广大的天空里炸开了，那些诡谲的彩色胡乱地跳跃着，撒向十二月沉黑的夜。潘渡娜裸体的身躯上也落满那些光影，使她看来有一种恐怖的意味。

好久，好久，那些声音和烟花才退去，我恍恍惚惚地沉入渴切的睡眠里。

可是，是哪里传来笛声，那属于中国草原风味的牧歌，那样凄迷落寞的调子。

*　　*　　*　　*

我的生活还是老样子，只是我很久不曾看见刘了，那天早晨他很早就走了，我起来的时候，起坐间里只有缭缭绕绕的余烟。

我打电话给他，他们说他已经辞职了，新的住址不详，我只好留下电话号码。其实留不留都一样，他早就有我的电话号码了。

潘渡娜是一个很能干的主妇，只是有些时候她着实有点太特别。

“他们教我好多东西，”她说，“他们天天告诉我一百遍从起床到睡觉的侍候丈夫的要诀。”

“他们有时教我中文，有时教我英文，”她又说，“不过他们还是希望我嫁一个中国人，一个东方的艺术家对我比较合适。”

和大多数的丈夫一样，起先我没有注意她说些什么，时间久了，我不免有些怀疑起来。

“他们是谁，你从前没有提起过。”

“他们从前不准我说，所以我没说。”

“他们是些什么人?”

“他们就是一些人，他们教我很多东西。他们教我吃饭，教我走路，教我说话，教我各种学问。”

“你的意思是指你的父母吗?”

“不是，我没有父母。”

“胡说，你只是不晓得你的父母在哪里，人人都有父母的。”

“没有，真的没有，”她忽然得意地笑了，“刘克用说，虽然世界人口有六十亿，不过只有我一个人是没有父母的。”

“潘渡娜，你不能想想吗？你小时候的事你一样都想不起来了吗?”

“我没有小时候，我记得我本来就有这么大。”

“潘渡娜，你真荒谬，你不要这样，你再这样，我就要带你去看心理医师了。”

“我很正常。”她很不高兴地走开了。

这也许就是刘急于把潘渡娜弄出手的原因，她或许有轻微的幻想狂，其实，这也没有什么。我想，也许她是一个弃婴，曾经有一段时间失去过记忆。

我没有想到我完全错了。

*　　*　　*　　*

有一天，那是二月初的一个下午，早春的消息在没有花没有树的地方还是被嗅出来了。

那天工作很闲，我提早回家，准备到郊外去画一幅写生，好几天前我就把我的颜料瓶都洗干净了，许多年没有画，所有的瓶瓶罐罐都脏成一团。

但一进门，我就愣住了，我的瓶罐都堆在地板上，潘渡娜伏在那些东西上面，用一种感人的手势拥抱着它们，她的长发披下来，她的脸侧向一边，眼泪沿腮而下。

看见我进来，她抬了一下头，随即又伏下去。

“你这是干什么，潘渡娜?”

她幽幽地哭了，让人心酸的哭。

“不要，潘渡娜，这些瓶子很容易破，它会扎着你的。”

“我想起来了，”她说，“我的生命便是这样来的，那里有很多很多玻璃管子，我被倒来倒去，我被加热，被合成，我被分解。大仁，我就是这样来的。”

“潘渡娜，”我说，“如果你喜欢瓶子，你尽可以拿去玩，如果你喜欢玻璃玩意儿，我可以给你买一些，但不要说这种奇怪的话，知道吗?”

她抬头望我，一句话也不说，豆大的眼泪扑簌簌地滴着，我忍不住拿起我的帽了，走出小屋，她使我吃惊了，这个女人。但我得承认，共同生活了两个月，我第一次发现她用这种神圣庄严的态度去爱一样东西，那决不是一种小女孩对玩物的情感，那是一种动人的亲情。平常她做每一件事都规矩而不苟，她做每一件该做的事，像一只上足了发条而又走得很准的钟，很索味，可是无懈可击。但今天，她的悲哀使她看来跟平常不同了。

胡乱地走着，我的心情意外的乱。

我还能说她什么，潘渡娜，她不曾使我吃一点苦，不曾花我一分钱，她漂亮而贞节，她不懂得发脾气，她只知道工作。所有好妻子的条件她都具备，所有属于人性的弱点她都没有。

但为什么我总是不能爱她，我们相敬如宾，但我们似乎永远不会相爱。

那些肌肤相亲的夜，为什么显得那样无效，那些性爱为什么全然无补于我们之间的了解？每次，当我望着她，陌生的寒意便自心头升起，潘渡娜啊！我将怎样得救？

走着，走着，来到一处广场，许多车子停在那里，我疲倦地坐下来，四面的车如重重的丛林，我是被女巫的法围困在其中的囚犯。

不知为什么，我忽然想起了中国，又是江南春水乍绿的时节，不知是否有白鹅的红掌在拍打今岁的春歌。

我又想起我的母亲，我很小的时候她就死了，她是一个苍白美丽的妇人，有着挑起的削肩，光莹的前额，极红极薄的嘴唇。没有人告诉过我，她到底死于什么病，我想或许是悒郁，她的眉总是锁着，眼睛总是很恍惚地望着什么地方。

寒冷的冬夜里，她总是起来给我盖被，她一路走过来的时候，我便听见她文雅的咳嗽声，我多么爱她！我常常故意踢掉被子，好让她的手轻轻地为我拉上，我有时也故意发几声呓语，好骗她俯下身来，给我温热的一吻。

但我八岁那年，她就死了。

我发誓要成为一个画家，并且要画一张她的像，这或许是我后来有机会到美国以后选择了艺术系的真正原因，但这都是很久以前的事了，我终于没有画她的像，也没有成为一个画家。

而此刻，头上是浅湖色的二月天空，雪已化尽，空气中有嫩生生的青草气息。我迷惘地坐着，我是什么人？我从哪里来，我要往何处去？

而潘渡娜。我的妻子尚留在地板上，拥抱那一堆冰冷而无情的玻璃罐子，在那里哭泣。

必是她的哭泣里有些什么，使我无端地想起中国，想起江南，想起我早逝的母亲。

我起来，走到街角那里，打一个电话给刘。

“他不在这里，他离开了。”对方的口气十分不耐。

“他去哪里？他不再回来吗？”

“谁晓得，”他说，“他在疯人院里。”

我吃惊地忘记说话，对方已把话筒掷下了，我后悔没有问他是什么医院。

沿着大街走回来，我的心绪紊乱得有如扑帘的弱絮。二十一世纪的第一个春天，在还没有绽放的时候，已被这些莫名其妙的事践踏了。

*　　*　　*　　*

按着电话簿打了十几个电话，终于有一个医院承认有刘克用这个病人。

“李奥并不严重，”他们也念不准那个字，“他只是有些幻想狂，他老是说他是上帝。”

“他在几号病房?”

“不，他自己住在一个安静的别墅里，他的机关有特别护士照应他——可能是很重要的人物吧!”

他把别墅的地点告诉了我。

那天下午我便开车去找他，我终于找到一栋年代颇久的红砖房，房前的草地上开遍了灿黄的水仙。

特别护士告诉我他这两天非常安静，此刻正在后园里。

我走近他的时候，他正背对着我，向一片墙角的乍酱草而出神。他穿着一件宽袍，袖口上绣满了金线。

“我命令你们要生长，”他大声地说，用英文：“我是上帝，我是生命的掌握者。”

“这里有一位客人要见你。”

“带他过来。”他很庄严地说。

我走近他，面对面地注视着他的脸。

才两个月，他竟有了这般的变化，他的头发和眉毛都已落尽，前额因而显得更大更光秃了。深凹的眼眶也因此显得更低了。他的嘴松松地挂下，像一个放置太久的炸圈饼。

我们彼此注视着而不发一言。

“你是张大仁。”他用中文说。

“你是刘克用。”

“你错了，我是上帝。”

“是的，我刚听说了，但以前，在你还没有当上帝以前，你是刘克用，是吗?”

“是的，不过，我以前也是上帝，只是我到后来才发现罢了。”

“哪一天发现的?”

“第一次认识你那天我就发现了，以后逐步证实，直到你的新婚之夜，我得到了完全的证实。”

“你做上帝和我有关吗？”

“和你并没有太大的关系，和潘渡娜有关。”

“我可以知道吗？”

“可以，”他转过身去叫护士，“喂，天使长，给我们拿饮料来。”

饮料放在石桌上，我们便坐在石凳上。

“潘渡娜很好吗？”

“很好，只是昨天还抱着一大堆玻璃罐哭，她说，那是她生命中早期的居处。”

“她这样说吗？”他霍地站起身来，“她竟记得那么清楚吗？”

“记得什么？”

“好，我先问你，你可曾觉得潘渡娜跟真的女人有什么不同吗？”

“和真的女人不同？她有很多说不上来的与人不同的地方，但她并不是假女人，为什么要和真女人不同？”

“好吧，大仁，让我告诉你吧，潘渡娜并不是普通女人，她是我造的，听着，她无父无母，她是我造的，她是从试管里合成的生命，那些试管就是怀孕她的子宫。我是造她的，你是用她的，好了，我说得够清楚了吧？”

我骇然地站起来。

“护士小姐，”我说，“他需要打针吗？”

“打针，哈，打什么针，我很正常。朋友，我很对不起你，我利用了你，但你也没吃什么亏，我辛辛苦苦造的女人，你却坐享其成。”

“刘，你为什么要这样想呢？创造生命明明是不可能的。”

“不可能，谁告诉你的，半个世纪以前人们就已经掌握DNA和RNA的秘密了，生命并不像你想像的那么神秘，生命只是受精卵分裂后的形成物，我们只要造出一个精虫，一个卵子，我们只要掌握那些染色体，那些蛋白质和那些酸和碱，生命是很容易的。”

我哑然地望着他。

“潘渡娜是我们第一次的成功，我们不眠不休地弄了十五年，做了上兆次的实验，仅仅合成二个受精卵，不过已经够顺利了，那时候我把她交给另外一个小组，用试管代替子宫来抚育，但只有潘渡娜顺利发展成为胎儿。我们用一种激素促进细胞的分裂，在很短的时间内，她便成了一个女婴，我们来不及等她再过二三十年了，我们需要尽快观察她，我们让她在药物的帮助下尽快生长，事实上，她和你结婚的时候，她才不到三岁。”

“这是卑鄙的，刘，”我跳上前去掐住地，“你这假冒伪善的，你这猪。”

没有字眼可以形容我当时的悲愤，我发现我成为一种淫秽的工具，我是表演者，供他们观察，使他们能写长篇的报告。

护士小姐急速跑过来，拉开我们。

“我要叫警察逮捕你，”她狠狠地推我，“你不人道，你欺侮一个精神不正常的科学家。”我这才想起他们都是一路的人。

“好吧，倒看是谁不人道，我要控告你们，你们这批下流的东西，你们设下这样的骗局，我不会甘休的，呸。”

“你冷静点，大仁，”他慢吞吞地扣上被我拉开的钮扣，“你想你究竟损失了什么，潘渡娜是一个女人，一点没错的女人，跟夏娃的后裔没有什么不同，如果我不说，你一辈子也不知道。”

我气得语结了，我扶着头，一言不发。

“你忘了吗？第一次见面的时候，我们谈过彼此的职业，你说你的工作只要机器便可以操纵了，我说，如今世上剩下来只有人才能做的事也不多了，你说，大概就剩男人和女人之间的那件事吧！”

我不会忘记，他那天曾以那样黑黝黝的眼望着我。

“你使我吃惊，你刚好说中了我的心事，那时的潘渡娜只是一个合成卵，但我却在替她物色一个对象，我知道她所缺少的，我希望能找到一个东方艺术家，她是纯粹的物质合成物，也许你能给她另一种生命，大仁，我没有恶意。”

他的秃头渐渐低垂，向晚的夕阳照在其上，一片可怜的荒凉。

“当然，我们可以另造一个男人，让他们结合，但我们不能以两个假设的人互证，那是不合逻辑的，我们选择了你。那个夏夜，当我去看你的时候，潘渡娜已经是一个女婴了。她是一个很美的女婴，各种成分都照分量配合得很正确。那时候我们仍然没有把握，直到去年感恩节，我发现他们的合作已经把潘渡娜塑成一个美丽动人的人物了。他们利用她的潜意识，把她每一分智慧都放在学习上了，他们利用‘学习阶次’的秘诀，那就是说，一个婴孩可能在第五天的上午学眨眼最有效，可能在第十天的下午学挥动手脚最有效，可能在一百七十六天到一百七十九天学语言单音最有效，可能在二百天到二百十九天学长句最有效，他们一秒钟也没有浪费。”

“我们的步骤是合成小组、受精小组、培育小组、刺激生长小组和教导小组，我们花在她身上的金钱比太空发展多得多，至于人力，差不多是九千个科学家的毕生精力，大仁，你想想，九千个人的一生惟一的事业便是要看她长大——大仁，相信我，人类最伟大的成功就是这一桩，而我是这个计划的执行人，大仁，我难道不是上帝吗？他们居然还说不是。”

他越说越激动起来，护士小姐又送上两瓶饮料，我这才注意到护士在倒饮料的时候，预先在他的杯底放下一片什么东西。

“大仁，老实说吧，耶和华算什么，他的方法太古旧了，必须一个男人和一个女人，然后十月怀胎，让做母亲的痛得肝摧肠断，然后栽培抚养，然后长大，然后死亡。”

“大仁，这一切太落伍了，而且产品也不够水准，大多数的人性都是软弱的，在身体方面他们容易生病，在心灵方面他们容易受伤，而潘渡娜不是的，她不生病，她不犯罪，她不受伤。”

也许是药物发生了作用，他渐渐平息下来。

“她是骡子吧，”我大声地嘲笑着，“她不会有孩子的。”

“她会有的，她一定会。我们造她的时候，既然给了她检验合格的证书，她就能，如果不能，那是你不能——其实她不必生孩子，那太麻烦，我们可以另外造——但目前我们先要她生，我们要证实一下，作为以后的参考。”

“如果她有，她不会爱，因为她不曾有父母的爱。”

“她会，我们会给她足够的黄体素，你以为母爱是什么？你以为那是多么值得歌颂的？那只不过是雌性动物在生产后分泌的一种东西，那种东西作怪，那些妈妈便一个个显出一副慈眉祥目的样子。”

“刘，你太过分了，什么鬼思想把你迷住了，我告诉你，你可以有你的解释，但我仍记得我的母亲，永生永世都记得。春天的早晨她坐在窗前编柳条篮，编好了，就拉着我的手走到溪边，在那里，我玩着清浅的溪水，而她，什么也不做，只怔怔地望我。”

“大仁，不管怎么说，母爱是很荒谬的东西，母爱只是自爱的一种延长，只是另一种形式的自私。母爱如果真是一种够神圣的爱，所有的母亲都该被这种爱净化了。如果所有的母亲净化了，今天的世界不是这个样子。”

“大仁，其实婴儿并不需要母亲，有人拿一组黑猩猩做实验，给它们一些柔软温暖而可抱的物品，它们便十分满足。又有人每天喂一只小鸭，它便出入追随，以为这人是一只母鸭子。”

“那么，大仁，只要我们能给孩子口腔的满足，肠胃的满足，拥抱的满足，爱抚的满足，母爱就可以免了。”

那时，夕阳完全沉没，只剩下一片凄艳的晚霞。

“去吧，大仁，回到潘渡娜那里去，我们的试管每年度都要推出更进化的人种，遍满地面，将来的世界上将充塞着你们的子孙和耶和华的子孙，你们的子孙强健而美丽，不久就要吞吃他们的，去吧，大仁，你是众生之父，而我，是寂寞的上帝。”

暮色一旦注入空气，就越来越浓。我忽然想起那阕元曲：“枯藤、老树、昏鸦，小桥、流水、人家，古道、西风、瘦马，夕阳西下，断肠人在天涯。”

“众生之父?”我凄然地笑了，“告诉你吧，刘，你可以当上帝，但我并没有做众生之父的荣幸，我是我的母亲生的，我是在子宫中生长的，我是由乳房的汁水一滴滴养大的，我仍是耶和华的子孙，我仍是用最土最原始的法子造的，我需要二三十年才能长成，我很脆弱，我容易有伤痕，我有原罪，我必须和自己挣扎，但使我骄傲而自豪的，就是这些苦难的伤痕，就是这些挣扎的汗水。”

“我命令你，”他说，“去爱潘渡娜，我是上帝。”

“你不是说爱很荒谬吗？如果母爱是由于一种腺体作怪，男女的爱不也是另一种腺体作怪吗？她何必有人爱，她那么完全，她独来独往，她何必多我这个附属品。”

他没有答腔，我低头看他，他已经张着嘴睡着了，并且打着鼾。

“你可以走了。”护士冷冷地望着我，“这是他睡觉的时间。”

我默默垂首，黑色的夜已经挪近，而何处是我的归程?

“我放你进来是个错误。”她凶狠狠地说，“我原来以为你也是中国人，可以带给他一些愉快的话题，但你显然说了些对他不利的话，别以为我听不懂，我不能让你再来了，‘李奥’是很重要的人物，我不能让他在我手上加剧。”

“怎样重要法?”

“这是机密，你不配晓得，”她做出女人们知道某项秘密时的刁钻模样，“全世界的人都晓得。”

“如果刘死了呢?”

“他不能死。他太重要。”

“疯了就等于死。”

“所以他必须痊愈。”

我苦笑了一下，对他说了一声“阿门”，便走入黑色汹涌的夜。

*　　*　　*　　*

驱车在纽约的街道上，我一条街一条街地走着，直到油干了。我的车被迫停在路旁。

路边有一处酒店，我就走进去。

“最近有一种酒，”侍者说，“叫做千年醉，你要不要试试。”

“要!”我大声地说，大声得连眼泪都掉出来。

那天的酒是什么滋味，我已忘掉。只记得泪水滴在其中的苦咸滋味，警车送我回家的颠簸滋味，以及夜半呕吐的搅肠滋味。

*　　*　　*　　*

而当我迷迷糊糊地躺着，我又听见呕吐的声音。我仍然在吐吗？我并没有吃晚饭，我究竟要吐多少？

凌晨五点，我真正地醒了，我又听见呕吐声。走入洗手间，是潘渡娜在那里。

她的头发凌乱，寝衣散开，蜡黄着一张脸。

“你这是干什么?”我本能地冲上去，恐惧使我的声音变成一种不忍卒听的尖啸。

那一刹间，我的悸怖是无法形容的，她的呕吐声使我有着不幸的预感。

她抬起头来，以一种无助的眼光望着我。我们彼此的目光接触的时候，我才发现我们都是不幸的人。

潘渡娜，潘渡娜，你是一种怎样的生物，愿你被合成的日子受咒诅，我坐在她的身边，纵声地哭了。

潘渡娜也哭了。而在那些哭声中，我们感到孤独，我们将永不相爱，虽然我们都哭。

*　　*　　*　　*

二〇〇〇年，六月九日。

不知为什么，我想着死。这些日子潘渡娜被“他们”接回去了。自从她说她不适并且想吐以后，他们就带她回去了，他们答应每到周末就要送她回来，但我不知道他们送了没有，每到周末我就开车去露营。

我想着死，与潘渡娜接触的那些回忆让我被一种可怕的幻象笼罩着。我总是梦见我被什么东西钳住，我也梦见狐仙，那些战颤了整个中国北方的民间传说。

而当我醒来时，我混身皆湿，原始的恐惧抓住我，使我悸怖得像一个十岁的男童。

那一天，二〇〇〇年的六月九日，我照例从那样的梦中醒来，我的全身都尚存着清晰的被钳痛的感觉。

“恭喜你，”电话铃声响了，“我们预料你今天可能会做父亲——我们想办法把潘渡娜的怀孕期缩短了一半，这是我们初次的尝试，如果成功了，也许我们下一次可以缩短为四分之一。”

“祝你们成功。”我挂断了电话。

我在屋子里走着，垂地的窗帘尚未拉开，我如同掉在黑陷阱里的困兽。

电话铃又响了。

“我们就来接你，潘渡娜开始痛了。”

“不可能的，不可能的，我们不会有孩子。”

“不要固执，我们就来，如果一切顺利，今天中午我们要向全世界发布消息。”

走出公寓，太阳很刺目地照着，我忽然想起结婚那天，雪地上逼人的白芒。忽然有什么东西打在我的头上，我抬头一看，居然是一阵冰雹，像拇指那么大的，以及像拳头那么大的，天气忽然凝冻起来，我发着抖，在六月。

一辆黑色的车子停在我的面前，我跨了进去。

*　　*　　*　　*

潘渡娜躺在床上，我走进去的时候，她正开心地吃着桃子饼。

“发生了一点意外，”医生向我一摊手，“不知为什么，我们大家都错了。”

离床不远的地方，有一组人在那里用忽大忽小的声音辩论着。

我默默地垂手。

“每一种迹象，每一种检验又都证实她怀孕了，”医生说，“但从早晨起，她的肚子逐渐消扁，并且每一项检验又都证实她肚子里并没有孩子。”

潘渡娜不说话，只是小声地向医生要了另外一种苹果饼。

“这不是很好吗?”我说，“我并不想要这个孩子，不过我抱歉让你们失望了。”

“我们可以再等第二次机会。”

“我可不可以请你们换一个厂家，我不打算负责替你们制造孩子了。”

“那不是我们的事，你和潘渡娜商量吧！你们的婚姻是有法律的拘束力的。”

“法律只保护人和人的婚姻。”

“潘渡娜完全等于人。”

“她不是。”

“她是。”

他们把我和潘渡娜放在一个车子里，打算把我们送回去。

“可不可以让我下来，”车子经过公园的时候，潘渡娜说，“我需要走一走。”

我们一起走下来，此刻又复是炎热的六月，直射的阳光好像忘记刚才下冰雹的那回事了。

潘渡娜跳跃着奔向草坪，我这才发现她跑路的动作多么像一个小女孩。她一面跑，一面回头看我，脸上带着怯怯的笑。

忽然，她躺了下来，她穿的是一件镶了许多花边的粉红色孕妇衣，当她躺在绿茵茵的草地上，远看过去便恍然如一朵极大的印度莲花。

“我疲倦了，”她说，“我觉得我做了一个梦，很长很可怕的梦。”

我想告诉她，我也曾有噩梦，但我没有说，我们的梦并不相同。

“给我那个东西，”她指着垃圾箱里一个发亮的玻璃瓶，“我喜欢那个东西。”

我取过来，递在她的手里，她把它贴在颊边磨擦着，她的眼睛里流出可怜的依恋之情。

“我厌倦了。”她又说了一次，声音细小而遥远。

"我觉得我的存在是不真实的，"她叹了一口气，"大仁，我究竟少了些什么东西?"

我俯下身去，她已闭上双目，我拉过她的手，那里已没有脉动。她的眉际仍停留着那个问号："大仁，我究竟少了些什么东西?"

六月的热风吹着，吹她一身细嫩的白花，在我的眼前还幻出漫天纷飞的雪片。

我感到寒冷。

尾　声

十二月，我接到刘的圣诞卡，他已经搬了家。

那时候，我刚好得到一个短期的休假，遂决定去乡间看看他。

应门的是一个老妇人，我放了大半个心，如果是从前那位护士就麻烦了。

屋子里没有暖气设备，客厅中毕毕剥剥地烧着松枝，小小的爆裂声要多么古典就有多么古典。

"他已经知道了吗?"我问老妇人。

那老妇人也许有重听的毛病，没有理我便径自走了。

我无聊地望了一阵火光，才猛然发现刘就在客厅里，在离火较远而光线也较黯淡的一个角落，他垂头睡在一张很深很大的黑色沙发里，他的中国式的长袍是蓝黑色的，一时很难分辨。

"刘克用，"我走上前去摇他的肩膀，"刘，你不能醒醒吗?"

他慢慢地揉着眼睛醒过来，看见是我的时候竟一点惊讶的表情都没有。

"哎，"他打着哈欠说，"我早就想着你该来的。"

"潘渡娜死了。"我说。

"我知道。"

我们互相注视了一会儿，现在我明白什么是"恍如隔世"了。

"你还当上帝吗?"

"不当了。"他苦笑了一下。

"是因为潘渡娜的死吗?"

"也可以这么说。"

他站起身来，缩着脖子搓手，完全一副老人的样子，慢慢地他走到窗口，又慢慢地，他走向炉边。当他点燃他的烟斗的时候，我知道他有一段长话要说了。

“大仁，我或许该写本忏悔录，不过后来想想也就罢了。大仁，上次你来以后，我的病况就更重了，因为他们告诉我，潘渡娜怀了孕。大仁，他们多么幼稚，他们竟以为我听到那样的消息便会痊愈。大仁，那一刹间多么可怕，我竟完全崩溃。大仁，当你发现你掌握生命的主权，当你发现在你之上再没有更高的力量，大仁，那是可怕的。生命是什么？大仁，生命不是有点像阿波罗神的日车吗？辉煌而伟大，但没有人可以代为执缰。大仁，没有人，连他的儿子也不行。

“有那么长一段时间，我渴望着‘潘渡娜一号’能够成功，但事实上，我并不懂得我正在做些什么，在渴望着什么。大仁，那是很奇怪的，我小的时候住在乡下，我们的隔壁是一个雕刻神像的，每次他总是骗别人，说他雕的神像特别灵验，他半夜起来的时候常看见那些关公，那些送子娘娘都在转着眼珠子呢！但有一天，也许是他工作过分疲劳，他看见张飞的眼睛眨了几下，他就立刻赤脚而逃，昏倒在院子里，并且迷迷糊糊地嚷着：‘他，他，他的眼珠子在动。’

“大仁，这些年来，所有研究生化的人都梦想在试管里造生命，大仁，当我们这样嚷着的时候，我们并不觉得什么，我们很快乐，但，大仁，当我们一步步接近造‘人造人’的时候，我们就惶恐了，只是我们不晓得，我们看来很兴奋。

“大仁啊，当潘渡娜造成的时候，我是说，当她只是一个受精卵的时候，我已经就尝到那些苦果了，我在街上乱撞，我离开我豪华舒服的住宅，想随便找一处地方住下，我找到你，但我毕竟舍不得摆脱这一切，我的半生都消耗在试管里，我要知道潘渡娜是否可以成功，我每天注视着她的发展，大仁，我就同时受快乐与痛苦的冲击。

“大仁，我七岁那年曾把一些钱币埋在后院里，我渴望它长出一棵摇钱树来，我每天去巴望。有一天，它真的发芽了，我忽然惊恐起来，我拔起那棵树，发现那只是一株龙眼树，而掘开土，我很高兴地知道我的钱还在那里，那时候，我便又失望又高兴，大仁，我终于没有得到摇钱树，但我高兴，高兴这个世界有秩序，有法规。大仁，我们老是喜欢魔术，喜欢破坏秩序的东西。但事实上，我们更渴望一些万年不变的平易的生活原则。

“可惜，大仁，我们竟不知道。

“对潘渡娜，我也是如此，当我为她的成长而快乐发狂的时候，大仁，我就同时惊慌。同时悲哀。

“不久，她已成为一个女婴，我多么盼望她畸形，多么盼望她死去。但是，没有，她健康而美丽。大仁，没有人知道，当她越来越成熟的时候，我痛苦到怎样的地步。

“当你们结婚时，大仁，我又怀着一些希望，我多么愿意她是一个不能有性生活的女人。那天晚上我本来要回去，但在我里面的另一个我却要我留下，要我知道她在这方面是否等于一个女人。当你们悄无声息地睡去的时候，我知道一切都安全了，潘渡娜可以放在世人中而不被认出。大仁，那夜，我驱车走过廿世纪的新雪地，径自驶向精神病院，我为我自己挂了号，我写了自己的病名，我躺上自己的病床。

“之后，我被他们搬到乡下，他们仔细地照顾我，以便有一天再起来领导他们造‘人造人’。大仁，那时候幸亏我没有痊愈，如果痊愈了，我们就要立刻动手生产潘渡娜第二号，那么当我看到她成长时，我将再神经错乱一次。

“而那时候，他们告诉我潘渡娜怀了孕，我就忽然更嚣张了，但，大仁，当上帝是极苦的，我是说，不是上帝而当上帝是极苦的。你摔破皮的时候向谁叫‘天哪!’，你忧伤的时候向谁说‘主啊!’，你快乐的时候向谁唱‘哈利路亚’?

“多年来对于上帝我一直有‘彼可取而代之’的轻心，但，大仁，取代是容易的，取代了以后又怎样呢?

“后来，潘渡娜就死了。大仁，可笑他们还不敢告诉我，这是我惟一得救的机会。我惟一可以重拾人的生活的路，但他们竟瞒着我。

“但我终于看出来了，我看出有些不对的地方，我自己到实验室去，我看到浸在大玻璃缸中的潘渡娜，大仁，人是出于土而归于土的，但潘渡娜呢，她出于试管而归于试管。

“我一生的成果在此，她，潘渡娜，我曾希望她是一宗礼物，我曾希望她是一个渡者，但她什么都不是，隔着玻璃，隔着药水，我们彼此相视，她已经不复昔日的容颜了，她的身体被液体的折光律弄得变了形——但不知她是否也在看我，她有没有发现我也在变形。

“大仁，那天我出奇的冷静，我默默地在那里站了一个上午，然后我擦我的眼泪，然后我走出来。

“大仁，我不明白她为什么会死，他们说她没有死因，他们说她忽然之间一切都停止了，停止思想，停止循环，停止呼吸……他们又说她临死时讲过一句话，她说：‘究竟我少了什么?’

“他们因此便仔细地解剖她，他们把她每一部分都作了详尽的研讨，但终于他们作了结论：她完全等于人，她直到死时，身体每一部分都健康正常，她虽然并没有怀过孩子，但如果假以时日，应该没有什么困难。——其实不怀孩子也没有什么，人类的女子不也常常不孕吗?

“那么，她为什么死了呢?大仁，她为什么在健康情况最好的时候，无疾而终呢?幸亏她在法律上还没有取得人的地位，否则我们如何签发她的死亡证书呢?

“大仁，你这和她生活过的，她究竟少了什么，比之你我，她少了什么?

“我一清醒便立刻召集了一个全体的检讨会，所有的部门都没有错误，九千多科学家中的科学家密切地合作，造出了分量上那么正确的潘渡娜。但，潘渡娜死了，这个使我们奉上我们一生心血时间的女人。大仁，她死了，我们好像一群办家家酒的小孩子，在我们自己的游戏里拜堂、煮饭、请客、哄娃娃睡觉，俨然是一群大人，但母亲一嚷，我们便清醒过来，回家洗手、吃饭，又恢复为一个小孩子。

“那天，我们面面相觑，不知我们失败在何处。最后我们承认，也许她自己说得很对——她厌倦了，其实我们也厌倦，但我们的担子很神圣，我是说，在冥冥之中，我们对生命，对神奇之物的敬畏，使我们不敢断然拒绝活下去的义务。

“潘渡娜属于她自己，她有权利遗弃自己，而我们，我们似乎属于一种更高的辖制，我们被雨水和阳光呵护，我们被青山和绿水怡悦，我们无权遗弃自己。

“大仁，有一天我将死，你们会给我怎样的墓志铭呢?其实，墓志铭都差不多，因为人的故事都差不多，但我只渴望一句话——这里躺着一个人——我庆幸，我这一生最大的快乐和荣幸就是发现自己只是一个人。”

冬天的炉火把屋子涂成温暖的橘红色，松脂的香息扑人衣襟。而窗外，雪片落着，那样轻柔地，像是存心要覆盖某些伤痛的回忆。

“你们到底有没有找出来，她所少的东西?”

“没有，我们只能说没有。”

“我们可不可以猜测——也许你不承认——那是灵魂。”

“我不知道，我只能说我不知道。”

“庆祝你的失败。”我站起来拿酒，“也庆祝我的鳏居。”

“真的，我们好运气。”

陈年的威士忌，二十世纪的。我们高兴地举杯。

“喂”，我说，“你已经洗手不干了吗?”

“不干了，退休金够我吃好几辈子的。”

“他们由谁领导呢?”

“不知道，随他们去吧!”

“你不再关心人类了？你的同情呢？你不是说人类太软弱吗？你不是说旧有的制造办法太落伍了吗？你……”

“大仁，”他转过身喝住我，“你忘了，那是我什么时候说的话了。”

停一下他说：

“让一切照本来的样子下去，让男人和女人受苦，让受精的卵子在子宫里生长，让小小的婴儿把母亲的青春吮尽，让青年人老，让老年人死。大仁，这一切并不可怕，它们美丽，神圣而庄严，大仁，真的，它们美丽，神圣而又庄严。”

他说着便激动地哭了，我也哭了起来。

风从积雪的林间穿过，像一个极巨大的人的极轻柔的低语，火光跳跃，松香不断，白色的热气袅升自粗陶的茶盅。

最后的麒麟

——夫春秋，始于鲁隐公，而止于获麟

那一年，鲁地的春天特别凄迷，濛然的飞絮不断地笞打在人们的春衣上，整个城都陷在一种幻灭性的美里。

那一年的春天有特别多的花，特别多的雨，特别多的无奈，在鲁地。

那天清晨，仲尼站在多风的廊间，他已经是一个老人了，他萧然的白发在风中瑟瑟地响着，那些风使他感到沉重。

他是一个颀长的人，现在仍是，只是对着那样的早春，坚强如仲尼的人也不免感觉软弱。

上午的稀释的阳光在廊前徘徊，廊中无阳光，廊中只有淡淡的阴影。仲尼换了一个姿势站立，虽然已经七十一岁了，他仍然有一张容易被人看出表情的脸。他有些焦急，管山林的还没有来，他所说的“不祥之物”是什么？他的手心沁着汗，汗里沁着忧惧。

他已经站立很久了，他是一个寂寞惯了的人，但那天早晨他仍然尖锐地感觉到一种新的寂寞。

他穿着一袭长袍，右边的袖子略比左袖短些，而且也显然破敝些。他正在写一部书，眼睛里犹存着一个写作者特殊的狂热与疲倦。他的神情凄苦，满脸风霜，但从他站立的姿势可以看得出来，他仍然保全着十五岁少年的强烈自尊。

风在吹，自千山的岩穴，苦寒的冬日已过去，远远近近的啼鸟把春天叫得一片凌乱。这是特别长的一个冬日，那些落雪的日子里，他不断地写着，一个字一个字地煎熬自己，也许这是最后的一冬了，他老是梦见自己坐在两楹之间，生死之间。而现在，冬日已尽，春天忽焉而至。

趁着风，小孩子们在远处喧闹的声音清晰得如在前庭，小孩，他的心里突然涨起多棱多刺的痛苦。他想起鲤，他那先他而去的孩子，那些年当他汲汲惶惶，席不暇暖的时候，鲤是一个模糊的影像。那些年他们多么陌生，鲤是胆怯而又张皇的，他永远不能忘记有一次，鲤那么躲避地从他面前经过，他却故意叫住他，问他有没有读《诗》的时候，他那副失措的苦脸。

鲤也许可以很快活的，如果他生在一个老农的家中，如果他不是一个理想主义者的儿子，如果他是他父亲的全部。而鲤是无辜的，多年的贫穷使他在体力上无法承受那些压力，他终于死了；留下父亲仲尼，留下儿子子思，留下不属于他的辉煌。

而现在，在这样凄迷的早春，在孩子的欢笑声中，他想起鲤。其实不幸的何止是鲤，不幸的也是他自己，不幸的是仲尼，不幸的是斥乎齐，逐乎宋卫，困于陈蔡之间的仲尼，是被拒绝的仲尼，是弟子三千而犹然寂寞的仲尼。

是的，寂寞，颜渊死了，鲤死了，而自己活着，为一部书而活，为最后的理想而活，为那个世代的见证而活。鲁地的春天艳绝凄绝，颜渊已死，鲤已死。

管山林的人还没有来，来的只有骀荡的春风，只有逝去的七十个春天的回忆。

那一年，那是很久以前了，仲尼和四个弟子闲话，曾皙鼓着瑟，鼓一脉似乎有心又似乎无心的高山流水，忽然，他推开瑟，推开满座的音乐：

“我不这么想，我不属于千乘之国，”他说，露出淡得看不见的笑意，“我只想，也许有某一天，某一个暮春三月中最绚丽的日子，我会穿着新裁的春服，邀上五六个年轻人，六、七个小孩子，浴于乍暖的沂水，并且站在祈雨台上迎向扑人的清风，我们就那样一路歌咏着回家。”

仲尼站起来，他感到一种被击中要害的疼痛和慌乱。

“点（曾皙名）！”悲哀迅速地哽住了他，“点，我也愿意！”

点的梦很平凡，点的梦很质朴，点的梦很难。点啊，年年春天，沂水清而暖，年年春天沂雨台上的春风成阵，点啊，我们却在哪里？在道路中？在尘沙下？在斥乎齐，逐乎宋卫而困于陈蔡之间的命运里？

点啊，你的瑟呢？你的音乐呢？你的梦呢？

管山林的为何还不来？快近中午了，他难道忘记了吗？

他往前走了几步，庭院中的小草刚刚酿出一些绿意，初蓝的天澄明如一块浸在水中的玉，道路伸向远方，远方什么也没有，近处也什么都没有，只有自己的影子，跟他站在同一个地方，他望着自己的影子，忽然想起那一年在郑国，走失了弟子，一个人独自站在城的东门口，被几个乡下人看到了，他们跑去告诉子贡：

“那里有一个人，站在东门口，额头突出，像尧，脖子像皋陶，肩膀像子产，下半身比禹短三寸——而且，汲汲危危，像条丧家狗。”

子贡立刻赶去，他知道准是仲尼。

仲尼听到乡下人口中的自己，笑了，多么惟肖惟妙的画像，一条丧家狗。

道在何处？真理在何处？春秋大义在何处？去鲁十四年，舟车劳顿，被各国国君列为宦官和女子之外的一种娱乐，被嫉妒，被倾轧，算起来又何止是一条丧家的狗呢？

而此刻，他低头看自己的影子，看那沉沉的阴影，看那凝重的悲哀。

七十一岁，仍然是未尝被沽价的美玉，仍然是未尝被食用的瓢瓜，仍然不遇，仍然寂寞。

怎么还不来，怎么还不来，那管山林的人。

这些年，日子是不太平静了，该没有什么危险吧？战争开始流行了，屠杀开始高明了，人心开始崩溃了，该没有什么危险吧？那管山林的人。

吴和越，宋和曹，是什么仇恨让他们想彼此毁灭？所有的国家什么时候结盟，就什么时候互相暗算。所有的谋臣什么时候奔走，就什么时候制造战乱。人人都想弭兵，人人又同时想霸天下，天下是愈来愈混乱了。连齐桓、晋文的作风也不复可求了。

而鲁国是弱小的，这些年来，鲁国是杨木，是在四方的风中簌然发抖的，是附于楚则晋怒，附于晋则楚来伐的可怜植物。天下无道是很久了，很久了。

很久，很久，从远方的沙尘里，出现了那人的影子，那人骑着马，在春日不尽的清尘中又加上马蹄溅起的滚滚黄尘。

“夫子。”他翻身下马，以一种真正的恭谨望着仲尼。

那是一种怎样的眼光，他不止是在看一位乡长，不止是在仰瞻鲁国的旧司寇，不止是在钦慕诲人不倦的教师，他是在看一位先知，一个可以被信托的人。

“带来了吗？”仲尼垂下头，避开那双让人心悸的眼。

“是的，就在这里，在这束白茅草里面。”

“是谁猎到的？”

“叔孙钼商，那天他们都来了，各人都猎了不少，”他把东西放在地上，一面去解草索，“但这只怪物是那个叫叔孙钼商的射中的。”

“他们叫它什么？”

“没有，他们只说是个不祥之物，”他一面解，一面望着仲尼，“他们不认识，我想你一定认识，夫子，我就这样来了。”

他已经把绳索全部解开，退到一边。

忽然，真相变得如此明显！

阳光直射，阳光如箭，阳光像要剜出人的双目。

阳光下那动物柔长的毛闪着悲哀的金光，阳光下，它的眼睛闭着，留下一曲极美的线条。阳光下那伤口淤着血，一种难看的黑褐色。

“它是什么？”山林管理员好奇地问。

仲尼缓缓地抬起头，远处有山，远处有云，远远有迷惘的春风，这世界竟忍心这样美！

“它是什么？夫子，”山林管理员垂手而立，“我从来没有见过这样的东西！”

它是什么？它是什么已经无关紧要了！它是什么都一样了，所有死去的东西都一样，都只是一个尸体！

“它，它是鹿吗？”

哈，鹿，仲尼悲哀地笑了。

阳光更烈，阳光如炬，阳光如爆响的炉火。空气中似乎腾起那种劈啪的噪音。

安静着的只有那只不为人识的动物，只有它那美丽而开散如一束玉米穗子的长尾，只有它那油亮坚硬如野马的蹄甲，只有它那只温柔如蓓蕾的肉角。

“也许不是鹿，它比鹿大。”

仲尼蹲下身去，他的深陷的眼睛在正午疯狂的阳光下像一双无底的洞穴，洞穴中深藏着那只安静疲倦的动物：

背上是五彩的长毛，多么耀眼的五彩。多么令人眩昏的五彩。而腹上却是一片纯洁的黄。它真的很漂亮，正如古籍里描述的。如果它没有死，如果没有那样可怕的伤口，如果它此刻仍在原野，如果它正在浅水处跳跃，那么，阳光下，我们将不会看到任何生物，我们只能看到一带闪烁的虹霓，在水上，在水中。

而现在，它躺着，它死了，所有的意义被折断，它只静待命名，然后掩埋。

“夫子，它真的不祥吗？”

仲尼跳起来，他的又深又大又长的眼睛里透露着憎嫌，他的阔嘴闭成可怕的一线。他的白发在四面无限的春景中苍凉地白着，使他看来疲倦而松怠，像一面用旧的旗。

“夫子!”

七十一岁的仲尼，终于明白什么叫做“老”了。

那些年在道路上，那些年在烈日下，他不知道什么是疲倦。那些年在众人的嘲笑中，在隐逸之士的唾弃中，他不知道什么是怀疑。那些年他贫困，那些年他被拒，但他不知道什么是途穷。

而刹那之间，他眼中的灯火熄了，他心中的鼓声断了。

正午的阳光西斜，黑暗遂一寸一寸地进行。

“夫子！夫子!”

“去吧!”他说，声音涣散空洞而平静，“去告诉他们，死去的是麒麟，他们杀死的是只麒麟。”

忽然，他转过身去，放声恸哭了。

“是麒麟，是麒麟，天啊，怎么办呢?”他重复地嚎叫着，一如老人，“是麒麟，是麒麟……”

“夫子，不要，不要这样，这只是一只麒麟，山林还在，麒麟不会死光的。”

“不，再没有了，再没有了，历史上再不会有麒麟了，我们已把最后一只杀了，听着，是我们自己的愚昧把最后一只麒麟杀了！再没有了。”

“可是夫子，麒麟活着的时候，我活着。而现在，麒麟死了，我仍然活着，麒麟并不重要!”

“但什么是活着，四海之内，吃老米饭的人都活着，但什么是活着？我活了七十一年，我是在等待中活着，我等待那样一天，我等待天下有道。老弟，我是这样活的。

“我们活，不是靠日间的食物，我们活，是靠夜间的梦幻。我们等待着河图，我们等待着洛书，我们等待着澄明的日子，我们等待着麒麟，我们等待那个‘不履生草，不食生物，待圣人出王道行则出现’的麒麟。

“而今呢，河不出图，洛不出书，凤鸟不至，麒麟已死！最后的麒麟已被杀死！被一个卑微而愚蠢的人射死，我敢说，如果上帝可以做肉脯，他们是连上帝也要射杀的。”

山林管理员默然俯身，重新用白茅草包扎刚命了名的麒麟。

“我会告诉他们是麒麟，”他用一种歉意的目光望着仲尼，“他们会好好礼葬它的。”

“礼葬？是的，他们还会纪念整个事件呢！他们会把杀死它的地方命名叫获麟堆呢！葬礼是什么，只不过是一种最无情的死亡宣告！一种最残忍的死亡证明！”

山林管理员匆忙地向仲尼行礼，然后举起那沉重的尸体。

“我去了，夫子。”他说，他多筋的脖子上迅速地爬上汗和泪。

仲尼俯首答礼，他再看不见那五彩的麒麟了，渐去渐远的只是一堆茅草包里的猎物，冷硬而僵直。

太阳西斜，太阳走向死。

仲尼返身，小屋中尚有他散乱的竹简，他的梦，他七十一年长长的等待。

“十有四年，春，西狩获麟。”

他匆促地写下最后一句，感到前所未有的疲乏。七十一年来累积的疲乏。

“吾道穷矣。”他说，他哭了，他又想起颜渊。

颜渊，颜渊死的时候他只是悲恸，他只说“天丧予”，而现在，他说“吾道穷矣”。他明白了什么是绝望。绝望比悲恸可怕，比死可怕。

“十有四年，春，西狩获麟。”

他又读了一遍，嘴角泛起凄凉的笑意，渐渐地，笑纹下垂，泪水重新涌出。泪水滴在竹简上，成为整个《春秋经》结束的句点。

“麒麟，最后的麒麟，历史结束了，麒麟。”

那一夜，仲尼仍然做梦，他已梦不见周公，梦不见沂水畔的春天，他梦见坐在两楹间的自己。

麒麟已死，春天已经封笔，仲尼已老，在春色凄迷的鲁地，在鲁哀公十四年。

人　环

阳羡许彦于绥安山遇一书生，年十七八，卧路侧，云脚痛，求寄鹅笼中。彦以为戏言，书生便入笼，笼亦不更广，书生亦不更小。宛然与双鹅并坐，鹅亦不惊。彦笼而去，都不觉重，前行息树下，书生乃出笼谓彦曰："欲为君薄设。"彦曰："善。"乃口中吐出一铜奁子，奁子中具诸肴馔……酒数行，谓彦曰："向将一妇人自随，今欲暂邀之。"彦曰："善。"又于口中吐一女子，年可十五六，衣服绮丽，客貌殊绝，共坐宴。俄而书生醉卧，此女谓彦曰："虽与书生结妻，而实怀怨，向亦窃得一男子同行，书生既眠，暂唤之，君幸勿言。"彦曰："善。"女子于口中吐出一男子，年可二十三四，亦颖悟可爱，乃与彦叙寒温。书生卧欲觉，女子吐一锦行幛遮书生。书生乃留女子同卧。男子谓彦曰："此女虽有情，心亦不尽，向复窃得一女人同行，今欲暂见之，愿君勿泄。"彦曰："善。"男子又于口中吐一妇人。年可二十许，共酌戏谈甚久，闻书生动声，男子曰："二人眠已觉。"因取所吐女人还纳口中，须臾，书生处女乃出，谓彦曰："书生欲起。"乃吞向男子，独对彦坐。然后书生起谓彦曰："暂眠遂久，君独坐，当悒悒耶？日又晚，当与君别。"遂吞其女子，诸器皿悉纳口中，留大铜盘可二尺广，与彦别曰："无以藉君，与君相忆也。"……

——梁·吴均《续齐谐记》

巳时才刚过，总得捱一阵子才到中午，也许因为是暮春，许彦感到空气里蒸腾着近午时分才有的那段躁郁。他放下担子，不安地脱下小袄，挂在柳树上。

太阳穿过堆烟似的千丝万绪，顷刻间变成了一片悒悒的绿色。

鹅笼里有两只鹅，刚才挑着的时候倒还安静，现在放下，反而聒噪了起来，笼子本来就不大，许彦觉得自己简直是挑着一对同命相依的患难夫妻。

但没想到，刚放下来，一对鹅便挣扎着想出去，母的那只连脖子都伸出来了，脖子被竹眼卡住，弄得进不去，出不来，只顾呷呷地叫。

许彦坐在一截树根上，扭过头去不理它。大地是青湿的，太阳是红炕的，许彦觉得自己是天地间的一团面饼——没有翻过的饼。一边已烤得崩干欲裂，另一边还是可厌的黏糊。

“出门往东走，”早上临走的时候老夫人交代了又交代，“过了重溪就往南，约莫晌午，也就该到了，可别贪玩，误了时辰。王家门口有棵大槐树，到那儿一打听就知道的。”

许彦应着，脸上无端地烫热起来。其实少爷也是从小侍候惯的，少爷提亲王家大姑娘也来来往往地说了有三个月了。但真的要纳礼，许彦还是感到意外。想到这会儿把鹅担过去，不知怎的就会想到过不久就要把新娘子抬过来，这么一想，每一步路都染上一层绮艳，倒仿佛一早上都走在一间门窗深扃的桃色新房里，忍不住地耳热心跳。

“彦儿，”老夫人想得倒也周到，“你也别嫌我偏心，这两年年成不好，好歹等小少爷先成了亲我再给你讨房媳妇。我是没把你当下人待的。”

许彦低着头，觉得自己连头皮都红遍了。

许彦跟少爷同年，比少爷大两个月，过了年两个人都二十三了。

太阳升得更高，直劈劈地从柳树上往下压，一片柳树，像一片碧色的烟罗帐。

“也不嫌烦人。”许彦蓦地踢了鹅笼一脚，一面生气地把那只母鹅的脖子往里塞，母鹅也许叫累了，一时竟也安静下来。

许彦挑起鹅笼就走，不知为什么，歇了半天也只觉愈歇愈热。走了两步，刚绕过几棵柳树，蓦地看到少爷正穿着家常衣服坐在地上，许彦吃了一惊。

“少爷。”许彦叫了一声，匆匆放下鹅笼，那两只鹅突然一起大声叫了起来。

“我不是少爷，”坐在地上的那一位被惊动了，缓缓地回过头来，“我害脚痛，只好坐在这里。”

许彦愣住了，水青的衫袖，托着一张白皙的脸——可是他说他不是少爷。

“认错人了。”许彦深揖了一揖，重新去挑他的鹅笼。

“认错了也是缘分，”那书生坐直了身子，“我脚痛，你就让我在鹅笼里坐一坐吧！”

“什么?”许彦忍不住地望了鹅笼一眼，两只鹅，已经挤得满满的了——即使笼子里没有，也不够坐一个年轻的男人，即使够坐，那细薄的竹篾篓也承不起他的重量——这人莫非有什么毛病。

“我的脚痛，走不动，”那人眼巴巴地望着许彦，“真是走不动，我只坐一会儿就行了。”

许彦不知所措地站了一会儿，忽然含混地应了一声好，一面飞快地担起鹅笼拔脚就跑，跑了几十步，转过桥，才停下来。

“多谢盛意。”

许彦猛回头，不意那少年书生竟是坐在鹅笼里向他说话的——天，他什么时候钻进来的?怎么一点重量都没有，而且最奇的是笼子并没有撑大，书生也没有缩小，连那一对鹅也没有惊吓的表示。

这件事整个是不可思议的!

“大概不是鬼，”许彦按下自己惊呼的冲动，打量着他，“没有人在午时会碰上鬼的。”

“我的脚偶然扭了，”那书生唠叨地重复着，“午饭就由我表示一点敬意吧!”

“这村野地方哪来的酒店?他只不过说说好听罢了。”许彦低头看了一眼自己腰上系的烙饼，懊丧地想，“我连饼也得贴上了——可是他应该是术士，术士不吃饭应该是可以的。”

许彦感到异样的饥饿，刚才在柳树下就该把饼吃掉的，当时只顾想着吃早了下午会饿——这下好了，半路上蹦出这么一个人来分你的口粮。也罢，如果运气不太坏，到了王家纳完礼，也许还能分到一点茶食。

总是饿，仿佛这就是生活的内容，白天饿的是肚子，夜晚饿的却是比肚子更严重的欲。白天的饿是一串麻烦的循环，夜晚的饿却从来没有饱过——也许有一天，譬如说，老夫人所说明年里娶媳妇的那一天，就饱了。不过，当然，那种事大概也跟吃饭一样，饿了饱，饱了又饿，如此而已。

他放下担子，到溪沟里去喝几口水，回头一看，书生已经不在笼子里了，他正诧异着，忽然听到书生客客气气的声音。

“你先坐下。”

许彦一惊，这才看清楚，书生已经不知什么时候站到他身边来了，顺着书生的手，他看到摆设整齐的三块石头，刚才好像没有，不过也记不那么真切了——反正整个事情都是不可思议的。

“你先坐下。”书生坚持道。

许彦和书生相对坐下，许彦的手按在放烙饼的袋子上，犹豫着不知该不该拿出来。

“今天，我做东，”书生说，“意思意思，不要见笑。”

“好的。”

书生望着许彦，诡异地一笑，忽然，他的微笑扩大，嘴巴张开，飞出一道小小的金光，金光渐旋，及至落到地上，才看出来是一个铜奁，里面整整齐齐地摆着酒和肉。许彦不服气地按捺着自己的惊讶，勉强镇定着。

“请用。”书生不动声色地举起酒，仿佛根本没想到那一番惊奇的法术，也许他只得意地想等着看别人的惊奇。

许彦沉住气不叫，他缓缓地举起酒，并且闻到了很真实的酒香，不觉宽了一下心——酒香至少还是他所熟悉的。

“担着鹅笼赶路，”书生礼貌地探询，“兄长想必有事吧?”

“是啊，给我家小少爷纳彩。”

“恭喜了。”

“订的是王家小姐，人品很不错。”

书生又诡异地笑了。

“你自己呢?”

“我？轮不到我。”

“我叫我女人出来给你看看。”

许彦忍不住地四面张望，却只见书生又是一张嘴，一个衣服绮丽的女孩子就走了出来。女孩的衣服差不多整个是金色和红色的组合，映着正午的阳光，看起来几乎连眼睛也是金闪闪的。许彦拘谨地低下头去。

女孩自自然然地站到一边，拿起酒壶，愉快地斟起酒来。

“她叫贞娘，也跟了我几年了。”

许彦低着头夹菜，他不太敢喝酒了，每次他刚喝一口，贞娘就给他加添一点。他忍受不了贞娘靠过来的刹那。奇怪的是那女孩的衣服虽是那样夸张的灼艳，但给人的感觉仍是端庄凝静的。

“你也坐下来吃吧!”书生说。

贞娘顺从地坐在第三块石头上，位子刚好是许彦的对面。许彦注意到她咀嚼时红唇在那样美好地颤抖着，但她最撩人的还是斟酒时脸蛋浸在酒盅里的那种微微滉漾的感觉。

“你早晚也该找个女人。”书生渐渐有了几分醉意，而且似乎也不脚痛了，倒显出一副神采飞扬的样子。

“要是你会这些法术，你又为什么一定要坐在我的笼子里，”许彦有几分生气地望着他，“会法术的人也会扭着脚吗？会法术的人就算扭了脚也该会自己想办法——你也许只是故意找借口，你只是在无聊的路途上找个人来卖弄卖弄就是了。”

“你要是跟我修炼，”书生的眼睛忽然黑压压地逼过来。“这些都不是难事。”

许彦伸手去摸烙饼，饼还在，那种谷物的触手粗楞的感觉也在。许彦转头去看贞娘，贞娘忽地背过身去整理一块玉佩。

“再说吧！”许彦虚弱地应着，一只鹅受惊似的大叫了起来。

“也好，”书生愉快地拍了两下手掌，“贞娘，来，我醉了，要歇一下，东西你收拾收拾。”

贞娘应声走了过来，顺手折了一大把柳条给书生当枕头，书生几乎是头一着枕便醉呼呼地睡着了。

“我讨厌他，”贞娘走过来，满脸的卑顺像面具一样地卸落了。“他是一个自私的人，我跟他结发几年了——可是我还是恨他。”

许彦大吃一惊，偷眼望了望睡着的书生。

“你不用怕他，”贞娘一面说，一面把玉簪拔下，一头青丝“扑”的一声落下来，冲到腰上才停，“他那点本事，我也行。”

不知为什么，贞娘拔簪的动作太快，太夸张，让他想到拔剑，他几乎感到脖子一凉。

贞娘放肆地笑了。

“喏，你瞧，”贞娘的一身金红在笑声中忽然颤作金蛇万条，“我还有个心腹人呢！”

说着，她一清喉咙，当真吐出一个男人来。

那男人和书生不一样，年纪看来比书生大了六七岁，不如书生细致白净，却也不算粗野，一双剑眉长得浓浓的，似乎没有它就不足以镇压那张飞扬跋扈的脸，微黑的肤色中透出漂亮的棕红。

“原来你也会吐人。”许彦极力自持着，不露出惊惶的神色。

“当然会，谁能跟他这种人过日子而不生二心！”

“他也总还是拿你当心上人看待的。”

“不是，”贞娘低声地分辩了一句，眼睛也红了，“他没心，他会法术，我受了咒，没法子，他想吞我就吞我，我可落着什么好。”

“贞娘，你也别多想了，有我在，日子也还不坏。”那男子温柔地靠过来，因为长得粗犷，说起温柔的话来别有一种令人在错愕中动心的力量。

“我要是有你们这种本事就好了，”谈了几句话，许彦的胆子慢慢大了起来，“你们从哪里学会这些法术的？我要是会，不是老婆粮食一下都有了？”

“也难说，”贞娘提起酒壶，也不用酒盅，大拉拉地喝了几口酒，“那书生吞了我，我把他那一套偷学了，我又吞了李生——也难保李生肚子里没有女人。”

“姐姐，你这就冤枉人了。”李生一把抢了酒壶，不要命地灌了一阵，连脖子也挣红了，“你是会法术的，我几曾会过！而且，有姐姐这样的女人，我又还要谁来着。”

“难说，”贞娘斜甩了他一眼，“算了，谁跟你计较这些。”

李生显然还要争辩，让贞娘用一个利落的手势回绝了，忽然，贞娘咳的一声又吐出了许多瓜果。

“这些桃子、杏子、樱桃、枣子都不稀罕，”贞娘说，“倒是那大瓜难得，西域来的西瓜，又甜又红，跟蜜酒似的。”

许彦和李生不觉多吃了几片，许彦不时偷看那书生，万一他猛然醒来怎么办？

贞娘在撕一枚黄杏的薄皮，撕好了，一把塞在李生的口里，李生只呵呵地笑着。

书生仍躺在青烟似的草地上，一头青丝陷在柳丝团成的枕头上，看来简直有几分不真实。

那两只鹅悄悄地从洞眼里伸出头来吃草，太阳烘着，不顶热，但不知为什么，所有的颜色都浅淡了下去，仿佛再开不久就要融化了，白鹅会融掉，贞娘的一身金红会融掉，李生会融掉，书生会融掉，许彦觉得自己也会化掉，化入一片青色的春野。

淡淡的春野里，本来一个人也没有的，但为什么无端地冒出这一串人套人的“人环”，而显然地，似乎不知在哪一刹那，人环也会神秘地消失。

“贞娘。”书生动了一下，含混地叫了一声。

贞娘的脸立刻惨白了，她迅速地站起来，吐了一道锦绣屏风，匆匆地对李生说：

“我先进去，你收拾一下——他叫我。”

李生漫应了一句，动手把剩下的瓜果收拾了一下。

锦屏里面传来书生和贞娘咿唔不清的低语，许彦坐不住，走过去抚弄一只鹅。

“别管他们，”李生收拾好了，满脸透着红孜孜的酒意，“你看，我自有主意。”

许彦几乎还来不及回头，只见李生一伸脖子，又吐出一个女孩子来了。许彦看不清楚她的眉目，只直觉地觉得她是软的。她差不多是用一个柔软的翻滚动作把自己“流”到草地上去的。她全身穿着鹅黄的软缎，不胜柔弱地依傍着青草，像一滩打翻的蜜。

“我有我自己的人。”李生骄傲地搀起那女子，“她叫蜜姬，贞娘很多情——只是我不喜欢她。”

“又是不喜欢！”许彦惆怅地瞅着眼前这漂亮的一对。

蜜姬身材比较娇小，看李生的时候只得仰着头，一副痴憨的样子。许彦这才看清楚她皮肤白得近乎透明，小尖脸，一双惹人怜爱的小红唇，有点让人猜不出年龄。

蜜姬似乎不爱说话，李生说话的时候她就看李生，李生不说话的时候她就低着头看脚尖。

蜜姬简直什么都是尖的，尖脚、尖手指、尖鼻子、尖下巴、尖嘴唇，那些尖似乎正在成熟，也许有一天那些尖都会变圆——蜜姬的动人处正在于这种瞬息可能产生的熟化过程。

锦帐之内又传出暧昧的咿唔的声音，蜜姬的小脸垂得更低。

“蜜姬，”李生递给她一把枣干，“别管他，给我们唱支曲子吧！”

“唱什么？”蜜姬顺从地望着他。

“唱什么都好。”

“唱《孤儿行》好吧？”

“什么？”李生眉毛一紧，“怎么想起来的，谁是孤儿呀！换个别的吧！”

"唱《有所思》吧!"

"唔，好。"

李生说着，当即吐出一个琵琶，蜜姬熟练地抱起，调了一下弦，整个脸忽然悲戚起来。

"有所思——乃在大海南。"

"咦，就是那首后来什么'闻君有他心，拉杂摧烧之，摧烧之，当风扬其灰'的那首?"

"是啊!"

"这首不好，再换一首。"

"《陇头歌辞》怎么样?"

"不好，不好，你今天怎么了?"

"唱《西北有高楼》好不好?"

"算了，就唱这个吧!"

"西北有高楼，上与浮云齐。"蜜姬的脸扬起，简直跟歌中的楼一样孤寒高绝。许彦差不多完全相信她腹中不可能有藏人的秘密。她是寂寞的，像一座不知名的高楼，由于太高而不能不寂寞。

"交疏结绮窗，阿阁三重阶。

上有弦歌声，音响一何悲……"

听着，听着，许彦感到蜜姬在哭，他猛然抬起头来，蜜姬没有哭，只是眼角有一点湿意。

李生也惊觉了，他站起来，走向蜜姬，弦崩然一声断了，蜜姬的歌声一下子遭锯截似的停在半空中。

"西北有高楼……"

忽然，李生僵硬地推开蜜姬——大家同时都听到贞娘的咳嗽声，一种警告的咳嗽声，李生凑近屏风窥视着。

"他们要醒了!"

"蜜姬姐姐!"许彦大着胆偷问了一句，"你会不会吐人，你们一路套下去究竟套了几个人?"

蜜姬摇了摇头，眼角更湿了。许彦忽然发觉她的脸异常淡漠，没有欲，没有爱，没有信任，甚至没有恨。她分明被套在这三个人的最里层，但显然地，她又包容着这三个人，用一种透视的眼光看着环着她的一层一层的男男女女。

等李生刚一转身回来，蜜姬立刻会意地抱起琵琶往李生嘴中跳进去，她跳得极利落，一种无怨无嗔的平静。

忽然，贞娘匆匆闪出屏风，把李生和剩下的瓜果一起吞了下去，并且把锦屏风也吞下去了——她吞得非常快，几乎是一种职业性的熟练，许彦睁着眼，站在一旁。

贞娘正收拾着杯盏，书生慢慢地走了过来。

“进来吧，时候不早了。”

贞娘稍整衣带，顺手把头发一挽，用一种毅然的神情把玉簪往头上一插，然后纵身一跳。

“我睡了一觉，暮春天气真好睡。”书生说，“真过意不去，你一个人坐着一定很无聊吧？”

“一点都不无聊。”

“还有，学法术的事怎么样？”

“我不打算学。”许彦垂下了眼睛。

“不学也好。”

书生不再说什么，径自把杯盏往口里吞，最后，剩下两个直径二尺大的铜盘，他放在手里把玩一会，忽然说：

“这个送给你，做个纪念。”

许彦道了谢，接下了，铜盘又大又亮，许彦在两张盘里看见自己交错的脸。

放下盘子，许彦正想赞美几句，忽然发现连书生也不见了，整个一串“人环”竟倏然而灭，绿漫漫的一片涨到天边的春草里，只有两只关在笼子里的白鹅显得异样的真实。

许彦恹恹地挑起鹅笼，他终于想起他出来是干什么的了——他得去王家，给少爷纳采。

到底只是春天的日头，才过正午，许彦已经一点也不觉得躁热了。